第十届辽宁文学奖获奖作品集

滕贞甫　主编

北方联合出版传媒（集团）股份有限公司

春风文艺出版社

·沈　阳·

图书在版编目（CIP）数据

第十届辽宁文学奖获奖作品集 / 滕贞甫主编 . — 沈阳：春风文艺出版社，2020.5（2024.8重印）
ISBN 978 - 7 - 5313 - 5799 - 5

Ⅰ. ①第… Ⅱ. ①滕… Ⅲ. ①中国文学 — 当代文学 — 作品综合集 Ⅳ. ①I217.1

中国版本图书馆 CIP 数据核字（2020）第 072232 号

北方联合出版传媒（集团）股份有限公司
春风文艺出版社出版发行
沈阳市和平区十一纬路 25 号　邮编：110003
永清县晔盛亚胶印有限公司印刷

责任编辑：张玉虹	责任校对：于文慧
装帧设计：杨光玉	幅面尺寸：142mm × 210mm
字　　数：300 千字	印　　张：13
版　　次：2020 年 5 月第 1 版	印　　次：2024 年 8 月第 2 次
书　　号：ISBN 978-7-5313-5799-5	
定　　价：98.00 元	

目 录

contents ----------------------------

你的样子

鬼 金

丢掉你们见到天堂的希望吧：

我来带你们去到对岸，

到永恒的黑暗中，到火和霜中

…………

——但丁《神曲》地狱篇 第3章

一

墙上的钟显示零点……

秦郁不相信鬼魂附体之类的鬼话，但那一刻，他觉得身上真的有什么东西附体了。秦郁躺在床上，燥热，翻来覆去的。那个东西在身体里折腾。身体在慢慢失去力气。那是一个吃他身体力气的东西。是死神？秦郁搞不清楚。窗外一片黑暗，混沌沌，宇宙洪荒着，天地一体。墙上的钟显示零点。秦郁一个人躺在这个空荡荡的房间里。秦郁几次想爬起来，身体就像被什么桎梏了似的。手机在床头柜上响个不停。谁？时常有死亡的消息敲醒秦郁的耳朵。他者之死，他者之苦难，又何尝不是秦郁之死？又何尝不是秦郁之苦难？也许，下一个就是秦郁。中年，生存之累，情感之惑。这肉身已处于坍塌边缘。几天前一个工人同事死在了工作岗位上。对于死亡，秦郁极其敏感。为什么？秦郁多么希望自己是麻木的，是一具行尸走肉，是混吃等死的那种人，是钢铁战士。但他不是，他是软的，还有那么一点儿颓。颓中裹挟着一种自我的"废物"。是废，他喜欢这样。粗壮的男儿肉身，浓眉大眼的，左眉梢的眉毛呈一个小的旋涡状。右眼角太阳穴处有一块瓶盖大小的红色胎记。他一米七五的个头，一百八十斤的肉皮囊里，却裹着一副女儿身细小的缠绵悱恻。秦郁躺在那里，从幻中回来，身体多少恢复了些力气，但秦郁知道病了。秦郁拿起手机看到上面是工厂里打来的电话，他打过去，说，我病了。对方说，哦。那口气里充满了怀疑。秦郁说，老胃病。胃。秦郁的胃病是班组里尽人皆知的。几乎每年冬春之交，换季的时候，都会出一次血。是的，血。溃疡。从溃疡面渗出。整个人就没了力气。对方说，那好吧。秦郁耳朵里听见轧钢厂那些机器在轰鸣着，随对方撂了电话，被隔绝在黑暗之外。那空旷的厂房内，烟尘四起。红色的滚烫的钢经过不同型号的机器碾压、拉伸、变形、切割、冷却，成为需要的形状。从生产线上下来，齐头、捆绑、打包，然后，从生产线上吊下来，一捆三吨到五吨之间，四到五捆一吊。秦郁就是那个在半空中开吊车的吊车司机。那个悬于半空的人。舌头上的味觉，丧失。部分的血在胃里面流失。

秦郁相信直觉。那一刻，秦郁期待一泡黑便，来证实自己的判断。秦郁拖着虚弱的身体坐在马桶上，排泄。然后，观看马桶里粪便的颜色，近乎金黄。不是黑。不是。秦郁心存侥幸。难道秦郁的判断是错误的吗？但那症状跟之前的几次是一模一样的。秦郁拖着沉重的双腿，回到床上。台灯亮着。秦郁是孤独的。在床上。在疾病的控制之中……如果秦郁就这样僵硬地死在床上……那么是没人知道的，直到烂掉，只剩下一个骨头架子。女友去南方过冬，他可谓惨惨兮兮，寂寞洪荒，披发孤独，挑灯看剑。这寂寞洪荒中不免会有些波澜。星沉海底，雨过河源了。三月已经第九天，就是候鸟也该迁徙了吧？之前，在电话微信里吵得热火朝天，唇枪舌剑，针针见血，时刻都可能分手的那种，时刻都可能置对方于死地的那种。秦郁是绝望的，寒了心，彻了骨。在此刻的深夜，即将凌晨。秦郁，一个病人。秦郁，是自己的医生。久病成医。在秦郁不能确定出血的情况下，没有吃药。再说，抽屉里已经没有药了。这个时候，药店也不开。秦郁在煎熬着。秦郁企图杀死到达黎明前的这段时间，直接到达黎明。秦郁知道黎明来临，也不会去医院做那个恐怖的胃镜。一个细长金属管子从喉咙伸到胃里面去……秦郁躺在那个台子上，就像是一只待宰的羔羊，眼泪哗哗地从眼睛里涌出来……从嘴里流淌着黏滑的液体……张嘴，张嘴，吞咽，吞咽……医生在告诉秦郁。眼泪漫住了脸孔。秦郁闭着眼睛，泪水冲破眼皮溅落出来。秦郁睁开眼睛看到仪器内的胃在蠕动着。一个黑暗空间，他的目光是羔羊的，是孩子的。医生安慰着说，一小块溃疡，在幽门管处，要做个切片。切片吗？秦郁心想。如果是恶性的，就可能是癌变。是的，癌变。秦郁这么想，身体动了下。医生说，再等等，要用仪器从溃疡处抓一块肉下来……做切片用。当那个金属管子从喉咙里抽出来，秦郁的喉咙仍旧是麻的、木的。没有知觉。他说不出话，哑者般。偶尔还用手势表达一下。麻醉药还没有过劲儿。秦郁从台子上下来，整理衣服，抓过卫生纸擦了擦嘴角的黏液。是去年春天的事情。那是一个充满死亡恐惧的春天。把化验单送给医生看化验结果。不是恶性的。秦郁多少释然，一种解脱似的。秦郁喃喃着："看来你还可以在这个世界上苟活一些时日……好。真好。"

来医院取化验单的时候，还飘着小雨，现在晴了，天也亮堂了。他转身，迅速离开医院。

黎明来临，一丝光线从窗帘的缝隙野蛮地闯进来，它看到床上是空的，多少有些失望，嗅觉告诉它，秦郁在卫生间。秦郁光着身子坐在马桶上，两瓣屁股都坐麻了，木了。光线拥抱了他。亲昵带着淫荡了。但他还是没有等到那一泡黑便。其实那不是黑便，而是血和粪便，如果血量过大，就会是红色的……这些是秦郁检验是否陷入疾病旋涡之中的标准。

现在，秦郁确认自己病了。他躺在床上，感觉整个脸被泪水浸湿了，从他的嘴里传出哀号。哀号声回荡在房间里，犹如体内响起的安魂曲……是的……自我的悼念……

……灵魂出窍，在那里窥看……

二

人在多少颗星星下出生又死去……

秦郁原来住在卡尔里海中的岛屿上，那个岛屿叫般若岛。岛上有四十几户人家。秦郁中学毕业的时候，没有考上师范和高中，本打算去城里打工的，没想到望城的轧钢厂看上了这个岛屿，要在岛屿上开发轧钢厂公墓。公墓占了二十几户人家的耕地，秦郁，还有蒋文殊、二孩等人，因为占地，变成了非农业户口，成了轧钢厂的工人。秦郁是吊车司机。蒋文殊是电工。二孩是钳工。上中学的时候，秦郁和蒋文殊好，没想到，蒋文殊进城后变了心，和一个轧钢厂里的电工班长好上了，当了很长时间的地下情人也没结果，还为那个班长流过几次产，后来嫁给了二孩。秦郁找了一个建筑部门的女孩，结婚七年后，离了。蒋文殊和二孩一直没有孩子，是蒋文殊的身体原因。后来，从医院里抱养了一个男孩，是一个豁嘴，做过手术，仍能看出豁嘴的痕迹。小孩很淘气，不听话，像一只小兽。岛上没占地的人家还居住在岛上，靠种地和打鱼为生。像秦郁的舅舅，还有蒋文殊的姨妈，二孩的哥哥。占地是以将军庙为界限的。将军庙的左面都占了，右面就没有。本来说，右面也要占的，后来轧钢厂换了领导又说不占了。很多想变成城里人的居民突然绝望了。在轧钢厂公墓开始施工的时候，很多将军庙右面的居民去政府闹过，说这样一边是死人的地方，一边是活人的地方，他们活着不舒服。那时候，轧钢厂还很强大，全世界钢铁行业也能排到一百名，财大气粗。居民闹了几次，轧钢厂公墓已经开始出售了，已经有城里人的骨灰在这里下葬了。人们索性沉默下来。一道围墙把岛上的居民和公墓隔开。倒是半山腰的将军庙还在那里。这几年开发旅游，将军庙和轧钢厂公墓竟然成了城里人来参观的风景。轧钢厂公墓在轧钢厂的效益日益下滑后，转卖给一家望城的房地产公司。岛上的一些居民在农闲的时候，到城里推销轧钢厂公墓，从中谋些小利。当初占地的条件就是被占地人家的孩子可以去轧钢厂当工人，没有劳动能力的发放生活保障费。而且，每人都会得到一块两平方米的墓地，不过是在位置偏僻的墓区。秦郁去看过，那墓区处于一片荒凉之中。离婚的时候，秦郁把那块墓地作为个人财产，给卖了，把钱给了前妻。直到秦郁遇见了现在的女友，一个南方女人。秦郁除了在轧钢厂开吊车之外，喜欢写作和街拍。（关于他的街拍，有人这样评价：这些照片强烈的黑与白，仿佛暗夜里晃眼的大车灯直照过来，不容许你躲避，这是他眼中的世界和日常生活，以他自己不容置疑的方式呈现给你。有时，看着这些照片会感到胃部突然痉挛一下，可是还是会再三向其中探寻……比美更令人感动的，是穿过日常的黯淡、冷漠、残缺、黑暗而活下去的坚忍、执着和细微处不经意流露出的温柔，人性中的一抹亮色。偶尔在这里停留一会儿，感觉自己在那些片段中，是人群中的某一个，可能有些孤独，却又同时感到了那样的黑与白也是无限，往哪里都可以走下去，没有尽头……）他曾多次想从轧钢厂逃离出来，可是，生存是残酷的，更多的是秦郁内心的抗争，他这个"轧钢厂的囚徒"是要把牢底坐穿的。幸好，写作和街拍给了他另一个世界，是自我解放。二孩已经沦落成一个酒鬼。蒋文殊找过秦郁劝劝二孩，让他少喝点儿，劝过几次，二孩仍旧嗜酒如命的。秦郁也不再劝了。二孩一米六三的个头，早早就秃顶了，依稀的几根头发都能数过来，后来干脆剃了光头。他每天醉醺醺的，眯着眼睛，总像睡不醒似的。厂里的人都叫他"迷糊"。厂里警告过他几次，也没记性。二孩中学的时候，最想当的是水手，可以在大海之上漂流，但后来都破灭了。随着轧钢厂公墓占地，岛上的学校没有生源，学校也黄了。二十几个孩子背着书包，早上坐船到岸上的卡尔里海小学和中学上课。至于秦郁当年有什么理想，没有。后来，想当作家。这个说的是"真正意义上的作家"，而不是那种在报纸上发个豆腐块都说自己是"作家"的那种人。在轧钢厂像他们这种通过占地抽上来的工人是被人歧视的，不像那些学校毕业和退伍分配来的。即使干同样的活，也是被小看。再怎么努力都是"岛民"。蒋文殊带着领养的孩子，几次想和二孩离婚，又觉得二孩可怜，最后作罢。她又和之前的那个班长勾搭到一起，厮混着，来解决精神和肉体上的需求。有一次夜班，秦郁在吊车上看到二孩在修理下面的机器的时候，摔到了下水道里，他从吊车上下来，把二孩拽上来，还好，只是脸上抢破了一点儿皮，从二孩嘴里喷出浓重的酒味。二孩的同事都鄙夷地看着他，不管不问的。秦郁问："没事吧？动动胳膊腿，看看。"二孩摇着头说："没事。"秦郁看着二孩漫不经心的样子说："少废话，动动看看。"二孩说："没事。"秦郁说："回班组休息一下吧？"二孩说："没事。"二孩还坚持在工作岗位上。

秦郁跑去配电房找蒋文殊，他没有敲门，闯进去，只看见蒋文殊和那个班长在一把长椅子上，那个班长压在蒋文殊身上。蒋文殊呻吟着。秦郁的头嗡的一声，他怔了一下，连忙从里面退出来，把门关上。但他觉得二孩的事情还是要跟蒋文殊说一声。这次，他敲了敲门，只听里面那个男人愤怒地问："谁啊？等一会儿。"过了一会儿，里面喊："进来吧。"秦郁才开门进去，看到那个男人已经穿好衣服坐在椅子上抽烟，看见秦郁进来，瞪了秦郁一眼，问："有事吗?"蒋文殊看是秦郁,有些慌乱,几缕头发还耷拉在脸上,衣襟上的纽扣只扣了几个。秦郁没搭理那个男人,直接对蒋文殊说:"你家二孩刚才摔了一下,你去看看,我劝他,他不听。"蒋文殊说:"还是没事,我劝有什么用,不还活着吗?"秦郁说:"这什么话?"蒋文殊目光里仍闪着未尽的淫荡。蒋文殊说:"不用管他,又喝酒了吧?他早晚命丧在酒上。"蒋文殊的话让秦郁心里反感,这还是夫妻说的话吗?他在心里庆幸当初没有和蒋文殊结合在一起。没在一起,也有母亲的原因。母亲曾劝过他说,蒋文殊的骨子里有水性,后面的话母亲没说。那个班长命令蒋文殊:"给我倒杯水,口渴死了。"蒋文殊乖乖地去倒了杯水,双手捧着递给那个班长。秦郁看不下去了,转身从配电房里出来。只听那个班长气哼哼地说:"把门给我关好啦!"秦郁回了一句脏话。那个班长说:"你说什么?"秦郁又重复了一句。那个班长说:"你怎么骂人?"秦郁说:"骂你,急了,我还打你呢。"那个班长:"一个岛上占地上来的岛民,你牛什么?"秦郁说:"信不信,我割了你的舌头?"关于秦郁割人舌头的事,在轧钢厂里,纷纷扬扬了好长一段时间。他有一把两寸长的白钢小匕首,是钳工二孩给他做的,锋利无比,就拴在钥匙链上。有一次,他在吊车上干活,不小心晃了下面工人一下,那人急了,对着吊车上的秦郁张嘴就骂:"你个岛民,你个岛民,你怎么不长眼睛呢?差点儿碰到我了。你个岛民。"那人连续重复了十几次"岛民"这个字眼,最后,从"岛民"延伸到"岛×",秦郁按捺不住了,把车停下来,从吊车上跑下来,把那人扑倒在地上,骑在那人身上,先是几个嘴巴,把那人打蒙了,一只手捏住他的腮帮子,手指伸进嘴里抠出他的舌头,另一只手掏出那把小匕首，就要割他的舌头。后来，还是有人抱住了秦郁的腰，把秦郁拉开了。从那以后，谁再在秦郁跟前说"岛民"这个字眼的时候，秦郁就说，信不信，我割了你的舌头。很多人听了都面带惧色。想必那个班长也听说过秦郁割人舌头的事儿，再加上蒋文殊在里面劝那个班长，才息声。秦郁的手指在裤兜里摸着那个钥匙链上的小匕首，离开了。那边打来电话，让他回去干活。秦郁看到二孩坐在一堆油污的机器零件中间，举着一个盐汽水的瓶子在喝。他走过去，闻了闻，不是盐汽水，瓶子里灌的是白酒。秦郁一把夺过来，把盐汽水瓶子摔碎在地上，酒味一下子弥漫开来。那些同事已经见怪不怪了。秦郁愤愤地说："再喝，你就喝死啦。"二孩眯着眼睛说："没事，没事。"秦郁不理他，回车上干活。二孩坐在那些油污的机器零件中间，就像是一个从地下爬出来的幽灵。

有一段时间，秦郁开始逃离。他在吊车上休息的时候，梦见一个人对他说，你半空中的驾驶室就是天堂和地狱的接口。他害怕那个梦。他找熟人花钱伪造各种疾病住院，开病假。是伪造，也就是不用去医院真的住院。只有住院才可以休得时间长一些。秦郁北京、上海、深圳跑了半年多。某个寂寞的夜晚，在小旅馆里，他回想起卡尔里海的般若岛，回想起二孩。他给二孩打电话，更多的时候，二孩都是在喝酒。二孩醉醺醺，言语含混地说，你死哪儿去啦？不回来上班啦？秦郁不知道说什么。之后，就撂了电话，沉浸在异乡的黑夜之中。是呀，他害怕的那个梦时常被想起，但谁又是他上天堂和下地狱的引领者呢？他茫然无措。秦郁近乎神经质地想。梦里没有答案。现实中同样没有答案。在外漂泊了大半年，他偶然想明白了，也许自己可以是那个引领者，可以引领别人。这么想的时候，秦郁正坐在长途汽车上去一个古代的陵寝景点，他在车上笑出了声。旁边的游客看着他，问："怎么了？"他说："没事。"从那个古代陵寝的景点出来后，他坐火车回来了，继续在轧钢厂上班。他继续写作、街拍……或者说，他在等待那个被他引领的人出现。

那个人却迟迟没有出现……

三

插入秦郁写的关于将军庙的一篇小说，像一个装置作品，在这篇小说之中，如果为了继续上面的阅读可以跳过。但我相信，你们的阅读会让你进入另一个空间。是的，空间。

将军的头颅

这只是我的一个梦，一个无比清晰的梦，时刻折磨着我，我只有记录下来，才可能得到解脱。

是他找到了将军的头颅。

他叫秦雨。是将军的儿子。因为是家里最小的，母亲和姐姐们都很疼他，宠他。姐姐们常常给他扮上女装，让他模仿女孩的声音，在花园里玩捉迷藏的游戏。她们总是变着花样陪他玩。那天，他蒙着眼睛在找姐姐们，撞到了一个柱子般的东西。他意识到那不是柱子。柱子是硬的，而那东西是柔软的。他揭开蒙在眼睛上的丝巾，看到了将军。他怯怯地把丝巾藏在身后，低头不敢看将军，只盯着将军的鞋尖。将军的影子覆盖在他的影子上。他感到喘不上气来。姐姐们躲在花丛中，素面如霜，惊慌恐惧地看着将军和弟弟站在那里。

秦雨低声叫着："父亲……"

将军问："雨儿，你读书了吗？"

秦雨说："读了。"

将军问："雨儿，你骑马射箭了吗？"

秦雨说："我不喜欢骑马射箭。"

将军脸上一片黯然。

小秦雨不那么害怕了，问："父亲，你躲在书房里干什么？"

将军说："写一部兵书。"

"兵书吗？"秦雨问。

将军说："是的。"

将军的眼前浮现出在战场上的厮杀。大地在流血。炮火中的城变成了废墟。几只黑色的秃鹫在啄着尸体的腐肉。战马的肠子流淌在地上，冒着热气。自己的队伍凯旋，王带着重臣列队迎接。黄金。美女。绸缎布匹。

将军脸上现出一种复杂的表情。

小秦雨问："兵书是干什么的？"

将军说："排兵布阵。打胜仗。"

小秦雨说："我不喜欢杀人。"

将军沉默。

姐姐们在花丛中听着他们说话，悄悄猫腰溜走了。

将军蹲下来，坐在青石阶上，一只手搂过秦雨说："不杀人就会被杀……你就会没有父亲、母亲还有姐姐们……还有这将军府，你只能像街上的乞丐，四处讨饭……"

小秦雨眼泪汪汪地说："我不想没有父亲，没有母亲，没有姐姐们……我不想讨饭……不想当乞丐……"

"那就要像父亲一样，做一个常胜将军。"

"嗯。"

"雨儿只有练习武功，熟读兵书，才可能像父亲……"

将军若有所思，眼睛看着墙外远处的帝国建筑，巍峨，金碧辉煌，在夕光中，染上了悲壮色彩。这片疆土是他带领着士兵用鲜血换来的，是累累的白骨堆砌起来的。可以说，没有将军就没有这个帝国。将军忠于他的王。可是如今的王，变了……王已经开始在大兴土木，在宫殿对面的山上修建自己的陵寝了。他希望死后同样能统治着这个帝国。

将军失落的表情浮在脸上。他已经告假很多天没有上朝了。或者说，他不喜欢那些大臣脑满肠肥、阿谀奉承的嘴脸。没有了仗打的将军，有了几分落寞和孤独，只有在深夜里擦拭自己的长枪来安慰自己，然后，在月光下独自演练起来。白色的长枪在黑暗中犹如一道闪电，上下翻飞，刺、挑、弹、抢……仿佛那些敌人就隐藏在黑暗中……出一身汗，才觉得身体舒服很多，否则，总像病了似的……坐下来，休息，他有些气喘。他感觉到老之将至，不禁悲从中来，潸然泪下。

小秦雨问："父亲，你看什么呢？你怎么落泪了？"

"哦，不知道怎么就落泪了。"将军说。

将军说："你看那落日多美。"

小秦雨说："不好看。像血染的。我还发现一个秘密。"

"什么秘密？"将军问。

小秦雨故作神秘地贴近将军的耳朵，悄声说："我看见太阳里面藏着一只乌鸦。"

"是吗？我怎么没看到。"将军脸色苍白，喃喃着。

"你不许告诉别人。这是我们的秘密。"小秦雨说，"拉钩。"

将军伸出手指跟小秦雨的手指勾到一起。他的心里生出一道阴影，心想，也许该找吴山和尚给解解这是什么征兆。

老仆秦奴走进来。

将军从台阶上站起，一只手抚摸着小秦雨的头说："去玩吧。"

小秦雨做了个鬼脸说："我们的秘密，不要对别人说。"

"知道了。"将军答道。

小秦雨摇晃着手里的丝巾，像一个小女孩似的，蹦跳着跑出花园。将军望着儿子的背影，不免有些失望。

其实，将军的兵书已经停了几天没有写了。他囚禁在自己的书房里，不出来。他无法进行下去。老仆秦奴几天前告诉他，王又杀人了，而且是几个读书人。他派老仆秦奴注意这件事情的动态。

将军回到书房，秦奴跟进来。

将军问："怎么样？"

秦奴给将军倒了杯茶，用衣袖擦着额头的汗水。

秦奴说："又有十几个读书人被抓进了监牢。"

将军把茶杯打翻在地上，愤怒地说："王这是要干什么呀？"

秦奴没有回答，弯腰蹲在地上捡着摔碎的瓷片。不小心割破手指，渗出一粒血珍珠。他把手指伸进嘴里裹了裹。

将军在书房里走来走去，说："我要上殿，面见王。"

秦奴手里拿着杯子的碎片说："这已经不是从前的王了，将军。"

秦奴的手指上又渗出一粒血珍珠，他再次裹了裹。

将军的脚步变得慢下来。

老仆秦奴跟随将军四十多年，他能理解将军的心情，但又不无担忧地说："如果这个时候您出现在殿上，王也许会说你结党的，将军。那些看将军虎视眈眈的人，也许会趁机扳倒将军，释了您的兵权……没有了兵权，将军，您想想，即使您是老虎，您也会……"

将军停下脚步，看着那些摆在桌子上的兵书典籍，黯然神伤。

将军问："吴山和尚还没回来吗？"

"没有，庙里的和尚说云游去了。"秦奴说。

将军沉默。

老仆秦奴退出书房。

四壁的书静静地在那里蒙尘。油灯如豆。将军在椅子上坐下来，闭目，回想着老仆秦奴的话，身体战栗一下。这么多年，老仆秦奴跟随自己南征北战的，看出很多帝国的真相。有些人来到这世上，枉活一次，而有些人，像老仆秦奴这样，历练出很多生命的道理。

"老虎被关在笼子里也就不是老虎……家猫都不如……"

两年后的一天，王还是派人来宣将军一起去参加王的陵寝的完工仪式。这之前，他已经让老仆秦奴放风出去，说自己患了恶疾。但王的第二道圣旨到了。这也是将军在等的。老仆秦奴派人抬着将军来到王的面前。将军挣扎着要下来跪拜。王惊呼道："爱卿，你病着，就不要讲这些礼节，免礼。"将军说："谢王。"将军故作虚弱状，呻吟着。有人在王的耳边说着什么。是李丞相。

王的眼睛盯着将军看。

王道："既然爱卿如此病重还赶来，吾心不忍，再说这陵寝也是阴气之地，勿让爱卿的病更重了，吾心不忍哪！"

将军仍呻吟着，气喘着，连声说："臣谢王，吾王万岁万岁万万岁！"

将军被抬回府中，一进门就从椅子上跳下来，破口大骂："还没……就准备这几乎跟宫殿一样大的陵寝……"

秦雨近来很用功，在骑马射箭上。

将军回来的时候，他正在院子里舞剑。剑花飞舞，掩了身形，滴水不漏。将军看见，满意地笑了，肚子里的怒气消了很多。

吴山和尚看到将军，连忙走过来说："少爷的武功进步很大，很像当年的你了。"

将军笑了笑说："像吗?"

吴山和尚说："像。"

将军说："还是弱了，多了些女性的柔美，而不是阳刚之气……"

吴山和尚笑。

将军说："不过有你调教，我放心很多。"

这时，秦雨舞剑毕，走过来说："父亲您回来啦。"

将军爱惜地说："剑舞得不错。"

秦雨看了眼吴山和尚说："都是师父的功劳。"

吴山和尚笑。

将军说："来，比试一下吧!"

秦雨看看吴山和尚。

吴山和尚点了点头。

秦雨说："那就请父亲多多指教。"

将军喊老仆秦奴说："拿我的枪来。"

老仆秦奴叫两个仆人把将军的枪抬出来。将军接过枪，红缨乱颤。枪头银光刺眼。

父子二人摆开架势，秦雨说："父亲请。"

将军没客气，上来一枪直奔秦雨的面门刺过来。老仆秦奴的心都提到嗓子眼了。只见秦雨轻轻用剑一挡，顺势刺过来，剑尖直抵将军的咽喉。将军没有躲，而是身子一侧，整条枪抡起来扫向秦雨的头部。秦雨出了一身冷汗。腰部向后一弯，几乎贴近地面了，才躲过将军的枪……

就这样又战五十多个回合，将军停下来，有些气喘。

秦雨站在那里，脸不红，气不喘。

吴山和尚说："将军还是不减当年哪。"

将军把枪交给老仆秦奴，说："老了，不服老不行。"

将军和吴山和尚并肩走进书房。

吴山和尚问："将军的兵书写得怎么样了？"

将军说："快了。总是在那些典籍中企图找到属于我的……"

吴山和尚问："找到了吗？"

将军说："还在找。"

吴山和尚说："这本书写成后，将是后人的福气。"

将军说："总是要到土里去的，不想那么多了。只希望有一个可以传承的人，能精通我的作战之术，保家卫国。"

吴山和尚："找到那个能传承你的人了吗？"

将军说："倒是有一个，时机还没到。"

吴山和尚问："不知道哪个人有这样的福气？"

将军说："你也认识的。现在镇守边关的马奇。他当年是一个孤儿，是我一手培养起来的，希望他能不辜负我……"

吴山和尚犹豫了一会儿，没说什么。

将军问："你两次云游，都遇到了什么？"

吴山和尚说："我总感觉到那里面隐藏着巨大的火，说不定哪天就会烧起来……我经过的鹿城常年干旱无雨，百姓已经民不聊生，时刻都有爆发地方起义的可能……因为腐败，很多地方的官衙都被打砸和焚烧……"

将军叹息着，问："你有什么良方妙计吗？"

吴山和尚摇了摇头说："没有。"

将军疑惑地问："会吗？"

吴山和尚沉默。

"你这么说，我倒感觉到了恐惧，也许我的兵书要早日完成。这也许是一部可拯救王的生命之书。"

吴山和尚笑了笑说："你骨子里还是那么天真……也许不久的将来……你……"

吴山和尚的话还没说完，老仆秦奴慌慌张张跑进来说："将军，边关马奇的手下来报，有重要事情，您是否马上接见？"

将军说："见。"

将军转到桌案后，坐下来。吴山和尚站立一旁。

马奇的手下冲进来，气喘吁吁，口舌干燥，一进门就跪在地上，差点儿摔倒。将军吩咐秦奴说，给他倒杯水。那人狼狈得像个逃兵，咕咚咕咚喝了水，喘了口气，突然哭起来。秦奴说:"有什么事你说吧,哭什么?"那人说:"将军,我家主人暴病而亡,夫人让我来禀报将军。"

将军问:"消息还没有泄露吧?"

"夫人说要先禀报将军,然后再禀报朝廷。"

将军怔在那里,看了看吴山和尚。吴山和尚看着窗外的云。

将军问:"你看什么呢?"

吴山和尚说:"云。"

将军问:"云怎么了?"

吴山和尚说:"云哭了。"

将军吩咐秦奴让那人下去,吃饭休息,让他等消息。

将军问吴山和尚:"怎么办?"

吴山和尚说:"云哭了,谁都没有办法,暴雨将至,城倾瓦崩。"

将军说:"你是说即将有一场大战吗?"

吴山和尚点了点头,说:"而且要将军亲自出征。"

这时候,秦雨从外面跑进来,他已经有了大人样,但脸上的稚气还在。他看到父亲的脸色严肃,转身要走。

将军问:"雨儿,有事吗?"

秦雨说:"我是来告诉父亲,太阳里的那只乌鸦不见了。"

将军和秦雨在吴山和尚面前是没有秘密的。

将军说:"哦。还有事吗?没事你出去吧。"

秦雨的姿态仍旧透着女人的娇柔之气。将军一声叹息。透过门，将军看见秦雨融入姐姐们的欢声笑语之中，连说话的气息都女气了。

将军突然哭了。这吓了吴山和尚一跳。

吴山和尚问："将军你怎么了？"

将军说："我没想到我一心想要把我的兵书完成，交给马奇，现在马奇暴病而亡，我的兵书没有了可以继承的人，你也看到了秦雨那孩子，稀泥扶不上墙的。我垂垂老矣，这疆土也垂垂将息矣。"

将军的哭声痛彻心扉。

吴山和尚说："定数，任何人都不可能逆转的，将军，你也不能。"

将军知道吴山和尚说的是实话，但他仍心存一丝希望。

吴山和尚不再说什么。

将军说："明天我就去面见王。"

吴山和尚说："不可。"

将军问："为什么？"

吴山和尚说："你要等王召见你。你这样出现在王的面前，那些大臣会怎么想，你可是一直抱病在身的呀。"

将军说："我想送我义子干儿最后一程。"

吴山和尚说："节哀吧，将军。"

将军说："我出征后，这雨儿就托付给你了。"

吴山和尚说："放心吧，将军。"

出发的前夜，将军喝了很多酒，在酒量上，他感觉大不如从前了。他感叹着真是老了。侍女贞娅服侍着他躺到寝榻之上。灯光中，贞娅的身影模模糊糊，毛毛茸茸的。夜凉，贞娅关上窗户，给将军披上被角，将军一把抓住了贞娅细嫩白皙的小手，把贞娅拽到怀里。贞娅像一只慌张的小鹿，怯怯地看着将军，闻着从将军鼻孔里喷出来的酒气，整个人已是微醺。她软在将军的怀里。将军说："脱。"贞娅的身子颤抖着，心跳得厉害，随时都可能晕倒似的。贞娅声音带着哭腔说："将军。"将军说："脱。"贞娅的动作很慢，很慢。将军在那里等。将军说："进府二十年了吧？还是处子吧？"贞娅脸红地说："是。"贞娅的全身有一种烧灼感，似乎随时都可能化成灰烬。最后一件衣物从贞娅洁白如玉的肌肤上滑落，悄然无声。她已经感觉到将军身体里迟缓的野兽开始苏醒。这是一头从目光开始苏醒的老狮子。将军的目光落在贞娅的身上。将军的目光开始变得柔软，像一个孩子似的，抚摸着贞娅。贞娅一直是跪着的。将军身体侧了一下，让贞娅躺到身边。贞娅说："不敢。"将军搂过她，慢慢把她的身体放平，动作很慢，很慢，就像是一个仪式。将军在呼吸贞娅的体香。那体香好像能唤醒他衰老生命里的欲望。他的手指弹琴般在贞娅的身上。贞娅一动不动躺在那里，呼吸急促。以前给将军洗澡的时候，她憧憬过这具身体。

几天前，她梦见一头老狮子从天而降，脚踩几朵祥云，进入她的梦里。将军躺在她的身上，两个人的心跳交映着跳动。她的更加强烈。突然，她感觉到黏稠的液体掉落在她的身上。是将军的眼泪。也许是出于女人的本能，贞娅伸出一只手在将军的头上爱抚着。她闭着眼睛，不敢看见。时间凝固。她的手落在将军褶皱的皮肤上。之前给将军洗澡的时候，她曾无数次抚摸将军的皮肤，但那只是皮肤而已，跟褶皱的布匹没什么区别。现在，贞娅的手指感觉到那褶皱下面血管里涌动的欲望，是缓慢，是循序渐进的。那里面有一种力裹挟着贞娅的身体，随时都可能置贞娅于死地。近乎邪恶的力。但贞娅并没有恐惧，她时刻准备着迎接那力的袭来，排山倒海的。距离。距离那个力的来临，还需要时间。她在感受它。她的身体就像是一根火柴，在将军黑色的磷上，只要一擦，就会被点燃。将军皮肤下的力像涟漪般开始荡漾开来，包裹着她。

这样不知道过了多长时间，她的眼泪顺着眼角流淌到枕头上。她身体里被将军挖掘的欢愉之河从眼睛流淌出来，从毛孔里流淌出来，从……

将军瘫软在贞娅的身上。她像一个母亲爱抚着孩子似的，擦去将军额头上的汗水。那是他们两个人水乳交融的汗水。喘息的将军像一头笨重的熊俯在她身上。贞娅闭着眼睛听着将军的喘息声，身体仍沉浸在颤颤的欢愉之中。

将军枕着贞娅睡着了。这个老男人梦中的哭泣，让贞娅心疼。

远处传来阵阵凄凉的琴声。

将军府西北角的禅寺里，吴山和尚一边弹琴，一边泪流满面。

　　将军出征半年多，冬天来了，府内的树木上落满了白雪。几只乌鸦在禅寺的屋顶上鸣叫着。秦雨和几个姐姐在花园里堆雪人。滚起来的一个雪球做头颅，但按上去，就会从上面滚落下来。几次，他们都失败了。秦雨沮丧地蹲在地上几乎要哭了。姐姐们哄着他，逗他笑。秦雨就是不笑。吴山和尚路过这里，看到秦雨蹲在地上，喊了声："雨儿，跟师父回去习武。"秦雨看了眼师父说："师父你都看到了吧？这是为什么呢？"吴山和尚说："你会知道的。"

　　自从将军出征，贞娅日夜思念将军，想着将军对她的好。她已经感觉到肚子里怀上了将军的骨肉。如果将军再不回来的话，她只有离开将军府。窗外的雪地上，几只麻雀叽叽喳喳地捡拾她们扔在雪地里的谷粒。她打扫将军寝榻的时候，竟然下意识地躺了上去，仿佛那上面仍滞留着将军的体温和体味。如梦如幻般，将军又回到她的身上。要不是同伴楚红喊她，她几乎要睡着了。楚红的喊声吓了她一跳，连忙从寝榻上起来，慌张地收拾着。楚红进来说："夫人找你。"贞娅问："有什么事吗？"楚红说："不知道。"贞娅说："不会是将军有消息了吧？只听人说，关外的西冷国开始攻打边关，将军在奋力迎战。"楚红的眼睛在贞娅的身上转来转去的，上下瞄着。贞娅涨红了脸说："你看什么呢？"楚红说："我总觉得你的身子怪怪的。"贞娅说:"你眼睛有问题吧?"楚红说:"怎么会呢?你的身子就是怪怪的。"贞娅说:"瞎扯,我要去见夫人了。"贞娅轻轻关上门,好像将军就在屋子里似的。路过禅寺的门口,只见秦雨在那里练剑。剑尖挑起地上的雪花,在空中飞散。贞娅从秦雨的脸上还是看出了将军的轮廓。她怔了怔。楚红尖声说:"快走吧,一会儿夫人怪罪下来,我可担当不起。"贞娅感觉肚子里有东西在动了。她脚步缓慢。楚红说:"你快点儿。"两人来到夫人的房间,夫人对楚红说:"你下去吧,我有话跟贞娅说。"楚红嫉妒地看着贞娅,沮丧地走出房间。贞娅低着头不敢看夫人的眼睛,问:"夫人找我吗?"夫人近五十岁,头发突然就白了,两眼里仍透着锐利的目光。夫人不说话,端起茶杯喝茶。只是喝茶,一小口一小口地。贞娅的心里开始敲鼓了。一定是夫人发现了什么,一定。夫人仍不说话,喝茶。喝茶。贞娅站在那里听着夫人喝茶的声音,都有些口干舌燥了。她肚子里的东西在动,在动。夫人不看她,她更加心虚。一刻钟过去了。一丝冷风从门缝吹进来,她瑟缩着有些冷。夫人旁边的火盆里,炭火灰白,将熄。一阵强风撞开了门。夫人坐在那里一动不动。贞娅转身把门关上,继续站在那里。风带进来的雪在她的脚下融化成水珠。又过了一刻钟,贞娅扑通一声跪在了地上……

　　秦奴来信说,边关失守。将军下落不明。秦奴还在信里补充了一些内容说:"将军带兵赶到边关的时候,西冷国的军队已经攻破了居就城。马奇的尸体被高高悬挂在城门口。将军悲伤过度，险些从马上摔落下来……将军吩咐下面在城外安营扎寨。休整三天后开始攻城，无果。在与西冷国的大将马潼交战的时候，马潼落败，将军紧追，再没回来。督军张威投降了西冷国。老奴日夜奔波在寻找将军的路上，找不到将军，老奴也就……"

夫人把秦奴的书信递给吴山和尚。吴山和尚借着灯光阅读。沉默。在屋子里走来走去。窗外的天空划过一颗流星。夫人心急如焚地看着吴山和尚。吴山和尚把书信还给夫人，夫人又递给旁边的贞娅。贞娅还没看完，眼泪唰地一下就流出来了。夫人看了贞娅一眼，她止住了哭，抽噎着。

吴山和尚说："搬家吧。"

夫人好像没听清，问："你说什么？"

吴山和尚说："搬家。边关失守后，西冷国的部队很快就会攻占这里来，将军失踪了，已无人可以阻挡西冷国的部队。"

夫人说："我不走，我要等将军回来。"

贞娅看了看夫人说："我也不走。"

吴山和尚生气地说："将军临走的时候，把你们托付给我，我必须保护你们的安全。现在将军生死未卜，如果西冷国的部队攻打下王的城，那么我们将沦落为奴隶和贱民。我会让人送你们到一个安全的地方，即使将军回来了，也会找到我们的。夫人，你是一个明大体懂事理的人，你应该明白我的意思。"

夫人沉默了一会儿说："好吧，听你的。可我们去哪里呢？这王的疆土都不容我们了，还有别的地方可以安身吗？"

吴山和尚说："有。这么多年四处云游，我都在寻找这样的地方，去年我终于找到了。"

夫人问："在什么地方？"

吴山和尚说："到了，你们就知道了。夫人你命令家人开始收拾东西吧。明天晚上，我们要乔装打扮出城。"

夫人怔了一下，吩咐家人开始收拾，除了贵重物品，其他的都舍弃。

第二天夜晚，夫人眼含热泪看着居住了很多年的将军府，潸然泪下。他们在吴山和尚的侄子吴云的护送下出了城。

吴山和尚陪着他们出城后，跟夫人说，要秦雨留下来。他们要等将军一到两天。如果将军还没有回来的话，他们会赶上来的。夫人抚摸着秦雨的头说："雨儿，你要听师父的话。"秦雨眼泪汪汪地说："母亲大人，我会的。"

吴山和尚和秦雨骑马回来，就坐在将军府的门口。秦雨依偎在吴山和尚的怀里睡着了。

三天后，在他们收拾包裹，即将离开将军府的时候，他们听到一阵马的嘶鸣声，两人冲出房间……

是将军的枣红马驮着将军回来的。

那是一个没有了头颅的将军，盔甲上的血迹已经凝固，看不出红色。没有了头颅的将军，仍旧挺着身体，坐在马上。吴山和尚和秦雨护送着将军的尸体，去了般若岛。

十八岁的秦雨决定出门寻找将军的头颅。在般若岛，也就是吴山和尚当年找到的世外桃源，在岛屿的中部修了将军庙，但那是一个无头的将军。夫人看到吴山和尚和秦雨运回来的丈夫的尸体，一口血从嘴里喷出来，从那之后，她就病了，半年后死了，被安葬在将军墓里。也是在那年春天，贞娅产下一子，取名秦璺。

秦雨去坟上给母亲和无头的父亲拜祭，又在将军庙里跪了很长时间才上路的。他看上去很决绝，告诉大家谁都不要送。一人骑马而去。

那时候，西冷国已经统治了原来的王的疆土。王在西冷国军队攻进城池的时候，悬梁自尽了。传说，西冷国国王进驻王的城之后，第一件事情就是把牢房里的读书人都赦免无罪。如果他们有愿意留下来辅佐西冷国王的，高官厚禄。不愿意留下的，发放银两回家，著书立说，闲云野鹤，种菊南山。其中一名学士余晓，不忍亡国之耻，当场撞死在墙上。血溅八方。

从般若岛出来，遍寻了西冷国的每一个角落，都没有将军头颅的任何消息。就这样，三年过去了。秦雨看上去俨然一个乞丐，蓬头垢面的。

一天，秦雨躺在一个破庙的稻草里睡觉，他梦见贞娅。在睡梦中，白色泛滥在山河之上。病山河，枯风景。

秦雨在梦中跋涉得很累很累，直到贞娅消失在梦境深处。

他突然听到地下有一个声音在喊他："雨儿，雨儿……"

秦雨从睡梦中惊醒，竖起耳朵。他不能相信自己的耳朵，怀疑是自己的幻听。他又躺下，扒开稻草，耳朵贴在地上。那声音再一次喊着："雨儿，雨儿。"秦雨从地上坐起来，四处看着，除了那个挂满蛛网的泥胎神像，什么都没有。秦雨坐了很长时间，再一次睡下。他梦见将军的头颅就在他躺着的稻草下面的泥土深处。

秦雨在梦里挖着，挖着……除了黑暗，还是黑暗……在挖掘的过程中，他隐约看见了什么……

四

透过灰尘的光被囚禁成光柱……

李慧珠是秦郁在小区诊所里打点滴的时候，给秦郁打来电话。秦郁的右手上扎着点滴，用左手接的电话，右手拉扯了一下，有些疼。对面的老护士说："注意点儿，别鼓包了。"秦郁点了点头。诊所是一家医院退休的医生开的，雇用的护士也是退休的。右手拉扯了一下，有些疼，秦郁没好气地对电话里说，谁啊？对方说，我是慧珠。秦郁说我不认识，就撂了电话。对方再一次打过来，说，我是般若岛的李慧珠。这么说，秦郁才想起来。李慧珠和他是中学同学，她家没有占地，她也没有进城变成轧钢厂的工人。秦郁说，你不是去南方打工了吗？李慧珠说，秦郁帮帮忙，借我五千块钱。秦郁问，咋啦？李慧珠说，我在派出所呢。李慧珠在中学的时候跟二孩处对象，后来二孩进城了。李慧珠中学毕业后就去南方打工了。李慧珠说，你先拿钱把我保出去，我会很快还给你的。秦郁说，二孩知道吗？李慧珠说，他有蒋文殊，我没给他打电话，这城里，我只认识你了，才给你打电话的。秦郁说，我在诊所打点滴呢，最快也要一个小时后……李慧珠说，我等你。说起李慧珠，秦郁在当年一次春游的时候，还亲吻过她。那时候，蒋文殊看不上他，跟学校里的小混混黑头搞在一起。和蒋文殊好是黑头在一次打架中被人用刀子刺死后的事情了。秦郁跟蒋文殊好后，抛弃了李慧珠，李慧珠就跟二孩好了。在这件事上，秦郁回想起来，还有些愧疚。现在，李慧珠打来电话求助，他要帮这个忙。一个小时后，拔了点滴，秦郁打车去了光明路派出所。在派出所旁边的中国银行取了五千块钱。秦郁走进派出所，只见李慧珠一只手被铐在椅子上，站在那里。她穿着黑色丝袜，黑色超短裙，黑色高跟鞋。头发染成了黄色。上身是一件红色皮夹克，敞开着，里面是近乎透明的黑色内衣。秦郁一看，多少明白了，交了钱，警察把李慧珠的手铐打开。李慧珠揉了揉手腕，挽着秦郁出了派出所。李慧珠这样挽着自己，他多少感到不舒服。春天风大，秦郁把墨镜找出来戴上。李慧珠问，你咋了？说在诊所打点滴。秦郁说，胃出了点儿毛病。李慧珠问，严重吗？秦郁说，老毛病了。两人路过一家饭馆的时候，李慧珠说，我饿了。秦郁问，那吃饭吧，也中午了。两人进了饭馆坐下，李慧珠点了两个菜，红烧狮子头、肉末茄子、米饭。她问秦郁，你要什么？秦郁说，来碗面条吧，我这胃，现在只能吃软食喽。李慧珠"切"了一声说，我养你呀。秦郁愣了一下，说，不敢。秦郁还戴着墨镜，李慧珠说，摘下来吧，怕我给你丢人是不是？秦郁说，不是。李慧珠说，拉倒吧，你就是这个意思。秦郁说，既然你这么说了，那么，就当你说得对。李慧珠低头不吭声。秦郁问，啥时候回来的？咋的，憋不住啦？李慧珠说，回来去岛上住了几天，不适应，就到城里来租了个房子，正好遇见一个比我早回来的姐妹，我们在一个宾馆里共事过，她说帮我介绍个男人，我就……没想到，还没……就被人举报了。李慧珠边说，边看着自己涂了红色指甲油的指甲。秦郁看着李慧珠心想，如果她家也占地的话，那么她也许就是另一种人生了。没法知道什么会改变一个人的一生。李慧珠问，你咋样？听说离了？秦郁嗯了一声。李慧珠问，又找了吗？秦郁说，找了一个。李慧珠说，哦。秦郁问，以后怎么办？李慧珠说，不知道。秦郁说，听说你在南方不是挣了很多钱吗？可以在城里买个门市房什么的，出租，也可以吃饭。李慧珠说，是挣了很多，也被老板剥削了，剩下的，除了被人骗，还是被人骗，男人没好东西。秦郁哦了一声。有烟吗？秦郁翻了翻衣兜，没找到，说，犯病了，没有抽烟的欲望，就没买。李慧珠说，哦。菜饭上来了，李慧珠又要了瓶龙山泉啤酒，看一眼秦郁说，你喝吗？秦郁说，你喝，我不敢。李慧珠说，这点儿，你就不如二孩，那酒量……秦郁疑惑地看了眼李慧珠说，你回来后你们在一起喝过吗？他都要喝死啦。李慧珠说，喝过一次。秦郁说，不想让他早死，就别找他喝酒。李慧珠不吭声，起开瓶盖，对着瓶嘴喝起来，看上去很情色。咕咚咕咚喝了几口，她停下来说，还是咱这地方的啤酒好喝。秦郁没接话茬。两人吃晚饭，从饭馆出来。李慧珠问，女朋友不在家，要不要我安慰安慰你。免费的。你的钱，我会还你的。秦郁笑了笑说，我这身体已经不行了。李慧珠说，我会让你行的。秦郁说，还是算了吧。李慧珠说，最近，你回岛上了吗？秦郁说，没，很长时间没回去了。李慧珠，九叔死了。就是岛上最老的那个老人。他很多亲属都从外地回来送他。秦郁感到惊讶，说，我咋不知道信呢？要是知道我也会回去的。等哪天回去，给他老人家多烧些纸钱吧。九叔能有一百岁了吧？李慧珠说，走的时候，一百零二岁。秦郁说，哦。李慧珠说，再给我买盒烟吧。秦郁把兜里剩的三百块钱，拿出来二百递给李慧珠。李慧珠说，不要这么多。秦郁说，拿着吧。李慧珠说，会还你的。秦郁说，我多嘴说一句，你不要不愿意听，以后别穿成这样好吗？李慧珠问，咋啦？秦郁说，不咋的，就当我没说。李慧珠说，你瞧不起我。秦郁说，没。要是瞧不起你，我也不帮你了。李慧珠说，我的钱都买了股票，现在套住了，等解套了，就还你。秦郁说，不着急。李慧珠问，轧钢厂现在怎么样？秦郁说，不咋样，不死不活的，一个月的工资仅够吃饭，饿不死。李慧珠说，哦。你知道当年你们几个被占地，抽上来当工人，我是多么羡慕你们吗？我偷偷哭过很多次。你们可能不觉得咋样，可是，你们成了有身份的人。岛上的人都这么认为。其实，刚开始秦郁他们也觉得是一种荣耀，但到轧钢厂工作了几年，他并没有感觉到荣耀，而是一种被异化。这种感觉对于敏感的秦郁来说，越来越严重。当时，很多人都说这些被占地人家的祖坟冒青烟啦。秦郁和李慧珠沿着马路走了一会儿，秦郁看到路边的水泥椅子，说，坐一会儿，我有些累。李慧珠说，好的。水泥椅子上落了厚厚的一层灰土，秦郁从旁边的地上捡了张破报纸垫上，说，坐吧。两人沉默好久，李慧珠说，真怀念我们那时候在岛上的时光。秦郁不想接李慧珠的话，那样说下去，他会伤感。伤感会刺激胃的。其实，关于秦郁的胃病，更多是情绪所致，就像网上说的，胃病也是精神疾病的一种。秦郁深感认同。李慧珠又提起九叔，说那个风光的葬礼，还说，听人说，九叔临死时还坐在将军庙前晒太阳呢，他突然说了句，天黑了，坐在那里就走了。对于九叔，秦郁印象深刻，小时候他们都围着九叔，在将军庙前树下给他们讲《三国演义》《隋唐演义》《杨家将》什么的。回忆让秦郁感到悲伤。他觉得胃里面痉挛了一下，他在控制着自己的悲伤。两人坐了一会儿，对面的房屋正在拆迁，腾起的灰土像从天空上投下一枚炸弹似的。秦郁说，走吧，我要回去休息一会儿。李慧珠说，好的，好好养病。

临分手的时候，李慧珠说，前些天我看到谯东山了，西装革履的。秦郁说，哦。谯东山中学没毕业就出来混了。在望城见过几次，看上去很牛，秦郁懒得搭理。一个老头儿从他们跟前路过，对着李慧珠愣怔了一会儿。李慧珠说，看啥？有什么好看的。老头儿摇了摇头，走开了。秦郁帮李慧珠拦了辆出租车，看着她上车走了。李慧珠的背影让秦郁有些难过。秦郁又等了一会儿，才拦到一辆出租车。对面拆迁的房屋轰隆一声，坍塌到地面上。出租车里放着汪峰的《北京北京》。秦郁在出租车里闭着眼睛，打过点滴后，他觉得身体有了一些力气，有了一些欲望，不是性欲，而是吸烟的欲望。但他兜里没有，也忍住向司机要一支的打算。那一刻，闻着司机抽的烟味都是享受。这也是他判断身体开始恢复的一种证据。他掏出手机把李慧珠的电话号码保存起来。在出租车上，秦郁突然想起身上少了点儿什么东西。是什么呢？他想。他想。近乎绞尽脑汁了才想起来，是那本小说《铁皮鼓》，遗落在诊所里。他让出租车到小区的诊所门前停下，给了钱。进了诊所，里面的病人都走光了，只剩下一个老护士和一个老医生。两个老女人。她们在闲聊着晚上吃什么。秦郁说，我有一本书落这儿了，看到没？那个老护士从抽屉里把书给他拿出来。秦郁说，谢谢。秦郁出来回家，没想到，到楼下只见电梯门上贴着因为六楼居民跑水，电梯出现了故障，暂停使用。秦郁骂了句，给物业打电话，问什么时候能修好。物业说，大概要明天吧。秦郁说，三十二楼，你让我走上去吗？物业人员沉默。秦郁想发火，想想还是算了。如果不是带病之身，秦郁会爬上去的。可是现在他是一个病人，他无法承受三十二楼的高度。房子是女友买的，当时觉得这个高度可以俯瞰下面和远处的景致。尤其天气好的时候，坐在摇椅上看着下面，阳光暖暖地落在脸上，可谓惬意。现在，停电了。停电了。秦郁走出来，在小区的花园里坐了一会儿，感到身体里的力气顺着身体掉落在地上了。他在椅子上倚靠一会儿，想，这样的身体是爬不上三十二楼的。那么，晚上去哪儿过夜呢？他仰头看了眼楼房，那些窗户像一个个匣子。从买房到现在，两年多了，之前也停过电，但晚上都会来电，电梯会恢复正常。今天，这个意外，再加上他身体的意外。日光落在楼体上，阴影落在秦郁身上，让他喘不过气来。他竟然感觉到一丝阴冷。他从兜里摸出钱，数了数，还有八十八块钱，打车花了十二块钱。他站起来，去了诊所旁边的一家旅馆，服务员要身份证，他打开钱包，却发现身份证不在里面。平时都带在身上的。他才想起来，可能是生病前一天，去邮局取稿费的时候放到另一件衣服兜里了。他向服务员解释说，就住在前面的楼里，电梯停电，自己生病了，走不上去，来这里对付一夜。服务员冷冷地说，没有身份证不行。现在查得紧。秦郁说，我又不是逃犯什么的，通融一下，明天电梯来电了，我再给你。服务员说，不行。秦郁瞅着那二十多岁的服务员冷冰冰的脸，鼻翼两侧是密密麻麻的雀斑，他不想哀求了，气哼哼地从旅馆出来。那一刻，他突然感觉被这个世界遗弃了似的。女友发来微信问他干什么呢。他撒谎说，上班呢。他不想把生病的事情告诉女友。他觉得两腿发软，在路边坐了一会儿。疾病让他的身体变得空洞。空。洞。孤。独。此刻，他多想回到般若岛上的将军庙里，对着那个无头的将军泥胎跪拜，祈求护佑。是的，护佑。秦郁是一个无神论者，可是，在疾病的虚弱中的那种无依无靠，让他开始相信神灵的存在，在头上三尺。他拿着那本《铁皮鼓》，不知道在何处度过这个夜晚，明早还要去诊所继续打点滴呢。去二孩家吗？但想到蒋文殊，他否定了这个想法。没带身份证就等于一个没有身份的人，这样在街上游荡也不是办法，要是被巡警检查，又多了麻烦。去哪儿呢？一个女人从他身边走过，他闻到了一股劣质的香水味。之前，他闻过这种香水味的，是熟悉的，是李慧珠的。对，给李慧珠打电话看看。可是，她一定会想我企图占有她的性，随她怎么想吧，现在也只能这样啦。秦郁给李慧珠打电话问，你那儿方便吗？我讨个宿，可以吗？我住的那楼电梯坏了，三十二楼，我这带病之身实在爬不上去了。本来我想住旅馆的，但我的身份证没在身上，落家里了。如果不方便的话，就算了，我再想办法。李慧珠在电话里尖笑了一声，说，方便，你过来吧。民主路5号，溪湖医院附近。你到了给我电话，我下去接你。秦郁说，谢谢。李慧珠说，跟我还客气，我还欠你五千二百块钱呢。秦郁说，你这么说好像我跟你要钱似的。李慧珠咯咯地笑着，笑声一跳一跳的，进入到秦郁耳朵里，她说，我可以拿身体抵债吗？秦郁顿了一下，他是一个没有幽默感的人。李慧珠在电话那边说，开玩笑的，你还是那么没有幽默感，过来吧。秦郁说，谢谢。感谢你收留我……李慧珠说，什么话啊？别磨叽啦，过来吧。秦郁尽管进城二十多年了，但对于这座城市并不熟悉，倒是近两年的街拍，让他开始熟悉起这座城市来。李慧珠说的民主路5号，他在一个月前的街拍中正好拍下了那个街牌，下面是两棵树。当时，秦郁还想，怎么这座城市还有这条路，他好奇，所以印象深刻。当他跟出租车司机说去民主路5号的时候，司机竟然不知道，说，我是第一次听说这条路。秦郁说，那就到溪湖医院门口。在一个铁路道口堵车了，司机抱怨着不该来这边的，堵车影响他挣钱了。秦郁没吭声。他后悔相机没带在身上，以前他都是随身携带那个小相机的。他拿出手机从车里下来，拍了几张，又回到车内。

五

夜改变了形状后继续延伸……

下车后，秦郁在路边的小超市里买了盒烟和打火机，点了一支，只吸几口，就没欲望了，扔掉。看来，身体恢复的只是这一小截烟的欲望。他在找那天拍照的地方，找到了，给李慧珠打电话。李慧珠说，你等着，我马上下楼接你。秦郁盯着那个民主路5号的街牌看，思考是否可以找个更好的角度去拍，这时候，他听到李慧珠在喊他，秦郁，秦郁。秦郁回过神来，看过去，愣住了，这还是李慧珠吗？她看上去简直变了一个人似的。只见李慧珠黑色高跟鞋、黑色丝袜（在脚踝骨处的丝袜外面还戴了串白色的珠子）、黑色短裙，白衬衣只扣了三个纽扣，外面是一件黑色夹克，头发的颜色也变成了黑色。整个一副职业女性的打扮，跟之前判若两人。走近了，秦郁还看到李慧珠那敞开的领口里面在乳沟之间晃动着一件白色的挂件。尽管只恢复了一小截烟那么长的一点儿欲望，秦郁还是眼前一亮。他目光粘在李慧珠身上。李慧珠问，看什么，不认识了吗？秦郁有些羞涩了，脸热了一下（对于一个中年人来说害羞是一种品质），说，你什么妖精变的？我们才分开多一会儿，你就变成这样了，百变娇娃吗？李慧珠说，去你的。咋的？不喜欢吗？秦郁木讷地说，不错。李慧珠说，走吧，上楼。秦郁问，几楼？我现在就怵上楼，没劲儿。李慧珠说，二楼。不行，我背你。秦郁说，二楼可以。他走得很慢，每一个脚步都是坚实的，他怕急促了，胃里面的某个点又会渗血。几个台阶后，他有些喘了。李慧珠问，真不行啊？我还以为你装的呢，那么歇息一会儿。秦郁说，我是装的人吗？李慧珠不语。喘了口气，两人继续上楼，来到门口，李慧珠掏出钥匙开门。打开门的那一瞬间，从屋里飘出来一股香味。什么香？秦郁判断不出来。他只觉得被香味包裹住似的，打了个喷嚏。屋子里看上去很整洁，一个棕色的沙发，电视机挂在墙上，再没什么家具。沙发前面是铝合金加玻璃的茶几，上面摆了些女人的物件。李慧珠弯腰脱鞋，黑色丝袜的脚跟近乎透明地呈现着肉色，是性感的。李慧珠说，刚租下来，还没有男人的拖鞋，你就穿鞋进来吧。李慧珠自己换了拖鞋让秦郁进来，她关上门。秦郁看了看是木地板，说，我穿袜子，没事，你这挺干净的别整埋汰了。李慧珠说，没事，我再收拾。秦郁说，我是要在你这儿过夜的，你让我穿鞋过夜吗？李慧珠笑了笑，说，你看我，都忘了这茬了，主要是紧张，在这儿租房子还没带男人来过。秦郁说，哦。秦郁穿着袜子踩在地板上，到沙发上坐下。李慧珠问，喝点儿什么？秦郁说，白开水。李慧珠说，对了，我有从宾馆拿回来的那种一次性的拖鞋，你穿吗？秦郁说，可以。你什么意思？是不是嫌我脚臭哇？告诉你，我这病了，连脚都不臭了。李慧珠说，你就冤枉我吧，小时候，你的脚倒是全班最臭的。秦郁说，你还记得。李慧珠从壁橱里拿出来一双一次性白拖鞋，扔到秦郁脚下。李慧珠转身去厨房烧水，秦郁注意到她的短裙比之前看到的要长两寸左右。秦郁判断。而且看上去也比之前的要宽松，因为没有把屁股包裹得那么紧绷。秦郁想，这个人不是当年的那个黄毛丫头了。是呀，自己也老了呀。秦郁突然想，这些年都没联系，她怎么知道我的电话的呢？一定是二孩给她的。秦郁把茶几上的东西收拾了一下，有口红、纸巾盒、眉笔，还有一个精致的小包，秦郁往里面瞄了一眼，连忙收回目光。他看到里面有几个粉色的避孕套。他把这些东西挪到一边，把双脚放到茶几上。这样可以缓解一下两腿的沉重。这些年开吊车，秦郁养成了不时把脚跷起来的习惯。两腿长时间坐在吊车上都近乎麻木了，血流不畅。李慧珠端杯水过来，秦郁歉意地说，我的腿好沉，这样会好一些，不介意吧？李慧珠笑着说，没事。她把水放到茶几上，顺手把上面的东西归置到那个小包内。在看到敞开的小包时，她怔了一下，很快把东西放进去，拉上拉链，放回到壁橱里。令秦郁好奇的是李慧珠的头发，怎么这么快就变色了呢？秦郁问，你的头发之前不是这个颜色的呀？李慧珠说，那个是假发。秦郁笑着说，哦。李慧珠拿了个小凳子坐在秦郁的对面。秦郁说，坐沙发上吧，你这样好像受我气了似的。李慧珠坐到秦郁身边问，病严重吗？去医院了吗？秦郁说，感觉比以前要轻一些，没去医院，我根据经验判断的。李慧珠说，行啊，你都成医生啦。可别耽误了。秦郁说，不会。李慧珠说，看电视吗？秦郁说，不看。他惊叫起来，完了。李慧珠吓了一跳问，咋啦？秦郁说，我的书落出租车上了。李慧珠问，什么书，你大惊小怪的？秦郁说，一本叫《铁皮鼓》的小说。李慧珠说，哦。秦郁有些失落。秦郁说，我想躺一会儿可以吗？李慧珠说，进屋去床上躺着吧。秦郁说，不了，这沙发就很好。李慧珠又让他进屋里床上去睡，他拒绝了。李慧珠站起来，把沙发让给秦郁，让他躺着。李慧珠问，晚饭吃什么？下去吃，还是我买回来。秦郁说，随便。昏沉沉地，秦郁睡着了，噩梦连连。他梦见将军的头颅在黑暗的地下嘶喊着……还有无数的头颅，像是将军的士兵，跟随着将军的头颅一起呐喊……他也跟着呐喊起来，这吓坏了李慧珠，她俯在他身边问，怎么了？秦郁睁开眼睛说，做噩梦了，你还记得将军庙里的那个将军是无头的吗？李慧珠说，记得。秦郁说，我常常会梦见那个将军的头就深埋在黑暗的地下……我拼命地挖，挖，挖，两只手都磨破了，出血了，露出骨头了，可我还是在挖，最后，我的双手都磨没了，只剩下腕部，两个肉柱，我还在挖，但就是挖不到那个隐藏在地下的将军头颅……李慧珠说，你不会是中邪了吧？要不要晚上去十字路口烧几张纸？秦郁摇了摇头，说，不用。李慧珠还是那身职业女性的装束，没有换掉。秦郁不知道李慧珠什么意思。他躺在沙发上的身体是疲乏的，沉滞的。病来如山倒，那么他身体里长了一座山了。李慧珠说，你看你脸色白得吓人啦，这离医院近，去检查一下吧，你一个人瞎判断，万一……秦郁说，没事，以前严重的时候，都黑便了，打一个礼拜点滴，就好了，只是恢复起来慢一些。李慧珠问，喝水吗？秦郁问，有红糖吗？我想快些恢复血色素，那么身体就会有些力气。李慧珠说，没有，我去给你买。秦郁说，不麻烦啦。李慧珠说，麻烦什么。李慧珠下楼去买红糖，很快回来，还买了些菜。李慧珠冲了一杯红糖水给秦郁，坐在他身边说，要我喂你吗？秦郁说，不用。李慧珠尴尬地说，哦。李慧珠站起来去了里屋，脱了夹克，穿着一件白色衬衫出来。她坐在秦郁旁边说，你还记得小时候有一次，你上将军庙门前的大树上掏鸟窝，从上面掉下来，摔得不省人事，后来，还是九叔给你叫的魂儿，你才醒过来。你醒过来？就喊要水喝，还是我给你找的水。秦郁说，你还记得。李慧珠说，嗯。你说，九叔是全岛上年龄最大的一个老人，为啥都叫他九叔呢？秦郁说，他是老辈人的九叔吧，到了我们这辈应该叫九爷爷，可是九叔说，还是叫九叔显得年轻一些。李慧珠说，哦。你知道九叔叫啥名字吗？秦郁说，从来没听人说过。李慧珠说，那天九叔的葬礼上，我在人们送的花圈上看到，九叔叫秦国政。秦郁说，这还是我第一次听说。我只记得传说他是将军的后人。也许是因为谈论起九叔，让秦郁变得脆弱起来。他把头枕在李慧珠的大腿上。他还强调说，让我枕一下，没别的意思。李慧珠说，就是有别的意思，我还怕你吗？秦郁沉默。李慧珠抚摸着秦郁的头部，眼睛里泪盈盈的了。秦郁说，是呀，这些年在轧钢厂的倒班生活已经让我的性欲大大下降啦，我前妻就是不满我的性能力才……那时候，只有歇班的时候才可能来一次……你不怕，我怕……秦郁笑了。李慧珠泪珠在脸上滑落下来，她说，你躺着，我去给你做饭，买了肉和蔬菜，你吃什么？秦郁说，素的吧，吃不动肉了。李慧珠说，好。李慧珠换了身粉色睡衣，开始做饭。她拿削了皮的苹果给秦郁吃。秦郁看见她光洁的脚指头上还涂了红色的蔻丹。在李慧珠转身的时候，秦郁伸手在她的屁股上摸了一把，李慧珠回头问，干吗？你不是没欲望吗？秦郁说，是手有了欲望，而不是身体，真可悲。李慧珠就笑，她不相信。但秦郁知道自己的身体。秦郁感到这是一个精致的女人，之前的一切都是伪装出来的。那是一种生存需要。秦郁慢慢地咀嚼着苹果，嚼得细细的，才吞咽下去。他拿出手机，没看到女友的消息，他翻看着朋友圈，看到一个人转了陀思妥耶夫斯基的《死屋手记》节选，其中的一段话触动了他：

> 精神上的贫乏比任何肉体上的痛苦都更加使人难以忍受……他必须克制自己的一切需求，改变自己的生活习惯，进入一个不会使他感到满意的环境，学会呼吸另一种空气……这就等于把一条鱼从水里捞出来放在沙土上……所有的人都依法接受同样的刑罚，但对某些人来说却往往痛苦十倍。

吃过饭后，秦郁仍躺在沙发上，李慧珠坐在他身边。秦郁抚摸着李慧珠，只是抚摸。那一刻，秦郁的心里面冻僵了一般。李慧珠安慰着他说，乖乖地养身体吧。秦郁说，嗯。晚上，两人还是睡在了一起，但只是睡在一起而已。一个被疾病夺走了性欲的人，静静地躺在那里，失眠了，后来睡着了，再次落入噩梦之中。在噩梦中，他像一个斗士从后面侵入李慧珠的身体里，那个女人是李慧珠，又有些像他的女友。在他狭小的吊车驾驶室内，那个地狱和天堂的界点……秦郁出了一身的虚汗，水洗似的，湿漉漉的湿了床单。身体没有痛感，没有，他每次犯病的时候，就是这样，要是有痛感的话，反倒让他觉得好受一些，恰恰没有。是悄无声息的，这悄无声息才让他感到恐惧……仿佛某一刻自己的肉身就会化作一摊水似的，融化掉……

李慧珠说，你发烧了？秦郁说，没事，睡吧。李慧珠转过身子，把秦郁搂在怀里，他没有躲，任她搂着，他脑中多么想给她暴力的一击，但他的身体在阻碍着他……他亲吻着李慧珠的嘴唇，他的嘴唇失去了知觉。李慧珠什么也没说，两人就那么抱着，很像列侬和小野洋子那张两人裸体抱在一起的照片。

楼下突然传来一阵阵号哭，秦郁动了动身子，问，怎么了？李慧珠说，可能是医院里死人了。秦郁说，哦。你咋找这么个地方租房子？李慧珠说，房租便宜，再加上，每次听到那些哭声，我就觉得我活着是有意义的。秦郁说，哦。号哭仍旧在震颤着黑夜，他们沉入睡眠的空无之中。是的，睡眠的世界是空无的。偶然上演的噩梦，也不过是一次次意外而已。

六

夕光的海面俨然一个黄金帝国……

第三天的点滴滴完，已经是中午。秦郁身体里的欲望已经恢复到可以抽半截烟了。厂里已经催他上班，他知道这样如果去上班的话，那么三天来的点滴白滴了，他说，我再休息一天，就去上班。电话里，班长语气冷漠。秦郁不去上班，班长就要顶替他。平时，班长是脱产的。活谁干累谁。从诊所出来，他去了李慧珠的出租屋，前一天，李慧珠说，给他炖个鸡补一补。回家也是一个人随便对付一口，这样已经对付快三个月了。这也是他胃犯病的一个原因。秦郁进了屋，就闻到鸡肉的香味了，李慧珠已经把鸡炖好，问，饿了吗？秦郁说，饿了。几天来都没有食欲，现在，秦郁突然很想吃东西。这对于他是身体开始恢复的好兆头。李慧珠把用瓦罐盛着炖好的鸡端上来，秦郁说，真香。没有食欲的时候，连香味都感觉不到。他知道自己的身体要好了。他心情愉悦。鸡是笨鸡，不是肉食鸡，里面还放了两根种植的人参和枸杞。李慧珠用心了。秦郁在心里感到温暖。他想表达谢意，却没有说出口。李慧珠把一个瓷的汤匙递给他，说，先喝鸡汤吧，也不知道你的口味，咸了还是淡了，淡了，就再放一点儿盐。秦郁舀了一口鸡汤，吹了吹，试探着喝了一口，鲜，还有人参的土腥味，枸杞的酸。秦郁说，好喝。好喝。他连连说了几个"好喝"。李慧珠说，那就多喝汤，早上我去市场现买的，回来就炖上了，营养都在汤里面了。主食我买了馒头，都说胃不好，要吃面食。秦郁说，好。你也过来一起吃呀？李慧珠说，你吃吧，我减肥呢。秦郁看了眼李慧珠说，没觉得你胖啊。李慧珠，回来几个月比在南方胖十斤呢。秦郁说，哦。喝了能有一碗多鸡汤，秦郁冒汗了，他知道身体还是有些虚。吃了一个馒头，又吃了几口鸡肉，已经无肉味，肉味都在汤里。他吃完，李慧珠收拾过去。他倚靠在沙发上，点了支烟。他要看看这次能不能把一支烟抽完，竟然抽完了。他欣喜地对李慧珠说，我抽完一支烟了。李慧珠说，抽完一支，怎么了？秦郁说，这说明我的身体好了，之前，连几口都不想抽，后来，抽半截就不想抽了，现在，抽了一支。李慧珠说，能少抽还是少抽，也刺激胃的。秦郁说，你不抽吗？李慧珠说，我看心情。心情不好的时候，才抽。秦郁说，哦。李慧珠问，你女朋友什么时候回来呀？秦郁说，还不知道，回不回来还两说呢。李慧珠说，哦。秦郁又感到有些累，说，我躺一会儿。李慧珠说，好。李慧珠从茶几上拿了根秦郁的烟，点上。她脸上现出一丝忧伤来。秦郁问，咋了？李慧珠说，没什么。秦郁说，你不是说你心情不好的时候才抽烟吗？现在，心情不好了吗？李慧珠说，不，现在是心情好。秦郁说，哦。不会是我让你情绪不好的吧？李慧珠说，不是。秦郁说，如果我在你这儿不方便的话，那么我躺一会儿，就回去。李慧珠有些急了，说，说了与你无关啦。

晚上睡觉的时候，秦郁突然很想要李慧珠，但李慧珠以他身体还没恢复拒绝了他，不是冷漠的拒绝，而是像哄小孩似的，让他乖乖的。

在两人即将入睡的时候，秦郁的手机响了。秦郁抓过手机，是二孩的电话。秦郁问，有事吗，二孩？对方说，我是蒋文殊。秦郁问，怎么？蒋文殊说，二孩出事了。秦郁从床上坐起来，问，咋了？李慧珠也听见了，也从床上坐起来。蒋文殊说，二孩跳楼了。秦郁激动地问，啥时候的事情。蒋文殊说，刚刚，现在尸体还在楼下呢，我和孩子都吓坏了，你过来，帮忙。秦郁说，等着，我马上就到。到底是为啥子嘛？李慧珠问，咋啦？秦郁说，二孩跳楼了。李慧珠怔在那里。秦郁穿衣服就要下楼，李慧珠也穿好衣服，说，我也要过去看看。秦郁说，好吧。

　　两人打车来到二孩家的楼下。因为是夜晚，只有几个看热闹的人。他们没有看到蒋文殊的身影。恍惚的路灯光下，可以看到二孩就像喝醉了似的趴在地上。路过的出租车的亮光照射过来，可以看到黑亮的血从他身体里流淌出来……看到这个情形，秦郁也蒙了，问，李慧珠，咋办？李慧珠说，赶快打120啊，看看还有没有救。在等120来的时候，秦郁对李慧珠说，你在这里守着，我上楼一趟。李慧珠说，好。秦郁冲上楼去，敲门，敲了几下，蒋文殊才开门。秦郁问，咋回事呀？孩子呢？蒋文殊说，我们下班吃饭晚了一些，吃完饭，我在收拾桌子，二孩就从阳台上……秦郁问，孩子呢？蒋文殊说，在阳台向下面看呢。秦郁说，还不把孩子弄回来？蒋文殊说，我还要照顾孩子，二孩的事情就麻烦你了。秦郁听见救护车的声音，由远而近，他跑下楼。从救护车上下来的人看了看趴在地上的二孩说，没救了，直接送殡仪馆吧。秦郁做不了主，打电话问蒋文殊，咋办？蒋文殊说，我不知道咋办，你看着办吧。听听，这还是人话吗？秦郁生气地说。李慧珠看上去倒显得很冷静。到了殡仪馆，蒋文殊打来电话说，放冰柜里吧，我要照顾孩子，也没时间给他守灵，明天就火化了吧。秦郁骂着，蒋文殊，你还是人吗？毕竟你们夫妻一场。李慧珠是一个有心的人，报了案，警察来了，最后，确定是自杀。他们还是给二孩租了个房间，两人守了三天，出殡。二孩的几个亲属从般若岛上赶来。（他这些年变成了一个酒鬼，连亲属都瞧不起他，自然也生疏了。）蒋文殊领着孩子出现了。秦郁在警察调查的时候才知道，在秦郁生病这几天二孩因为喝酒被勒令回家，不许上班，按病假开支。

　　二孩的后事都是由秦郁和李慧珠操办的。当他们捧着二孩的骨灰出来的时候，那个孩子看着蒙着红布的骨灰盒说，爸爸，像一只大鸟一样飞走了。所有人都愣了。李慧珠眼泪涟涟的。怎么安排二孩的骨灰成了问题。蒋文殊说，轧钢厂给二孩分的那块墓地早让他喝酒给卖了。秦郁问，你那块呢？蒋文殊说，我那块在领养这个孩子的时候就卖了。秦郁说，我那块要不是也卖了，我就……李慧珠在旁边插了一句说，二孩这样，有个墓地能咋样呢？还不如让他回归大海吧。她看了眼蒋文殊。蒋文殊说，辛苦你了，慧珠。李慧珠说，那么你们就是同意啦。秦郁说，这样也好。从蒋文殊的脸上看出来一种解脱的表情，令秦郁厌恶。他恨不得吐一口痰在蒋文殊脸上。蒋文殊说，秦郁，你是二孩最好的哥儿们，你们回岛上找条船，把二孩安置了吧，我就不去了。那一刻，秦郁才知道什么叫薄情。他捧着二孩的骨灰对李慧珠说，走吧。人家媳妇儿都不管，看来，只有我们……

　　两人坐船回了般若岛，在岛上，他们带着二孩又走了一遍，说，这里是将军庙，这里是光明街，这里是梯子胡同……两人走累了，带着二孩歇息了一会儿，李慧珠去借了条木船。秦郁问，你还会划船吗？李慧珠说，会呀。秦郁说，要不雇个渔夫吧？李慧珠说，不用，就这样我们两个把二孩静静地送走不好吗？秦郁说，好。秦郁说完，眼泪就控制不住了，说，要不是轧钢厂占地，二孩就不会到轧钢厂上班，也就不会……李慧珠说，不说这些啦，这也许就是命……还有蒋文殊，从她眼里，我没看到一丝的夫妻之情，没看到一丝悲伤……秦郁本想说说蒋文殊在厂里的事情，动了动嘴唇，还是没说，他想，二孩也不希望人家知道他被蒋文殊戴了绿帽子吧，尤其在李慧珠面前。

两人坐在岸边，李慧珠说，二孩，没想到我回来后，第一次经历的是九叔的葬礼，那个隆重就不说啦，现在，竟然是你，是孤寂的，还好，有我和秦郁送你……到你的极乐世界去吧，我们再坐一会儿，你抽支烟，喝点儿酒，我们就上路啦……李慧珠在借船的路上买了烟和酒。她点了三支烟，放到二孩的骨灰旁边，又在周围倒了些，说，剩下的酒给你路上喝。秦郁也点了支烟，倚靠在岸边的礁石上，伤感地看着平静的海面，他不知道说什么。这样沉默了一会儿，秦郁说，慧珠，如果将来我有这么一天的话，你能给送我回来吗？李慧珠说，闭上你的嘴，说这个干什么？秦郁说，我只问你能还是不能。过了一会儿，李慧珠说，如果我没走在你前面的话，我会的……李慧珠看了看天，说，走吧，我们送二孩上路。李慧珠跳到船上，接过二孩的骨灰，秦郁也跳到船上。秦郁问，我们把二孩送到哪里？李慧珠说，仙人湾哪，之前岛上横死的都送到那里去，你忘了吗？秦郁说，哦。

夕光的海面俨然一个黄金帝国。

李慧珠划着船，三个人，是的，三个人慢慢来到仙人湾。船在海水中停下来，李慧珠抓着二孩的骨灰慢慢地撒到海水之中。秦郁也抓了把，撒到海水之中……他已控制不住泪水，扑簌簌地从脸上滚落……最后，连那个盒子还有红布一起扔到海水之中。盒子在下沉，下沉，直到消失在海水深处。那红布漂浮着，像一道火焰，被海水裹挟而去……

两人坐在船上，李慧珠把瓶子里剩下的酒倒进海水之中。李慧珠说，二孩，你自由了，不再受人间的苦了……秦郁说，慧珠，记住你的承诺。李慧珠问，什么承诺？秦郁说，就是如果我有这么一天……

　　起风了。李慧珠说，回吧。

　　船分开海水，向陆地而去……

　　秦郁又回轧钢厂上班，他的女友从南方回来。李慧珠出国了。

　　一天凌晨，下面的工作结束了，秦郁疲惫地倚靠在椅子上，两腿放在控制器上，等着接班，黑夜消耗了他太多、太多，他翻看随身携带的一本叫《伊甸之东》的小说，里面说，书名来自《圣经》，说的是亚当和夏娃被逐出伊甸园后，生了该隐和亚伯二子，该隐出于嫉妒，杀了胞弟亚伯，上帝惩罚该隐流浪漂泊，该隐便离开上帝，去住在伊甸之东。

　　阳光透过厂房的玻璃照射进来，灰尘在空气中弥漫，被囚禁的灰尘成了一个光柱，越聚越大，随时都可能撑破整座厂房似的……一个光柱落在他身上，像涂了层金色的粉末，他闭着眼睛，怀抱着那本书，幻想着自己长出一对翅膀，飞起来……在钢铁丛林之上……他飞……在宇宙之下……大地处于一片动荡的漂泊之中……

2017年4月1日清明前

草稿于辽宁本溪

大　火

津子围

　　满街都是落叶，看到落叶自然联想到了风，在没有风的情况下，其实落叶也纷纷落下，仿佛是落叶带来了风……此刻，肖慧贤体内茂盛的绿叶也变黄了，不只变黄，还簌簌地飘落，剩下的是枯干的、有如水墨画焦墨拉出来的枝干。

　　肖慧贤决定向刘滨全家人摊牌了！

　　能走到摊牌这一步也不容易，痛苦、挣扎甚至崩溃了才下那么大的决心，肖慧贤是这样对大姐刘芳说的。不用说也可以想得到，面对全家人摊牌的风险是巨大的，好比满弓送出去的箭，随之而来最坏的事情可能甚至会必然发生，她愿不愿意承受都必须伸出双手接着。当然了，肖慧贤事前也不是没有准备，她能想到的都一一尽力去做了。比如，肖慧贤雇用"私家侦探"拿到很多有利的证据，有照片、有录音还有录像，如果她和丈夫刘滨闹到法庭，她就能以受害者的身份要求过错方付出高昂以至惨痛的代价。再比如，为了防止矛盾公开化之后刘滨转移财产，她已经掌握了刘滨名下的银行账户、股票账户、不动产证照，这个过程中，刘滨的身份证起了很大作用。刘滨有好几个身份证，丢了就补办一个，其中的一个"丢"在了肖慧贤手里。上午，肖慧贤跟委托的律师谈，准备到法院申请财产保全，防止摊牌之后刘滨隐匿或转移财产……这一切都完成了，肖慧贤才决定在今天晚上，正式向公公刘老爷子、刘滨的大姐刘芳、哥哥刘君公开摊牌。肖慧贤在心里这样评估摊牌的结果，她想离婚的真实意图占五成，也许稍弱一些，摊牌之后，好面子的刘滨一定会肝火大动，下决心跟她离婚的概率也应该是五成，五成略强一些。尽管刘滨在外人眼里是非常成功的老板，可最了解他的莫过于一同生活了二十年的肖慧贤。刘滨是个跟钱特别亲的人，动他的钱就如同动他的命根子，如果法庭判决离婚，肖慧贤就可以分掉大部分财产，这跟拿竹签子刺他的肺叶没什么不同。另一方面，刘滨是个极度自尊的人，用一句老话套在他身上比较合适，撞了南墙也不回头，一旦走上一条路他就不计后果了。所以肖慧贤预判刘滨跟她离婚的概率是五成。两个五成加起来还是五成，对于肖慧贤来说，摊牌实际上是一场赌博，像两个人赌手心手背一样，结果难料。

关于离婚这件事，肖慧贤和刘滨已经闹了一个多月。一见面就吵哇吵的，不见面肖慧贤就电话里跟刘滨吵，后来刘滨干脆不接肖慧贤的电话。肖慧贤不给刘滨打电话了，刘滨居然给她打来了电话，他本想解释什么，可解释的结果还是争吵。肖慧贤知道，刘滨最不希望肖慧贤把事情闹大，尤其不想让他的家人知道并介入。有一次肖慧贤在电话里说，是你逼我走这一步的，到法庭起诉之前，我要老爷子主持家庭会议，把你这些丑事都曝曝光，论论公道！刘滨说，你要真这么干，咱们之间就彻底完蛋。

　　说是在全家人面前摊牌，其实除了老爷子，刘滨的哥哥姐姐都知道小三有了小三。姐姐刘芳和哥哥刘君都习惯叫刘滨小三。肖慧贤先是含蓄地透露给姐姐刘芳。那天，刘芳跳完广场舞，汗味和擦脸霜的味道混合在肖慧贤的鼻子前，刘芳小声还有些神秘地问，你是说晓丹，晓丹成了小三的小三？肖慧贤说是呀，如果不是晓丹，还不至于让我这样过不去，大姐你也知道，刘滨以前也不太检点，可我看在笑梅的分儿上，睁一只眼闭一只眼，能忍就忍了，可晓丹就不一样了，你也知道，晓丹是我十多年的闺密，让闺密暗算了，从背后插了一刀，你说，我心里这道坎儿能过得去吗？刘芳眉头紧锁，问肖慧贤，你确定他们真的那个啦？肖慧贤说我掌握了确凿的证据，他们已经在武汉街租了房子……刘芳吐了一口口水，双目圆睁地说，慧贤哪，你真是好性子，要是换了我呀，我非用耗子药药死她不可。肖慧贤叹了口气，她说大姐我也不瞒你，什么办法我都想过了，那些日子怎么熬过来的你知道吗？我一宿一宿睡不着，头发都一绺一绺掉，就在我最绝望、熬不过去的那个夜里，笑梅从西雅图跟我视频，看到女儿的笑脸，我才从悬崖边回来了。

　　那你打算怎么办？刘芳问。

　　肖慧贤说我决定拿起法律武器，理性地处理这个问题，一定让刘滨和那个骚货付出惨痛的代价。

　　刘芳说，真是人心隔肚皮。慧贤你放心，大姐绝对站在你的立场上，那个狐狸精绝对不可饶恕，必须付出代价。……可话说回来，我觉得最好先别打官司，打官司影响不好，还有，花了冤枉钱不说，拖你一年半载的不把你逼疯了才怪。慧贤，咱不为别的着想，总也得想一想笑梅的感受吧。

肖慧贤说我已经跟笑梅谈了，她虽然只有16岁，可理解问题比我成熟，笑梅说我们都有各自的人生，不能互相替代，但会互相支持。

"笑梅……支持你打官司?"

肖慧贤说，笑梅说无论我用什么方式解决，她都会支持我。

"这孩子……"刘芳问肖慧贤，"你说的小三的那个小三……"

肖慧贤说她叫晓丹。

刘芳说，她是你闺密? 我怎么不记得了，我见过她吗? 肖慧贤说你见过。刘芳想了想，还是想不起来……刘芳说，小三怎么会喜欢上她呢……她漂亮吗?

肖慧贤的脸瞬间涨红了，不屑地说，说不上漂亮不漂亮……

刘芳连忙说，慧贤，不管怎么样我都是无条件支持你的，只是，我觉得打官司属于留后手，先用别的办法，实在解决不了啦，再走那一步。

"别的，还有什么办法?"

刘芳说，按说我不该给你出馊主意，可小三也太不像话了，我说过我是绝对支持你的……

"大姐你就直说吧!"

刘芳说对这两个人要用不同的方法对付，对付小三，你要拿出真凭实据跟他谈判，要让他知道，如果法院判决他的损失会更大，所以，要让他拿出真金白银，让他为自己的过错付出代价，还要让他写保证书……

"可是，他要是不做呢?"

"不做？那可就由不得他了，我比你还了解我这个弟弟，他对钱比对爹妈都看重，如果闹到法院判决那一步，不仅丢了名誉，钱财损失更大……这个账他比你、比我算得都清楚。你放心，我就是他肚子里的虫，他怎么想的我知道。对待小三的那个小三，采取的办法就不一样了，把你的证据材料发她单位，把她彻底搞臭了。

"晓丹现在没有单位。"

刘芳犹豫了一下，没有单位呀，没单位就雇人收拾她……实在不解恨就找社会上的人破她的相！

肖慧贤说那样就违法了，我说过，我想理性地解决问题。

刘芳叹了口气，她说也是，不过决不能饶了他们。尤其是小三，打小就给惯坏了，小时候家里穷，有一口好吃的都尽着他，我清楚地记得，那年过年老爸给我们仨孩子一个苹果，一个苹果切四瓣，小三独占了两瓣，我那瓣刚用牙尖咬了咬，小三那两瓣就吃完了，他眼巴巴地看着我，我不忍心，就把自己那瓣也给了他……不是我小肚鸡肠，小三呢？别人对他的好他早忘脑后了……上次你姐夫割痔疮，他连看都没来看，说是忙啊，忙什么？在外头花天酒地就不忙了？事后我跟他提起，他根本没把这事放心上，说你姐夫手术是小事，小事？怎么说也是手术唯……慧贤，我没有让小三拿钱的意思，当然了，他那么大的老板也不差几个小钱，我是气他心里没我这个从小就照顾他、宠着他、把心都掏给他的大姐了……在刘芳唠叨过程中，肖慧贤想，大姐夫手术好几次，胃切除手术、肠息肉微创手术还有割阑尾，哪一次她和刘滨都忙前忙后，又出力又送钱的。胃切除手术是大手术，大姐向刘滨借钱，说是报销医保后还钱，一晃五年过去了，刘芳再也没提起这件事。肖慧贤心想，亲戚里道的，做了好事人家觉得应该应分，一旦哪件事不满意了，就耿耿于怀。刘芳这些话如果是平日里说出来，肖慧贤准会不温不火地回敬她几句，可这次不同，她需要刘芳的支持。

肖慧贤说，刘滨和晓丹都是忘恩负义型的，一对狗男女！

刘芳说就是呀，一个巴掌拍不响，小三应该负主要责任……慧贤哪，别看他是我弟弟，你是知道的，我正直了一辈子，从来向理不向亲……

到了刘芳家门口，肖慧贤说她就不上去了。

"都到家门口了，怎么都不上去坐一会儿？"

肖慧贤说我还有事，就是心里赌得慌想找你唠唠，这不，突然想起事了。

刘芳猛然跳了一下脚。开口骂道："缺了八辈子德了！踩了我一脚狗屁屁！"

肖慧贤被刘芳的声音吓了一跳，她稳定一下情绪，问刘芳："没事吧？"

刘芳一边蹭鞋底，一边问肖慧贤，你真不上楼了？

肖慧贤说下次吧。

见刘君是在小区活动室门口，肖慧贤耐心地等刘君打完一圈麻将。"弟妹，找我有事吗？"刘君满嘴廉价的烧酒气味儿，肖慧贤听说闻酒味更容易醉，她侧低着头，不小心又看到了刘君裤子的拉链翻开着，红色内裤若隐若现。肖慧贤本想告诉刘君，没好意思。

"小三出什么事了吗？"刘君问。

肖慧贤对刘君讲了刘滨和晓丹劈腿的事，刚刚讲了一半，刘君就张嘴骂开了，这个混世魔王，一点底线都没有，谁都可以睡吗？肖慧贤愣愣地瞅着刘君，刘君越骂越起劲儿，他认为有钱人没几个好东西，让几个臭钱烧的，不知道姓啥了。刘君觉得刘滨发的是不义之财，他凭什么发财？我们是一个爹一个妈生的，不比他笨不比他傻，为什么他发财我没发财？还不是官商勾结、投机取巧，昧良心发不义之财。还有，有了钱就必然会道德败坏，他有了你这么贤惠漂亮的老婆，还在外面找女人……你看看大哥我，到现在还是单身狗一个——微信说管耍单的不都叫单身狗吗——这些年他断过女人吗？同样是一个爹妈生的，长得也不比我帅，凭什么他可以吃着盆里望着锅里，任性地在外面找小三、包二奶？你以为那些女人真喜欢他？我看就是六十四——屄屄！（小九九，八八），还不是喜欢他的臭钱……慧贤哪，要我看，还是你脾气好、迁就他，可你越迁就他，他越变本加厉，怎么样？整来整去，整到你闺密身上了！

没容肖慧贤插话，刘君的话如机关枪打出的子弹，一梭子接着一梭子。"小三现在越来越不像话了，给女人花钱眼睛都不眨，可我要管他借点钱就难了，我还没说数目，他的脸就阴天了……慧贤你说说，我毕竟是他亲大哥吧，再说了，当初你们包柜台卖海参，我不是从工龄补偿金里拿出三千吗？现在成大老板了，可也得想一想，当初没我那三千元，他能有今天？那时你们开店总共六千元，我可是占了一半呢……"肖慧贤心里一沉，想不到刘君会这样想问题，当初刘滨和她创业，向刘君借过三千元钱，本来说好用一年，半年之后刘君就开始催要，不到一年，连本带利都还给了他。说良心话，后来刘滨和肖慧贤没少帮刘君，但她不会想到，刘君会把他们创业发展和最初借的三千元钱联系到一起，如果按刘君的逻辑，现在刘滨和肖慧贤的家产应该划一半给他才对！肖慧贤觉得一股热血涌上了头顶，她刚想说点什么，话到了嘴边又咽了回去。

刘君怒气冲冲地说，该到了彻底整治、整治小三的时候了！……弟妹，我全力以赴支持你！

肖慧贤长出一口气，她想幸亏自己控制了情绪，不然，她得不到刘君这句话，丢了这个同盟军，毕竟当前的主要矛盾和矛盾的主要方面是刘君和晓丹劈腿的问题。

肖慧贤扫了一眼刘君的裤拉链，她说大哥，你的拉链坏了……裤子也该换新了。

公公家住在老式公寓里，没有电梯，上到六楼肖慧贤有些气喘。在公公家门口，肖慧贤看了看表，她比约定的时间早十多分钟到了。

开门的是公公的保姆老顾，老顾满脸堆笑，一只手把门，一只手把肖慧贤拉了进来。

一进屋，肖慧贤快速巡视一下，没有发现姐姐刘芳和哥哥刘君。屋子里弥漫着烧鲅鱼的味道。"慧贤来了?"公公的声音从里间屋传了出来。老顾说，你爸在书房里画画呢。

"画画？老爸还会画画?"

"可不是吗，最近上街道老年大学学国画，正在兴头呢!"老顾挤眉弄眼一脸神秘的样子。肖慧贤最受不了老顾那个模样，六年前她就认识老顾，那时老顾在肖慧贤和刘滨的海参专卖店当清洁工，按说老顾干活还是不错的，就是那副神秘兮兮的样子令肖慧贤心里不舒服，那种笑，怎么说呢，笑当中给人一种猥琐、不洁的感觉。

肖慧贤随老顾来到书房，公公老刘仍兴致勃勃地挥毫作画，他颤颤巍巍地落笔，声音却洪亮地对肖慧贤说，慧贤你给我评价评价，看我的画处在什么水平。肖慧贤说哎呀，这个我可是外行！说归说，她还是认真审视起画来，那些宣纸上飘着"一得阁"墨水香气，不协调的反倒是那些涂鸦般的画了。老刘指着地上一张业已完成的画作说，这个是临摹八大山人的。老师说了，八大山人画鸟的关键在眼睛上，因为八大山人是明朝皇帝的后代，明灭亡后，为表明自己跟清王朝不妥协，他画的鸟眼珠向上，白眼向天。还有这个，单脚着地，这是什么意思呢？表示与清廷势不两立呗……肖慧贤觉得老爷子理解是理解到了，可惜基本功太差，那只鸟被画成了一只胖乎乎、无精打采、仿佛得了禽流感的病鸡。

老刘兴致盎然，又引导肖慧贤欣赏案子上他尚未画完的画稿。老刘说："这是临摹齐白石的虾，老师说，齐白石画虾，关键是点眼睛，必须用浓墨，这样虾才能活过来。"肖慧贤怎么看也看不出那是虾，反倒像散了捆的笤帚，实在硬往上贴，也就是个虾爬子。

"怎么样，给打打分？"老刘说。

肖慧贤随口说："挺好！"

老刘大概对肖慧贤的评价不太满意，他对老顾说，不画了，去客厅说事吧。

客厅落地钟当当地响了，按约定时间，刘芳和刘君都没到。

肖慧贤扶着老刘坐到客厅的沙发上，老刘慢悠悠地问，刘滨没跟你一起来呀？

肖慧贤摇了摇头。

老刘问，发生什么事了？要把家里人都叫来。

肖慧贤咬了咬嘴唇，她说我要和刘滨离婚。

离婚？老刘微微一愣，仍慢悠悠地说，怎么突然要离婚了呢？

肖慧贤从名牌手提包里拿出一沓照片，照片上的刘滨和晓丹十分亲昵……

老刘一张一张看着，手有些抖。他说怎么会这样呢？

老顾一手端着茶盘，一手拿着冲好的茶壶，给肖慧贤倒了水。肖慧贤抬头对老顾说，谢谢，你忙你的去吧。

老刘说，小顾你坐下，今天要开家庭会议，你不是外人！

肖慧贤吃惊地瞅着老顾，老顾也有些尴尬，开始搓手。再瞅瞅刘老爷子，老爷子的眼睛隔在花镜镜片后，样子十分坦然。

老顾微笑着瞅着刘老爷子，同时也瞅了瞅肖慧贤，说我还是不了，你们谈吧。

老刘的声音提高一些，他说你就坐那儿，不避讳你……慧贤，让你顾姨坐！

顾姨？肖慧贤张大了嘴巴。

老顾坐在肖慧贤对面，她仍旧保持着神秘的笑容。

"你继续说！"老刘低了低头，目光从花镜上沿儿越了过来。

肖慧贤正了正身子，一副既然如此，也就无所谓的样子。她说："我和刘滨已经吵一个多月了，已经走到无法调和的地步了，只能离婚！"

肖慧贤开始向老爷子控诉，说她这几年在国外陪笑梅读书，全身心都在女儿身上，公司的事全权拱手交给刘滨，自己有什么想法也托付晓丹去找刘滨沟通，不想自己引狼入室，给那个阴险的女人和品德败坏的刘滨制造了机会……老爷子显然对肖慧贤说刘滨品德败坏这个词不舒服，咳嗽一声。老顾连忙给老爷子递过一杯白开水。老爷子想喝茶，被老顾打了一下手。

肖慧贤沿着自己情绪的河道，汛期般汹涌流淌，根本没理会老爷子的情绪变化。说一说，委屈的泪水顺肖慧贤的脸颊落下，她开始痛说革命家史，当初和刘滨一起创业，经历了多少磨难和挣扎，从商场的一个海产品小柜台到一个小门市，从一个门市到一个有了自己品牌的海参产品公司，她流过汗，流过血，流过泪，没想到……"我就是想到一百种结局，也想不到会栽在晓丹手里，最后落得个这样的下场。"老顾低眉瞅了肖慧贤一眼，问道，你说的那个晓丹是不是你最好的朋友，以前你常让她去学校替你接笑梅……肖慧贤白了老顾一眼，嫌她多嘴。老顾瞅了瞅老爷子，老爷子正眯缝着眼睛。

门锁转动，吱咛的声音传了过来。

老顾刚要站起来，刘芳已经推开门进来了。刘芳一身大红大绿大花朵，像一只放大了的超级蝴蝶。肖慧贤坐在沙发上没动，十分委屈、十分悲伤地用纸巾擦着眼睛。刘芳走了过来，手指在肖慧贤的肩膀上捏了捏，转头大声对老爷子说，老爸，这回你可得好好管教管教小三，你看他把咱家慧贤欺负成啥样了？

老刘还没说话，敲门声粗暴地响起来，老顾忙过去开门，找拖鞋。进来的果然是刘君，刘君说，我没来晚吧。

刘芳说你还好意思，看看都几点了。

刘君不理睬刘芳，他站在刘老爷子对面，指了一下肖慧贤，又指了一下老爷子说，情况都清楚了吧？我一说小三不好你就冲我来，这回明白了吧？半年不给你生活费、保姆费，人家拿钱包小三去了……

老顾瞅了瞅肖慧贤，小声说，钱人家慧贤给了。

刘芳对刘君说，不了解情况就别瞎嚷嚷……要我看哪，是小三半年没给你钱了吧？

刘老爷子说给他哥也是应该的，过去讲富帮穷，何况是一奶同胞的亲哥哥呢。

刘君严肃地说，少拿我说事，我生活水平不高不假，可我脊梁骨硬实，还真不稀罕他那几个臭钱，我嫌那钱脏……

刘芳说你闭嘴吧，老爸偷着给你钱以为我不知道哇？今天就别说你了，咱开家庭会是讨论慧贤的事……事情明摆着，小三的所作所为已经引起了公愤，我可是向理不向亲……老爸，你表个态吧！

"丢人！丢人！"老爷子站了起来，又坐了回去，在茶几上砰砰地捶着，"小三把咱老刘家的脸都丢尽了！"

老顾过去搀扶老刘，一只手在他后背上拍着、顺着："有话慢慢说，别气坏身子。"

刘芳提议把刘滨叫回来，全家声讨他。刘君赞成这个意见，他像宣誓那样举了举拳头，大声说，我们绝不能容忍小三再胡作非为了！

老爷子让老顾去拿电话，他给刘滨挂了电话，电话哗哗地响，刘滨却没接电话。老爷子说，小兔崽子竟敢不接我的电话，老二，你给他挂，就说我病了，看他回不回来！

刘君挂手机，不到一分钟，歪着头说，关机了。

老爷子说不对呀，刚才电话还通呢？……真是的，老刘家怎么出了这么个混账东西，古语说得好哇，品行不端必招祸，一凶一吉在眼前（大概语出白居易：奢者狼藉俭者安，一凶一吉在眼前）。刘芳，你再挂！

刘芳给刘滨挂电话，刘滨的手机果然关机。

老爷子火了，他说你们都挂，凡是能找到他的电话都试试，我就不信他能钻耗子洞去，就是钻到耗子洞里，也要把他给我薅出来。

老顾眼睛直盯着刘老爷子看，老爷子的火气渐渐下沉，坐回到沙发上。

刘君环顾四周，他说你们打来打去找不到小三不是白费功夫吗，这样吧，我先去小区活动室，如果小三联系上了，就打电话通知我，我立马回来。

刘芳说不是惦记喝酒就惦记打麻将，眼看奔六十的人了，不能有点正经事吗？

这时，肖慧贤的手机响了。

肖慧贤看手机的同时，一个趔趄碰掉了茶几上的水杯。

"那个臭不要脸的电话！"

刘芳惊讶地凑了过去。"不能接！"刘芳说。

客厅里静静的，只有肖慧贤手机的铃声响着。铃声静止了，大家才缓过神来。这一个月来，肖慧贤几次给晓丹挂电话，晓丹都不敢接她的电话，想不到晓丹居然敢给她打来电话。刘芳猜测晓丹和刘滨在一起，是刘滨让她回的电话。刘芳说："慧贤哪，咱们回家开会的事小三知道吗？"肖慧贤摇了摇头。

肖慧贤的手机又响起来，手机屏上显示"骚货"两个字。

肖慧贤瞅了瞅刘芳。

刘君过来拿手机："怕什么，我接！"

刘芳动作敏捷地抢过手机，对刘君说："不许接！"

手机铃声又静止了。

大家屏住呼吸，继续听着声音，这样过了好一会儿，肖慧贤的手机才又响了，这次不是通话铃声而是信息提示音。肖慧贤紧张了一下，见大家都看着她，她迟疑着去拿手机，在屏幕上画了一个Z字，她没看内容，直接递给了刘芳，刘芳接过手机看了看，脸色唰地白了。"怎么回事，说是……刘滨出事了！"

"出事了？"刘君拿过手机来看，"医大附属一院住院部？"

肖慧贤也接过了手机，是晓丹发来的一条短信：刘滨住院了，医大附属一院住院部内科1007房间。肖慧贤的第一反应：晓丹是诳她的。

肖慧贤说怎么可能，昨天他还跟我吵架呢？如果出了意外什么的，应该是急诊或者外科，怎么会住内科？搞不好那个骚货又设局下套了……

刘君拿过肖慧贤的手机，他要回拨电话。刘芳问刘君干什么。刘君说我问问怎么回事。刘芳说要问你也不能用慧贤的手机呀，用你自己的手机！

刘君说："不是图个方便吗？"

肖慧贤从刘君手里接过手机。她说："别给那个骚货打电话。"

刘君看了看肖慧贤又看了看刘芳，迟疑着说，要不你把手机号给我，我用我的手机打。

刘芳想了一下说，人家不认识你的电话号码，能接你的电话吗？不行先发一个短信吧，告诉她你是谁。

肖慧贤大声说，别给那个骚货打电话！

刘老爷子站了起来，他说不管怎么样，总要知道小三到底出了事没有。

刘芳想了想说，打电话给医院不就证实了吗？

刘君说对呀，我怎么没想起来呢……可是，谁认识医大住院部的大夫呢？大家你瞅瞅我我瞅瞅你，刘君对刘芳说，你不是认识郝大夫吗？刘芳说郝大夫是哪个医院的？他是铁路中心医院的，和医大附属医院八竿子打不着……

肖慧贤说这倒是提醒了我，找找朋友，总有认识医大住院部内科的医生。

肖慧贤开始给朋友挂电话，打到第三个电话时就得到了回应，朋友让她等电话，没多久就得到了反馈，医大附属一院内科1007病房的确住着一位叫刘滨的患者。听完电话，肖慧贤眼睛直了。

刘老爷子从沙发上抬起屁股，喊了一声，你们还大眼瞪小眼的，还不去医院看看是怎么回事。

肖慧贤对刘老爷子说，爸你别着急，昨天我还和刘滨通了电话，我觉得是刘滨和那个骚货一起配合演双簧呢。

刘老爷子说，不管双簧还是相声，先去医院看看吧。

大家都瞅着肖慧贤，肖慧贤明白，这个家庭会议肯定开不成了。

医院初步诊断刘滨得的是胃癌，活体检测要一周后出结果。

瘦削而喉结突出的主治医师温大夫例行公事地和家属谈话。其实医生办公室很普通，也挺凌乱的，并没有医院整体那种让人压抑的感觉，不知道为什么肖慧贤就是觉得阴气很重，说话都不十分流畅。

肖慧贤小声问温大夫，是不是要等活体检测结果出来了才能最后定性。温大夫说病理切片可以快速检测，当天就可以出结果，刘滨的情况已经很明确了，专家会诊的意见也比较一致。大概温大夫觉得，活体检测不过是程序确认罢了。肖慧贤的呼吸有些困难，她努力控制着情绪，装出一副坦然平静的样子，希望温大夫告诉她真话，以目前刘滨的情况，手术的成功概率是多少。温大夫说刘滨的癌细胞已经转移，手术的风险很大，是否手术还需要专家进一步论证。肖慧贤从温大夫的口气中探明，刘滨的病已经没有手术价值了。通常，多数医生都会动员患者手术的，温大夫这样含蓄地回答，表情和声音都告诉了肖慧贤答案。肖慧贤咬了咬嘴唇，她直接问温大夫刘滨还能活多久。温大夫说刘滨是胃癌晚期，每个人都有个体差异，有的人一个月，有的三个月，有的半年，没有哪个医生能知道准确的时间。

谈话就这样清汤寡水地结束了。医生的话如同裹了一层厚重而严实的外壳，找不出暴露点。最后，肖慧贤只希望温大夫暂时不要把病情告诉刘滨。温大夫眼睛向上翻愣着，一副若有所思的样子。

由于病房紧张，刘滨暂时还得住在四个人的病房里，尽管肖慧贤想了很多办法，甚至找了"管用"的人，暂时还是调换不到单人间或者双人间。医院病房紧张，有钱也使不上劲儿。四个人的房间没办法陪护，肖慧贤只好在医院街对面的快捷酒店里开了个大套房。肖慧贤想，刘滨完全可以不住在医院，他的病与那些移动困难的患者不同，即使觉得疼痛，在不在医院病床上都一样疼痛，刘滨却老老实实地躺在床上，挂那些跟治疗癌症毫无关系的液体，真不知道他现在真实的心理状态。

从医院出来，天色已晚，路灯还亮在灯丝那个阶段，也许经过预热之后才能充分发出光亮。走在街上，各种食物的味道扑面而来，有葱油和奶油味道，还有花椒大料、五香粉、孜然甚至咖喱味，住院部门前那条街上布满五花八门的店招，闪烁着五颜六色的灯光，肖慧贤最不想看到的就是"寿衣店"几个字了，可那里恰好是寿衣店汇集的地方，想躲避都躲避不了。肖慧贤眯缝着眼睛，觉得脚下跟跟跄跄，有些悬空。

推开酒店的房门，传出一股酒味和煎烤味。

刘君坐在简易沙发上有滋有味地啃着鸡大腿，见肖慧贤进来，他连忙把杯子里的残酒喝了下去，然后用包装纸搓擦油乎乎的手指。

"见到医生啦?"刘君问。

还没等肖慧贤回答，刘君接着问:"医生怎么说?"

肖慧贤淡淡地说，温大夫说最后确诊还要等病理切片检测结果……大姐还没来?

刘君快速眨了眨布满血丝的眼睛，自言自语，对呀，她应该提前到了的。正说着，刘芳和老顾搀扶着刘老爷子进来了。

刘老爷子还没坐定，就声音响亮地说，开会吧，研究研究小三的病怎么治。

刘君瞅了瞅肖慧贤，说慧贤哪，你先说吧。

肖慧贤说治病是医生的事，咱研究这个……

刘君说慧贤你这样说也不对，医生治病没错，可咱们作为病人的直系亲属也该有态度、有意见。

肖慧贤说病理切片检测结果还没出来，结果出来之后医院会安排专家会诊，那时他们会提供一个治疗方案。

刘芳说我托内部人打听了，其实诊断结论已经下了……刘君立刻打断刘芳说，那可不一定，我以前的老厂长去年也检查出癌症，他心理素质不好，一听腿就软了，后来孩子带他到北京复查，都是坐轮椅去的，可是到了北京协和医院一查，人家说你得的不是癌症，回去吧，老厂长立刻就站起来了……咱市医疗水平照北京、上海不知道差多少，要我说呀，小三还可能是误诊呢。

刘芳脸色不好看了，她问刘君啥意思。刘君说，应该给小三转院，去北京检查。刘芳说你说得轻巧，那么容易去北京检查？你没看报道哇，北京挂号票都比春运车票紧俏，说话容易，你去联系看看？

刘君说再不容易也得办，小三可是你亲弟弟！刘芳说亲弟弟不能光说在嘴上……刘君有些火气，大声问刘芳："你这话啥意思？"

刘老爷子说，都别吵吵，有话慢慢说。

刘君白了刘芳一眼，对肖慧贤说，慧贤，你家可是大户人家，没钱难倒英雄汉，这话是对我这样的人说的，不适合你们，有钱能使鬼推磨，还有咱办不了的事吗。

刘芳说，你看看你，说一说又跑偏了。

肖慧贤说，很多事不是钱能解决的，如果钱能解决，刘滨就不会得这个病了。

刘芳说其实我也赞成去北京治疗，只是现在还不是时候，活体检测结果出来，应该就有定论了，老二你说的情况是例外，都是仪器检测的，我不信我们这儿的是假的，只有北京是真的……刘君的脖子涨红，他说大姐你怎么非得跟我戗着茬儿呢？

肖慧贤说我同意大姐的意见，等医院结果出来再说，也不一定去北京治病，我听说可以找北京大医院的专家来会诊，也有请专家来手术的。

刘芳说我托内部人打听了，根据初步诊断情况看，小三已经不适合手术了，硬要手术的话，风险非常高，况且，手术后还得放疗、化疗……

肖慧贤说，晓……她本想说晓丹，意识到之后又改口说，我认识一个人，她父亲也是胃癌晚期，据说不手术还可以活半年到一年，结果听了医生的话强行手术，手术后一个月人就没了……

刘君说，如果能手术还是要手术，不能心疼钱……刘芳不高兴地插嘴说：没说钱的问题。

老顾在一旁说，我听说得了癌症，三分之一是治死的，三分之一是吓死的，只有三分之一是病死的……大家都用异样的眼光瞅着老顾，先不管老顾说得有没有道理，起码他们认为老顾不该插话，背后的潜台词是：老顾没有参与讨论的资格。

刘老爷子在一旁说，小顾说得很有道理。

刘芳说我不赞成手术跟钱没关系，我相信中医，都说偏方治大病，带着癌症活了十几年、几十年的大有人在，甚至有人终生带癌生存。所以我觉得应该考虑中医，我托内部人打听了，以小三目前的情况看，中医治疗是最好的选择，如果出现了奇迹是他的造化，咱一家人的幸运，如果治不好，也可以让小三少遭点罪，避免放疗、化疗什么的伤害，保持一点人的尊严，保证一些生存质量。

刘君的火气还是没有压住，他大声说，我就反对中医怎么了？我亲身经历几件中医看病的事，没一件是真的，都是江湖骗子。

刘芳说关键是你见的人不靠谱，本身就是江湖骗子，不过是打着中医的幌子，你经历？你才经历多少事呀，不能因为你见那几个人就否定了整个中医……

刘老爷子用拳头敲打着小茶桌，大声吼："都别吵了，尽吵些没用的……要我看哪，咱还得听医生的。慧贤说得对，等检测结果出来了，等医院的专家会诊有了结论，到时候再做决定。"

讨论又回到了原点。

事后，肖慧贤回忆那天晚上的会议，只有一件事取得一致的意见。那就是，大家都同意对刘滨隐瞒病情。

送大家离开酒店，刘老爷子拉肖慧贤到了酒店门口的僻静处，他用哀求的语调对肖慧贤说："慧贤哪，现在的主要矛盾是小三的病，矛盾的主要方面是治好他的病，要我看，你和小三离婚的事就不要再提了吧。"

肖慧贤说，爸，你不嘱咐我，我也知道该怎么做。

刘滨住院第七天，单人病房才有了空房间。肖慧贤来不及通知家里人帮忙，自己一个人把刘滨从1007号病房搬到1125号病房。按说刘滨走路是没问题的，拎着吊瓶完全可以步行到新的病房，刘滨偏偏赖在床上不起来，也许连续几天输液身子发虚，也许还在跟肖慧贤较劲儿。没办法，肖慧贤只好和护士用移动病床推着刘滨，十楼和十一楼只相差一层，他们却用了半个多小时，主要是等电梯的时间太长。把刘滨安顿到新的病房，肖慧贤又返回十楼去拿零散的物品，她实在无法忍受电梯了，就自己走楼梯，跑了一趟又一趟。肖慧贤本来想得很仔细了，可还是忘这忘那的。肖慧贤总算觉得是最后一趟了，她也实在是跑不动了。

肖慧贤来到电梯口等电梯。电梯口上方的显示屏一层一层闪烁着，不是连续的那种，而是每一层都停顿。

这时，肖慧贤的手机来了短信提示，打开一看，是晓丹来的。肖慧贤本能地想把短信删除，想一下，还是打开看了。晓丹写道：我知道你不会接我的电话，只好给你发短信了，刘滨的病情我十分清楚，希望能跟你好好谈谈。"不要脸！"肖慧贤嘟哝一句，还是把短信给删除了。

电梯终于到了，肖慧贤刚要上电梯，温大夫在肖慧贤身后喊了她一声，她观察着温大夫的表情，温大夫只平静地说，到我办公室谈吧。

还是那间狭长的办公室，温大夫的办公桌在六七个办公桌的中间，后面一个医生跟患者家属讨论手术器材问题，声音很大。温大夫拿过一把折叠椅子，肖慧贤还没坐稳，温大夫就把生理切片检验报告递给了肖慧贤。肖慧贤没看懂上面的符号和数据，抬头问温大夫，情况不太好吧？温大夫说，确定是恶性的。

其实肖慧贤心里早就有了准备，可真的下了结论，她还是难以接受，瞬间眼泪如决堤的洪水一般。温大夫什么都没说，耐心地等着肖慧贤自己平静下来。

肖慧贤擦了擦眼泪，问温大夫："需要做手术吗?"

"已经晚期了，做手术的意义不大。"

"……大夫，您告诉我实话，以刘滨现在的情况，他还能活多久?"

"我以前跟你说过，患者的个体差异很大，有的人一个月，有的三个月……"

"也就是说，最多三个月吧?"

温大夫说："我说过我不能确定这个时间……总之，希望你们家属做最坏的打算，正确对待患者的病情，配合治疗……"温大夫说到这儿，肖慧贤又呜地哭上了。

那天晚上肖慧贤住在1125病房，刘滨似乎不希望肖慧贤陪护，尽管他什么都没说，可从眼神中可以看出，他对肖慧贤还是反感和警惕的。

护士拔下针管取走最后一个吊瓶已经是午夜。肖慧贤给刘滨掖好被子，熄了灯，自己躺在旁边的一个折叠床上。

窗外的月光清白，房间里十分静谧。

"睡了吗?"肖慧贤问。

刘滨没有回应。

肖慧贤说，我知道你还跟我斗气呢，不过从现在开始，我暂时不追究你和晓丹的事了，也不提离婚的事，一切都等你病好了再说。

刘滨仍旧沉默着。

肖慧贤说，我都表态了，你也不用装病整天赖在床上了，小病大养，不让公司的人笑话吗? 明天早晨起床后就下楼活动，打完这个疗程的药咱就回家……

突然，刘滨大笑起来，笑得直捯气儿。

肖慧贤连忙把灯打开。

刘滨坐床上，他笑得有些夸张，脸有些变形。

"你笑什么？"肖慧贤问。

刘滨还是笑着，笑得有些瘆人……肖慧贤傻了。

肖慧贤虽然删掉了晓丹的信息，可心里的信息痕迹是抹不掉的，显然，晓丹知道刘滨的病情，她找自己谈什么呢？会不会是要挟自己、趁火打劫？想到这儿，肖慧贤的心沉坠着。也许现在的情况不同了，刘滨突然住院，并且得了绝症，事态就扭转了，甚至来了个一百八十度的大转弯。或者这样说，过去，刘滨和晓丹的问题是肖慧贤要解决的主要矛盾，离婚是矛盾的主要方面，现在的主要矛盾是解决刘滨临终关怀问题，和解才是矛盾的主要方面。

肖慧贤突然想到应该约见晓丹，想不想见都得见，这道坎她无论如何都得跨过去。此刻肖慧贤有些暗自庆幸，好在自己没回短信骂晓丹一通，没一口拒绝了她。

肖慧贤给晓丹编发短信，那个短信费了她不少脑筋，编编停停，停停编编。肖慧贤不知道晓丹的想法，如果晓丹说她已经怀了刘滨的孩子怎么办？刘滨以前跟她说过，他希望生一个儿子，肖慧贤说我是不生了，你爱找谁生就找谁生去，那些不过是玩笑，刘滨找晓丹不会真的要生一个儿子吧。要是晓丹真的怀了刘滨的孩子，那不用说，一定会来分家产的。假的呢，晓丹本来没怀孕，这个时候说自己怀孕了，假的也很麻烦，验证真假注定要费周折。如果晓丹的想法不涉及孩子什么的，仅仅是要"情感损失补偿费"，这个还是可以讨论的，过错方来讨价还价本来是不能接受的，可是现在的情况就得接受，肖慧贤想在刘滨生命的最后阶段维护他的形象，维护这个家的形象，维护她自己的形象，她可不希望晓丹来闹病房，之后还来闹灵堂。当然了，"补偿费"也是有限度的，肖慧贤经商多年，她心里有个算盘，可以随时计算得失，权衡利弊，如果晓丹狮子大开口，她是不会答应的……肖慧贤觉得保护家产的责任已经实实在在落到了她的肩上。

肖慧贤给晓丹发了信息，答应和晓丹谈一谈，还请晓丹定时间地点。晓丹很快回了短信：看您（第一次使用了"您"）什么时候方便，我们电话里谈吧，我知道您一定不愿意见到我，我也不知道怎么面对您。肖慧贤想起以前，她和晓丹常常煲电话粥，也许这样反而是一个好方式，避免两个人都尴尬。

肖慧贤答应了。

第一次和晓丹通话是在医院楼下的庭院里，电话接通，肖慧贤静静地等着晓丹说话，晓丹也在静静地等着肖慧贤说话。还是晓丹先开口了，她说我看到一篇报道，说蒲公英的根儿可以杀死癌细胞，是加拿大温莎大学一个教授做的实验，四十八小时内杀死百分之九十八癌细胞，不知道真假……我想，弄点蒲公英根儿泡水喝，有效果当然好，反正也喝不坏……我去海边山上挖一些蒲公英根儿……网上也有卖的，我怕是人工种植的，效果不好……要不要我捎过去？说完，晓丹就等肖慧贤的反应。肖慧贤问，你要跟我说的就是这些？晓丹说是呀，我要说的就是这个。放下电话，肖慧贤一下子没反应过来，晓丹说的完全出乎她预料。

第二次通电话是在肖慧贤去外地的路上，刘芳陪她去问诊一位很有名的退休老中医。晓丹打来电话时，肖慧贤不小心抖落了装片子的档案袋，医院为刘滨检查拍的片子滑落到车里。肖慧贤心想，该说的她还是要说的，这回该来真格的了吧？刘芳帮肖慧贤收拾散落的片子，斜眼问，谁的电话？刘芳迷信，她大概觉得这是一个不好的预兆。肖慧贤把手机屏在刘芳眼前晃一下，转身去接电话。

"骚货？"刘芳明白了，脸色也难看起来。

肖慧贤问晓丹什么事，晓丹说我知道我提这样的要求你难以接受，可是……从我的角度，无论怎样都应该去医院看看他……这事我想了好久，不想偷偷摸摸地等你不在的时候去探视，所以，还是希望征得你的同意……"我的同意？"肖慧贤心底的火气还是蹿了上来，心里说，你们背着我鬼混难道不是偷偷摸摸？什么时候想过征求我同意了？她扫一眼刘芳，深深吸一口气，待自己的情绪平稳一些，她这样对晓丹说，我现在在外地，你想做什么，那是你的事。晓丹说谢谢。肖慧贤问，还有别的什么事吗？

"暂时没有了。"

肖慧贤说，如果还有别的什么想法，最好都说出来，别一点儿一点儿地挤牙膏。

晓丹那头已经把电话挂掉。

第三次通电话那天下雨，应该是初冬的最后一场雨，雨很透明的样子，淅淅沥沥地透彻着寒意。晓丹来电话时肖慧贤刚刚出了便利店的门口，手里拎着两个鼓鼓囊囊的塑料袋。肖慧贤看到是晓丹的电话，心想，伪装是不会长久的，一次两次行，最终还是要露馅儿的。来吧，有什么要求？敲诈也好，讹诈也罢，都放马过来吧，老娘已经等得不耐烦了。

肖慧贤把手机夹在肩膀上，嗓音粗重地"喂"了一声。晓丹稍微迟疑一下，声音柔和地说，我犹豫了两天才给你打这个电话。肖慧贤说你想什么就照直说。晓丹说前几天我去看了刘滨，我觉得刘滨的情况不太好……不太好还用你说？肖慧贤忍了忍，没说话。晓丹说，可能这个病对刘滨的刺激太大了，我发现刘滨脑子有问题，怎么说呢，好像精神失常了……肖慧贤连忙问，你告诉他了？

"什么？"

"他的病情！"

晓丹说我怎么会跟他讲这些。

肖慧贤说是，你不是家属，当然没资格讲了，不过暗示什么的也不行。

晓丹说你放心，我知道我该做什么……我只是觉得他对自己的病情很了解。

肖慧贤说怎么可能，没人告诉他真实情况，他这个人敏感，胆子小，愿意胡思乱想……

"可是，我真觉得刘滨很不对劲儿……"

肖慧贤说刘滨已经是癌症晚期了，他怎么可能跟正常人一样。

晓丹说，我是说精神方面……

肖慧贤心想，现在保命要紧，哪能顾得上精神？她可不想跟晓丹讨论这些，她对晓丹说，就这些？还想说点儿别的什么吗……

晓丹说没了。

"没了？"

晓丹说，我没什么可说的了。

放下电话，肖慧贤就跑进雨里，便利店离住院部正门并不很远，只是那里的地砖坑坑洼洼，跑到住院部门楼，肖慧贤觉得自己的脚脖子有些胀痛。她顾不了这些，脑子里是晓丹的声音，那个声音不急不缓，一板一眼，她究竟在兜什么圈子呢？本来，每一次通话肖慧贤都把情绪调整到迎战的状态，可对方并没有出招，以致每次出征她都铩羽而归。难道晓丹在跟她用计？玩"一鼓作气，再而衰，三而竭"的把戏？如果是那样，晓丹远比她想象的阴险。肖慧贤整天疲于应付，而晓丹却可以全身心地对付她，这明摆着是一场不平等的斗智斗勇。肖慧贤擦一下脸上挂的水珠，抬头望了望门楼里裂缝的棚顶，她突然想到，只要晓丹炮制的那个阴谋的果核不落下来，她就平静不下，就得保持高度的警惕，时刻防止那个果核意外地砸伤自己。

肖慧贤回到病房，见刘君坐在刘滨床前看着刘滨吃饺子，刘滨用手抓着饺子，没有节奏地往嘴里送。"慢慢吃，蘸点儿佐料。"刘君说。刘滨似乎没注意到肖慧贤进来，刘君看了看肖慧贤，他说小三喜欢海螺馅饺子，我一大早去鱼市买的，海螺很新鲜。

肖慧贤说还是大哥用心，谢谢你。

刘君大嗓门说，自己家人还说外道话！

刘滨吃完饺子，看了刘君和肖慧贤一眼，什么也不说，只是愣愣地望着窗外。

刘君示意肖慧贤到外面说话，两人来到走廊里。刘君说我觉得小三挺怪的，是不是让病给吓傻了，肖慧贤说我也觉得不对劲儿，可能他已经知道病情了。谁告诉他的？刘君大声问。肖慧贤说不清楚，也许没人告诉他，可你要知道，得病的是他，他对自己的情况大概比我们更了解。我觉得我能理解刘滨，这种病放在谁身上谁也没那么容易想开了，心理压力太大是必然的。肖慧贤觉得刘滨剩下的日子已经不多了，生命如果没了，那就什么都没了，眼下，她能做的是让刘滨尽量减少痛苦，精神方面不是她关注的重点。也许是肖慧贤说得太过冷静了，刘君对肖慧贤的态度不太满意，他说慧贤哪，大哥说句不该说的话，小三都这样了，你就别跟他过不去了。肖慧贤瞅了瞅刘君，她说我没跟他过不去呀，我整天干什么了，不都在护理他吗？刘君说，我就是说一说，前一段你要跟小三离婚，我是站在你这头的，家里人也都支持你，现在情况不一样了，小三人都要没了，多大的仇恨都得消了……肖慧贤说大哥你这样说可冤枉我、委屈我了！刘君说我没那个意思，只是提个醒。好了，不说，不说了。

　　肖慧贤的确觉得委屈，不仅刘君的态度发生了转变，刘芳的态度也发生了转变。肖慧贤想起看中医那天，刘芳问肖慧贤，你发现小三外头有人是什么时候，你们吵架是什么时候，小三这人心里不盛事，压力大了容易自己想不开……现在想起来，大姐是不是含沙射影地暗示，刘滨的病和自己有关呢？给他的压力，与他的争吵。刘滨发展到癌症晚期需要一定的时间，可谁又来说明这些呢？想到这儿，肖慧贤觉得身子发软，差点儿倒在走廊里。

　　刘君吓了一跳，他连忙架起肖慧贤的胳膊，他说慧贤哪，大哥说的话没别的意思。肖慧贤说没事，可能这几天太累了，身子有点儿虚……

　　晚上，肖慧贤给刘滨擦脸洗脚。收拾停当，肖慧贤对刘滨说，今天我跟笑梅视频了，她说最近要回国参加一个比赛，顺便回家看看。……她不知道你住院了，我没跟她说，你也没什么大病，我自然不需要跟她说，说了反而让她学习分心……既然她回国参加活动，那就一定会回家看看，所以，你不能总这样小病大养，笑梅回家之前就出院回家。其实，肖慧贤说的这些不全是假话，上午她的确跟笑梅视频过，可她没提刘滨的病，她还没想清楚什么时候正式告诉笑梅。

刘滨一直沉默着。

肖慧贤不管刘滨听没听进去，反正她认为，说了就比没说好。

"你听清楚没有？"肖慧贤大声说。

刘滨眼睛发直，毫无反应。

"你这是怎么啦，真傻啦？"

刘滨还是没有任何表情。

第二天一大早，肖慧贤就到了海边，她蹲在海风阵阵的沙滩上放声大哭，四周空旷，见不到人影，哭得没力气了，肖慧贤就坐在返潮的沙滩上，她觉得自己的嘴角咸咸的，不知道是海的味道还是泪水的味道。

刘滨住院三个月后，下了一场往年少遇的大雪。

肖慧贤一路小跑赶到医院，温大夫对肖慧贤说，告诉你一个好消息。肖慧贤观察温大夫的表情，一点儿也看不出好消息的样子。温大夫平缓地说，刘滨身上发生了奇迹，癌细胞居然都消失了。肖慧贤眼睛发直瞅着温大夫，温大夫没说什么，把片子和检验报告递给了肖慧贤。温大夫说，癌症病人有自愈，只是比例不算太高。肖慧贤看不太懂片子，不过对检验报告结论她还是能看明白的。肖慧贤大喜过望，瞬时觉得天旋地转，晕倒在地。

肖慧贤醒过来，第一件事是跟笑梅视频，她告诉笑梅刘滨已经自愈，笑梅不相信，肖慧贤把检验报告拍照给笑梅看，笑梅还是不相信。肖慧贤说女儿啊，你真是大福星，你回来看爸爸，爸爸的病突然就好了，那天你大姑还说，让笑梅回来冲冲喜，还真让她说着了。笑梅的眼睛仍是杏仁肿，她说妈，如果你说的是真的，我必须回去亲自验证。肖慧贤说你刚刚返回学校，时差还没倒过来，笑梅你怎么不相信妈呢？你不相信妈行，可你总得相信科学吧，总得信检测结果吧。笑梅说我真该等检测结果出来了再走……肖慧贤说谁能想到会发生奇迹呢？大家都觉得那些检查，不过是走形式罢了……笑梅说反正我要亲自验证，我可不想永远活在欺瞒之中。肖慧贤叹了口气，她说以前妈妈瞒你也是迫不得已，慢慢地你就会明白做母亲的心情……这样吧，你和医院、和医生联系都挺方便的，你自己验证吧，总之，为检测报告飞越一次太平洋，我觉得没必要。如果你必须回来，我会提前告诉你的。

为避免刘滨家人像笑梅一样不相信医院的检测结果，肖慧贤把刘老爷子、刘芳和刘君都叫到了医院，让温大夫当面解答"奇迹"。事实上，温大夫也解释不了，他只是说，每个人的个体差异很大，癌症病人自愈的例子也很多。

刘君大声说，这没什么奇怪的，我听活动室的人讲过，一个医生给一个癌症患者做手术，打开后发现切不了，只好缝上了。病人家是农村的，以为手术后病就好了。一年后去医院复查，还真好了，癌细胞没了……从小三检查出病那天我就预感，说不定小三能创造奇迹，果不其然。

温大夫说，刘滨这种情况属于特例，你们千万别相信癌症都可以这样自愈，还是要相信科学。

不管怎样，对于大家来说，刘滨好了比什么都重要，就在大家高兴地吵吵嚷嚷时，不想，刘老爷子突然倒下了。

刘芳大声对温大夫说，老爸一定是太高兴了，一口痰堵嗓子眼儿了。

刘老爷子不是痰堵嗓子眼儿了，而是脑出血。单就抢救来说，没有比抢救刘老爷子再及时的，他就倒在医院，倒在医生身边，可医院和医生都回天无力，当天夜里，刘老爷子就丧失了生命体征。

刘老爷子的死与刘滨癌症消失一样令一家人感到意外，强烈的反差，令一家人都神情恍惚，觉得这一切都那么不真实，这个不真实里面，一个是乐于接受的，另一个则是不愿意接受的。直到刘老爷子出殡那天，大家才真切地感觉到刘老爷子彻底撒手人寰了。刘君对搀扶着刘滨的肖慧贤说，小三能创造奇迹，老爸怎么不能创造奇迹呢？我总觉得老爸那口气儿随时可能缓过来。

笑梅还真回来了，她本来是要证实爸爸真实病情的，却赶上了爷爷的葬礼。肖慧贤不知道笑梅心里想的什么，她对笑梅说什么，笑梅都一副不屑的态度。遗体告别仪式之后，刘芳神秘地对肖慧贤说，依我看，这是一命换一命，老爷子用自己的命换回了刘滨的命。笑梅在旁边听到，有些鄙夷地白了刘芳一眼。

笑梅说晚上要在医院陪爸爸一宿，第二天早晨就去飞机场。"我只想一个人静静地陪着爸爸。"笑梅眼睛盯着肖慧贤冷冰冰地说，说话的口气没有一点儿商量的余地。肖慧贤知道自己说什么都没用了，她默默地流着眼泪。

笑梅不愿意看到肖慧贤流眼泪，转身就走。

刘芳说，慧贤我跟你回家吧，我陪你。肖慧贤知道刘芳是好心，可她又怕神神道道的刘芳讲一些莫名其妙的话。以前，刘芳每次对肖慧贤讲鬼神什么的，都让肖慧贤两三天不敢独自面对黑夜。

肖慧贤说大姐你也早点儿休息吧，这几天大家都累坏了。

刘芳说我身子骨结实，抗摔打……对了慧贤，那个狐狸精是不是还在找你麻烦？遗体告别仪式那天上午，晓丹给肖慧贤打过两次电话，肖慧贤不予理会，在肖慧贤身边的刘芳大概猜出是晓丹来的电话。 肖慧贤说没关系，我能应付得来。

刘芳说慧贤你放心，姐会无条件地站在你这一边，需要我做什么你就说话，还有刘君，他也会全力支持你的。

肖慧贤有气无力地说了句谢谢。

分手时，刘芳还不放心地问肖慧贤，真不用我陪你呀？

肖慧贤说，都回家早点儿休息吧。

医院确诊刘滨癌症痊愈了，同时也确诊刘滨患了精神分裂症。

一家人把刘滨从医科大学附属一院转到西山精神病医院。主治医生姓耿，是一位上了年纪的女大夫。耿大夫细致地为肖慧贤和刘芳讲解头颅MRI脑电图，什么右侧海马信号高，可见多棘波散发，什么右侧蝶骨电极区可见尖波散发……说得肖慧贤和刘芳一头雾水。刘芳说大夫，这些我们不懂，我们家属只想知道刘滨的病情严重到什么程度。耿大夫说患者属于重度，或者说一级精神分裂症，应该说病情很严重。"很严重……是指什么？病情再发展下去会更严重吗？"肖慧贤问。耿大夫说，再发展下去有可能彻底痴呆并伴随瘫痪……刘芳有些急了，她说那怎么办大夫，该怎么治疗呢？

有没有希望治好？耿大夫说，我们有严格的治疗规程，希望你们家属好好配合，至于治疗效果，取决于很多因素，希望家属能够理解。

肖慧贤和刘芳回到病房，刘君正在给刘滨喂药。肖慧贤这才注意到刘滨的细微变化，以前，刘滨只是不说话，不动弹，表情呆滞，现在，他仿佛成了一尊蜡像，缺少了起码的生气。前一段，肖慧贤面对的是刘滨的生命问题，眼下，刘滨的傻成了首要问题。癌症治愈了当然是天大的好事，可又成了傻子该怎么办哪！

肖慧贤默默走到病床前，看着那些颜色鲜艳的药片，那些莫名其妙的名字：利培酮、奥氮平、喹硫平……她的眼睛模糊了。

刘君瞅了瞅肖慧贤，又瞅了瞅刘芳。刘君说："刚才小三好像对我笑了笑。你们别担心，小三是什么人哪，癌症晚期都能好了，我相信，抑郁症也会好的。"

刘君叫刘滨的病"抑郁症"，肖慧贤也不能当面纠正他了。

肖慧贤对刘芳和刘君说，她想了好几天，今天正式跟他们商量，由于刘滨生病，公司已经三四个月没打理了，今年市场情况不太乐观，如果再不管，公司那头也会出麻烦，所以，肖慧贤希望刘芳和刘君帮忙照顾刘滨，当然也不白出工，肖慧贤会比照请护工的市价，按照上限给他们发工资。刘芳和刘君相互瞅了瞅，刘芳说小三是我亲弟弟，照顾是应该的，谈钱多生分。刘君说是呀，你不说我也会来照顾小三的。

事情并不像刘芳和刘君嘴上说的那么痛快，肖慧贤回到圣岛公司代行刘滨的职责，公司已经处于半瘫痪状态，一天忙十六小时肖慧贤都嫌时间不够用。这期间，还总接到医院的电话，不是刘芳不在就是刘君不在，本来他们一人一天排班算不上强度过大，只是他们不肯放弃自己习惯的生活，刘芳每天都要跳舞锻炼，刘君要和工友喝酒玩牌。刘芳和刘君给肖慧贤带来的烦恼她还是可以自行消化掉的，晓丹提出的要求可就令她难以释怀了。

晓丹显然是消息灵通者，她大概对刘家近期发生的事情都了如指掌，也知道肖慧贤回来掌控圣岛公司。晓丹说那几天你不接我电话我可以理解，我也没在你最艰难的时候提出我自己的合理要求……肖慧贤撇了撇嘴，心想，狐狸尾巴终于露出来了。不过现在情况不一样了，刘滨没死，不存在分家产的问题。

"说吧，有什么要求就说出来，说要求是你的问题，能不能解决是我的问题。"

晓丹说我没有非分之想，我只是保护自己的利益……肖慧贤说，你一定会这样说的，当然，你也会这样认为的。说吧！

晓丹说其实我早就预料到你会误会我的……肖慧贤哼了一声，那个声音大概也传到晓丹那一端。肖慧贤说别说没用的了，我现在很忙，说重点！晓丹说那好吧，我是想这个月底拿我的三百万。

"什么？三百万！"

晓丹说钱是我借给刘滨的，借条约定的还款时间是10月15日，已经逾期两个月。我当时没提出还钱，主要是考虑刘滨……

"刘滨管你借了三百万？怎么可能呢？"肖慧贤第一反应认为晓丹在讹诈。

"白纸黑字，上面还有刘滨的手印。……对了，我刚才说了，逾期两个月没催款是有原因的，希望这个月底前还我，不然逾期的利息是很高的。"

"借条是什么时候打的?"肖慧贤问,她没问钱是什么时候借的,因为她脑袋里冒的念头是,刘滨也许早就给了晓丹承诺,并以借款的方式预支罢了。

晓丹说今年1月15日,也就是春节前。

肖慧贤相信那个借条是存在的,她怀疑的不是借条本身,而是如何产生了那个借条,她隐约地感觉到,她的身后有一个巨大的冷风飕飕的黑洞。

肖慧贤说这样吧,我这几天就安排财务公司查公司的往来账,到时候我们再联系。放下电话,肖慧贤倒吸一口冷气,她对晓丹提出的条件甚至是要挟做过很多设想,但无论如何也想不到晓丹会以这种堂而皇之的方式出现。在肖慧贤的理解范围之内,圣岛公司还没走到向私人借钱的地步,特别是好面子的刘滨,他怎么会向自己的小三借钱呢,如果是动钱,也是刘滨给晓丹。

刘芳和刘君知道晓丹要三百万的事,一个义愤填膺,一个火冒三丈。刘君还背着肖慧贤去找晓丹,尽管晓丹没见刘君,还是被门外的刘君大骂了一通。后来晓丹报了警,见到警察刘君才老实了。刘君回来之后对肖慧贤说,慧贤你放心,如果那个小娘儿们敢来欺负你,你大哥一定给你做主,帮你摆平。小娘儿们也真是不知道马王爷几只眼,不知道大爷我年轻时候的能耐。

刘芳说别吹了,牛见了你都得让你给吓跑了。

肖慧贤拉长着脸说,大哥以后千万别给我添乱了,这事我自己能应付。

肖慧贤委托的会计公司进入圣岛公司查账,因为肖慧贤急于知道晓丹所说的那笔借款是否入账,所以到中午,会计公司的人就告诉肖慧贤，1月份的确进账三百万，挂在往来账上。肖慧贤傻了，没过几天，肖慧贤听到了更令她震惊的消息，会计公司的人偷偷告诉肖慧贤，其实，圣岛公司早在两年前就已经负债经营了。

那天夜里，雪停了，风也住了。肖慧贤踩着吱吱作响的积雪走过那条熟悉的街道，那是离海边不远的一条小街，仔细闻一闻，仿佛可以嗅到海的咸涩味道，隐约地听到海鸥孤独的鸣叫。

肖慧贤到医院已经深夜十一点了，没见到刘芳或者刘君的身影。灯光下，刘滨显得消瘦、单薄，他还没睡。肖慧贤静静地坐在刘滨身边，她仔细观察着，她觉得刘滨的病情并没有向好转的方向发展，刘滨的声音已经变了，眼睛发直，目光发散，原来沉默不语的他开始嘟嘟囔囔，发出无法让人听懂的声音。肖慧贤给刘滨吃了药之后，他才安静地睡了。

肖慧贤每天坐到公司的办公桌前，麻烦事都无头苍蝇一般向她乱撞，一如笑梅玩的"打地鼠"电脑游戏，打下一个又冒出一个，无穷无尽，疲于应付。肖慧贤五六年不介入公司业务了，她陪笑梅在国外读书，当起了陪读妈妈。原本她认为自己的一生已经有了充分的保障，存款账户上可观的数字、高额的商业保险、奢华的海景房。可她之前怎么也不会想到，作为公司大股东的她与公司的荣辱兴衰是难以分割的。从财务公司初步审计的情况看，圣岛公司的亏空巨大，即使固定资产变现抵债，大概还有两千多万的窟窿，这是什么概念呢，就算把肖慧贤个人名下的所有资产都填充那个窟窿，恐怕也不一定填得平。说起来，五六年时间不算长，可经营环境变化和经营方式的转变是巨大的，肖慧贤的经营经验还停留在六年以前，管理公司没一个月，公司销售部的人几乎走光了。肖慧贤哀叹也没用，她只能咬牙坚持着，同时默默祈祷刘滨快点儿恢复健康，现在她更希望刘君的话能变为现实，刘滨再次创造出一个奇迹，给她惊喜。

春节渐渐来临了，要债的也开始扎堆儿，肖慧贤已经在考虑躲债问题了，比如让债权人找刘滨要债。尽管这样做不道德，可她也只能委屈刘滨当挡箭牌了。说委屈也不算委屈，这些债务本来就是刘滨亲手造成的……想到这儿，肖慧贤突然冒出一个怪念头：刘滨是真的傻了吗？他是不是用傻的方式来摆脱眼前的困境呢？以这个假设为终点，肖慧贤回头梳理起来，刘滨的癌症为什么能消失了？真的癌症能够消失吗？可是，仪器本身是不会作假的。与医生合伙来作假？不可能，那样作假的成本太大了，也没有真的解决问题。还有，面对刘老爷子突然病逝，刘滨不可能不动容，他就是天才级演员，老爷子出殡那天也会露出破绽的。肖慧贤否定了这个线路图，她又从头向后梳理。这两年刘滨的经营陷入困境，但他十分要强，尤其不想让肖慧贤瞧不起他，当初肖慧贤把公司全权交给刘滨，刘滨又拍胸脯又发誓的。所以，在困境中挣扎这几年，一定遇到过强大的压力，有很多想不开，于是得了癌症。当刘滨知道自己是癌症晚期时，本来就胆小、敏感的他经受不了巨大的打击，吓傻了。人傻了也没心事了，癌症也神奇地自愈。肖慧贤的脑子里渐渐绘出了一个链条清晰的图谱。

砰砰的敲门声，肖慧贤本能地紧张起来，大概又是追债的。肖慧贤还没来得及躲避，人已经进来了。进来的是刘君和刘芳。

"你们……怎么过来了？"

刘芳和刘君走到肖慧贤跟前，刘芳说我们商量了一下，觉得有些事还得跟你说说。肖慧贤说什么事非得到公司来说呢，刘滨那头不又没人了？

刘芳说，我和老二觉得吧，最好雇老顾去照看小三。老爸走了之后，老顾也没什么事，老爸在世的时候，她对老爸挺好，咱不能撇下她就不管了不是。

肖慧贤问，老顾提出来的吗？

刘芳说那倒没有，这是我们俩的意见，我们想让老顾照顾小三，我们俩来公司帮你。

"来公司，帮我？"

刘君说对呀，小三病了，我们不来帮他谁来帮他！

肖慧贤有些明白了，她又将不愉快挂到了脸上，阴沉着说，你们能帮公司什么？

刘君说干什么都行，毕竟我们是一家人，没外心。

肖慧贤说你们的好意我领情，但是现在公司的状况非常糟糕，到处是窟窿，工资都开不出来。刘君说我们就是听说公司经营出了问题才决定来公司的，怎么可能呢？小三有病就这几个月，公司怎么一下子就亏啦？刘芳拉了拉刘君，对肖慧贤说，我们也是好心，毕竟小三是自己的亲弟弟，一奶同胞，不是别人……

肖慧贤说我明白了，你们不相信公司亏了。说实话，我也不相信，晓丹管我要三百万我还以为是讹诈，查账之后我才知道，公司在两年前就已经负债经营了。

"负债经营了？只要资产不被转移了就好……"刘君说。

肖慧贤听刘君这样说，她的火气就上来了，她说看来你们是怀疑我转移资产啦，我可以明确地告诉你们，别说我没转移资产，就是转移了，跟二位也没什么关系吧，你们既不是公司的股东，也没有资产继承权……

刘芳说慧贤哪，你这样说可不对了，小三是公司的董事长，他可是我亲弟弟，弟弟的事，当姐姐的管也天经地义。

刘君说就是，当初要不是我借钱给你们开买卖，能有你们今天的公司？人总要讲良心，不能见钱眼开……

肖慧贤说你们要这样理解问题我也没办法，情是情，理是理，如果你们想查证我是不是转移了资产，可以雇审计师事务所来查账，也可以雇律师打官司！

说完，肖慧贤拎起包就走。走到门口，肖慧贤回头对刘芳和刘君说，麻烦你们把办公室的门锁好，不然，丢了东西就说不清了。

刘芳和刘君互相瞅了瞅，连忙跟着出了门。

肖慧贤匆忙下楼，保安走近她，小声说，那个人在门口站了一个多小时了，我没让她上您办公室。

这时天色已晚，肖慧贤发现站在公司门口的人是晓丹。

肖慧贤知道晓丹也是来要债的，她本想从后门溜走，看了看身后的刘芳和刘君，她突然改了主意，迎着晓丹走了过去。

肖慧贤和晓丹在一家韩式烤肉馆里面对面坐着。

这几天普遍降温，外面十分寒冷，店里面却热气腾腾，烤肉馆的窗户挂了一层厚厚的霜，无法看清外面的景色，只能看到走了形的雾散般的灯光。

肖慧贤眼中的晓丹显得十分憔悴，而晓丹眼中的肖慧贤大概也是如此吧。她们都苦涩地笑一下，几乎没说一句与正题有关的话，点菜，吃东西。她们先是喝了牛尾汤，然后吃苏子叶包裹的烤肉，用辣白菜五花肉拌白米饭。她们俩的吃相都算不上文雅，直到鼻尖渗出微汗，肖慧贤放下筷子，把一杯大麦茶喝尽，打了个嗝说我吃热乎了。

晓丹说我也吃撑着了。

肖慧贤说调查清楚了，三百万借款是存在的，刘滨虽然病倒了，但账是赖不掉的。只是现在公司维持运转都困难，暂时还不能还你钱。

晓丹说这个我已经想到。……其实，你在国外时圣岛公司就开始亏损了……你应该知道的吧。

肖慧贤说，公司的情况我也只是最近才知道。

晓丹说我没有向你解释、请你原谅的意思，就是那个时候，刘滨找我，我们开始交往的。说起来你可能不相信，正因为我们俩的友谊也因为你三番五次地让我关照，我才出来帮刘滨的……想一想，我真是太傻了，最后把自己大半辈子的积蓄也搭上了……当然，刘滨的本意不是这样的，可他已经无法适应新的营商环境了，越想拼出结果，结果越糟糕……这些他都瞒着你吗？

肖慧贤用疑惑的眼光看着晓丹，嘴上还是回答了问题：可能因为我在国外吧，他什么都没跟我说。

晓丹说着，眼泪簌簌落下，她说本来我一直都在跟你联系来着，不想后来发生了一件事……有一天刘滨满脸是泪地跪在我的面前，他说看到我就想起你……我居然相信了他的话……慧贤你是知道的，我这个人单身这么多年，感情并不脆弱，可当刘滨跪在我面前，双手抱住我大腿的时候，不知道为什么，我的母性被呼唤出来……这也许正是女人的悲哀之处……想一想，我真的太傻了……

此时，肖慧贤的眼里也噙满泪水，她敲了一下桌子，喊服务员：拿一瓶高度白酒来！

早晨起来，肖慧贤发现裤腿和鞋面上都有脏点子，她想自己一定是呕吐了，还有，衣服袖子上沾了白粉末，上楼时一定蹭了墙……肖慧贤像侦探一样搜寻昨天夜里的蛛丝马迹，来到楼下院子里，她看到一株梧桐树下的呕吐物，旁边还有一只晕晕乎乎、步履蹒跚的流浪狗，那条流浪狗一定是吃了她的呕吐物……肖慧贤多年没有酩酊大醉了，后来她都跟晓丹说什么，怎么回的家，一概记不清楚。醉之前她们的谈话她还有一些印象，她好像对晓丹说，人和人之间发生的事说不清楚，我跟刘滨在一起生活这么多年，可是我居然没有你了解他！

新年之前，肖慧贤决定请大家吃个饭。关于吃饭问题，肖慧贤做了充分的考虑，自从和刘芳、刘君争吵之后她就一直想，自己是不是也有问题呢，如果换一个角度，自己是刘芳或者刘君会怎样呢？当然，她觉得自己不会像刘芳和刘君那样偏执，那样好斗，不过也会从自己的角度去想问题吧。想一想，从某种意义上来说，刘芳和刘君其实也挺可怜的。刘君做了很多年卡车司机，人到中年就下岗，后来给出租车打替班，在车祸中折过大腿……刘芳呢，二十六岁的老姑娘了才从青年点回城，按她的话说，干什么都能把这个职业干没了。刚回城时刘芳被幸运地安排到厂俱乐部工作，可惜没两年，电影院实行对号入座，俱乐部不需要把门验票员，裁员先从刘芳这样的临时工裁起。后来挖门子、托关系总算进到工厂公务班，做起了令人羡慕的电话总机接线员，可惜好日子没过三年，工厂电话交换设备改造，刘芳再次待业。两年后刘芳好不容易考到公交公司当售票员，售票员的工作倒是干了十几年，后来公交车实行无人售票，刘芳又下岗了……

其实很多事情就是这样，两个人相向而行，僵持时一个人错开身子另一个人也就过去了。让刘芳和刘君到公司来也不见得是什么坏事，只要在公司待几天他们就会知道公司的真实情况，转移资产这样的谣言也就不攻自破了。现在，肖慧贤面临的主要问题是给刘滨治病，还有就是治理公司的"病"，要解决这些问题，首先就得把家里人团结起来，而不是耗散她的精力，增加做事的阻力。还有晓丹，她觉得治刘滨的病还应该发挥晓丹的作用，不管是否达到预期的结果，还是应该拜托她试一试。这些想清楚了，肖慧贤就分头向大家发出了邀请，打电话时也没有迟疑和顾虑了。

吃饭之前，大家一起去拜祭了刘老爷子。参加聚会的人员有刘芳、刘君、老顾，还有坐在轮椅上的刘滨。肖慧贤说，今天请大家吃饭，主要商议为刘滨治病的事，顺便我也向大姐和大哥道个歉，上次你们提出要到公司去工作，开始我没理解，后来想清楚了，觉得你们的想法是对的，所以我为我的态度向你们道歉。肖慧贤这样做反而令刘芳和刘君有些难为情。肖慧贤说，从下周开始大姐和大哥就到公司报到，由顾阿姨照顾刘滨，尽管现在公司经营遇到很多困难，顾阿姨的护理费还是不能少的。

老顾十分难为情，面色羞红地说，别叫顾阿姨，多难为情，还是叫老顾吧，以前你不是总叫我老顾吗，说着走去推刘滨的轮椅，有立即进入角色的意思。刘芳用胳膊拐了一下刘君，刘君迟疑着说，慧贤哪，去公司的事再议吧，那天的事也不能全怪你，我和大姐也不太会说话……

刘芳说是呀，不管怎么说咱是一家人嘛，谁都不挑谁，凡事好商量。

刘君瞅了瞅桌子上的酒瓶和酒杯，他说咱们边吃边商量吧。肖慧贤说等一会儿，晓丹说快到了。

"晓丹？"刘君愣了一下，"你请她来？……"

肖慧贤说今天咱主要是商量给刘滨治病的事，上次晓丹跟我说，刘滨小时候受过惊吓，好像一直到六岁了才说话……大家一起出主意，看看有没有更好的办法。

刘君瞅了瞅刘芳。刘芳说，不说还把这事真给忘了，刘滨两岁那年家里遭了火灾，听老爸说是村西头的豆腐坊先着火，后来沿街烧成了片，烧了一百多家，老妈就是那场火灾走的，小三还在老妈怀里吃奶，从此他就不说话了，大家都以为他惊吓过度，傻了，一直到六岁了才开口说话……肖慧贤说是呀，晓丹跟我说，也许再来一场大火能唤醒他也说不定。

刘君皱着眉头说，你相信她的鬼话？

肖慧贤说我也问过医生，医生说国外有这样治疗的，效果不敢保证，不管怎么说，刘滨的病这样耗下去也不是办法，总得想点儿办法治呀。

刘芳说对，有病乱投医，说不准以毒攻毒还真有效。

正说着，晓丹气喘吁吁地走了进来，她说抱歉来晚了，没想到堵车这么严重。刘君尴尬地看了晓丹一眼，粗拉拉的大手搓起了酒瓶子。

　　吃饭过程中，大家的话题比较集中，没有人对"用一场大火来唤醒刘滨"提出异议，似乎这个治疗方案一定有效，他们讨论的问题都是围绕如何实施方案展开的。刘芳说眼看就到春节了，春节前大家都忙，不行就春节后吧。刘君说我看还是越早越好，治病这事不能等。肖慧贤说能赶早不赶晚，关键看准备得怎么样。晓丹说是呀，得先研究一下在什么地方放火，放火不是一件简单的事情，火小了没效果，火大了在哪儿放？刘芳说老爸带着我们进城四十多年了，老家早就没人了，天寒地冻的，总不能带着小三回老家吧？刘君说回老家？老家变什么样了都不知道，再说，谁能让你在老家放火？肖慧贤说老家太远了，我看可以在近郊找个跟老家相像的地方，反正农村都差不多……刘君说近郊农村倒是可以找，可烧什么呢？房子？谁家房子让你烧？刘芳说可以考虑买个破房子，属于要扒掉的那种，烧完之后重新盖，不就是钱的问题吗……刘芳瞅了瞅肖慧贤，大概想起肖慧贤说的经营困难，不好再说下去。肖慧贤瞅了瞅晓丹，晓丹说找个破仓库什么的，里面加一些柴草，烧起来一样有效果。刘芳说对了，可以到我原来下乡的那个青年点，夏天时老知青组织聚会，我们一起回去看过，那里已经撂荒了，房子破得不成样子，成了羊圈。肖慧贤说撂荒了也有主儿，不知道能不能说上话。刘芳说我找找关系，应该能说上话。刘君说我看这个行，荒郊野外的，不用担心把村民的房子也烧了，当年那场大火可是沿街烧成串，连成了片。晓丹说那也要小心哪……肖慧贤问刘芳，青年点房子周边的树木多不多？刘芳想了想说，我没太注意，应该是挺多的，当年房子四周都是耕地，现在植被恢复了。肖慧贤说那可挺麻烦，我们烧一个破房子再引发一场山火，那可不是麻烦的问题，那就是法律的问题了。晓丹说是呀，是先得去看一看，还要研究出万无一失的防止火势蔓延的办法……

这时，刘滨呵呵地傻笑着，嘴里还嘟哝些什么。大家把注意力转移到刘滨身上，还是没听清楚刘滨说的是什么。老顾俯下身子，她的耳朵几乎贴到了刘滨的嘴上。

肖慧贤问老顾，你听清他说了什么吗？

老顾摇了摇头，说，好像是说咱们是傻子。

"他真这样说？"刘芳问。

老顾说我也不敢肯定。

肖慧贤心里咯噔了一下，她心想，难道刘滨没傻，他真的是装傻？

下午，肖慧贤带刘滨回医院做了脑电图监测，检查结果显示，刘滨的脑瘫状态一点儿都没有改变。肖慧贤想，如果刘滨醒不过来，她只能重新出山，接管圣岛公司那个乱摊子。也许她还得回到二十年前开始创业的起点，重新经历艰苦奋斗的过程，期待浴火重生。当然，另一种可能也是完全存在的，即使她耗掉老本、拼了命，但由于时过境迁，经营模式和方式都改变了，无论怎样努力都无力回天，但是她必须咬住牙关，坚持走下去……她没有选择！

那天下午，肖慧贤接到了晓丹的短信：慧贤，做女人不容易，你一定多保重！看完短信，肖慧贤的胸中涌起一股久违的温暖，感逝酸鼻，感恩酸心，感情酸手足，不过她心里清楚，她和晓丹之间这辈子也无法恢复原来闺密的感情了，对于晓丹来说，也是一样。

农历正月十五是民间送灯的日子，计划已久的大火将在那天的山坳里燃烧。其实，肖慧贤心里早已燃烧了一场大火，噼噼剥剥，伴随叫魂般的呼唤，熊熊火焰直冲云霄。

发表于《当代》双月刊2017年第6期

作于2016年12月

诗 经

苏兰朵

一

今天是个晦气的日子，有两件事让崔启发不高兴。

一大早，他的猫舍就被投诉了。邻居把电话打到了日报，说他的猫整夜叫春，此起彼伏，像支交响乐队，让人没法睡觉。不光如此，到猫舍看猫的人络绎不绝，只要一开门，就跑出一股尿臊味，熏得人想吐。这些话是日报的记者转述的，他们通过社区主任找到了他，希望他能给投诉者一个答复。从用词上分析，应该是刚搬到他猫舍楼下的退休教师夫妇干的。交响乐队？同楼层的郊区菜农老黄肯定想不出这样的比喻，楼上呢，也没可能，那两家的房子一直空着。崔启发的猫舍在一座居民楼里，是他原来住的房子，一百四十平方米的三室两厅里养着百来只品种各异的宠物猫，其中一多半都是两万元以上一只的名贵猫。母猫繁殖、公猫配种，打二十岁开始他就干着这份营生，现在住的别墅、开的宝马，都是这些猫挣下的。答复？能有什么答复？难不成放着现成的有小区保安的房子不用，要去租个农村大院，额外再雇两个打更老头儿？再说了，买猫的人看猫也不方便哪，把车开到农村和开到这里相比，既费时间又费油，人家干吗还到你家买猫哇？现在养猫的人多，猫舍也有的是。记者的态度冷冰冰的，还搬出一些环保条文来吓唬他，说如果不能给投诉者一个满意的答复，就要协助环保部门和工商部门上门来查处。查处他是不怕的，说到底，他这点儿破事还算不得违法行为。小区里干什么的没有？幼儿园、美容院、麻将馆……传销的都有，他才不怕呢。所以他没表态，不冷不热地打发走了记者。

　　和被投诉的事比起来，另一件事才真正令崔启发气愤。

　　临近中午的时候，小五打来了电话，邀他中午去尚景红酒会所参加一个饭局，他问什么饭局，小五说，来了再跟你细说，一定来，给弟弟撑个场面。说完就匆匆挂了线。说起来和小五认识也有快十年了。十年前，他的猫舍设在自己租来的房子里，八十多平方米，小三居，留了一间他和家人住，另外两间一间养猫，一间养着些仓鼠、巴西龟和安哥拉兔。一天，他正撅着屁股铲猫屎，来了一个人，又瘦又黑，满脸堆笑，他瞄了一眼就知道不是来买宠物的。果然，这个自称小五的人从包里掏出本杂志，跟他说，哥，你在我这里打一页广告，两千块钱，彩版，我负责给猫拍照，肯定比你贴在电线杆上的打印纸效果好。崔启发笑了，兄弟，你是来打劫的吧？小五并不气馁，把杂志塞到他空着的那只手里，你先看看，我这本杂志不是在大街上随便给的那种，全都赠阅给高档场所，美容院、发廊、咖啡厅、大酒店，看的都是有钱人。你看看这纸、这印刷，跟外边卖的时尚杂志一个档次。哥，就你屋里的这些宠物，到了我的杂志上这么一亮相，价格立马翻倍。那天，小五在他家待了近一小时，崔启发最后同意在杂志上打个豆腐块广告，价钱砍到了180元。两人自此相识。后来，崔启发慢慢发现，小五其实并不单靠这本杂志挣钱，因为杂志，小五结识了各行业的生意人，不管人家喜不喜欢他，他就是有着一股非同一般的黏人功夫，为这些人策划各种宣传活动或穿针引线促成新的生意并从中抽取好处费，才是他主要的经济来源。现在，他的杂志已经变成了网站和微信公众号，他自己也摇身一变成了一家小文化公司的老板。小五攒的饭局，崔启发是乐意去的，虽然不知道他葫芦里卖的什么药，但能够认识一些新的人是肯定的。崔启发现在也算个不大不小的老板了，除了猫舍，还有几家宠物用品商店，一个生产猫粮的加工厂，但社交圈子非常封闭，而小五认识的人来自五湖四海、各行各业，可以长见识不说，也能顺便推销一下自己的生意。

崔启发于是拉开抽屉，将里面那块劳力士金表拿出来，换下手腕上的计步器，然后夹着他的LV包去赴宴了。

然而一落座，崔启发就感到不大舒服。首先，这不是一桌正规的宴席。铺着台布的欧式长条桌上摆着两个盛着红酒的U形醒酒器，七八个人随意地坐着，每个人都自斟自饮。吃的呢，只有一盘奶酪、一盘火腿肠、一盘蔬菜沙拉、一篮子面包，别的再没有了。他们似乎在讨论一个什么话题，小五把他介绍给大家时，除了一个年纪大点儿的人对他点点头外，只有桌上唯一的女士对他笑了笑。随即，这个看打扮二十多岁看长相却有四十多岁的女的起身叫服务员再拿个高脚杯来。小五告诉他，这是会所的老板娘，温姐。他讪讪地坐下，尽量让自己也显得随意些，身体却不听使唤地有些僵硬。坐了一会儿，他渐渐弄明白了，这桌人大致分成两伙：一伙是生意人，一伙是文化人。文化人想搞个和诗歌有关的活动，希望生意人出钱赞助。明白了自己的角色定位之后，崔启发开始假装认真地听他们讲话。小五不是说了嘛，过来撑个场面。这种活动他肯定是不会赞助的，迄今为止，他在宣传上最大的投入是在34路公交车的车体上喷了一只加菲猫。刚喷上去的时候，他还是高兴了一阵的，看着"启发猫舍"四个金色的大字在大街上穿行，他的内心着实有一种满足感，但随着时间推移，期待中的广告效应并没有到来，他才冷静下来，意识到自己又被广告公司的小业务员给忽悠了。

跟他点头的那个人是诗歌协会主席，大家却称呼他高书记，他觉得奇怪，后来有个人说，您在计生委那会儿……他明白了，估摸了一下对方的年纪，嗯，应该是已经退了。高书记话不多，一直在重复地表达一个意思——诗歌协会马上要换届，他已经申请退下来，希望闻扬能担此重任。这位叫闻扬的是个诗人，从高书记的不停夸赞中可知，是个全国知名的诗人，现在担任诗歌协会秘书长。坐在崔启发旁边的电视台刘姓制片人频频跟着附和，不时补充新的信息，比如是师大中文系毕业的才子，大学时期就在《诗刊》上发表作品了，三十岁不到就得了省政府文学奖，力证高书记所言非虚，一副见多识广的样子。崔启发心说，原来这就是诗人哪，我这辈子还头一回见着诗人呢。于是就重点观察了一下闻扬。闻扬看起来四十岁左右的样子，穿着一件灰色毛衣外套，戴一副普通的黑框眼镜，除了头发略微长些、下巴蓄了点儿胡须外，没什么特别之处。本来他一直沉默着，见大家把目光都聚拢到他身上，忙摆了摆手，表情平淡地说，跑题了呀。咱们还是谈诗歌大赛的事吧。小五忙接过话茬，对对对，刚才说到冠名。话题早就被七扯八扯，跑题很久了。他把脸转向了一个留着平头的年轻人。韩部长，我看你们做最合适，"地产杯"诗歌大赛，一听就高大上。韩部长笑笑，这事我做不了主，我这个企划部长就是给老板打工的，回去我一定好好跟老板汇报，争取说服他。对，好好劝劝，媒体这一块有我和刘制片，肯定不会让你们失望。小五转过身又去问他身边的一个胖子，周总，要不你就接了，"敬云轩画廊杯"诗歌大赛，诗配画，正对路。胖子抚弄着手腕上颗粒硕大的黄花梨手串，慢悠悠地说，我哪有那么大实力，小画廊。不过我可以提供场地，我那个展厅，很适合搞个颁奖仪式……话还没说完，温姐拦住了他，你可别跟我抢啊，我跟小五都谈好了，全程赞助场地，今天这就开始了，她一指桌子，颁奖的时候，我要在这搞个酒会，赞助的红酒品牌是赤霞丹，代理商都让我叫来了，是不，崔哥？崔启发一愣，然后发现温姐的目光落在一个一直没说话的穿西装的男子身上，原来他也姓崔。崔酒商这时候站起身，从怀里掏出一个精致的名片夹，抽出洁白的名片，开始恭敬地一一分发。崔启发摸了摸自己的口袋，他的名片也带来了，一直没找到机会发，索性也掏出来，开始发。于是桌上响起此起彼伏的寒暄之声，仿佛大家刚刚见面。

启发猫舍、启发宠物用品商店、启发猫粮……温姐一声高过一声读着他的名片，两眼闪着光凑了过来，崔总，太好了，以后猫的事，我就找你了，你再开个宠物医院就更好了。崔启发感到她贴过来的身体就像一只冒着气的蒸锅。

这时候，不知谁叨咕了一句，"启发猫舍杯"诗歌大赛……刘制片扑哧一声笑了，紧接着就是一阵哄堂大笑。崔启发有点儿蒙，但也没觉得有什么不妥，也跟着笑。周胖子笑得身体直颤，一颗碧绿的翡翠挂件从怀里蹿出来，他用胖手指着崔启发，"启发……猫……猫粮杯"诗歌……大……大赛，哈哈哈……又一阵哄笑。崔启发这时候有点儿挂不住了，他似乎明白了他们在笑什么，脸沉了下来。小五见状，忙出来打圆场，有什么好笑的，不是不行啊，是不，闻秘书长？笑声渐渐平息，大家都把目光转向了闻扬。崔启发也用渴望的眼神望着他。他明白，此时此刻，只有这位大诗人的珠玉之言能搭成一个有说服力的台阶，把他从尴尬的境地解救下来。但是，他注意到，闻扬的脸色不知从什么时候开始变得比他还难看。闻诗人盯着小五，愠怒道，行什么行?！声调虽然不高，脸色却异常难看。说完，拨开面前的人，头也不回地离席而去。

　　崔启发像个小丑一样被晾在了那里……他不知怎么从酒局上回的家，只记得一出会所的大门，就把旁边的一个垃圾箱踹倒了。

二

　　崔启发越想越气，胸口里仿佛塞了一团掺了发酵粉的面，正一点点膨胀，让他喘不过气来。相似的感觉上一次出现，要追溯到二十多年前，他读高中的时候。

　　他永远都不会忘的。当时，学校难得地搞了一次篮球比赛。他其实也没学过篮球，只不过他家楼下有一个破篮球场，没事的时候就和邻居的半大孩子打两场。没想到，他竟然发挥神勇，带领他们高二（3）班的散兵游勇一路拼杀进了决赛。最后一场虽然输给了高三（1）班，但也不丢人，因为（1）班有两个人是体校篮球专业的。站在篮球场中央接过亚军奖状的那几秒钟，可能是他整个学生时期最露脸的一刻了，他从未感到冬天午后的阳光那么灿烂过。当他和其他几名队员兴奋地回到静悄悄的教室时，大家正在上自习。他把奖状交给了低头批改卷子的班主任杜老师，然后站在那，充满期待地望着她。杜老师瞄了一眼奖状，什么都没说，却从批完的卷子里翻出他那张，啪地拍在桌子上，你上课都听什么了？这几道题，这个，这个，还有这个……她的笔不停地戳着卷子，红色墨水像血滴一样刺在上面，我讲过多少遍了？干正经事不行，整没用的，一个顶仨！拿回去，把错题给我重做五遍！崔启发抱着他的卷子，在全班同学的注视下，低着头挪到了最后一排，在坐下的刹那，他有种强烈的冲动，把手里的篮球砸到窗玻璃上去。

　　崔雪披着睡袍从楼上下来，一头金色的鬈发乱蓬蓬地顶在头上。她看了他一眼，就朝厨房走去了。显然是刚起床。崔启发站起来，跟了过去。你昨晚上干什么去了？几点回来的？崔雪吓了一跳，不知所措地望着他。崔启发忽然提高了嗓门，一天到晚，就知道上网买东西，出去鬼混，你还能干点儿啥?！崔启发的媳妇儿关萍听到喊声从外面跑进来，手里拿着一把小铁铲，土从上面滴到大理石地面。崔启发，你吃枪药了？崔启发没理她。他一眼瞥见了钢琴，明天把这玩意儿给我扔出去，自打买回来，你弹了有一个星期没有？还有什么芭蕾舞、画画，学会了哪样？崔雪瞪着他，忽然抓起餐桌上的牙签瓶砸在地上，然后噔噔噔又跑上了楼。关萍把铁铲朝门外一扔，当初是谁说的，我们家的闺女什么都不用学，一样吃好的、穿好的，他们考上了大学有什么用？不一样看着我们闺女眼气？现在你又看孩子不顺眼了，抽什么疯？说完也跑上了楼。

　　崔启发点了根烟，来到院子里的篮球架下吸了一会儿，心情稍稍平静了点儿。就在这时候，日报记者的电话又打了进来。没有任何过渡，甚至连称呼都没有，直接就说，明天，我们要在栏目中回复读者的投诉，你一直没有态度。我有个建议，如果在回复中加一句话——启发猫舍的老板向投诉者表示真诚的歉意，并同意将墙壁做隔音处理，以后也会及时清理卫生，这样应该会比较好。你觉得呢？不知为什么，崔启发从他的语气中听出了一种居高临下的傲慢，仿佛他还是那个撅着屁股铲猫屎、浑身沾满猫毛、拎着猫笼子在宠物市场里四处乱串的小贩。他的音调不由自主地又升高了，我凭什么向他们道歉？我在我的房子里养猫，碍着他们什么事了？做隔音？你掏钱哪？就他们当老师的事多，以前的邻居怎么没人投诉？你爱怎么回答就怎么回答，有能耐，让他们上法院告我去！你……你这种人，简直不可理喻！记者撂下这句话，把电话挂断了。

　　他刚刚平静下来的心又烦乱起来。

　　第二天清早，崔启发在公司楼下他路过无数次的报刊亭前停下脚步。有日报吗？他问。梳花白短发的大姐一边给一个胖女孩装茶叶蛋，一边说，十点钟到。崔启发坐着电梯上了楼。一进公司，就对正在扫地的老杨说，十点钟下楼去给我买一份日报。老杨停住笤帚，有点儿为难地说，我打了一宿的更，九点钟就下班了。那你就让老二去买！崔启发没好气地回了一句，进了自己的办公室。

　　当崔启发拿到报纸后，从前翻到后，又从后翻到前，却没有找到投诉启发猫舍的内容，也没有找到记者嘴里的"投诉栏目"。莫非这个记者是假的？不知为什么，崔启发马上就相信了自己的判断。他冷笑了一声，想骗我，哪那么容易！

又过了两天，崔启发没和任何人商量，突然做了个决定——招聘一名办公室秘书。条件很简单，师大中文系毕业，女的，年龄不能超过三十岁，身高不能低于一米六五，发表过文学作品的优先考虑。他把这些要求在电话中说给中介公司后，没过一小时，对方就给他发来一份邮件，里面有三个人的简历。他简单浏览了一遍，相中了袁红丽。让他迅速做出选择的原因有两个。一个是袁红丽竟然是诗歌协会的会员，发表过诗歌，是个诗人！还有就是，红丽与鸿利的发音相同，对一个生意人来说，无疑是个好彩头。崔启发特别迷信这个，与他属相不合的人，他从不招到公司里来。

袁红丽来公司报到那天，所有人都吃了一惊。大家互相打听这女的什么来头，结果谁都不知道这个人。于是有人推测，是不是老板的女朋友呢？但是这姑娘一脸学生气，胸也不够大，不像是老板的菜呀，难道换口味了？再说，把女朋友安排到公司来上班，也不是老板的风格呀。办公室主任崔启富先坐不住了。崔启富是崔启发的弟弟，他担心这种议论传到关萍耳朵里。他决定到崔启发的办公室去问问怎么回事。然而敲门进去之后，令他更加觉得不可思议的是，哥哥隔着大班台正和这个新来的女学生聊着诗歌，见他进来，也没有停下来的意思。他只好在沙发上坐下等着。大约十分钟后，崔启发终于说，来，认识一下吧，这位是办公室的崔主任，你的直接领导。崔启富马上站起来，心说，今天真是太阳打西边出来了，崔主任这个词还是第一次从哥哥嘴里说出来，一般他都是扯着嗓子在屋里喊，老二——公司里其他的人也就顺理成章地称呼他二哥。

两人握了握手，崔启发让袁红丽先出去等着。

怎么回事？崔启富迫不及待地问。

第一，不是小三；第二，你不用给她派活，她直接归我使唤；第三，没有第三了，反正我自有道理。

可是……怎么跟大伙说呀？

我当老板的用个人还用问他们吗？

可要是嫂子知道了怎么办？

你少跟我提她，大房子住着，好吃好喝养着，公司的事，她掺和不着。

崔启富站着没动，看着他，没有罢休的意思。崔启发想了想，要不你就说，是个哥儿们的妹妹，不，相好，一个哥儿们的相好。崔启发的嘴角浮现出一丝快意。崔启富点点头，嗯，这样就没人再说什么了，也不会去问她。

崔启富还是站着不走。

还有啥事吗？崔启发问。

工资……定得是不是有点儿高哇？老杨一个月才拿两千，她啥也不干就拿这么多？

老杨？我给他两千都是多的。他不就天天在这睡一宿觉吗？要不是因为他是你媳妇儿家亲戚，我早把他开了。你看看我这屋，桌子底下他就从来没扫过！他要有意见，就让他滚！

崔启富再没说什么，转身出去了。

熟悉了一天公司的情况后，第二天中午，崔启发就单独带着袁红丽去了饭店。

这是一家很地道的日料店。袁红丽脱掉鞋子，有些迟疑地走进包房，坐下之后，终于忍不住问道，还有别人吗？没有了。今天我单独给你接个风，欢迎你正式加入我们启发宠物公司。穿粉色和服的小姑娘站在门口问，崔总，还是放题吗？对，放题。那……她瞅了一眼袁红丽，哪个价位的？崔启发笑道，你看看她值哪个价位？小姑娘也笑了，却不说。袁红丽觉得浑身不自在。崔启发手一挥，老样子，408的。小姑娘又瞅了一眼袁红丽，红酒也要一瓶吗？袁红丽连忙摆手，我不能喝酒。无酒不成席，来一瓶。崔启发打发走了小姑娘，又对袁红丽说，少喝点儿，我们谈谈……谈谈……诗歌。

"诗歌"这个词一出口，袁红丽马上放松了些。崔启发心想，这两个字简直就是开启她的密码呀。他打量着袁红丽，身材偏瘦，不是他喜欢的类型，过肩的直发随意披散着，黑色小风衣、牛仔裤，身上几乎没什么饰物，脸上也没怎么化妆，清清爽爽的，看着倒是很舒服，让他想起了高中时班上的那些女生。他瞥了一眼她放在桌上的手机，看不出什么品牌，反正不是苹果的。和他以前带到这来的女孩子确实不一样。

我这人，没什么文化，以后得多跟你学习呀。崔启发打破了沉默，然后点了一根烟吸起来。崔总太谦虚了，没文化的人哪里懂得欣赏诗歌呢？崔启发笑了，你发在杂志上的那首诗，昨天我从网上搜到了，叫《玩具》是吧？我都拍照存在手机里了。他调出照片，用东北人刻意的平舌音普通话读了起来：

我想把你拣出来
从心爱的篮子里

擦掉唇上的灰

露出天使的脸

穿上西装你陪我

去外面

你害怕

我也怕

我们都是

玩具

有点儿意思，哈哈。好像两只刚出窝的猫崽子跑出去了。

袁红丽尴尬地笑了笑。

随着漂亮的盘子鱼贯而入，色彩斑斓的鱼生、鱼子在桌面上铺展开，袁红丽又开始变得拘谨。崔启发看在眼里，优越感重新饱满起来。他倒了点儿芥末汁在海胆里，搅了搅，端起来一下全倒进嘴里，边大口咂咂地嚼着，边说，吃，喜欢什么，随便要，管够！

袁红丽低着头，夹了一片白色的鱼片。她不知道这是什么鱼，也没好意思问。

吃了一会儿，袁红丽问道，崔总，我的具体工作是什么呀？崔主任也没给我安排。

这个呀，崔启发将一块肥厚的烤鳗鱼塞进嘴里，嘴唇瞬间就变得油汪汪的。这个好吃，香，你也来一块。他夹了一块放到袁红丽的盘子里。这个工作呀，他将鳗鱼咽下去，舔了一下嘴唇，我招你来，主要是想提升一下我们公司的文化品位，负责点儿文字工作。我们的网店你看了吧？

来之前在家看了一下。

那个文字什么的，你给润色润色，上点儿档次。公司那几个小孩，都是学计算机的，耍笔杆子不行。

噢。

还有呢……崔启发又低头对付一只生蚝，用筷子在粘连的部分磨来磨去。就是……陪我出去应酬一下。他把脱离了壳的蚝肉一口吞下。

可是……我酒量不行，也……不太会说话。一丝担忧终于浮到了袁红丽的脸上。

主要不是喝酒。主要是……你现在是我的脸面。

脸面？袁红丽吃惊地望着他。

你看，你学文学的大学生，还是诗人。你给我当秘书，这档次，能一样吗？我们虽然是卖猫的……他又塞了两大片鲍鱼到嘴里，恣意地嚼着，但不是猫市上挎筐提笼子的猫贩子，他用力一咽，似乎有点噎，忙端起手边盛着松茸汤的厚壁瓷盅喝了一口，里面的汤匙险些掉出来。我们是正经的、上档次的宠物公司。他用手指着碎冰冒着雾气的刺身盘子，我们的猫卖给的都是那些能喂得起金枪鱼三文鱼的人家。

袁红丽举着筷子，那上面正夹着一块金黄色的三文鱼，阳光射在上面，分外诱人。

吃呀，别耽误吃。崔启发又点了一根烟，觉得心情一下子好起来。好多天没这么好了。

小姑娘端着醒酒器过来，崔总，酒醒好了。

崔启发接过酒，倒了两杯。来，欢迎大诗人加入我们公司。袁红丽迟疑着喝了一小口。

红丽呀，闻扬这个人……你知道吗？

你认识闻扬？两朵火花瞬间从袁红丽的眼里绽放出来。

啊，前几天几个朋友和诗歌协会的人喝酒，有闻扬，还有高书记。崔启发尽量使语气显得随便。

他是我们市，不，我们省最好的诗人，在全国也很有名气的。袁红丽像变了个人，一下子话多起来，开始热烈地评价起他的诗来，还拿过手机，在网上搜了几首，凑到崔启发身边，让他看。

崔启发拿着手机，心不在焉地看了两眼。袁红丽却没有察觉到他情绪的平淡，点开一首，说，这一首，我特别喜欢，我给你读一遍。名字叫《我》：

总是听到你的歌声

当我静下身体

停止一个白天的使用

白天，它带着我走来走去

为了存活

企图将你代替

如颓败的落叶，有悠扬的凄凉之美

間歇着

刺痛我的肉体

袁红丽坐直了身体，将手机像书一样举了起来。

握着你的手

如同握住深秋的大漠

凉得让人安心

她的尾音伸展着，停顿了片刻。

你面如夕阳

有赴死的温暖

破旧的布衣，包裹金色的呼吸

我们闭上双眼

便合二为一

睁开眼时

又被你遗弃

　　读完后，她不好意思地笑了笑。崔启发放下筷子，鼓了鼓掌。读得好！写的啥，不知道。哈哈。

　　写的是有两个我。两个我？崔启发糊涂了。那"你"又是谁呀？不是写他被女人甩了？

袁红丽摇摇头，不是那个意思。这里的"你"，也是"我"。诗的名字叫《我》，是说有两个我：一个是在世俗生活中为了生存庸常忙碌的肉体的我，一个是代表内心的精神层面的我，这首诗写的就是庸常的我对内心精神层面的那个我说的话。

哦？崔启发若有所思，拿过她的手机，又看了一遍。

袁红丽沉浸在自己的思考中，继续说下去，顾城说，人可以生如蚁而美如神，我觉得闻扬的这首诗表达的是同样的意思，只是他更加无奈。

什么美神？

生如蚁，美如神。像蚂蚁一样卑微的人，内心也可以像神一样美丽。

谁说的这话？

顾城。

嗯，这个人了不起。崔启发突然觉得，这句话说到他内心一个隐秘脆弱的角落里去了。

袁红丽很高兴，又找了两首顾城的诗给他读了一遍。读到兴奋处，禁不住端起高脚杯连喝了两口红酒。崔启发忙又给她倒上，她没拒绝。他又试探地给她递了一支烟，她竟然也没拒绝。当第一口烟从她的嘴里吐出来，崔启发意识到，这确实是一种自己从未见过的女人。另一些女孩子抽了烟喝了酒之后，让他觉得非常丑，而袁红丽却在这种释放中变得举止舒展富有魅力起来。

他的电话却在这时候响了。

哥，你看今天的日报了吗？崔启富的声音皱巴巴地传过来。日报？崔启发一下子想起了投诉的事。猫舍吗？对，你都……知道了? 崔启富的声音舒展了一些。不要紧吧? 崔启发什么也没说, 挂了电话。

他用湿巾抹了一把脸, 站起身, 喊道, 买单! 袁红丽一愣, 慌忙放下了筷子。

三

投诉的回复只有半个巴掌那么大, 但是旁边配发了一个评论, 差不多占了四分之一的版面。标题是《小区的猫叫谁来管》。崔启发拿着报纸逐句看着, 尽管看得一头雾水, 但频频出现的"启发猫舍"四个字还是让他本能地紧张起来。他问站在旁边的袁红丽, 这上面写的都是啥意思? 崔启富也望向袁红丽。

袁红丽盯着报纸, 琢磨了一会儿, 说, 首先, 这肯定是个批评稿。说你对待投诉者态度不好, 缺乏……公德心。她停顿了一下, 看了一眼崔启发。这个我能看懂。崔启发急躁地用手点着那篇评论, 我说的是这个。这个嘛, 是从启发猫舍这个投诉说开去, 主要不是针对你, 而是针对管理问题。哦? 崔启发眉头舒展开, 你说明白点儿。就是说呢, 这个记者接到启发猫舍的投诉之后, 找你来解决, 而你根本没搭理他。他很气愤, 就去找相关部门, 想惩罚你一下。结果呢, 从工商部门到环保部门再到公安部门, 拿你这个事都没什么办法。是吗? 崔启发乐了。把报纸推到一边, 屁股和肩膀松弛下来, 舒舒服服地陷到皮椅子里。

但是……这么被点名批评, 对公司的形象还是有损害。崔总, 做生意应该有个良好形象, 否则容易令消费者产生反感。而且……袁红丽指着报纸评论的最后一段，他们说，从这件事上，可以看出媒体舆论监督的必要性，他们会持续关注这个投诉，积极促成事情圆满解决。怎么解决？崔启发问。继续在报纸上批评启发猫舍呗！

崔启发收了笑脸，若有所思地打量着袁红丽，点了点头。这么着，红丽呀，这个事你负责处理一下。给报社打个电话，道个歉，服个软。再买点儿水果，代表我去猫舍楼下的丁老师家看看。你们都是文化人，能说到一起去。只要他们不再在报上埋汰我们，你就首功一件。真是楼下投诉的？崔启富问。那报纸上清清楚楚地写着呢，你看什么了?！崔启发剜了弟弟一眼。崔启富拽过报纸，举着又看了起来。

果然如崔启发所料，袁红丽和报社记者以及丁老师夫妇的沟通非常顺利，她彬彬有礼地替老板道了歉，表示对于被投诉的噪声和空气污染问题一定尽快整改，保证会有大的改观，并且耐着性子、面带微笑地听完了记者和丁老师夫妇对崔启发的隔空怒斥和抱怨。之后，无论是记者还是丁老师，都跟她表示，我们不是冲你，你一看就是个有文化有修养的人。我们也就是看在你的面子上，才接受他的道歉。

袁红丽回到公司，兴奋地向崔启发做了汇报，来上班这么多天，第一次找到了点儿价值感。就着高兴劲，她又建议崔启发给猫舍做个内部隔音装修，再顺便做一下全面消毒。她说，报社的记者已经表示，可以搞个跟踪报道。那样，我们的坏影响就可以挽回了。说完，她满眼期待地望着崔启发。没想到崔启发只淡淡地说了句，那些事就不用你操心了。袁红丽眼里的火苗瞬间熄灭了。

接下来的一段日子，袁红丽的主要工作就是陪崔启发参加各种饭局。在酒桌上，崔启发把她像一道菜一样介绍给大家，接下来就会让她给大家朗读一首诗。开始时，袁红丽还有点儿不太情愿，因为她感到气氛不是很对。但是崔启发告诉她，这就是她的工作。几次之后她就习惯了。她开始认真挑选诗歌，有时候还会用手机放一段音乐做配乐。当她开始朗读时，通常总有那么两三个人在笑，他们以为崔启发在搞恶作剧，而她是那个恶作剧的执行者。但她不管他们，她会饱含感情、字正腔圆、抑扬顿挫地投入诗句的诵读中去，像她与诗友聚会时所做的那样。那些笑声于是消失了。当她把一首诗朗读完毕的时候，她发现他们都露出吃惊的表情，还有点儿不知所措。当然，仅仅几秒钟之后，夹杂着零星迟疑的掌声，酒桌就又恢复了先前的热闹，那让他们感到更自在。出乎她意料的是，很少有人跟她喝酒，与她说话也很客气。事前担心的事都没有发生。连崔启发也不再管她，投入他熟悉的氛围中，大声褒贬着厨师的手艺，列举哪道菜哪家酒店做得更地道，端起酒杯凑到涂着厚厚睫毛膏、露出半个胸部的女孩子面前，说荤话，喝交杯酒。袁红丽孤零零地坐着，感到有点儿落寞。

　　没过多久，崔启发周围的朋友都知道他找了个女诗人当秘书。酒桌上朗诵诗歌的事也被添油加醋地像段子一样传开了。

　　这天，小五给崔启发打来电话，上来就问，怎么着，听说发哥最近换口味了，喜欢女诗人了？崔启发一听是他，心里就有了气。如果那天不是参加了他的饭局，怎么会当众被闻扬羞辱？于是说道，诗人也就那么回事，脱了衣服都一样。小五干笑了两声。崔启发不说话，等着他说。小五今天叫他发哥，一定有事。没事的时候他不来电话，也不叫发哥，叫老崔。

发哥，还为那天的事生气呢？那个闻扬啊，就是个精神病。诗人嘛，和正常人能一样吗？崔启发没理他。发哥，我给你制造个机会，报个仇怎么样？报仇？崔启发终于搭话了。对呀，上次谈的那个事，还没最后落实。我看哪，你干最合适。你想想，你要是赞助了这个诗歌大赛，那不是啪啪啪打闻扬的脸吗？再说，谁出了钱谁就是大爷呀，到时候，全市的女诗人都知道你发哥了，那还不都得围着你转哪。开个诗歌朗诵会的人都够了，哈哈……崔启发心里一动，可……闻扬不是说不行吗？此一时彼一时。小五听出了崔启发语气中的变化，忙说，他们现在很被动，哪还能挑三拣四呀？而且，小五想了想，价钱，我可以帮你再往下压压。崔启发拿着手机，喝了口水。小五等了一会儿，继续说，其实，那天闻扬主要不是冲你。周胖子拿你们开玩笑，大家都跟着起哄，闻扬也觉得脸上挂不住……你来找我，是闻扬的意思吗？崔启发打断了他的话。是……高书记的意思。那天的事，他也觉得过意不去。如果你有意向的话，可以约出来再谈谈。闻扬也会参加呀？必须参加呀，就是他主抓大赛的事。好，那你定个时间吧。小五那边终于舒了口气，我就说嘛，发哥是个大气的人。

见面的前一天下午，崔启发叫袁红丽跟他出去一趟。袁红丽满腹狐疑地跟着他上了车，结果，车开进了新世界百货的地下停车场。

崔启发径直把她带到三楼，站在扶梯口，对袁红丽说，挑一身衣服，不用考虑价钱。袁红丽站着没动。崔启发说，挑哇，我出钱。袁红丽看着他，突然涨红着脸说道，我是不会跟你上床的。崔启发乐了，不用你跟我上床，我不好你这口。明天有个重要的饭局，你不能再穿这身衣服了，给我丢脸。袁红丽这才放下心来，向柜台走去。

　　这里的女装随便一件都两三千块以上，袁红丽从来都是只有逛的份，连试穿一下的勇气都没有。大学毕业之后，她只找到了一份在县城中学当语文老师的工作，为了打发孤寂和失落，她开始上诗歌论坛，并且学着写诗。诗歌抚慰了她的心，也让她找到了自己的社交圈。很快，她在网上和一位甘肃的诗人相恋了。为了与他见一面，她和学校请假，想去参加在青海举办的一个诗歌节。但是学校不准假，时值期末，没有其他老师可以代课。她还是去了。因为没钱买机票，只能坐火车，她连卧铺也没舍得买。之后又换乘大巴，一路风尘，一走就是半个月。回来之后，她就被学校解雇了。这段恋情也令她伤痕累累，诗歌节结束后，她就从新认识的诗人口中得知，他是个有家室的人。袁红丽果断地和他分了手，而他也没再联系她。过了没多久，当诗歌圈子里还在津津乐道一个不知名的东北女诗人追他追到青海时，相识的诗友已经向袁红丽转述他的新恋情了，她尚未愈合的伤口又狠狠地被撒了一把盐……袁红丽最后没有恨他。是因为他写给她的那些美得令人心碎的情诗吗？她不知道。

　　她盲目地走着，在看中的衣服前踌躇着。崔启发看着着急，就自作主张为她挑了两套，她一一试穿，并且第一次发现，原来这些衣服她完全可以驾驭，她的身上有种不知从哪里来的自信，把这些昂贵的衣服穿出了她自己的味道。旁边试衣服的顾客纷纷侧目，打量着她和她身上的衣服。服务小姐也不停夸赞她身材好、气质佳，崔启发像发现新大陆一样看着她，明显地得意起来，爽快地一挥手，都包起来。那一瞬间，袁红丽感到心里莫名地暖了一下。崔启发去交款之前，告诉她，穿着走吧，别脱了，把你原来的破衣服包起来，再下楼去买双鞋。

穿上新鞋之后，崔启发上下打量了一下她，满意地笑了，成，像样！

到了地下车库，司机小林远远地就奔过来，迅速扫了一眼袁红丽身上的衣服，接过她手里的纸袋，快步走回去，放到后备厢里。崔启发叫住了袁红丽，先别急着上车，我有话跟你说。她停住脚步。崔启发把她拉到一根立柱后面，避开司机的视线。袁红丽心里一阵紧张。

他点了一根烟，吸了两口才说话。你觉得这份工作干着怎么样？挺好的。她低下了头，鞋尖闪闪发亮。我这个老板怎么样？也挺好的。我这么大方的老板没遇到过吧？她没吭声。比你漂亮的丫头我见得多了，我睡过的女人，百八十个的肯定有了，都是她们心甘情愿的，因为我崔启发对女人大方。她往后退了一步，一下靠在水泥柱上。你不用紧张，我不会强迫你。他把烟扔在地上，踩了两下。跟你说正经事吧，明天的饭局非常重要，我有个要求，你必须假装成我的相好，听懂了吗？就是装成我的小蜜。袁红丽疑惑地抬起头，假装？崔启发一咧嘴，真的也行啊，只要你愿意，现在就可以去开房。袁红丽盯着他泛着红血丝的胖脸，说道，老板，要不咱们把衣服退了吧？她把手伸到怀里一掏，你看，价签还没摘呢。崔启发挠了挠头，脸上恢复了严肃，假装！听懂了吗？这是工作。她笑了，只要不上床，怎么着都成。

两个人朝车的方向走去。崔启发跟在袁红丽的后面，随口说道，听说你爸是糖尿病？这病可费钱哪，用不用我给你介绍个相好的？

袁红丽快步冲到车前，一拉车门，坐到了副驾驶的位置。

四

第二天黄昏，司机小林将崔启发和打扮一新的袁红丽送到了高书记定的一个辽菜馆。小店不大，内部装修却很有东北民俗特色。

进到包房里，小五和高书记已经到了。闻诗人呢？崔启发问。高书记忙说，估计是堵车，应该快了。袁红丽跟在崔启发身后正疑惑着，小五走过来握住了她的手，这位就是传说中的美女诗人吧？脸上露出意味深长的表情。崔启发拍了一下小五的手，别握住不放。然后拽过袁红丽的手拉到高书记面前，高书记，我这个秘书也是你们诗歌协会的，以后多关照着点儿啊。是吗？高书记打量着袁红丽，目光瞬间就亮了。袁红丽忙叫了声高主席。

菜上齐的时候，闻扬还没出现。崔启发看了看表，闻秘书长架子还真够大的呀！袁红丽停住话头，问，闻扬老师也要来吗？高书记点点头，对崔启发说，他家离这远，咱们不用等他，先开始吧。对对对，咱们先谈，边吃边等。小五起身开始倒酒。袁红丽感到心跳一下子快了起来，频频向门口张望。

两三杯酒下肚，高书记已然一副老朋友的口吻，启发老弟呀，你可能听说了，国家有规定，领导干部不允许再兼任各协会的要

116

职，我虽然退休了，也得响应啊。所以主动申请不再担任诗协的主席，但是新主席选出来之前，诗协的事我还得管，这些年他们依靠我依靠惯了，没办法，哈哈。崔启发听着这些话耳熟，好像上次见面时他也说过。我这么大岁数了，你说我图啥？还不就是因为喜欢诗歌吗？崔老弟，你说你图啥？平白拿出钱来赞助诗歌大赛，还不也是因为喜欢吗？所以呀，别看我是做官的，你是做生意的，其实我们是一样的人。这年头，这样的人凤毛麟角哇，我和你是相见恨晚哪！崔启发虽然不知道这"一样的人"究竟是什么人，但"一样"两个字让他感到特别舒服。就在这时候，包房的门开了，闻扬出现在门口。

小五马上站起来招呼，崔启发坐着没动。闻扬径直走到空着的椅子跟前，将外套脱下来搭在椅子背上，又把格子衬衫的袖子往胳膊肘上一撸，才舒舒服服地坐下。我知道这个点堵车，就没敢打车，骑自行车过来的。这一骑，才知道原来这么远。说着拿起筷子，夹了一根蘸酱菜里的生茄子条塞到嘴里，嚼了起来。崔启发隔着袁红丽冷冷地看着他。袁红丽的嘴角却泛起了一抹笑意。高书记说，闻扬，这位是启发老弟，崔总，还记得吧？闻扬看了崔启发一眼，点了一下头。又看了看坐在他旁边的袁红丽，这位美女呢？袁红丽马上伸出手去，闻老师，我叫袁红丽，也是诗歌协会的。是吗？闻扬和她握了手，我们诗协还有这么漂亮的女诗人？小五补充道，他是崔总的秘书。闻扬略有点儿吃惊。崔启发却对着高书记说，我寻思招个师大中文系的当秘书，笔杆子能比那些学电脑的强点儿，来了之后一看哪，也就马马虎虎。高书记瞥了一眼袁红丽，但是人长得漂亮，看着养眼哪。崔启发说，也就这点儿用处。两人于是哈哈笑起来。袁红丽尴尬地低下了头。闻扬扭着头看了她一会儿，问，哪届的？一〇的。小五对服务员喊，人齐了，把酒都满上。接着张罗大家一起喝了杯酒，之后又罚了闻扬一杯迟到酒。闻扬爽快地干了。

今天的闻扬和上次判若两人，崔启发记得，上次见面的时候，至少他到场之后，没听闻扬说几句话。今天则看着随便多了，也没那么牛了。难道是因为今天他们有求于我，所以姿态放低了？崔启发在心里琢磨着，就觉得闻扬应该会为了上次的事和他道个歉，起码会敬他一杯酒意思一下。可是等了半天，发觉闻扬根本就没那意思，心里就又不悦起来。袁红丽毕竟年轻，没一会儿就重新打开了话匣子，和闻扬论上了师兄妹，兴致盎然地聊起来。他们的话题围绕着师大中文系，从食堂饭菜聊到了各科目的老师，笑声不断，把别人都撂在了一边。崔启发看在眼里，越发不高兴。他摆弄了两下手机，绷着脸说，红丽，去车里把我的充电器拿上来。袁红丽随口说，我打电话让小林送上来吧？怎么着，我支使不动你吗？一桌人都住了声。袁红丽收了笑脸，起身出了门。闻扬注视着袁红丽的背影，点着一根烟，兀自吸起来。

小五对闻扬说，闻大师，别尽顾着和美女说话，也参与一下意见。闻扬指了指高书记，我没意见，领导拿主意就行了，我就负责执行。话不能这么说。高书记放下筷子，用湿巾擦了擦嘴上的油，他刚刚吃了一大块红烧肉。闻扬啊，等大赛开始的时候，我已经不是主席了，我现在是在为诗协义务做贡献呢。所有的环节，你都得表态。要不到时候出了事，谁负责？他话说得严肃，脸上却依旧笑眯眯的。今天我们能和崔老弟再一次坐在一起，足见崔老弟支持文学事业心意之诚，你是不是也应该敬一下崔老弟呢？

屋里安静下来。

闻扬低下头想了想，端起酒杯，把目光转向了崔启发。崔总，夸张的话我不会说，您的支持无异于雪中送炭，我会铭记在心。说完，他把满满一整杯白酒一饮而尽。崔启发看着他喝完，又看了看小五，嘴角浮现笑意，端起自己的酒杯，抿了一口。然后他指着袁红丽的椅子，笑着说，其实我也是受你师妹的影响，枕边风厉害呀！哈哈。闻扬和高书记同时愣了一下，只有小五跟着哈哈笑起来。崔启发的心感到一阵畅快。

袁红丽回来后，敏感地发现大家的眼神跟刚才不一样了。她瞟了一眼崔启发。崔启发把手机交给她，给我充上。在袁红丽转身的瞬间，崔启发的手装作无意地在她的屁股上拂了一下。袁红丽的脸腾地一下就红了。重新回到座位上，她不再说话，冷下脸，低头吃菜。

之后的谈话比较顺利，在小五的引导下，没费太大周折，高书记和崔启发就把赞助费谈到了双方都能接受的十五万。于是又喝了一轮酒。

又过了一会儿，高书记忽然赞叹起崔启发的名字来。老弟，你的名字取得好哇，启发，又吉利又富贵，还充满了文化和科学的意味，哪像我，叫宝玉，一身的脂粉气。哈哈。说完，他看了小五一眼。小五忙接住话头，是呀，启发，"启发杯"诗歌大赛，大气！崔启发正用筷子撕一块鱼腩，听到这话停了一下，没吭声。闻扬若无其事地在用一只手划着手机屏幕。

没人接话。空气变得有点儿异样。

崔启发把鱼腩放到嘴里，嚼了一会儿，吐出一根鱼刺。"启发猫粮杯"诗歌大赛，这个绝对不能改。说完，又把筷子伸进鱼头，挑出一块肉来。

酒桌一阵沉默。

啪，闻扬把手机撂到桌子上。"启发猫粮杯"诗歌大赛，绝对不行。他拿起筷子，夹了几根土豆丝，送进嘴里。

又一阵沉默。袁红丽坐在崔启发和闻扬中间，擎着汤勺，小心地把汤送到嘴里。她感到全桌人都听得见她的下咽声。

要不这么的吧，小五脸上堆起笑容，叫"启发宠物公司杯"诗歌大赛，怎么样？

不行。是闻扬的声音。

崔启发把筷子往桌上一摔，霍地站起身，推开椅子就往外走。

高书记和小五马上站起身阻拦。高书记手快，拉住了崔启发，另一只手顺势搂住他的肩膀，启发老弟，你还认我这个哥哥不？崔启发停住脚步，没言语。你要是认我这个哥哥，就回去坐下，听我说两句。

崔启发板着脸，重新坐了回去。

高书记给崔启发面前的茶杯续满了水，笑着说，你们还是年轻啊，脾气就是急。哈哈。急什么嘛，凡事都有办法，活人还能让尿憋死吗？我这还有一个方案，你们听听看，行不行。与此同时，崔启发注意到，袁红丽从高书记手里接过茶壶，给闻扬的杯子里也续了水。

高书记的新方案是，诗歌大赛就直接叫"诗协杯"，作为对崔启发无私赞助文化事业的高尚行为的感谢，同时也为了表达他个人对崔启发人品的深深敬意，他这个主席将直接提名崔启发担任诗歌协会副主席。

高书记的一番话说完后，每个人的表情都发生了变化。小五一拍桌子，嚷道，好！太好了！袁红丽盯着高书记，一脸的震惊。待高书记说完，她迅速把脸转向了闻扬。闻扬这时候掏出一根烟来，不慌不忙地点上，吸了一口，把目光转向桌外，看着墙上的一幅剪纸画，仿佛桌上的事与他毫无关系。而崔启发呢，在听到"副主席"三个字时，感到自己的心狂跳了一下，之后身体就凝固了。

高书记对大家的表现很满意。他端起酒杯，语气中透着轻松，看来这个方案，大家都认可。那么我们就端起杯，为了诗歌大赛和崔主席，干杯！

气氛重新变得融洽起来，小五马上改口叫崔启发崔主席。袁红丽疑惑地跟着喝浛了口酒，到底忍不住问高书记，他连理事都不是，怎么能一下子就当副主席呢？高书记一怔，怎么不可以？对诗协有特殊贡献，就要特别对待，这样的先例不是没有。你比如说，国外的很多私立大学，谁出了钱，谁就是校董啊。噢。袁红丽又把脸转向闻扬。闻扬则像个局外人一样，吸烟，低头看手机。

小五终于如释重负，转头和小服务员开起了玩笑。过了一会儿，他又问高书记，这么多钱，奖金一定挺高吧？一等奖多少钱？高书记只说了一句"这十五万也不都是奖金"，就转头继续和袁红丽说话。崔启发听到后忍不住问，不全是奖金，那还干什么？高书记收住话，看了看崔启发，又看了看闻扬。是这样的，其实这笔钱最重要的用处，还不是诗歌大赛。那是什么？小五问。唉，高书记把脸转向崔启发。老弟呀，你生意做得大，不会为钱发愁。但是很多诗人的处境你不知道。他们热爱诗歌，发表了很多作品，却出不起一本诗集。为贫困的优秀诗人出一本诗集，这个事是闻扬提出来的，我们一直想做，苦于没有经费。你赞助的这笔钱，有一部分要拿出来出书。噢，好事呀！小五转向闻扬，都给谁出哇？闻扬放下手机，看了一眼大伙，用他始终如一的平静语调说道，准备出四本。一本是张木。张木哇，我知道，写得好。袁红丽插嘴道。闻扬没理她。张木是个农民工，妻子没有工作，在家带孩子。一本是朱志明。他是个残疾人，高位截瘫，一天学没上过，完全靠自学学的文化。诗歌是他人生全部的光明和希望，已经发表了几百首诗。闻扬盯着侧前方的剪纸画，吸了口烟。那幅画剪的是一只肥大的老虎，张着嘴露出弧形的牙齿，好像在笑，屁股上有一大朵圆形牡丹花图案，如果额头上没有一个镂空的"王"字，很容易被误认为一只猫。崔总，闻扬拉回目光，看着崔启发，你真做了件好事，我代表他们谢谢你！崔启发有点儿不好意思，哪里哪里。然后不解地问，这农民工和没上过学的残疾人，也能写诗？当然了，闻扬笑了，诗歌，说高贵也高贵，说平凡也平凡，只要心中有诗，谁都可以成为诗人。小五笑道，你也能成为诗人，崔主席，哈哈。袁红丽问，不是说四本吗？另外两本呢？还准备出一本这次大赛的获奖作品选集。剩下那本……闻扬顿了顿，是高书记的诗集。大家一下子把目光转向了高书记。

嘿，我说不用给我出，我写的是古体诗，和他们放在一套里也不太搭调。可是闻扬非要给我也出一本。闻扬，要不我还是不出了，你出一本。闻扬的手机振动了一下，他低下头，快速地点击着屏幕，微笑着发了一条信息。重新抬起头，发现大家都看着他。他忽然没头没脑地说了句，这笔钱一共分成三份：一份是大赛奖金；一份出书；还有一份呢，他瞟了一眼高书记，是给高宝玉主席办一场诗歌研讨会。说完，他咧开嘴角微笑了一下。袁红丽觉得那神情竟有点儿顽皮。

我说我不办了，但是他们说我这就要退下来了，一辈子就办这一回，非要给我办，推也推不掉。高书记一脸的无奈，声音却因为调门太高劈了叉。

行了，差不多了吧？我还有事，要不你们先聊着，我先撤？闻扬站了起来，一脸轻松，穿上了外套。

等一下，我还有事。崔启发的脸色不知什么时候又沉了下来。小五和高书记紧张地望着他。闻扬将椅子往外一拉，与餐桌拉开一段距离，重新坐下，两条长腿舒服地向前伸展着。

我有个要求。崔启发说。

大家都看着他。

给我们红丽也出一本书。袁红丽吃了一惊，脸马上红了，结结巴巴地说，我……作品少……不够……不够一本书。

崔启发瞪了她一眼。那就参赛，给我们内定个奖。

袁红丽窘得恨不能把脸低到桌子底下去。

高书记望着闻扬。闻扬摇了摇头，这肯定办不到。再说，她自己好像也不愿意吧。

崔启发猛地一拍桌子，刚要发火，高书记忙说，这样，小袁现在不是会员吗？我提名她当理事。理事就有选举权了，还可以为你选举副主席投票。

还要投票？那要是选不上呢？崔启发嘴里的唾沫星子已经喷到

了高书记的脸上。

没问题，包在我身上。高书记用手抹了一把脸。

服务员端着果盘推门进来。小五忙说，来，吃水果吃水果。高书记也跟着说，对，吃水果，拿起一块西瓜放到崔启发的盘里。

袁红丽就在这混乱的场景中站起身来，走到椅子后面的宽敞之处，把她有生以来最贵的新裙子新鞋子完整地暴露在大家的目光之下。它们使她看起来非常优美。她把手机托在手里，说道，我给大家朗诵一首诗吧。

周围安静下来。

她说，这首诗是闻扬老师的作品，名字叫《童话》。闻扬的眼睛闪了一下，将伸着的腿收回去，身子向左边侧了侧，面向袁红丽，抱起了双臂。袁红丽也把身子调整了一下，正对着闻扬，用她那极富磁性的声音朗诵起来：

滴水成冰

我们不盖楼房

不除草

不驾马车

也不飞

我们不是神仙

也不羡慕

就做两只松鼠

悄悄说话

她抬起头，看了闻扬一眼。

　　只待在松林里边
　　不去别处
　　不学炼金术

　　我们秘制语言
　　一出口就融化
　　只说出去一次
　　因此不必反悔

　　我们的记忆刚好一世
　　没有历史
　　因此也不必欺骗

　　有足够的时间感受消失
　　一朵雪花也不会白白开过

　　我要给你听
　　一块冰冻裂的声音

她再次抬起头，目光投向雪白的墙面，停顿了好一会儿。

我们的衣服换不掉

所以没有王

很多快乐的姑娘

向我微笑

而你比他们更快乐一些

她的嘴角挂上了微笑。

我们不学习

不表演

也就不成为别的松鼠

我们不吃药

不需要巫师

安静美好地病着

冥想千里之外的天空和大海

冥想

自己的身体

她闭上眼睛，又停顿了片刻。

我们不想念来生
只有一颗心，只交出去一次
并且
不拿回

直到变成星星

星星的眼泪
松鼠看得见

闻扬的目光柔软起来。

　　所有人都鼓了掌，袁红丽朗诵出来的诗像一道纱帘，恰到好处地把所有的不堪都隔在了此刻之外。大家意识到，酒宴现在结束正合适，于是纷纷起身，互相道别。街道上霓虹闪烁，大家还是禁不住抬起头，看了看被高楼遮挡的黑乎乎的天空。

五

　　第二天早上醒来，崔启发感到很不舒服，翻了两个身，又按了按太阳穴，后来确定，不是身体不舒服，是心里不舒服。

　　刚吃过早饭，小五就打来电话，在一片嘈杂的背景中催促他把钱打给诗歌协会。他擎着手机问小五，你跟我说实话，你这么忙前忙后的，能在这里挣多少钱？一万？两万？小五不高兴了，发哥你埋汰我，我能挣你的钱吗？那你图个啥？小五沉吟了片刻，提高了嗓门，这么跟你说吧，诗歌大赛只是个由头，有了这个由头，就可以把盘子做大。他听到听筒里有人叫了声五哥，那边没了动静，停了一会儿，小五的声音从乱糟糟的人声中又传过来，比如说，大赛结束后，可以搞一个获奖作品朗诵会，你知道现在朗诵会有多时髦吗？既可以在小剧场表演，也可以上电视，还可以进社区表演，这些表演在内容上是绝对的原创，如果和市里宣传部或精神文明办的活动挂钩，就可以申请到一笔活动经费，上电视的话，还可以拉一些广告。再比如说，我可以给诗歌大赛做一个专门的网页和微信公众号文章，组织一个网络投票的环节，这么多人参赛，他们再号召七大姑八大姨同事同学朋友投票，点击量就相当可观，有了点击量做基础，我还可以做很多文章。当然，肯动脑子的话，我还有别的来钱道。如果就为了赚你那点儿钱，你还真小瞧我小五了。

崔启发完全可以想象小五大着嗓门在人群中讲话的样子，巴不得每个人都能听到他的本事。虽然他知道小五这话里有吹牛的成分，但听完后，心里还是有点儿不是滋味。他觉得跟小五一比，自己简直就像个傻子。他说，小五，我总觉得有点儿亏。亏什么？你说，我花十五万买个诗歌协会副主席的名头，是不是不大划算？而且我这钱里有五六万都花在高宝玉一个人身上了，我认识他是谁呀？他要是个女的，跟我上回床，我也认了，可是……就觉得这钱花得不舒服。

发哥，你不能那么想。听筒里传来一声关门的响动，耳边一下子安静下来。我跟你说，诗歌协会虽然只是个民间团体，但那是个文化的象征。诗是什么？那是文学皇冠上的明珠哇，诗人，是文化人中的顶尖人物。闻扬为什么那么牛？你别看他浑身一件值钱的东西都没有，赶饭局还骑个自行车，但我可听说，和宣传部长吃饭，他该迟到还是迟到。高宝玉，那是计生委的书记，局级干部，你知道当初他为了当上这个诗歌协会的主席找了多少人？据说最后是主管文教的副市长跟文联主席打的招呼。他为了啥？不就是想往自己的身上穿一件文化的外衣吗？他现在确实摇身一变成了我们市的文化名人了，动不动就上报纸、上电视。只有圈里的人知道他写的那些东西狗屁不是，比闻扬差远了，但老百姓不知道哇，老百姓就是迷信他的名头哇。所以说，这些虚名自有它的价值。

小五喝了口水，听崔启发没什么反应，继续说，发哥，你戴一块表都三十多万，为啥？不就为了证明你有钱吗？但是，这么有钱，周胖子为什么还拿你开玩笑？他周胖子什么底细我还不知道吗？当年就是个在超市门口支个柜台回收大洋的，要不是在农村瞎猫碰到死耗子低价收到一幅郑板桥的真迹，他能有今天？现在开始煞有介事地冒充文化人了，不就是因为天天和画家打交道吗？但是不知底细的人就真被他给蒙住了。发哥，我就告诉你句实话，在同样有钱的人面前，你戴一块三百万的表，也不如这个十五万买来的名头有面子。男人在社会上混，不就为了个面子吗？你琢磨一下，是不是这个道理？

最后这几句话点到了崔启发的痛处，他点了点头，有道理。

就是嘛，弟弟我能看着你办吃亏的事吗？小五的声音松弛下来，却没有停止，换上一副他熟悉的亲密口吻——这口吻通常伴着搂肩膀的动作——继续说，发哥，我再说句不好听的，不要总钱哪钱的，算小账，那样的话，也就只能是个暴发户。眼光开阔点儿。

至于说高宝玉占了你的便宜，你也应该换个思路想想，你有钱，想买这顶文化的帽子，他恰巧有权，可以把这顶帽子卖给你，你们之间是一场公平交易。你应该庆幸碰对人了，要是等闻扬当了主席，你觉得你还能买来吗？崔启发跟着他的思路想了想说，肯定不好使。就是嘛！小五的声调马上又高了起来，用不容置疑的口气为这次对话下了结论，十五万买个文化人的身份和脸面，要我说，比买个有钱人的脸面便宜多了，而且你还赚了个资助文化事业的好名声呢，不亏！

这一番话如醍醐灌顶，崔启发脸上终于露出了笑容，他告诉小五，一会儿就通知会计，这两天就把钱打过去。

收拾停当，崔启发出了门。在大门口看到司机的瞬间，他又想起件事来。

昨晚从辽菜馆出来，袁红丽说她和崔启发不顺路，就不搭他的车了，自己打车回去。可是待他上了车，从停车场绕出来，没走多一会儿，却看到袁红丽正坐在一辆自行车的后座上，他的宝马车从自行车旁边驶过，他看到，骑车的人正是闻扬！往家走的一路上，他都在想，司机小林是不是也看到了袁红丽？他会怎么想？会不会觉得我戴了绿帽子呢？那可太丢面子了。虽然他让弟弟放风说袁红丽是哥儿们的相好，可毕竟他带袁红丽买衣服、上饭店，小林都在场啊。他知道小林嘴严实，不担心他和别人讲，但小林的心里对袁红丽就是他的人这件事一定深信不疑。唯有希望小林只顾着开车，没注意到袁红丽。这个婊子！他在心里骂道。只吃一顿饭就跟人家跑了，他有种严重的挫败感。堵着气进了家门，关萍就拉住他讲有人给崔雪介绍对象的事，兴冲冲地说对方家里是开菱镁矿的，据说是牌楼镇的首富，问他要不要看看。他想都没想就说不看。关萍当时就不乐意了，问他是不是有病，这么富裕的家庭哪是随便就能遇到的？他说，你才有病，咱家缺钱吗？咱家缺啥你不知道吗？崔雪必须找个公务员，大学毕业生。她的孩子要出国留学，她的男人要有社会地位，有体面的社交圈子。关萍一撇嘴，就你那女儿能看上老老实实上班的公务员？再说大学毕业生能不能看上你女儿啊？找对象得门当户对你不知道吗？你懂什么？崔启发吼道，你天天除了种地，你说你还懂什么？关萍也火了，我种地怎么了？你要不吃我种的菜，你早得癌症了……崔启发一阵心烦，推开她快步上楼，进了自己的房间，把门锁上。这时候酒劲上涌，他胡乱脱了衣服，脑袋贴到枕头没一会儿就睡过去了。

现在他明白了，今天早晨心里的不舒服，和这件事也有关。

他回想着昨天的饭局，闻扬明明知道她是我的人，还把她带走，这不明摆着没把我放在眼里吗？可袁红丽取充电器回来之后，他就没再和她说话呀，怎么就发展到两个人坐到一辆自行车上了呢？他从头捋着，嗯，都是因为那首诗。就是一首诗的工夫。关于那首叫《童话》的诗，他只记住了星星和松鼠两个词，至于写的什么意思，他听得糊里糊涂，当时就是有一种下了一场雪的感觉，酒桌上的火药气一下子都消散了。难道那里面隐藏着什么暗语吗？他因为不知道密码就被隔在了外面？这不是欺负人吗？妈的！

车快到公司的时候，崔启发让小林掉头，把他送到五环酒店。临下车时，吩咐小林，去公司把袁红丽接到这来，我找她有事情。小林的眼睛微妙地闪了一下，重重地点点头，什么也没说，把车开走了。

崔启发轻车熟路地找到他要的一间大床房。换上拖鞋、睡衣，站在窗口看着下面郁郁葱葱的广场吸了一支烟，然后进洗手间冲了个澡。出来后，他看了看表，用房间的电话拨通了洗浴部。按摩的36号在不？休息呀，81号呢？好。8016。

按摩接近尾声时，崔启发接到了袁红丽的电话。

崔总，你在哪呢？我到酒店大堂了。崔启发把房间号告诉她，让她马上过来。她接着问，什么事情啊？崔启发已经把电话挂了。

袁红丽按响门铃。过了好一会儿，门开了，竟然是个女人。她穿着一条黑色超短衬裙，没戴胸罩，乳房微颤着仿佛随时会从吊带下蹦出来。袁红丽一惊，心猛地跳起来，定在了门口。女人漠然地看了她一眼，转身回了房间。袁红丽听到崔启发在里面喊，红丽吗？进来。她站在门口没动。

不一会儿女人端着个木盆从里面出来，衬裙外面已经套上了一件绿色镶白边的半袖连衣裙，样式很像制服。她面无表情地从袁红丽身边挤过去，留下一阵浓烈的香气。

袁红丽站在那儿，不知所措。崔启发出现在她视线的尽头。他裹着雪白的睡袍，边系着腰带，边坐在靠窗的椅子里，在逆光中对着她。磨叽什么呢，进来，我有话问你。我还以为……你又在这里……打麻将呢。袁红丽结结巴巴地说。谁一大早就打麻将。你进来，别在门口站着。袁红丽犹豫着走进来，站在床边。她今天换上了在新世界买的另外一套衣服，是一条灰色针织面料的长裙，搭配了一条冷粉色的围巾，显得身材高挑，气质优雅。衣服不错，就是胸小了点儿。崔启发盯着她的胸部，你想不想做个隆胸？我认识一个整形大夫，技术很不错。说着站起身，几步走到门口，把门关上。袁红丽的心一阵哆嗦。崔启发又回到椅子那坐下，点了一根烟，冲袁红丽说，坐呀。袁红丽站了一会儿，在靠近门口的床角坐下。

别弄得像我要吃了你似的，崔启发跷着二郎腿，小腿上的毛在阳光下暴露着。你给我泡壶茶，然后到这来坐。他指了指旁边的椅子。袁红丽坐着没动。崔总，有什么事你就说吧，公司还有活没干完呢。你能有什么活？我一个月六千块钱雇你来，就是听我一个人使唤的。快点儿。袁红丽无奈站起身，把水壶接满水，插上电，重新坐回床边。

崔启发慢慢地吸着烟，看着她。水壶发出吱吱的响声。袁红丽感到有些憋闷。

我问你，昨晚上你是不是跟闻扬走了？崔启发的声音变了味道。

袁红丽低下头，没吭声。水翻滚起来，咔的一声，断了电。

你跟他上哪去了？

袁红丽仍然没有吭声。

崔启发把烟头丢进杯子里，发出清晰的刺啦的声响。去之前我怎么跟你说的？为啥要买衣服？你这叫不讲信用，懂不懂？

怎么不讲信用了？袁红丽嘟囔了一句。

你还装糊涂？你他妈的……让我戴绿帽子！崔启发的嗓门不知不觉大了起来。

袁红丽惊讶地望着他，哭笑不得。一种巨大的荒诞感突然向她袭来。太可笑了！崔总，别说我是假扮你女朋友，就真是你女朋友，我也不是你的奴隶呀，喜欢谁、跟谁走，那是我的自由哇。

今儿我算长见识了。崔启发夸张地拍着手掌，合着你们诗人都这么不讲究哇。我就是花钱雇个小姐扮我女朋友，也得等我到了家再出去接客吧？

是不是你说的，我穿旧衣服给你丢脸？这新衣服我是当工作服穿的！袁红丽的声音里有了怒意，我跟你是老板和员工的关系，你管我工作管我穿衣服管不着我喜欢谁，不许你侮辱我的人格！她拽了拽围巾，站起身。明天我就把这两套衣服还给你。

你可别再埋汰我了。崔启发伸出手，在袁红丽眼前摇晃着。我扔给猫一根鱼骨头，不可能再捡回来。你穿着不舒服，可以卖了换钱哪，就刚才出去那女的，你这点儿东西卖一千块钱的话，她肯定能买。你不是缺钱吗？我估计你穿着也不会舒服。他身体向前倾着，有点儿激动，将跷着的那只毛茸茸的腿一下子撤下来，喊道，你要是穿着很舒服，你就是个婊子！

一瞬间，袁红丽从崔启发叉着的两条腿的深处注意到，他的睡袍里面，竟然什么都没穿！她迅速扭过脸去，再没说什么，两步跨到门口，拉开门，跑了出去。

她的心狂跳着，新买的高跟鞋踩着软绵绵的地毯，跌跌撞撞却又无声无息地奔上了电梯。电梯里的地毯更厚，将她的愤怒和屈辱包裹着、挤压着，令她感到窒息。她抬起脚向不锈钢的轿厢壁踹去，只发出短促的砰的一声。

六

此前一天的晚上，她从饭店走出来，忽然很想看看星星。她抬头向天空中张望，却只看到一层灰蒙蒙的帘幕。那一刻，她忽然想起了青海湖边的夜晚。那个曾经为她写下滚烫诗句的诗人，紧紧握着她的手，在空旷的天幕下漫步，闪着寒光的星星低得仿佛一伸手就能摘下来。他们共同披着一件租来的军大衣，在寒冷潮湿的夜雾中，感受着彼此身上的温度……她的心禁不住又颤抖了一下。是的，她永远都不会恨他。她愿意相信，在那些星星的下边，所有流淌出的感情都是真的。

想看星星吗？我知道一个好地方。一个声音在她耳边响起。她扭头看去，闻扬正站在她身边，若有所思地看着黑乎乎的楼顶。

她坐上了闻扬的自行车。两人轻盈地从汽车中穿过，仿佛两只夜行的鸟。她禁不住在车流中大喊——我们不想念来生/只有一颗心，只交出去一次——闻扬猛地加快了速度……

大概二十分钟后，闻扬将车停在了一座商业银行的楼底。然后，他带着袁红丽从一个小门进去，拐过两条无人的走廊，上了电梯。他伸出手指，按亮了"38"的按键，那是这座大楼的最高层。电梯摇晃了一下，向上驶去。

你……不害怕吗？闻扬问道。这是离开饭店上了自行车后，他说的第一句话。

为什么要害怕？袁红丽盯着不停亮起的按键，感到脸微微有点儿发烫。

他微笑地望着她，没再说什么。

在顶层出了电梯，闻扬带着袁红丽又绕过两条走廊，找到一条楼梯，两人一前一后向上爬去。最后，在楼梯尽头，将一扇铁门拧开，他们来到了开阔的楼顶。

袁红丽向天空望去，几颗星星仿佛戴着面纱，在头顶眨着蒙眬的眼睛。她不禁有些失望。

闻扬掏出烟来，很自然地递给袁红丽一根，自己又拿出一根，分别点上。他深吸了一口，缓缓吐出烟雾来，说道，现在心情畅快多了。

袁红丽会意地笑了。

她问他，你常来这？

不常来。有时候底下那个小门是锁着的。他吸着烟，看着远处。

那首诗……是在这得到的灵感吗？

他摇摇头，在一个常年看不到星星的城市。

她侧头看着他，吸了一口烟。

你也带别人来过吧？

不多，有过几个。他指着头顶，空气越来越不好，这里的星星没有从前亮了。我在广州的时候，常常想念这里的星空。现在，它也和广州楼顶上的差不多了。

做杂志是吧，为什么要回来？

他盯着虚无的远方，吸着烟，没吭声。

袁红丽四下走了走，辨认了一下大楼的方位和周围熟悉的建筑。转回来时，闻扬的手里已经多了一罐啤酒。他冲袁红丽晃了晃，喝吗？袁红丽想了想，接过来，喝了一口。你从饭店拿的？闻扬笑了笑。

沉默了一阵，他说，我有点儿不明白。

不明白什么？袁红丽不解地望着他。

那个卖猫的，那么俗气。你怎么想的？他依然望着远处。

什么怎么想……袁红丽话还没问完，一下子明白过来。你怀疑我跟他？怎么可能?！她有点儿急了，你觉得我像那样的人吗？

闻扬转过脸来打量了她一下，没说什么。又喝了一口酒。

你不相信我？袁红丽的语调颤抖起来。

闻扬饶有兴致地看着她，不置可否。那神情跟刚才看高宝玉一模一样。

袁红丽不觉有些恼怒，你既然这么看我，为什么还带我来看星星？

闻扬两手一摊，脸上带着奇怪的笑，我现在有点儿后悔了。

袁红丽气得说不出话来。一阵冷风吹过来，她打了个激灵，接着连打了三个喷嚏。

闻扬收起调侃的神色，关切地问，不要紧吧？说着，用身体挡住风吹来的方向，搂住了袁红丽的肩膀。要不咱们下去吧，这儿的风太大了。

袁红丽没有动，她盯着闻扬的眼睛。都说诗人的感觉是最敏锐的，那么，你现在就看着我，仔细感觉一下——她向前迈了一步——如果我告诉你，此时此刻，在这片朦胧的星光下，我心里只装着一个喜欢的人，这个人——就是你！你相信我说的是真的吗？

闻扬愣住了。他望着袁红丽，良久，身体慢慢靠过来，俯下头，开始亲吻她。

袁红丽用力抱住他，她感到心怦怦地舞蹈起来……

但是，这团火苗还没来得及完全燃烧起来，闻扬的身体却不知为何又松懈了下来。他把袁红丽从怀里推开，说了句，太晚了，该回去了。

袁红丽睁开眼睛，看到闻扬的神情已经冷静下来。

你……嫌我脏是吗？她冷冷地看着他。

他没吭声，站了一会儿，转身向铁门的方向走去。

又一阵风疾驰过来，袁红丽冷得打了个哆嗦。

喂，诗人——她冲着他的背影喊道，到一座银行的楼顶来看星星，你不觉得很可笑吗？

他站住了。

一个放弃了理想，赖在体制内委曲求全的人，还天天跟人说离海子的精神最近，她提高了嗓门，你不觉得很可耻吗？

他似乎叹了口气，加快了脚步，穿过铁门，消失了。

袁红丽孤零零地站在商业银行的楼顶，感到内心涌过一阵巨大的荒凉。

她捡起脚边的啤酒罐，用力将它捏扁，然后向着夜色投了出去。她没有听到任何响声。她等了很长时间，耳边都只有风声。

当袁红丽摸着黑从楼梯上挪下来，在高跟鞋敲击瓷砖发出的恐怖声中找到电梯口时，她意外地发现，闻扬竟然站在电梯前等她。

两个人默默地上了电梯。按键的灯明明灭灭，谁也没有说话。

出了银行的小门，耳边再度喧闹起来。袁红丽忍不住向楼顶望了望，那里一片漆黑。

闻扬找到自行车，对袁红丽说，我送你回去吧。

袁红丽摇了摇头，我自己打车回去就可以了。她又踌躇了一会儿，抬起头，挤出一个笑容，谢谢你，闻扬老师，带我来……看星星。

闻扬脸色缓和下来，尴尬地笑了一下，接着，语气充满真诚地说道，你穿这件衣服……特别美！

袁红丽转过身，快步向街边走去，她感到眼睛一阵酸胀，泪水片刻就滑落到嘴角。

七

崔启发再一次来到尚景红酒会所，已经是半年之后了。

这一天，早上起来就开始飘雪，等崔启发下了车步上会所的台阶时，脚下已经是白茫茫一片。那个曾经被他踢倒的熊猫造型垃圾箱也被白雪覆盖，变成了一只玩具北极熊。崔启发拽了拽新上身的西装下摆，又将了将三天前刚染过的头发，昂首穿过一道大红的充气拱门，接过礼仪小姐递过来的一枚红色胸花，别在衣服上，进了会所的大门。

大厅正对面的红酒架已经用墨绿色的天鹅绒帘子遮住，上面挂上了"诗协杯"诗歌大赛颁奖大会暨获奖作品朗诵会的横幅，帘子前面布置了一个小主席台，大厅里的长方桌和椅子也重新排列过，显得很整齐。这明明就是一个严肃的会场，根本不是温姐曾经提过的酒会。放眼望去，满屋子看不到一瓶红酒，会所的宣传单却每张桌子上都放着一摞。

人们三三两两聚在一起说话，还有一些人不停地在和熟人握着手。有几个人看着眼熟，可能在理事会上见过一次，但并没有人和崔启发打招呼。他四处看了看，一眼看到了身着乳白色旗袍、披着白色水貂皮披肩的温姐，同时也看到了她身边的小五和穿着唐装棉袄的周胖子。他向他们走去。温姐热情得有些夸张地和他握了手，艳丽的浓妆吓了他一跳。小五前几天告诉他，温姐年轻的时候被一个大老板包过很多年，这个会所就是老板送给她的分手费，以前是个高档浴池。还说，可能她现在和高宝玉也有一腿。看着面前这张画皮一样的脸，崔启发无论如何也不相信她年轻时能漂亮到哪里去。然后又暗自寻思，原来高宝玉的口味是这样的，禁不住撇了撇嘴。周胖子似乎更胖了，伸出一双肥手使劲握了握他的手，行啊，崔哥，摇身一变，这就成诗协的主席了。恭喜呀！然后不由分说把他拉到一边。崔哥，以后咱们得合作搞点儿事，你们诗协可是个大协会呀，会员有好几百呢。崔启发矜持地说，好说，来日方长。就这么说定了，崔哥，改日我请你喝酒哇。小五凑过来，笑嘻嘻地说，崔主席，感觉怎么样啊？崔启发笑道，你说得对，不亏。两人会意地笑了。发言准备好了？小五又问。崔启发拍拍衣兜，秘书早都给打印好了。新秘书吧？小五语调暧昧起来，听说这个是研究生毕业，哪天带出来让我见识一下。崔启发不置可否地笑了，这个是正经秘书。好！小五拍了他一下，自从当了诗协主席，你可是越来越有文化人的派头了。诗协那本杂志的最近一期，好像还登了你一首诗吧？瞎写，瞎写。崔启发忽然不好意思起来。猜我看到谁了？小五的手指轻轻地往他后边一指，露出吃惊的神色。崔启发转过身去，一眼看到了不远处的袁红丽，瞬间呆住了。

　　他几乎不敢相信自己的眼睛，袁红丽的变化实在太大了。她的头上包着一块黑底绣花头巾，耳朵上挂着夸张的长穗耳环，上身穿的是一件翠绿色中式对襟的贴身小棉袄，显得腰身出奇的细，仿佛一只手就能握住。下面则配了一条桃红色中式阔腿裤，脚上的黑色绣花靴子也是中式的，两边装饰着流苏。她一只手夹着烟，另一只手提着一个宽大的粉底绣花粗布包，姿态有些妖娆地站在那儿，和几个年轻男子说着什么，不时放声大笑，显得异常扎眼。周围的人都不住朝她的方向看去。她说着话，似乎往崔启发这边扫了两眼，崔启发忙转过头来。小五则继续向她瞄着，这去了北京就是不一样了呀！她在北京……干什么？能干什么？漂着呗！小五收回目光，不怀好意地看着崔启发，笑道，不过去打个招呼？崔启发看了看手表，快开始了，我得去趟洗手间。

他往大厅外面走去。那天袁红丽从酒店离开后，就回到公司，跟崔启富说辞职不干了。崔启富忙打电话问他怎么办。他没好气地说，不干拉倒，让她滚。崔启富又问，那这个月的工资怎么算？他说，一分没有，让她立刻滚蛋！过了一会儿，崔启富又打来电话，小心地问，哥，她不走，还在办公室里嚷嚷，说你对她性骚扰。怎么整啊？崔启发一惊，头立时大了一圈。他冷静了下来，对崔启富说，欠她多少钱，给她算算，赶紧把她打发走，别让我再见到她。不久之后，他收到了一个快递包裹，打开一看，是他在新世界百货给袁红丽买的那两套衣服和一双鞋。他拎起一件衣服，闻了闻，上面似乎还存留着她身上的气息。唉！他叹了口气，把衣服塞回纸箱。坐在办公桌前呆了片刻，他把崔启富喊进来，指着桌上的纸箱说，给你了，爱送谁送谁。崔启富问什么东西，抓过纸箱想打开。崔启发皱起眉，出去看去。

他无法想象，这半年里，袁红丽在北京都经历了什么才变成这副样子。这样子，令他有点儿畏惧。

大厅门口围着一群人，崔启发看清楚站在中间的人正是闻扬。

他穿着一件很普通的黑色羽绒服，斜挎着个帆布包，手里摇晃着红色的胸花，正在兴致勃勃地说着什么，人群里不时发出笑声。

在那次饭局之后，崔启发陆续又听说了一些闻扬的事，对他的印象有所好转。闻扬大学毕业后在教育局工作了一段时间，没多久就辞职去了广州一家杂志社。他父亲去世后，母亲得了重病，瘫痪在床。为了照顾母亲，他从广州回到本市，一直没有正经工作，四处打零工，生活压力很大。是高宝玉多次向主管文教的副市长推荐这位全国知名诗人，才为闻扬要到了一个事业编制，使之成为市文联的一名专业作家。自此，他的生活才算有了着落。但是，年过四十的他，虽然常有绯闻，却至今未婚。大家都说，闻扬为人桀骜，不喜欢被管束，只在高宝玉面前肯低头。而高宝玉呢，搞定了闻扬的事，为他在诗人中赢得了尊重和威信，不久就顺利当选为诗歌协会主席。

那不是闻扬吗？哎，我最近听到他一个段子。什么段子？两个三十岁左右的男人从崔启发身边走过，其中一个留着长发。崔启发放慢脚步，跟在了他们身后。北京的未名跟我说的，闻扬每年都去祭扫海子墓你知道吧？这谁都知道哇！但是你大概不知道，他爹死了十多年，他从来不去扫墓吧？瞎说吧，他扫没扫谁知道哇。他自己说的呀，在北京的一个酒局上，未名当时就在场。闻扬说，他没有父亲，只有精神上的父亲——海子。这话倒也说得通，但他要是说从来不去给他爹扫墓，估计也是酒话，反正我不太相信。别人说这话我不信，闻扬要说了，我还真信。崔启发站住了，那两个人已不见踪影，他已走到人群近前。他朝处在花心位置上的闻扬看了一眼，发现闻扬的脸就像一张孩子的脸，纯净得没有一丝杂质。他觉得这一定是一种错觉。崔启发转身向洗手间的方向走去，无由地，陷入一种惶惑中。

终于坐到了主席台上，副主席有七八个，崔启发坐在最边上，他迅速在心里算了一道乘法题，15乘以8……然后斜着眼睛看了一眼坐在正中间的高宝玉。在刚刚结束不久有市委宣传部副部长到场致辞的理事会上，高宝玉匪夷所思地再次当选为诗歌协会主席。小五告诉他，这对他来说是一件好事，以后可以和高宝玉研究很多事。但不知为什么，他却高兴不起来。

写着崔启发三个字的名牌端端正正摆在面前，台下坐着满满的人，还有些人站着。这种感觉很奇妙，但总体来说，还是让他感到愉悦。他挺直背，温和而谦逊地微笑着，有一台摄像机对着主席台，电视台会在新闻节目中播出今天的颁奖盛会，很多人都会看到。不知为什么，他首先想到的是，杜老师会看到吗？希望她还健康地活着。他扫视着台下，这些陌生的人，以往从未与他的生活交会，在遇到闻扬和袁红丽之前，他甚至不知道还有一群人这样活着。前不久，他高薪聘了一个新秘书，中文系研究生毕业，主要的工作是为他讲解诗歌，为他解开那些诗歌里藏着的密码。他虽然似懂非懂，但也还是懂了一些。她在网上帮他买了很多书，为此他在家里腾出一个房间做了书房。现在，他也有书房了。他让小五找了个写书法的，请人家吃了顿饭，把顾城的那句诗"生如蚁美如神"写下来，裱好，挂在书房里。在今天的发言中，他也会提到这句诗。他莫名地就喜欢上了这句诗。他想，无论看起来他和这些人多么格格不入，但这句诗一定会为他和他们之间打开一条通道，虽然他很难接受顾城把妻子杀了这件事，也很难理解闻扬从不去给他爹扫墓。他更不能理解的是，这样的人，为什么能写出那么打动他的诗歌呢。他想起秘书曾对他说，诗人的内心轨迹不能用俗人的逻辑来理解。诗歌和电影不一样，不是大众艺术。电影谁都可以评说，而诗歌需要受过独特的教育才能欣赏。他正试着走进诗歌。也许有一天，他可以真正理解它，还有他们。

他想着这些，内心渐渐激动起来。有一天，我也会成为诗人吧？闻扬不是说，只要心中有诗，人人都可以成为诗人吗？这时候，两张熟悉的面孔在人群中浮现出来。他定神看了看，禁不住吃了一惊。竟然是住在猫舍楼下的丁老师夫妇！袁红丽登门道歉后，猫舍并未做出任何改善。几个月前，他们找到了他的公司，在办公室和他大吵了一架，最后是崔启富叫来了大厦的保安才把他们拽走。现在，他们两个正坐在离他十来米远的地方，死死地瞪着他。他感到身体一阵发冷。

驯马师的无罪推理

于永铎

公元前510年，锡巴里斯城邦依旧存在着，有人试图给平凡无趣的生活注入一点儿幽默，于是颁布了新的驯马标准：全城的马，都将以善舞为优。不久，锡巴里斯灭亡了。谁都想知道，它是怎么灭亡的。其实，答案很简单，也很荒诞。两军阵前，对手突然奏起了舞曲，于是，锡巴里斯的勇士们在翩翩起舞的马背上就只剩下颤抖的份儿了。

——有感锡巴里斯城邦的没落

一

命中注定，过了三十周岁，张山峰是要惹祸的，而且，命中还注定，一惹就是滔天大祸。对张山峰来说，判决书就是一道催命符，捧在手中的一刹那，我发现，他的魂灵就如一缕青烟，缥缥缈缈地出窍了。灵魂出窍时，他身上的每一节骨骼都在咯咯作响。张山峰的案子梳理起来并不复杂，甚至都没有留下犯罪的证据。如果不是因为对方律师使出了绝招，张山峰的结局绝不会是这样的，也不应该是这样的。张山峰不怪我们，甚至还安慰我们，他喜欢说，命是由天来定的，是死是活，他说的不算，我们说的也不算。在我看来，灵魂出窍的时候，活着的张山峰其实就是死了。虽然他还活着，他却盼着早点儿死，死得痛快一些，趁他的马还没走远，他要骑着他的马上路。只要没闭上眼，张山峰的话题永远都离不开马。

他的不幸起因是一匹马，结束，还是一匹马。

那天早晨，打扫了马厩，张山峰就急着去请假，打算回去处理家庭矛盾。俊善准的假。一开始，俊善不那么痛快，想不准假。猛地，看见他脸上的几道血痕，俊善就软了，还劝他回家后别急躁，好说好商量。俊善吩咐让送肥料的车捎他一程。张山峰有些心热，摸着脸上的伤口说，善哪，我真他妈的倒霉。俊善没空和他扯闲篇儿，俊善就拿起电话，一个劲地吼，喂！喂！喂！张山峰插不上嘴，就出去了。驯马师的休息室在办公楼的东头，紧挨着一排马棚，马棚早已废弃不用了，里面堆着成包的苜蓿，靠墙还码了几袋胡萝卜。这儿的视野好，便于休息，更便于工作。张山峰换上了回家穿的衣服，朝里头喊着，小宋，爱丽丝步伐不好，你得注意呀。小宋答应了，张山峰才离开了马厩。

送张山峰下山的货车，吭吭哧哧的，随时都能散架了。司机说，换辆新车吧。张山峰说，找俊善说去，我算什么呀？司机说，你是最好的驯马师，能当半个家。张山峰笑了，这话听着挺舒坦的。车子拐了个弯，张山峰一眼就看见了老好人，老好人也看见了他，突然就探出头来。两车相交的瞬间，老好人伸出前蹄，咴！咴！连声嘶鸣。张山峰脑子就热了，急喊着：停车！快停车！张山峰谎称钥匙落下了。司机说，你老婆不是在家吗？你拿哪门子钥匙呀？张山峰眼看着运马车驶过去了，就拍着司机的后脑勺吼，你他妈的给我停车！车子停下了。张山峰跳下来，扭头就朝马班紧走，走着走着就一溜儿小跑了。山路陡峭，没跑多远，就两腿发飘，额上冒出了虚汗。汗水流到伤口处，火辣辣地疼。张山峰就想起了老婆，想起了老丈人，想起了老母亲，都在家里等着处理纠纷呢。张山峰冷静了，想下山，想赶紧回家。几乎要扭头回去了，然而，这一劫终究是躲不过去的。

一声嘶鸣，仿佛是一声召唤，张山峰的心就开始打鼓，鼓槌很重，震得脑袋嗡嗡地响。顾不得了，顾不得那么多了，张山峰一口气跑进了马班。靠近了，靠近了，看到了，看到了，看到了一双深邃的眼睛，真像他的眼睛，没错，是他的眼睛，就是老爸的眼睛。明知不是，明知是瞎想，这个念头却固执地印在了脑子里。

这是一匹好马，当了十年的驯马师，张山峰可以不相信自己的眼睛，他相信自己的感觉。感觉不会骗人。张山峰想让俊善把这匹马留下来，这是一匹罕见的好马。驯好了，保证能四海扬名。哪怕不赚钱，哪怕白给养，也要留下来。驯马师能遇到一匹好马，是前世修来的机缘，一定要留下这匹马。俊善却不这么想，老好人每一次腾跳，每一次嘶鸣，都让他心生反感，担心马厩里从此不得安宁。马厩里不安宁，就会加大驯马师的工作量，就得增加开支，俊善比谁都算得清。这是一匹漂亮的好马，背阴的一面，黑中有红，红中有黑。身上的毛全都是顺着的，上足了油，闪闪发光。这是一匹心高气傲的好马，虽然在盯着你，眼瞳里却映着遥远的天空，是广袤的草地，是大江大河。每一次伸出前蹄，胸脯都会骤然隆起，浑身充满了原始的爆发力。

小宋拿着调教绳，试图靠上去，老好人警觉地回避着，朝小宋踢跑着。张山峰趁机靠近一步，身子轻飘飘地，落叶一样，站在了老好人的侧后。老好人撇开小宋，调整了方位，朝张山峰腾空而起，一起一落，像连绵的山峦。小宋一把抓住了鬃毛，再伸手，就抱住了脖子。张山峰急喊，快松手！这一声吼，人和马都吓住了。老好人哆嗦一下，猛地就把小宋甩在了身下。张山峰出了个怪声，嘎！老好人放下了前蹄。又出了一声，嘎！老好人晃动着脑袋，倒退了两步。小宋趁机打个滚儿，离开了险境。小秦眼疾手快，赶紧给戴上了笼头。张山峰抚摸着老好人的鼻子，轻声问，是你吗？老好人脑袋探过来，拱来拱去。

二

俊善说，给咱驯马师来点儿掌声吧。马场上就响起了掌声、欢呼声，还有口哨声，连东边的几匹三河马都受了感染，朝这边摇头晃脑。张山峰心里舒坦，抱拳行礼后，还朝三河马抛了几个飞吻。三河马仰着脑袋，咴哟！咴哟！一阵嘶鸣。俊善就笑，好端端的，让你驯成大叫驴了。全场都笑了，都跟着起哄，咴哟！咴哟！

张山峰牵着缰绳，一人一马，走到障碍训练场，一边走一边数着步伐。回头看着蹄印，估摸着这匹马的力量。牵回来后，又比量了身段，比量了身高，更加坚定了自己的判断。张山峰把缰绳交给小宋，走到俊善跟前，拉长了音调，好马呀，好马！俊善没接茬儿，介绍说，这是杨老板。胖子摆着手，别叫老板，哥儿们倒架了。俊善说，你瘦死的骆驼比马大。

马是荷兰进口的，纯血马，得过五千米比赛的冠军。杨老板买早了，原以为捡了大便宜，没想到，美元一路升值，这匹马就砸在手里了。这还不算，杨老板参与了一起集资，被警方查获，账户全都被冻结，就剩下这匹马还在手里，杨老板想赶紧卖了。回到办公室，大家就不顾忌了，杨老板说，二十万欧元买的，你看着给个价吧。俊善光是笑，就是不表态。张山峰心急，走来走去的，不时停下来盯着窗外的老好人。杨老板来了狠劲，如果不收，就送到别的马班去。"实在不行，杀了吃肉。"俊善一拍桌子，要杀就杀，我先定下十斤肉。杨老板泄了气，"八十万，八十万就卖。"张山峰以为听错了，八十万？这么便宜？张山峰就朝俊善眨眼睛，示意着，善哪，这是纯血马，是可遇不可求的好马。

俊善没理张山峰的眼色，他放下报纸，摊开双手说，杨老板，你就是降到三十万，我也买不起。杨老板说，你真逼我杀马吗？那可比杀了我自己都难受。张山峰频频点头，轻声念叨着，好马呀，好马！俊善笑了笑，照旧低头看报。杨老板说了声走喽。张山峰一把就拦住了，痛快点儿，最低价是多少？杨老板愣住了，俊善也愣住了，都看着张山峰。杨老板迟疑着，四十万，不能再少了。张山峰大手一挥，成交！俊善被夹了尾巴似的，一声惨叫，指着张山峰就骂，你他妈的疯了吗！

张山峰疯了，连声说着，就这么定了，就这么定了！拉钩上吊，一百年不许变。俊善的粗暴阻拦让他受伤，如果不是杨老板在场，他都能揪着俊善的脖领子问：我的话你还不信吗？我可是最好的驯马师呀！

其实，俊善也看好了这匹马，看好了，不等于就要下手。他担心砸在手里。这些年，俊善见得多了，大大小小的马班，起起伏伏，每天都在上演悲喜剧。自从挑头干起了马班，俊善就定下了规矩：只寄养，不买卖。小家小户的，只想图个安稳，眼下确实是个机会，俊善很清楚，杨老板大有便宜可占。再过几个月，赛马节开幕，好马还愁卖吗？一定会卖上好价的。可恼，可恨，张山峰的冲动，让俊善没了讨价的余地。买吧？离目标价位还有一段距离。俊善窝了一口恶气，他想治治张山峰，以解心头之恨。俊善就说他只能拿出三十万，剩下的让张山峰补上。俊善还说成就成，不成就拉倒。张山峰就恼了，嚷嚷着，你这不是撵鸭子上架吗？俊善冷笑着，你老丈人有钱，找他借去。张山峰指着脸上的伤痕，你还嫌挠得轻了吗？

张山峰这些年过得挺糟心的，买了三匹马，两匹砸在手里。不是看走了眼，而是不按规矩来，养了两年，和马有了感情，马主要卖到外地去，他不舍得，人家就赌气，要他买。明知有风险，他居然就买下了，那股子疯劲上来，谁劝都不好使。说的就是追风仙子，好是好，背了个病秧子的坏名声，横竖卖不出价。张山峰傻等了两年，借老丈人的钱眼看着还不上，心里就慌。表面上硬挺着，还嘴硬，我张山峰就不能养匹马玩玩？

杨老板临走时强调，五天内钱不到位，就来领马走人。五天内拿出三十万，对俊善来说不容易。他算了算，三十万，正好够马班两个月的运转费用。也就是说，如果两个月内不能脱手，马班的资金链就要绷紧了，就有热闹看了。拿出十万元和俊善合股买马对张山峰来说，比登天还难。老丈人是有钱，有名的豆腐大王，只要他松松口，别说十万，再多点儿也能掏出来。跟他借？借了就等同于自投罗网了。

老丈人有两个姑娘，没有儿子，刚开始打算让张山峰入赘。老母亲不答应，吵着闹着要跳楼。老母亲问，你知道上门女婿的难处吗？你得给人家当儿，当苦儿，死了都不能认祖归宗的。张山峰就开窍了，坚决不同意。老丈人恼了，就打散了这对鸳鸯。张山峰又反悔了，托人去讲情，百般认错。老丈人松了口，不入赘就不入赘，却只答应姐姐嫁给他，那位魂牵梦萦的妹妹呀，转眼就成了小姨子。

三

张山峰驯服过的马，都成了他的孩子。起手就是孩子，耍娇，调皮，任性，驯成了，就是贴心懂事的孩子。唯有老好人，让他起敬，让他情愿矮一辈，给它当儿子，情愿把心掏出来让它看，让它闻。张山峰是驯马高手，是马群里的王。让马立正，马绝不敢稍息，让马前进，马绝不敢后退。站在马厩里，他是体贴入微的丈夫，是心细如发的妻子。每当张山峰进场，马都会抬起脑袋，频频张望，那可是隔了几百米呀，居然能闻到他的味道。小宋他们说："马天生嗅觉灵敏，能闻到臊腥味。""马天生的好听力，一公里外的脚步声都能听到。"说得都对，也都不对，换作小宋，即便走到马厩口了，马依然如故，该吃草的吃草，该打盹儿的打盹儿，即便走得拖泥带水，走得乒乓作响，马也没有反应。小宋狡辩，认为张山峰身上有膻腥味。小宋三番五次提膻腥味，让张山峰恼火。老婆也总是这么抢白他，还说鼻子都被熏坏了。张山峰就相信了，就在意了。下班后，张山峰第一要务就是洗澡，一直把自己洗得干干净净，浑身散发着沐浴露的香味为止。俊善打趣道，差不多就行了，你一个人浪费多少水？放跑了多少电？张山峰不识逗，那张脸憋得像紫茄子一样，我一个人当几个人使唤？我一个人为你省多少工钱？俊善再也不敢乱说了，还买了把铁椅子，让他坐着洗。

下了训练场，他是至高无上的，胆小一些的，都能让他的眼神吓尿了。无论哪一个，只要在他手底下驯，不出一个月，就会脱胎换骨，成了英雄豪杰。他厌恶懦夫，即便露出一点儿胆怯的神色，都要挨一顿皮鞭。他的鞭法和别的驯马师不一样，别的驯马师雷声大，雨点儿小，都是打到哪儿算到哪儿。打惯了，马就皮实了，就不怕鞭子了。张山峰的鞭子长了眼睛，专盯着耳朵后头招呼，那儿神经密布，一鞭子下去，痛入骨髓。还没等着求饶，第二鞭子如约而至。三鞭子下去，马就来了勇气，来了霸气，都要拼命了。

在老婆面前，张山峰就要矮了三分。以前，也不怕她，刚结婚那会儿，气不顺时也敢动手。除非小姨子来劝，否则也敢翻江倒海地闹。后来怕了，尤其是借了老丈人的钱以后，尤其是赔了本以后，就怕得要命。老婆说，还钱！他就晕了。老婆一直吵着要离婚，理由很充分，他身上有马尿的膻腥味，都熏出鼻窦炎了。这个理由让张山峰挺难过的，他后悔娶了个南方媳妇。南方人没见过马，对马没有感情。老婆说，不离婚可以，不离开马场也可以，咱们搬出去住，总可以了吧？张山峰依然不说话。老婆就冷笑，就接着闹，一直闹到孩子三岁了，还是不依不饶。小姨子跟他说，我姐的心事你不懂。张山峰就求教，你姐能有什么心事？小姨子狡猾，你是她丈夫，不是我丈夫，我有义务告诉你吗？张山峰就哑巴了，隔三岔五，头疼，牙疼，嗓子疼。

马班里的马想什么，他能猜透；老婆想什么，他确实猜不出。老婆吵，常常吵得惊心动魄，吵得地动山摇。下班进家，老妈哭，老婆闹。张山峰还不能开口，哪个也不能说。他宁可到马厩去，听他的马嘶鸣，也不愿意回家听娘儿们的吵闹声。他郁闷，他憋屈，他无处可躲。马安慰人很有一套，有蹭脸的，有拱怀的，有叼衣襟的。先听你讲，听得特别仔细，听得特别动情。有时抬头看你，有时低头沉思，直到你说完了，才甩着脑袋，喷着响鼻，回过头来舔巴你。

张山峰进门，小姨子说，姐夫你这时候才回来，有解决矛盾的诚意吗？张山峰慌忙作揖，恳请嘴下留情。小姨子心软了，就朝屋里努了努嘴。老丈人走出来，张山峰打了招呼，老丈人哼了一声，算是回应了。张山峰钻进卧室，喊了声老婆，老婆也不理他。张山峰抱起儿子，转了几圈，逗得儿子咯咯地笑。张山峰就说起了老好人，老婆把脸扭向墙里，还捂住了耳朵。张山峰说，这匹马很有投资价值。老丈人进屋，瞪着眼睛问，骗人吧？张山峰赶紧说，眼瞅着就到赛马节了，每年这时候，大老板都要买马的，这是绝佳的投资机会。

小姨子就喊，姐夫你别胡说了，大老板买车买房，买马干啥子嘛？张山峰说，买车买房的都不算大老板，大老板都买马了。老丈人问，得多少钱？张山峰心里一乐，老好人嘛，起码值二百万。小姨子说，干啥子嘛，你还敢买人？张山峰说，老好人不是人，是进口的纯血马。张山峰看了老婆一眼，老婆恰好也在看他，四目相对，老婆白了他一眼。张山峰心里有谱了，紧着说，连俊善老板都投了三十万，你说，还能错吗？老婆又捂住了耳朵。张山峰小心地说，现在要是能投进十万，两个月内，管保翻番。老婆猛地坐了起来，挥着胳膊乱喊，去去去。张山峰有些不甘心，急着说，那可是一匹好马呀。老婆说，滚滚滚。张山峰说，将来卖出去，一下子就能把债都还上了。

小姨子喊，开饭了。

张山峰走进厨房，挽住了老妈，让老妈跟着一起吃。老妈问，老好人老好人，说谁呢？张山峰说，班里新来的一匹马。老妈就说，怪了，昨天夜里，我梦见你爸了，你爸活着时，别人就叫他老好，其实，就是个窝囊废。张山峰不愿听，连忙引她出来。

老丈人把钱放在张山峰的面前，说这一万块钱呀，给我孙子过生日用的。张山峰纠正说，是外孙子。老丈人自顾自地说，孙子好哇，初一十五，上坟送灯，行善尽孝；外孙不行，送了也是白送，收不到的。老妈就接过话头，他爷回来了，回来就不打算走了。张山峰捅了一下，不让她胡说。老妈瞪圆了眼睛，拍着桌子说：他爷说了，谁敢戗刺儿，就把谁带走。

这顿饭吃得索然无味，双方矛盾还是没能解决。老丈人临走时，有些醉意，跟张山峰叫板，不就是缺钱嘛，我有的是，我就缺孙子。张山峰也喝多了，瞪着老丈人，抬起一条腿，悬着，恨不能一脚把老丈人踹出去。老丈人还是那句话，只要小孩子跟了他的姓，以前的债一笔勾销。张山峰虚踢了一脚，你就做梦吧，不出两个月，我就能还上你的钱。

都走了，老婆意外地与他缓和了，还说了点儿别的事，都不提儿子的事，也不提钱的事。张山峰趁机和她睡了一回。完事，老婆还去煮了碗汤圆犒劳他。张山峰吃着汤圆，想把购马计划详细说说。老婆意犹未尽，抛眉弄眼的，张山峰忍不住，重来一回。这一来，就没有机会说他的买马计划了。老婆说，老大给了咱爸，将来还会有老二嘛。张山峰当即就消停了。

一觉醒来，听老婆哼哼唧唧的，张山峰摸摸她的额头，挺热的，就去找了退烧药。老婆吃了药，起身找出银行卡，让他把钱存上。张山峰心里一动，张口就问，密码是多少？老婆有些警觉，问他想干什么。张山峰充愣装傻，他老婆居然就把密码告诉了他，还把身份证也给了他。密码是张山峰的生日。张山峰有些意外。

银行卡里能有多少钱？趁机取出来买马，后果会怎样呢？上班的路上，张山峰脑子里突然就闪出了一道亮光，两个月，也就两个月，一旦没被老婆发现呢。有人贴着他的耳朵，老弟，您上错车了，意单街在中山区，你得坐43路车，倒101路无轨电车，青泥洼桥下车换201路有轨电车。嫌麻烦，就走一站地，天也不冷，也不热，走路正合适，到站前广场坐31路车，四站或者五站就到了。上车时，你得先打听一下司机。司机不比从前了，现在这帮司机态度恶劣，我家小慧找了个对象，就是公交车司机，有什么了不起呀，牛什么牛哇，还要我们女方买房子，你看他长得那个样吧，恶心死了……

四

　　马班在大山里，公交车只通到山脚下，通常还得步行一小时。张山峰很少从头走到尾，刚到半山腰，总能被俊善的车撵上。两年来，都习惯了。见了面要说，早哇。俊善先说。后来，张山峰也文明了，抢着说。山脚下有一家银行，半小时以后，门开了，张山峰第一个进去，先让查一下存折里有多少钱。人家说有九万块钱。张山峰就愣住了，这么巧？他突然就起了冲动，说全都取出来。人家说，昨天存进去的，今天就全取出来？张山峰一阵阵晕眩，昨天存进去的？不多不少，加上给孩子的一万块，恰好是十万块钱？张山峰心里头突然就豁亮了，这钱和他有关系的，和买马有关系的，这钱就是一个信号，老婆放低姿态解决矛盾的一个重要信号。人家说，取五万元以上，得提前预约。张山峰就磨叽，嘴皮子要磨破了，就是不行。身后的人说，让他取吧，过了今天，这钱指不定是谁的。张山峰一回头，俊善排在后面。张山峰连忙说，早哇。俊善没有回应。里面出来一个女的，俊善说，早哇，李主任。俊善介绍说，这是我们班的驯马师。李主任就朝里边说，给他提吧。俊善也提了三十万元现金。两个人走出银行，上了车，俊善说，早哇。张山峰跟着说，早哇。司机踩了油门，车子就像箭一样飞了出去，差一点儿和迎面驶来的一辆车撞上了。张山峰后悔没坐到后面去，这家伙，太危险了。

　　两人把钱放在桌上，俊善就木呆呆地看着张山峰。张山峰说，你把墨镜摘了。俊善就摘了墨镜，俊善两眼无神。张山峰说，善哪，听我的，买吧。俊善揉了揉眉骨，你真的要赌一把吗？张山峰说，为什么不呢？俊善说，我没想到，你居然是个超级大赌棍。张山峰脸就热了，善哪，你这话挺损人的。俊善说，咱马班，禁不起闪失呀。张山峰伸出两根手指，就两个月，两个月以后，咱吃香的，咱喝辣的，咱也潇洒去。俊善盯着张山峰，真的能行吗？张山峰拍着胸脯，善哪，你还不相信我吗？俊善从牙缝里挤出两个字，相信！又重重地说，敢不相信吗？你是有名的驯马师。

俊善让张山峰带他去马厩，他要再看一眼老好人。出了办公室，眼见着追风仙子在障碍场里尥蹶子，看样子是在闹情绪。张山峰就吹了声口哨，又打了几声响舌，追风仙子安静了。张山峰喊，步伐太紧了，再放出去两庹绳。小宋听从了，眨眼间，追风仙子就跑得欢实了。

马厩是旧厂房改造的，高大，空旷。张山峰早就想在棚顶上加层隔板，这样就能让马有安全感，有利于马的心理健康。每回提出来，都被俊善严词拒绝。俊善不舍得花钱，一分钱都能攥出水来。张山峰此时心情大好，也想开了，等卖马赚了钱，他自己掏腰包改造马厩。

小唐一个人在低头扫舍，扫几下，就抡着扫帚朝马屁股抽一下。张山峰拉下脸问，吃枪药了吗？小唐脸上红了一片，小唐说，它净欺负人。老好人伸着脑袋，好奇地张望过来。张山峰摸着它的鼻子，它怎么就欺负人了？性骚扰吗？小唐扔掉扫帚，气哼哼地说，师傅，你没喝酒吧？老好人舔着张山峰的手，又转过来舔俊善的手。俊善掐了掐，老好人的脑袋很匀称，不大不小正合适，符合好马的标准。张山峰蹲下来查看马粪，捏碎了马粪，又放在鼻子下闻。马粪散发着酸萝卜的气味。张山峰就说，该加精料了。

老好人浑身上下黑红黑红的，灯光下，黑的多，红的少。毛细而黏，闪闪发光。俊善摸了又摸，暗自叫好。张山峰突然朝小唐吼了一嗓子，怎么不放盐呢？小唐没好气地说，你也没让我管它。张山峰就急了，朝小唐踢了一脚。小唐赶紧去拿了一块喜马拉雅盐，没好气地扔在池子里。张山峰量了量高矮，把盐块吊了起来。老好人拱开他，仰脖舔盐。张山峰说，可惜了了，这马没养好，营养不良。

俊善皱着眉头，那怎么办？

张山峰说，缺维生素，缺得厉害。

俊善急了，那怎么办？

张山峰说，还能怎么办？精心伺候呗。

张山峰摘下笼头，看了老好人一眼，准备给它戴上。小唐说，这一早，全都动手了，就是戴不上，还让它给踢了。俊善说，再踢，你们就拿鞭子抽它。张山峰一瞪眼，敢？小唐说，这家伙扛打。张山峰笑了，你们那是抽鞭子吗？挠痒痒吧？张山峰伸手朝追风仙子抓去，追风仙子本能地往旁边躲闪，趁老好人分神之际，张山峰闪电般地揪住了它的鬃毛。老好人倒退了几步，屁股就顶在了墙角。张山峰打了声响舌，让它放松。老好人拧了拧耳朵，喷着响鼻。张山峰给它套上了笼头，衔口也给拘上了。老好人仰起脑袋，咴！咴！连声嘶鸣，追风仙子也跟着咴咴嘶鸣。张山峰打着响舌，仿佛在数落着什么，一时缓，一时急，缓时如和风细雨，急时如电闪雷鸣。老好人跑着锯末子，甩着脑袋，态度还算诚恳。张山峰继续打着响舌，抚摸着它的脖子，抚摸着它的脊梁。老好人侧脸看他。张山峰把脸凑过去，看哪，你看哪，我是张山峰。老好人脑袋伸过来，舔着张山峰的手，张山峰搂住了，蹭着它的脸。老好人一个劲儿地拱怀。张山峰趁机拿起了马鞍，老好人又有了敌意，昂起头，盯着他。小宋说，这家伙，从来没有佩过鞍子吧？张山峰打着响舌，很严厉，连俊善听了都觉得有些心慌，仿佛连人带马一起骂了。张山峰拍打着马鞍子，打着响舌，告诉老好人，一定要佩的，不佩马鞍的马，还是马吗？老好人不服，极其不耐烦地跑着锯末子。张山峰突然发起狠来，响舌越来越急，简直刺刀见红了。老好人垂下了脑袋，抖了抖鬃毛，不敢对峙了。张山峰把马鞍搭上去，老好人尥了下蹶子，张山峰响舌中带着笑声，轻松了许多，老好人很受用，慢慢就放松了，低头叼起了苜蓿。张山峰勒着肚带，勒得很紧。老好人有些不适应，不停地朝肚子下看。张山峰扯着缰绳，牵着出来了。走了一段，老好人有些扭捏，小脚女人似的，迈不开脚。小宋问，它怎么瘸了？俊善吓了一跳，仔细观察，果然，走得绊绊磕磕。张山峰俯身朝马腹下看了几眼，搂住了一条马腿，猛地抬起来，再放下，又抬起一条马腿，放下。再走，就稳稳当当的。俊善像个小学徒一样，都看傻眼了。

"峰子，你都和它说了些什么？"

"我问他有没有娶老婆。嘎！嘎！嘎！"

"它怎么说？"

"它让我帮着找一个。嘎！嘎！嘎！"

"把你的追风仙子配给它吧。"

"坏了！嘎！"张山峰弯腰看去，"坏了！不是儿马。"

俊善心里凉了半截，恼得转身就走，让手推车绊了一下。他抬腿就是一脚，差一点儿把手推车踹翻了。

五

　　数钱时，杨老板的手是哆嗦着的，嘴巴也是哆嗦着的，临走时，他说，有了这钱，他就可以跑路了。杨老板走得慌慌张张的，张山峰受了传染，也变得慌慌张张的。俊善搡了他一下，峰子，想什么呢？张山峰含糊地说，没想什么。俊善的心突地就悬了起来，就觉得坏了，上了张山峰的当。俊善哪里知道，张山峰的恍惚，是琢磨着如何面对他的老婆。取钱的时候，耳边一直响着"一旦"这个词，好像这个"一旦"是他家亲戚似的。"一旦"老婆没发现呢？杨老板把钱拿走，这个"一旦"就露出了嘴脸，贼一样地跟着逃了。"搞不好"就赶来凑热闹，"搞不好"贴着张山峰的耳根嚷，搞不好哇，搞不好。"搞不好"真过分，天都黑了，也不回家，只是围着张山峰乱吼乱叫。张山峰把老好人拴好，嘱咐小宋吊到8点钟以后再上料。他洗了澡，往外走时，除了食堂那边还亮着，整个马场消失在密不透风的黑暗之中。搞不好哇，搞不好！耳畔又是一阵号叫。张山峰猛击一掌，"搞不好"就遁入更深的黑暗中去了。

　　山里的湿气很大，一会儿走入暖气中，一会儿又走入凉气中。偶尔一阵骇人的尖叫，也搞不清是什么东西。山头上悬着月亮，看起来病恹恹的，一阵风就能吹下来。以前的看门人喜欢亮嗓子，张嘴就是"海岛冰轮初转腾"。开始都听不懂，以为上了年纪口齿不清。老头儿不服，让侄子放原声的，原声的也听不懂。老头儿就说，这叫韵味，冰轮是月亮。张山峰想了半天，想不出韵味与冰轮有什么关系。张山峰就逗他，韵味是什么？冰轮是什么？甜酸苦辣咸？油米酱醋盐？老头儿就往外推，你们不懂，你们是傻子，你们看的月亮，不是月亮。张山峰就朝小秦嚷嚷，你大伯痴呆了，我们看的不是月亮，是什么？是车轮？是风火轮？是屁？众人就笑。小秦说，你就别逗他了。老头儿说，你们哪你们，整个都被污染了，眼睛、耳朵、鼻子，还有心，都被污染了。

　　走在山里，张山峰忽然就明白了，这月亮果然和城里头的不一样，是冰轮，是成千上万年冻结的纹丝不变的冰轮。城里头的，总是变来变去的。山里头的月亮啊，清凉凉的，一下子能拉远了，又一下子能拉近了。人走在月亮地里，就像跟随着母亲的孩子，时刻都被一只温暖的手攥着。张山峰想起了老秦头儿，此时，他也在看冰轮吗？恐怕看到的不是冰轮吧？也被污染了吧？张山峰感到一阵心凉，恨不能就去养老院，看一眼老秦头儿，把他背出来，和他一起看月亮。告诉他，在山里，确实有一轮真实的月亮。

　　转过了小桥，就是一阵急促的蛙鸣，听了一路的蛙鸣，断断续续的，却没注意，原来全都躲在桥下边。简直就是大合唱了。仔细听，是施特劳斯的圆舞曲。有高音的，有低音的，有领奏的，有合奏的，五花八门。张山峰扶着栏杆朝桥下看，黑亮的溪水哗哗地响着。仿佛大提琴，仿佛扬琴，仿佛柳琴，和着蛙鸣，脆生生的。溪水是跳着下去的，一米多宽吧，眨眼间，就去远了。再远处，模模糊糊有一个水潭。张山峰想下去，想到水潭边看看，试试水温。如果水温合适，再洗个澡，肯定爽滑。这条路，走了两年，从没有像现在这样依依不舍，以前就是个盲人。

　　俊善下了车，突然就问，你不想哭吗？

俊善又问，你不想自杀吗？

俊善伏在栏杆上，也跟着朝下面看，两个人谁也不说话，向着无限远的黑暗，呆呆地看着。耳边只有轰然作响的蛙鸣，偶尔夹杂着几声怪叫。俊善说，回家吧，你还真的想死吗？张山峰不高兴了，好好的，凭什么要死呢？俊善恨恨地说，输光了，就得死，不是自杀就是被人杀。张山峰赌气地说，我没输，我怎么会输呢？两个人就上了车。俊善说，走哇。张山峰突然怔住了，你再说一遍？俊善说，我跟司机说走哇。张山峰好一阵子发呆，想这两年，听了无数遍"早哇"，说了无数遍"早哇"，原来，全都搞错了。人家是说"走哇"。俊善又问，峰子，真的不会输吗？张山峰摇了摇头。俊善笑了，那笑声显然是装出来的。他使劲儿拍着张山峰的大腿，你是最好的驯马师，你说不会输，那就不会输的。俊善的情绪好了起来，和张山峰聊，和司机聊。什么话题都涉及，聊人大选举，聊银行贷款，还聊马班的水电费。聊得最多的，还是一年一度的赛马节。俊善说，峰子，你比谁都清楚，如果没有赛马节，咱马班也就没了存活的土壤。张山峰还沉浸在明月、小桥、蛙鸣之中，对俊善的话题一点儿兴趣都没有。他后悔跟着上了车，一个人在山里头走下去该多清净。

老婆出奇的安静，张山峰越发的心虚，递上银行卡的时候，他的心突突直跳。老婆随手将银行卡放在桌子上，说先别洗澡了，有事要跟你商量。张山峰讨好地说，得洗得洗，别熏着你了。老婆说，以后就不必洗了。张山峰慌了，得洗得洗，你有鼻窦炎。老婆捂着嘴，突然哭了。儿子吓着了，也跟着哭。老妈推门进来，把孩子抱了过去，连丢了几个眼色。张山峰搂着老婆，拍着她的肩膀，一时没了主意。

吃完晚饭，老婆和他亲热了一回，亲热后，又掉了眼泪。张山峰害怕了，心里有个张山峰，挣扎着，纠结着，承认错误？不承认！争取宽大？挺着吧！老婆说，如果，我死了……她的语速很慢，张山峰没回过神，居然笑了笑。老婆突然举起了手掌，张山峰本能地缩了下脑袋。老婆破涕为笑了，她抹着眼泪，也不是笑，也不是哭，她让张山峰再找一个老婆，最好找内蒙古的，新疆的也行，千万别再找长江以南的。"南方女人没见过马，不喜欢马。"张山峰说，你别闹了。老婆说，人都会死的，不是吗？张山峰就想起了老爸，情绪一下子掉进了深渊。老婆说，听说人死了，灵魂就飞到月亮上边去了。老婆说，等到在月亮上也活腻了，灵魂要死了，就回来重新投胎做人了，不是吗？老婆的声调像琴声，低沉悠扬，入心入肉。张山峰的眼前，就现出了山里头的冷月，出现了海岛冰轮，那上面，真的住着灵魂吗？

清晨，老婆的情绪好了一些。张山峰想起有人跟他说过，女人到了三十岁，很容易抑郁的。他担心老婆得了抑郁症，为此，他自己都快抑郁了。张山峰说，请个假吧。老婆说，小妹给请了。张山峰愣了一下，就摸了摸老婆的头发，你不能总哭。老婆说不哭了。张山峰就起身忙着洗漱。没一会儿，屋里发出极惨的叫声，他紧着跑回来，看见老婆跪在床头，不停地磕头。张山峰慌忙问，怎么了？老婆说，孩子给我爸吧，求你了。张山峰身上的血猛地就冲到了脑门，原来，还在为这个闹哇！他挥了下手，恨不能扇她一巴掌。老婆说，没妈的孩子像根草哇。张山峰气得摔门而出。

张山峰焦躁不已，马场里也都受了传染，都焦躁不已。连天上的云都赶来闹腾，一块块的，一团团的，挤在一起，龇牙咧嘴，黑压压的，乌压压的，看着让人心烦。一会儿，掉下了雨点子，扔硬币似的。张山峰命令把马都带进马厩避雨，刚进了马厩，雨就停了。只得再牵出来，重新遛。这样一折腾，马场上下都噘着嘴，都无精打采的。追风仙子一直朝东走，走到场边，顶着栏杆，钩着栏杆外面的草吃，几匹三河马也受了启示，也都跟着吃栏杆外面的青草。俊善就朝张山峰吼，你家的马拱坏了栏杆，你赔吧！本来是句玩笑话，俊善说得却不是时候，张山峰一股邪火就蹿到了脑门儿上。他提着鞭子跑过去，狠狠地抽了三鞭子。追风仙子疼得嘿儿嘿儿乱叫，转了几个圈才停住。张山峰心里头疼，也不能表现出来，只是冷冷地看着，追风仙子抖着鬃毛，低着头，拱他的怀。

雨就下起来了，下得很急。张山峰没动，愣愣的，追风仙子也没动，也是愣愣的。小宋喊，师傅，回来呀。小秦喊，师傅，你的手机总响。

张山峰带着追风仙子回到了马厩，老好人一边舔着喜马拉雅盐，一边斜着眼看他。张山峰顶着它的脑门儿，逗着说，你个吃货。他打了两声响舌，老好人就住嘴了，蹭着他的脸。张山峰摸出一个苹果，咬了一口，把苹果伸过去，老好人一口叼去了。追风仙子转过来，盯着老好人，又盯着张山峰。张山峰摊了摊手。追风仙子又看他的嘴，张山峰从嘴里掏出那块苹果，塞到追风仙子的嘴里。其他的马都伸出头来。张山峰心里不忍，喊着小宋，让他去拿些胡萝卜来，一匹马赏一个，都解解馋。小唐说，老板会心疼的。张山峰说，他抠门，别让他看见了。小秦喊，师傅，你的手机都要被打爆了。张山峰这才进了休息室。电话是小姨子打来的，小姨子

164

说她姐失踪了。小姨子说，你儿子也失踪了。

六

"你还是个人吗？"老丈人指着张山峰的鼻子吼。张山峰懊恼不已。老婆的鼻子出了问题，不是鼻窦炎，是鼻癌，老丈人准备了九万块钱，打算让女儿去做手术。结果呢？张山峰就敢把救命钱拿去买马了。老丈人骂累了，就低着头捡豆子。小姨子在一旁玩手机，看样子，对她姐姐的去向心里有谱。张山峰忽然来了气，是的，他不该把钱挪用了，可他去耍钱了吗？是买马，是做正儿八经的生意，是赚钱，是想还债的。为什么要玩失踪的把戏呢？不就是想让外孙子变成孙子吗？

张山峰带着怨气离开了老丈人家。

不找了，等卖了马，还清了债，老婆自然会回来的。

老好人擅于奔跑，看它的腿，再看它的蹄子，该粗的地方粗，该细的地方细，再看身量，天生的赛马。张山峰得意，得好好驯，得使出真本事驯，驯出来就是一匹千里马。张山峰和别的驯马师不同，驯马前，先要吊马，让马养成良好的饮食习惯。吊马，不但控制体重，也是磨性子，不给料吃，干靠着。每次驯马课结束，刷洗干净了，一上午或者一下午都不再喂料。吊过的马和没吊过的马是截然不同的，吊过的马肌肉结实，有力气，还通人性。张山峰驯马的花样也多，信手拈来，随心所欲。他常说，驯马就像老妈做饭，一天三顿，得有耐心。能干的老妈，天天变着花样，热炒的，凉拌的，油炸的，清蒸的，变化多端，怎能吃够？驯马也是这个道理，得有变化，没有变化，再好的马也要毁掉的。驯马师不能懒，你懒，马也跟着懒。

马和狗不一样，马高狗矮，狗看人，要么高看，要么低看，不那么客观。马就不一样了，马看人从来都是直视的，在它眼里，不分高低贵贱，一律平等。要想养好马，就得和它拜把子，不求同年同月同日生，但求同年同月同日死。不光是勤喂料、勤擦洗这么简单，要用心呵护，像对孩子，像对父母，要知冷知热。马都懂，别看它不会说话，心里明白着呢。在张山峰的眼里，马就是个不会说话的人。

好的驯马师首先要学会和马的呼吸合拍，和马的步伐合拍，和马的心律合拍。标准不在书本里写着，书本里写着的都是虚的，标准在心里头，在驯马师的心里头，也在马的心里头。吊马的同时，还要坐马，坐马更有说道，不光是训练技巧，主要是弄懂马的心理变化。你不懂，它就让你难堪，让你前功尽弃。你懂了马，就能驯出理想的步伐，驯出理想的跑姿，就能驯成千里马。驯赛马和驯马术马不一样，条件好的纯血马一般都要驯成赛马，赛马要想练成如风似电的速度，坐马一环很关键。不能惯着，像小孩子一样，惯着就生毛病，有了毛病就不好板了。张山峰设计了多种训练要领，让马熟悉。刚开始，没坐过的马都是野路子，跑起来，在即将达到极限速度的时候，四蹄总会碰在一起。别看只碰几次，很影响速度的。这时，就需要驯马师耐着性子纠正，要坐马，让马学会舒展，学会调节关节。张山峰身子重，不舍得坐马，就找小唐小秦，一人骑一会儿。坐马对骑手的要求很高，骑手必须挺胸抬头，坐姿端正，得按照设计好的节奏起伏，得让马始终跟着骑手的节奏跑，不允许擅自调整。

　　这边，张山峰忙着驯马，那边，俊善也没闲着。来了几拨人，看过了训练课，都对老好人有兴趣。有询价的，有含而不露的。每当有人来看训练课，张山峰就会铆足了劲儿，穿戴整齐下场。他要亲自驯，要驯得头头是道，要把最好的一面表现出来。训练课的高潮就是跑圈，除了追风仙子，其他的马都不是老好人的对手。三千米跑下来，都能把三河马套上一圈。

　　眼看着，一天天过去了，张山峰的马也驯得有模有样了。

　　终于来了一位买主，乍一看挺凶的，胳膊上还文了字，仔细看，是个"忍"字。俊善介绍，这是龙哥。龙哥看了一堂课，当场拍板，两匹马都要了。张山峰还以为做梦呢。龙哥让报价。追风仙子是张山峰的，张山峰报了价。龙哥没有异议。老好人是合股的，俊善持大股，由俊善报价。俊善张嘴报了一百五十万。张山峰就慌了，担心砸跑了买家，就满脸堆笑，说龙哥，还可以商量嘛。龙哥摸了摸胳膊上的"忍"字，说，就这么定了。张山峰心花怒放，真想给龙哥磕个头。龙哥只有一个要求，必须在赛马节上夺标。

　　张山峰说，放心吧。

　　按照经验，凭老好人的条件，跑赢比赛不是难事，俊善就在合同上签了字。龙哥让人把首付款打进了马班的账户。从这一刻起，老好人和追风仙子就是龙哥的了。定金三十万，俊善姿态高，全让张山峰拿去了。张山峰美呀，梦想成真了，终于赚钱了，终于扬眉吐气了。他一溜烟儿去了老丈人家，把钱码在桌上。他坐在桌子的这一边，老丈人坐在桌子的那一边。谁也不看谁，都看着钱。老丈人说，早知养马能挣钱，多投点儿。老丈人找了条大毛巾，盖在钱上，算是收下了。张山峰说，还有三十万，赛马节一开幕，就赚到手了。老丈人连连点头，好，好。张山峰也没问老婆在哪儿，不急，急的是他们，看怎么收场吧。

张山峰离开老丈人的豆腐坊，走得急，撞上了门框，疼得直蹦。

龙哥来了，站在外场看驯马。看了一会儿，龙哥对俊善说，想骑几圈过过瘾。俊善就喊来张山峰，让他带龙哥骑两把。龙哥说，我没穿马裤。俊善说，没事的。龙哥说，我没戴帽盔。俊善说，没事的。张山峰就让小宋去库房拿帽盔和马裤。龙哥说，谁稀罕穿你们的垃圾服？张山峰臊了个大红脸，笑也不是，哭也不是。龙哥拍了拍马头，我穿的都是意大利原产地的名牌货。老好人跳了一下，甩了一下脑袋。龙哥拍着老好人的脖子说，宝贝，你得听话。老好人倒退了几步，摇晃着脑袋。龙哥拍着它的背说，如果不听话，我就剥你的皮，抽你的筋。虽然是句玩笑话，张山峰却听着不舒服，对龙哥的印象一下子就变了，变得很糟糕。这是一个马主该说的话吗？不听你的话，就剥人家的皮？你是谁？不就是有几个臭钱吗？钱在人的世界里好使，在马的世界里，是废纸，是狗屁。

张山峰恨不能收回这笔生意，告诉龙哥，不卖了！

龙哥看出张山峰的不满，就问他，知道为什么我是老板，你是马夫吗？张山峰摇了摇头，即便知道，也不会告诉他的。龙哥说，因为我能听懂人话，你听不懂。龙哥扳住了马鞍，俊善赶忙跨出一条腿，龙哥踩住了，翻身上了马。俊善站直了，朝马屁股上轻拍一掌，老好人跑了。俊善拍打着裤子上的鞋印，峰子，想什么呢？

张山峰没有说话，心里头挺难受的。

龙哥的骑术还行，只是基本功不扎实，跑起来习惯朝右偏。这就使老好人发不起力，一股力量总是被另一股力量抵消了。老好人纠正了几次，龙哥反倒倾斜得更加厉害。老好人一个劲地朝另一边挣，龙哥一个劲地靠缰绳扳正，一人一马斗上了气，都想按照自己的习惯跑。老好人乱甩着脑袋，龙哥就抽它，拿脚跟磕它的肚子。老好人突然站住了，抬起了前蹄，朝空中刨去。龙哥喊，怎么回事？怎么回事？俊善急着问，峰子，怎么回事？张山峰面无表情。

龙哥摆着缰绳，紧紧夹着马肚，老好人又飞奔起来，一阵风似的，留下龙哥一路惊恐的号叫声。龙哥左摇右晃，老好人左摆右挪。一人一马扭成了麻花，斗成一团。俊善喊，小心哪！龙哥喊，停不下来呀！俊善说，峰子，快停下来！快停下来！

一连跑了十几圈，眼看着龙哥像一堆烂棉花，张山峰才打着响舌，挥舞着叫停的手势。老好人居然没理会他的手势，居然越跑越来劲。眼看着，再跑下去会出人命的。张山峰慌了，赶忙搬出了几根地杆，横在跑道上。老好人跃了几跃，疯劲过去了，慢慢停住。龙哥头发散乱，墨镜早就没影了，他扶着俊善的肩膀往下跳，老好人闪了一下，龙哥就势摔在地上。他爬起来，狠狠抽了一鞭子。老好人甩了下脑袋，看着张山峰。

张山峰说，你不能总揍它。

张山峰说，你越揍它，它越恨你。

龙哥瞪着张山峰，急吼着，你怎么知道它恨我？张山峰说，我是驯马师，我当然懂得，你想养马，就得和马交心，你尊重它，它才能尊重你。龙哥说，少来这一套，明天我就找一个明白人来驯！龙哥说，我还有个条件，你们得无条件答应。龙哥的条件很变态，什么时候老好人变得温驯了，乖乖地任他骑，任他打，任他骂，他才交付尾款。这个条件让张山峰一阵阵地难过，老好人是赛马，赛马都是有血性的，怎么就成了忍气吞声的小媳妇？况且，龙哥的骑术有毛病，让老好人改变风格，还想要好成绩，难！

俊善和张山峰开了个小会，俊善让张山峰无论如何也要想办法，按照龙哥的要求驯马。张山峰把龙哥的骑术缺陷指出来，让俊善评理。俊善说，我不管那么多，你去想办法。

办法还是有的，否则就不是张山峰了。张山峰让老好人上负重训练，在它左侧背一包沙子。张山峰也清楚，这样肯定会影响步伐的，最终，还是会影响速度的。

张山峰有个疑虑没好意思说出来，他闻到了龙哥身上有一股子怪味，有些酸，还有些臭。老好人也不适应这种味道，总是喷响鼻，总是伸着头，鼻子和龙哥保持着最远的距离。张山峰由此想到了自己，也是臭的。老婆忍了几年，都熏出鼻癌了。忽然就出了一身汗，癌？真是癌吗？

不能！老丈人一家在设套呢。

张山峰心情不好，趁星期天马班休息，就在家赖床。躺了一天，想也想了，愁也愁了。临了，俊善来了。俊善和朋友应酬，路过这儿，就上来看看。老妈沏了茶，让他喝了解酒。俊善还像小时候那样，一口一个大辫姨，叫得那个甜。老妈高兴，顺嘴就把儿媳妇跑了的事说给他听，让他给拿主意。俊善含糊地说，峰子，你老丈人毛病不少哇。张山峰说，都是惯坏的。俊善说，你得赶紧把嫂子找回来，别让人家把你儿子抢去了。俊善喝了会儿茶，就提起了赌马，说得轻轻巧巧，一点儿也不张扬。张山峰也没在意，这事远在天边，和他八竿子也打不着，他都懒得琢磨。两个人又说起老好人。老妈插话，别叫老好人，就叫窝囊废，全钢厂没有不知道他的。俊善愣了，窝囊废？全钢厂？张山峰就朝他眨眼。

俊善问，窝囊废是谁？

老妈说，窝囊废就是窝囊废！

七

龙哥身旁站着一位时髦女郎，戴着大墨镜，半张脸都遮住了。女郎身材高挑，风吹过来，掀起裙边，犹如翩翩起舞的仙女。俊善围着说话，那样子，要多殷勤有多殷勤。小宋、小秦都挺兴奋，不错眼珠地盯着女郎，连呼吸都要停住了。小唐撇了撇嘴，嘿，那女的，也就一般人吧。张山峰没说话，先笑，朝女郎笑。龙哥说，芳啊，马厩里头脏，咱就不进去了吧。张山峰反驳他，你养马，就不能嫌脏。龙哥摘下了墨镜，凶巴巴地问，你他妈的哪来的废话？张山峰没敢顶嘴，转身把老好人牵了出来。老好人晃了下脑袋，鼻子朝天，咴！咴！嘶鸣几声。龙哥拍了拍马头，老好人闻不得他身上的味道，突甩了几下脑袋，鼻孔一张一合。龙哥说，芳啊，你瞧，多漂亮的马。芳啊，下场跑两圈吧。张山峰说，先等等吧，刚吊了小半天，没准备。俊善说，骑吧，骑吧，你不是有糖吗？给它两块吃。张山峰说，都惯着，那不乱套了？俊善瞪了他一眼，张山峰退缩了，摸出一块糖，剥了糖纸，塞到老好人的嘴里。芳轻声问，师傅，你还给它糖吃？张山峰嗯了一声，算是回答了。芳摘下墨镜，露出脸来，很漂亮的一张脸。芳咬着眼镜腿儿，瞪着一双亮晶晶的眼睛，师傅，你不怕它得了糖尿病？小宋嘴快，小宋说，马吃了甜食，就像抽了大烟，让它干什么就干什么。小秦也抢着说，甜食能增加体能，这是驯马师的绝招。

芳笑了笑，说要去换衣服，就朝停车场那边去了。

小宋去了马具室，把装备拿了过来，张山峰把鞍具和护腿给老好人佩上。老好人吊了半天，肚子早都瘪了。张山峰煞了几次肚带，扳了几下，鞍子还是松。他顺出四度长的训练绳，先训练老好人跑圈，跑了几圈，四蹄依旧发飘。张山峰又顺出两度长，让它离远点儿，老好人的步伐还是不稳，看起来有些沮丧，不时地打着响鼻，不时地晃头摇脑。张山峰拽着训练绳，吆喝声越发响亮了。龙哥问，咦，老张，你怎么瘸了？俊善说，摔伤了。龙哥问，怎么摔的？小秦说，驯老好人摔的。龙哥说，狗屁老好人？要我看哪，就是老混蛋老该死老不要脸的。龙哥越说越急，你们合起来骗我吧？就这破马，总摔人，能值一百五十万？又指着朝这边走来的芳，摔了大美女，你们负担得起吗？

俊善说，龙哥，真的是一匹好马。

龙哥说，好马总摔人？

俊善说，是好马，还没驯好。

龙哥说，驯马师不行！

就像一声炸雷，张山峰被震蒙了，全身的血就朝脑顶上冲。他颤巍巍地说，你要是能找个比我强的，我把脑袋揪下来让你踢。龙哥说，你脑袋值多少钱？芳拦住了他们，芳说，师傅，这马肯定能驯出来吗？张山峰来了倔劲儿，他指天发誓，如果驯不出来，就死给她看。芳赶忙说，别死呀，驯不出来也不能死，人命比马命……她忽然变了声调，都珍贵的。芳这几句，张山峰听了个清清楚楚。这丫头有水平啊，居然会说人命和马命都一样珍贵。就冲这句话，张山峰就得服她，就和她对脾气。这说明，芳对马是尊重的，对驯马师也是尊重的，像她这样的女子，能有这个境界，很难得的。

芳说龙哥呀，我喜欢老实的马。

张山峰说，没问题。

芳说龙哥呀，我喜欢听话的马。

张山峰说，没问题。

芳说龙哥呀，我喜欢温文尔雅的马。

张山峰说，没问题。

芳说龙哥呀，我喜欢有特点的马。

张山峰说，没问题。

芳忽然一笑，说我喜欢会跳舞的马，就像维也纳新年音乐会上会跳舞的马。

张山峰一下子就蒙了，脑子里混沌成一片烂泥。龙哥朝着张山峰吼，你他妈的吹呀，你他妈的说没问题呀。芳说，我只是随便说说，你们可别当真。芳说，我一直想不明白，马怎么会跳舞呢？张山峰收了训练绳，把老好人牵到身边，拍着马脖子，轻声问，老好人，你能学会跳舞吗？老好人盯着他，一动不动。张山峰乱扭着屁股，急着问，跳舞，你能吗？老好人仰着脑袋，咴咴嘶鸣，前蹄刨了几下，尾巴摇了摇。

龙哥说，真是一对活宝。

张山峰走到芳的跟前，它说能，它说保证能学会跳舞。全都愣住了，空气都凝固了。芳看着张山峰，嘴角抽搐了几下，眼里含着闪亮的泪珠。芳说，师傅，我是开玩笑的，你怎么能当真呢？芳擦了擦眼睛，又笑，笑得甜甜的，在张山峰的眼里，笑着的芳，很像他的小姨子，有着江南女子的妩媚。芳说，师傅，你千万别在意我的话。芳又说，没想到你会在意我的话。张山峰的心跳突然加速，擂鼓似的，咚咚地响。芳的笑容打动了他，芳的眼泪也打动了他，让他有了忘我的情怀。他摸着老好人的脑袋，大声说，我张山峰，吐口唾沫就是钉，我说能跳舞就是能跳舞。

龙哥朝张山峰吼着，要是不能跳舞呢？

张山峰被激得嗷嗷叫，我说能，就肯定能！

龙哥说，现在就写合同，我和你赌一把。

俊善急了，朝张山峰就打，边打边吼，你疯了吗？

张山峰一边躲着拳头一边说，就到赛马节开幕那天截止，如果我不能把老好人训练成会跳舞的马，我就……我就……

龙哥拿出纸笔，拍着小秦，让小秦弯腰，后背给他当桌子。龙哥写得飞快，小秦急得直喊，师傅，你就少说两句吧。龙哥念，如果8月1日之前老好人不会跳舞，甲方将无条件退货。念完，朝俊善说，摁手印吧，摁手印吧。俊善急得直蹿，别呀，龙哥，他是说着玩的。芳也说，别呀，别呀，我是说着玩的。龙哥说，我就烦他吹牛，一个臭马夫，整天就是吹。芳说，吹就吹呗，也不伤人，适当吹吹牛，还能延年益寿。张山峰一把扯过合同，抬起脚，手指头在鞋底上蹭了蹭，狠狠地摁上了指印。

俊善傻了，俊善晕了，俊善晃了又晃，被小唐一把抱住了。龙哥扬着合同，马还能跳舞？谁看见马还能跳舞了？芳说龙哥，马真的会跳舞，维也纳音乐会上的马就会跳舞。古希腊时期，有一个城邦，叫什么来着？叫锡巴里斯，就训练了会跳舞的马。龙哥皱着眉头，什么古希腊古罗马的，什么锡巴里斯稀里哗啦的，你胳膊肘儿朝哪儿拐？

芳吐了下舌头，不敢乱说了。

命运就是这样突兀，转了个弯，就急转直下了。如果早知道谜底，早知道底牌，张山峰说什么也不会打这个赌的。简直就是自杀，简直就是往枪口上撞。张山峰所有的因果都在这个午后播下了种子。

俊善倒在沙发上，指着张山峰的鼻子，都骂累了，都骂不出声了。俊善上午听到的消息，市里决定取消赛马节。这个消息像重磅炸弹，戳在那儿，差一点儿把俊善吓死。当时，他还庆幸自己的运气好，老好人提早让龙哥买去了。很显然，龙哥也听到信了，人家这是有备而来的，人家这是设好的套子，一个激将法，就让张山峰钻了进去。俊善那个气呀，那个恨哪。

俊善说，我上辈子肯定是欠你的，欠你妈的。

张山峰听出俊善在骂人，能怎么样呢？错在自己不冷静，错在自己大脑发热，骂就骂吧，如果骂人能解决问题，宁愿让他骂个够。张山峰万万没有想到，赛马节会停了，他万分震惊，万分沮丧。没了赛马节，马还值个毛钱？马班还值个毛钱，他这个驯马师还值个毛钱？

芳的后背九十度折弯，几乎和马背平行，她的姿势非常标准。龙哥还是那副德行，追风仙子让他拖拽得失去了平衡，一边蹄子沉重，另一边轻得打滑。四千米不到，老好人就套了追风仙子的圈。

张山峰突然就明白了，脑袋里闪出一道白光，他拍着大腿说，有办法了，有办法了。俊善说，你有个屁办法。张山峰小心地说，善哪，放心吧，头拱地，我也要驯成会跳舞的马。俊善说，你就吹吧，别让马教你跳舞！张山峰让他噎得够呛，嘎巴着嘴，望着俊善苦笑。俊善说，你说呀！张山峰就指着训练场上的芳，把自己的想法说给俊善听。既然芳看过跳舞的马，这事就落在她的身上，向她请教，让她讲清楚，什么样的动作才算跳舞。芳是龙哥的人，她说圆的就是圆的，她说方的就是方的。标准就在她的嘴下。张山峰还要说下去，俊善猛地奔过来，鼻子都要顶到张山峰的鼻尖上了。俊善说，傻哥哥呀，你知道她是谁吗？俊善一字一顿地说，芳是枭龙的女人，枭龙！枭龙！

八

想教老好人跳舞，实在是无从下手，教的烦，学的更烦。只有吃了糖，老好人才能安静一会儿，才能听指挥。芳倒是隔三岔五地来，休息的时候，就和张山峰一起研究。芳下载了一首歌，乱哄哄的，谁也听不明白。小唐懂几句英语，能听懂几个词儿，也不过就是，马呀马，爱呀爱的。芳介绍说，这是一首苏格兰民谣，有名的《马歌》。歌词充满了哲理，讲述了做人的道理，什么道理，芳也说不清楚。张山峰不敢妄加评论，人家怎么说，他就怎么听。

芳对张山峰挺看重的，做什么都先商量着来，对其他人就没那么好脾气。有时候还损人，她的嘴巴就像刀子，让人受不了。驯马师都对她有了敌意，也不配合她驯马，都等着看她的笑话。小宋私下里还说芳和龙哥的坏话，说他俩不干不净。张山峰直吼着，你知道什么叫不干不净？小宋低下头，没敢还嘴。芳怎么会和龙哥不干不净？龙哥体臭熏人，芳香气逼人，一个如花似玉的女郎，能受得了臭气？再说了，芳是枭龙的女人！

枭龙，肯定不是一般人。

张山峰就这么熬着，头发都急白了，老好人依旧原地踏步，毫无进展。张山峰急眼了，动手打了它几次。打归打，骂归骂，依然不得要领。芳来得更频了，几乎每天都来，除了骑马，就和张山峰琢磨着驯马，琢磨着马舞。芳研究过，苏格兰《马歌》的旋律与马的心律很合拍，也就是说，这是一首适合马听的乐曲。每当音乐响起，马厩里就炸开了，都顾不上吃草，都仰头嘶鸣。老好人只是静静地听，傻傻地听，一点儿动静都没有。芳问，吊马时，老好人的脉搏是多少？张山峰摇了摇头。芳说，你不是驯马师吗？芳的话刺疼了张山峰，他却不生气，好比让自家妹子呛了几句，哪来的火气？

芳下载了一段视频，让张山峰看，让他了解维也纳音乐会上的马是如何跳舞的。张山峰看了几次，突然就明白了，马的舞蹈，关键在步伐上。不要大步，要小碎步，要有节奏，有前有后，有左又右。芳说，只要有规律地移动，就是舞蹈。明白了这个道理，细节就好办了。张山峰让芳用摆缰绳的方式，前后左右，操控老好人的步伐。这个办法很神奇，老好人很快就熟悉了套路，只要音乐响起，骑手摆动缰绳，老好人就会摇头晃脑，左右摇摆。甩头、抬腿、倒退、前行、扭臀，一气呵成。俊善看了几回，只提出一个疑问：为什么每次动作都不重样？

张山峰急了，说，就你事多？！

俊善说，不是我事多，我担心龙哥事多。

看在张山峰的情面上，芳答应去和龙哥谈。芳总觉得对不起张山峰，她随便的一句话，就把事情搞得这么复杂。早知是这样的，说什么也不会多嘴。芳心里清楚，让马跳舞就是胡闹，就是赶鸭子上架，就是欺负老实人。

俊善说，龙哥拔根汗毛也比我的腰粗。

俊善说，凭你和枭龙的关系，帮帮我们吧。

芳的脸色变了，你胡说什么呀？芳扔下马鞭，扭头就走。俊善说，完了，得罪她了。张山峰不明白怎么就得罪了，不就是提到枭龙了吗？俊善说，小点儿声，枭龙是老黑！张山峰突然就打了个冷战，看着芳的背影，心里头有股子说不出的滋味。想象着枭龙和芳，无论如何，就是对不上点儿。芳看起来就是一个简简单单的女孩子，长得漂亮，冷不丁看，挺傲慢的，其实心里挺热乎的。枭龙？老黑？他的女人应该是那样的，不应该是这样的。张山峰咧着嘴，脸颊上的肉一跳一跳的。

俊善说得对，为了比赛不流泪，平时就得多流汗。张山峰豁出去了，跟老妈打了招呼，说要驯马，就不回来住了。老妈嘟囔着，人都驯不了，还驯马？张山峰说，老好人可比人好。老妈就嚷，窝囊废！你们爷儿俩都是窝囊废！

张山峰住进了马班，就差搬到马厩里睡了。白天黑夜都不闲着，不停地放着苏格兰《马歌》，同时观察着老好人的神态，琢磨着如何有效地着手训练。芳连续几天没来，张山峰就让小唐打下手。小唐紧张，与师傅总是踩不到一个点儿上。老好人跳得时好时坏，一直没有形成固定的步伐。张山峰气得干瞪眼，急也没有用，他对舞蹈一窍不通，不通，就找不到问题的关键所在。找小秦帮着看看，小秦也是个二百五，比小唐强不了多少，看了半天，也说不出个子丑寅卯。这天，芳露面了，没换服装，就直接走到训练场。芳看了小半天，说，师傅，你这马越驯越糟糕。张山峰一股火就顶在了脑门上，心里发焦，半天说不出话来。芳说，师傅，我想出了一个办法。张山峰的脑袋里忽然就开启了一条缝，透进一丝光亮来，他一把将芳抱起来，丢了几个圈，抱到马上。芳羞红了脸。张山峰催促着，快说呀，有什么好办法？芳说，马怎么跳，全靠骑手怎么盘，对吧？张山峰点着头，是的是的。芳说，人没有固定的动作，你让马的动作怎么能固定呢？一句话就点醒了梦中人，张山峰一巴掌拍在了大腿上，转身朝徒弟们吼，看看人家，就比你们这些猪脑子强百倍。

芳和张山峰琢磨出了一个办法，骑手先准备好，音乐一响就数数，八个数就是一组，每数到八，就抖缰绳，先左后右，先前后退，都规定死了，都固定死了。这样，就是跳上一百遍，也不会变样的。这一招真好使，老好人突然就会跳舞了。每个人都坚信，这就是马舞——世界上最不可思议的舞蹈。

张山峰问芳，你为什么要帮我？

芳说，见你第一面，就想帮你。

芳的脸红了，她挺直了身子，抖了抖缰绳，老好人腾空而去。

九

张山峰朝小宋点了下头，苏格兰《马歌》就播出声了。张山峰数了八个数，抖了下手腕，缰绳朝左边甩了个花。老好人昂着脑袋，抬起左腿，朝左前侧迈了一步，同时，尾巴朝左边甩过去。一组结束了，又数到八，又朝右边抖了下缰绳，老好人便朝右边抬腿，迈步，甩尾，扭屁股。场边爆发出一阵掌声，马会跳舞了，如果不是亲眼所见，谁能相信？音乐突然停了，老好人直愣愣地停了。老好人躁动着，喷着响鼻。小宋摁了半天手机，喊着，师傅，没电了。张山峰抬手就是一鞭子，急吼吼地骂，去死吧！

龙哥扭头就走，边走边说，退货，无条件退货。芳扯住了他的胳膊，芳说，确实是跳舞了呀。龙哥问，你看见了吗？芳点着头，我看见了。龙哥拽开车门上了车，俊善拽着车门，哀求着，真的，真的会跳舞。龙哥发动了车子，没好气地说，我没时间和你磨牙，机会给你了，你没把握住，赖不得别人。俊善说，是我们不好，千错万错都是我们的错。龙哥说，限十天时间，把定金还给我，少一个子儿，回头把你马班挑了。俊善说，别呀别呀。

龙哥愤愤地说，世界上有会跳舞的马吗？

音乐响了。

芳举着手机，放着苏格兰《马歌》。老好人打了兴奋剂似的，甩着脑袋，摆着尾巴，迈着轻快的步伐跳了起来。前一步，后一步，甩头，摆尾。左一步，右一步，甩头，摆尾。同样的组合做了两次。音乐铿锵，歌声激昂，老好人抬起前蹄，朝空中踢了两下，又提起后臀，朝后蹬了两下，动作连贯，一气呵成。前一步，后一步，甩头，摆尾。左一步，右一步，甩头，摆尾。重复两遍，开始走八字，动作轻快，如同溪边浣纱的女子，温柔多情，又如同山里采茶的姑娘，轻盈妩媚。龙哥呆呆地看，最后一个动作结束了，龙哥还是一动不动。张山峰跑过来，拍着车窗喊，龙哥，跳舞了！跳舞了！

龙哥撇着嘴说，这是跳舞吗？

龙哥说，这就是他妈的牲口犁地。

龙哥轰了油门，开车走了。芳戴上墨镜，朝马场的大门口走去。俊善跟上去，央求着，帮帮忙吧，如果龙哥毁约，我和峰子都得跳楼。俊善的话，像一根钢针，突然就扎在了张山峰的心尖儿上。是的，没了钱，就得倒霉，就得忍气吞声，就得妻离子散。可是，也不能光想着自己。让芳去求龙哥？那不等于把她往火坑里推吗？张山峰心尖儿上的疼传导下来，全身扎满了钢针，疼得他大汗淋漓。

芳扫了俊善一眼，嘟囔着，我就是一个骑马的。俊善说，你总会有办法的。芳的脸突然红了，嚷嚷着，我说过我就一个骑马的！听不懂吗？小唐说，还有专门骑马的活儿？你给我介绍一个呗，只要干干净净的就行。芳抬手要打小唐，小唐闪开了。

芳说，我得走了。

俊善说，我送送你吧。

芳摇了摇头，低头走出了马场。张山峰心里一动，刹那，那股子疼劲儿又上来了，他跨上马，就朝芳追了过去。芳惊愕地看着张山峰，笑了笑，又忽然捂着脸哭了。张山峰俯下身，芳就伸出手来，张山峰抓住了她的手，一把将她拎上马背。芳有些不好意思，肩膀拢着，紧紧抓着鞍上的皮扣。张山峰也有些不好意思，就尽可能地往后挺着。都不说话，却都能听见彼此的心跳声。张山峰想问，你和枭龙是什么关系？芳想说，一言难尽。

马蹄声嗒嗒，心跳声怦怦，偶尔传来一声鸣叫，引发了飞鸟争鸣。燕子低空飞过，又钻入云霄，仿佛在做着一项很有趣的游戏。拐过了小石桥，芳就看到了水潭。芳说，看哪，多像一面镜子。张山峰伸手拨开树枝，拽住了缰绳，老好人就停下了。张山峰说，夜晚，桥下有那么多的青蛙，聚在小河边，呱呱呱，像演着一场交响乐。芳说，我老家就有一条河，叫大树河。夏天来了，大树河就吃饱了水，河里头的芦苇荡很密实，里头藏着仙鹤、红姬鹤、燕雀，还有多嘴鸟、晃柳莺。晃柳莺的嗓子可好了，野孩子们就喊，晃柳莺，给俺们唱个歌吧，就唱婆媳妇儿的歌。晃柳莺就傻乎乎地唱了，能唱半个小时。野孩子们就趁机绕到后头，把晃柳莺的窝捅翻了，抢着捡蛋。下次去，还喊，晃柳莺，给俺们唱歌吧，就唱婆媳妇儿的歌。晃柳莺傻乎乎地还唱。大树河边还有那么多的水獭，还有狐狸。狐狸最坏，总是偷吃大雁蛋，吃不了，就藏起来。人们就去掏狐狸窝，找准了，一次能掏出一筐大雁蛋。还有老虎斑，你知道老虎斑吗？吃肉的，连埋在雪地里的肉都能翻出来吃。老虎斑可贼了，一般打不着，打急了，就躲在仙鹤后边，人家就不敢开枪了。仙鹤是长寿鸟，谁也不敢打它，打了仙鹤呀，全家都得病一年。

"你们家在哪儿?"

"北面，草原上。"

张山峰朝远处望了一眼，想起了夜晚中的那轮月亮。耳边就有了看门人的唱——海岛冰轮初转腾，见玉兔，玉兔又早东升……山上边就真的挂着一个冰轮，圆的时候，没精神头，要死要活的。不圆的时候，尤其是下弦月，锃亮锃亮的，像盏荧光灯。走夜路都不用打手电筒照亮。山里的负氧离子，大氧吧呀，让人神清气爽。还有露水呀，清凉凉的。一个人走，一点儿也不觉得害怕。走累了，下到潭边坐一会儿，撩水，洗把脸，还能解渴，水甜，好喝，一点儿怪味都没有。

在老家，大树河沿岸，不知道什么叫污染。老家与世隔绝，人都过傻了。拼命跑出来，到城里了，却又明白什么叫污染了。也害怕，怕就这么完蛋了。将来，说什么也要回老家，哪儿也赶不上老家。就在大树河旁边盖一座房子，养鸡养鸭。就住在河边，吃自己种的粮食，喝大树河的水，一定能长命百岁。

芳的话多了起来，张山峰的话也多了起来。说起老家，芳语音尖锐，口齿伶俐。她靠在张山峰的怀里，还转过脸来，甜甜地笑。张山峰的脸一阵阵滚烫，一阵阵细痒，仿佛一群蚂蚁爬来爬去。老好人打了个趔趄，芳闪了一下，张山峰就搂住了，芳就缩在他的怀里，脑袋蹭着，头发蹭着，像只温存的小猫。从老家出来这些年，还从没有一个人如此真挚地对她，芳都醉了。她换了个姿势，张山峰也换了个姿势，依然紧紧搂着。芳说，城里的男人太复杂，尤其是有钱的，心眼儿都长歪了。张山峰就松开了手，觉得芳的话带着刺，是针对他的。又觉得不是针对他的。芳对城里的男人耿耿于怀，城里的男人不懂得爱，只想着索取。

"这是爱吗?"

"不是，绝对不是。"

芳悠悠地说，爱情啊，是诗歌，是音乐，是小桥流水。芳抚摸着张山峰的手指头，一板一眼地说，爱情是和生命一样真实的东西。

到了山脚，芳下了马。来了一辆出租车，芳拦住了。张山峰拨转马头，要回山。芳忽然问，知道枭龙是谁吗？张山峰愣住了，反问着，枭龙是谁？芳垂下了眼皮，芳说，枭龙啊，就是龙哥！说完，车子就开走了。

张山峰傻傻地立在那儿，万万没有想到，大名鼎鼎的老黑枭龙，居然就是龙哥。对呀，都带一个龙字，对呀，谁说不是他呢？张山峰心里头沉重起来，感觉前途渺茫。他后悔了，第一次这么后悔，千不该，万不该，不该买下这匹马。为什么要买呢？如果没有这匹马，就不会偷拿老婆的钱，老婆就不会抱着孩子跑了。

有了那个因，才有这个果。

形势严峻，人心惶惶，马班的资金链终于断了，驯马师开始欠薪了。小宋频频请假，不用问，肯定是熬不住，下山寻后路了。张山峰愧对俊善，好好的，就把人家拉下了水，好好的马班就要散了。这都是他惹的祸，他觉得自己真该死。最后的时刻说来就来了，俊善宣告弹尽粮绝，连马粪都卖光了，张山峰怔怔的，傻傻的，还掉下了眼泪。苜蓿就剩下那几包，只能维持三两天，靠墙边垛着的几袋胡萝卜，都不够驯马师偷吃的。再不来钱，所有的马都得二十四小时吊着饿着。龙哥一去没有消息，他能给芳一个面子吗？他能放过马班吗？世界窒息了，张山峰窒息了。

俊善逼着张山峰给芳打电话。张山峰宁可被俊善狠狠地骂，也不打这个电话。张山峰替芳难过，也替自己难过。他闭上眼睛，就能看到芳披头散发被龙哥追着打的镜头，这个镜头如此顽固地闯入脑子里，在脑子里徘徊。张山峰一点儿办法都没有，只能干着急，只能干瞪眼。俊善只得亲自给龙哥打电话，没人接，发信息，求龙哥履行合同。俊善担心刺激了龙哥，就字斟句酌，净拣好听的写，信息发出去了，公安局重案组的找过来，谈了整整一下午。龙哥出事了。其他的，重案组一个字都不露。调查清楚后，重案组就撤了。

老好人的舞技已经练得炉火纯青，音乐响起，老好人就会情不自禁地扭臀、摆尾，甩头晃脑。人都说，这家伙真聪明，越来越像人了。

十

老爸骑马，飞驰而去。身后一团黑云。黑云面相凶恶，时而把他裹起来，时而又把他丢出去。张山峰心惊胆战，急喊着，老爸呀，老爸快跑！老爸掉转马头，朝他这边跑来。张山峰捡起长剑，摆好姿势，准备迎击黑云。老爸越来越近了，都能看见他脸上的刀疤，都能闻到他身上的怪味。

是的，老爸身上也有股怪味。

那匹马驮着老爸，冲了过来，从张山峰的头顶上飞了过去。

眼前是一束花，释放着怪怪的香味。芳站直了，裙摆飘飘，亭亭玉立。张山峰揉了揉眼睛，没错，是芳。张山峰就慌忙爬了起来。芳说，我有一个好消息，想不想听？张山峰心里一动，想起了梦里的老爸，难道，真是好预兆？

"你不想听吗？"

"你的老好人，有着落了！"

"龙哥，给你们送钱来了！"

芳的脸上泛起了一片红，芳的眼睛，亮晶晶的，掩饰不住的笑意。哦！啊！嘎！张山峰不会说话了，他只会嘎嘎地打着响舌。从买马那天算起，一直到现在，一百天了吧？张山峰就像活在地狱里，下油锅了，拔舌头了，锯胳膊了，各种酷刑都尝了一遍。张山峰奄奄一息，只剩下一口气，他挺着，相信能见到像梦一样的时刻。芳带来了天大的好消息，龙哥给钱了，从此，张山峰的天就云开雾散阳光普照。张山峰抓着芳的手，他都不会说话了，他都不知该说什么才好。他只会肆无忌惮地打着响舌，肆无忌惮地狂笑，狂吼。

老好人仰着脖子，突然就跪了下来，接着就躺下了，脑袋歪在了一边。芳赶紧跪在地上，摸着老好人的脖子，惊叫着，怎么了？老好人挣扎了几下，脑袋又落下了。芳指着老好人的眼睛，看哪，都掉眼泪了。张山峰使足了劲，想拽起老好人，老好人抻着脖子，嘶鸣几声，就是站不起来。张山峰让芳拽着缰绳，他急速打着响舌，双手托着老好人的肚子，猛地一带，老好人站了起来。芳指着马肚，快看！快看！马肚上鼓起了一个包，有小孩子的脑袋那么大。张山峰摸了摸，摁了摁。老好人疼得乱抖。张山峰安慰着芳，不怕，岔气儿了。芳说，龙哥还在马班里等着你呢，怎么办哪？张山峰急出了一头汗，人要是岔气了，怎么办好？吐出来？对，得吐出来！张山峰就把马头掉过来，冲着山下。他摁着马肚子，使劲往后刮。芳说，我拽不住了。张山峰又掉转马头，冲着山坡，他找了根木棍，掰开了马嘴，让它咬着。张山峰刮着马肚，先从大包的附近刮，就听老好人的肚子里面咕咕地响。刮了一会儿，老好人的脖子抻直了，呼呼地叫了几声，肚上的包就消了。

马场到处都是欢声笑语，到处都是喜气洋洋。龙哥说，要谢就谢芳。他搂着芳的肩膀，揉捏着芳光滑的肩头。龙哥说，以后，芳就给我当家了。龙哥直言不讳，他摊上了官司，资金被冻结了，欠马班的余款不能立即补齐。他写了张欠条，约定了还款日期。这个结局也算是不幸中的万幸。赛马节取消，本地的马很是掉价，龙哥能以原价收购已经很不错了。龙哥还有一个要求，让老好人恢复训练。他私下里要搞三场比赛。龙哥说，赢一次，就提前一个月还债，全赢了，赛后一周之内，一次性把尾款全都打过来。

俊善给张山峰交了实底，龙哥是赌马的。俊善瞧着张山峰的脸，想从他的脸上探测到宝藏似的。俊善小心地说，芳怀孕了，是龙哥的种。张山峰心中一颤，脸上就有了运动，宝藏没显出，倒是出现了激流和险滩。张山峰想起了在马上搂着芳，想起了海岛冰轮，想起了大树河。转眼，芳就依偎在龙哥的怀里了；转眼，芳就和龙哥说起大树河，说起仙鹤，还有一些乱七八糟的鸟。张山峰的眼瞳里面，扑簌簌地下起了小雨。

"善哪，咱们对不起芳。"

"善哪，芳为了帮咱们要钱，忍辱负重。"

"善哪，芳忍辱负重，让鳖犊子给糟蹋了。"

俊善捂住了张山峰的嘴。俊善相信自己在张山峰的脸上看到了矿藏，不是什么宝藏，是火药！是可以炸毁所有希望的火药矿！俊善警告张山峰，让他离芳远点儿。

马场里来了五匹马，马主们也给足了寄养费，有了这笔钱，马班的危机一下子就度过去了。五位马主都是龙哥介绍来的，五匹马个顶个地高大，个顶个地健硕。老好人和它们站在一起，张三李四王二麻子，个头长相都差不多。龙哥有些心虚，紧着问，能赢吧？

俊善也有些心虚，口风就软了，那什么，胜败乃兵家常事。龙哥就瞪圆了眼睛，眼睛里冒出了火苗，俊善就不敢表态了。龙哥再次声明，赢了，尾款立即兑现。输了？输了就拿命来吧。俊善傻眼了，俊善就给张山峰压担子，让他确保万无一失。马班的生死存亡全都在此一举，只能赢不能输！从此，张山峰就钉在马班里，每时每刻都在观察对手的特点。经过一段时间的私下较量，张山峰心里有底了，这几匹马只能说各有特点。不敢说老好人肯定能赢，但绝不会轻易就输了。

芳怀有身孕，不能上阵，这是个软肋。张山峰挑来挑去，决定让小宋上。小宋骑术还行，体重合适，只是和芳相比，柔韧性差远了。老好人习惯了芳的驾驭，对别的骑手总是抵触。张山峰尽可能地纠正小宋的动作，让小宋配合老好人。练得差不多了，就请龙哥来看训练课。龙哥看了一会儿，就发现了小宋的缺陷，龙哥的脸色就阴了，吱喝着，不行不行。一句话，把所有人都镇住了。龙哥拨了电话，让芳速来。

芳的脸色有些灰暗，打扮得倒挺洋气，还抱了一条小狗。龙哥嚷嚷着，让你来嘚瑟的吗？龙哥就让芳接替小宋骑马。芳没有动。张山峰小心地说，她身子不方便吧？龙哥的眼珠子里突然伸出一把钩子，紧紧地钩住了张山峰。龙哥吼着，你怎么知道她身子不方便？张山峰张嘴结舌。他偷偷看了一眼芳，芳也在看他，目光碰到一起，又都闪开了。

芳走到小唐面前，摘下她的头盔，戴在头上。张山峰说，龙哥，还是让小宋骑吧，我保证他没问题。龙哥也犹豫了，老张，能行吗？张山峰勉强点了点头。龙哥说，老张，我就信你一回，别吹牛，弄砸了，我活埋了你。

第一场比赛，老好人跑了个第二名。小宋的弯道技术有问题，平时训练说了多少次，就是改不了。第二名就意味着没赔没赚，龙哥气得干瞪眼，强忍着没有骂出口。第二场比赛前，龙哥撂下狠话，再输就点火烧了马班。张山峰有了压力，铁青着脸，争分夺秒抓训练。小宋脑子不开窍，还总顶嘴。张山峰就抽了他几鞭子，师徒俩闹了生分，结果越练越差。小宋干脆甩手不干了，谁愿骑谁骑。张山峰就和俊善，一个唱红脸，一个唱白脸，让小宋务必把这台戏唱完。小宋说，都让师傅骂傻了，不知道怎么才算对，就知道怎么都不对。俊善就赔不是，还让张山峰也赔不是，总算安抚住了。

龙哥是个聪明人，他看出小宋的心理上出了问题，关键时刻急躁、胆怯，这样下去，迟早要崩溃的。龙哥下决心换人，让芳出马应急，张山峰就劝，说容易流产的。龙哥急了，我都快破产了，谁来管我？芳也着急，她真想让龙哥赚一把，起码不能让他赔钱。作为龙哥的身边人，生死存亡的时刻她不能袖手旁观。芳就去医院，让医生给拿主意，考量一下参加比赛会有多大危险。医生安排做了各项检查，医生说，别说是骑马，你就是骑火箭也没问题。医生诊断，芳没有怀孕。芳又去了中心医院，诊断结果出来了，不是怀孕，是肾盂肾炎。医生要她抓紧时间治疗，否则病情加重，再进一步就是尿毒症。芳把诊断书交给龙哥，龙哥是怎么说的，没有人知道。第二天，芳就穿了骑驯服来训练了。张山峰拽着缰绳不让上马，还打算和龙哥理论。芳求他别闹。芳告诉张山峰，她没有怀孕，只是得了肾病。没有怀孕，这是个好消息。

上了马，芳就拼了。

赛前，下起了一阵小雨。赌家都跑到办公室里避雨。俊善沏好了茶，端进去，正赶上押钱，俊善就被撵了出来，臊得脸都紫了。下注后，雨停了，赌家又全都出来，站在场边。比赛开始，老好人瞬间就冲在了最前面，芳的骑术无可挑剔，她紧贴着老好人，就像老好人长了翅膀一样。照这样跑下去，十有八九就赢了。有人问，在哪儿请的这么好的骑手？龙哥说，马路上捡的。有人问，雇这个骑手一个月得多少钱？龙哥说，乡下妹子，还倒贴咱呢。

两圈以后，芳的姿势有些僵硬，似乎出了问题。跑到第四圈时，芳的身子开始摇晃。小宋喊，她怎么了？老好人顿了一下，芳也顿了一下，一屁股坐在了马上，这是极不正常的动作。老好人的速度降了下来，后面的马哗啦啦地超了过去。

张山峰断定芳出事了！他想钻进场内，让护场人员死死拦住了。芳趴在马背上，失去了控制力，老好人跑了一会儿，停了下来。张山峰打了几声响舌，老好人跑了过来，就算是退出了比赛。龙哥隔着栏杆，破口大骂，骂声震天地响。芳一头栽了下来。张山峰挣脱了护场人，钻进马场，搀起了芳。芳流着泪说，师傅，我腰疼。张山峰说，知道，知道，咱这就上医院去。龙哥钻进来，抬腿一脚，踹在芳的腰上。芳惨叫一声，扑在张山峰的怀里，疼得浑身颤抖。

龙哥说，你他妈的把我害惨了！

芳捂着腰说，我不是故意的。

龙哥说，你他妈的就不能忍一忍吗？

芳捂着腰说，我真的不是故意的。

龙哥说，滚吧，滚回你的老家去吧。

张山峰急了，指着龙哥嚷，她真的病了，她腰坏了，你看不出来吗？龙哥瞪着芳，眼神刀子似的，都能杀人。张山峰说，赶紧送她去医院吧。龙哥仰着脸，抹了一把脸说，芳，你走吧，我不要你了。芳捂着脸哭了。芳说龙哥，你答应给我治病的。龙哥冷冷地看了一眼芳，穿过人群，直接上了车。张山峰想追过去，想和他说道说道。芳拦住了。芳说，我好多了。芳扶着腰，脸上像抹了一层灰。张山峰问，哪位老板能送她去医院？赌家们怪怪地看了几眼，转身都去办公室了。

俊善问，能坚持一会儿吗？

俊善说，对不起，我的车确实没油了。

芳抬起头，望着天，似乎想让细雨冲去脸上的泪水。芳站不住了，突然跪在了地上。张山峰一把拽过缰绳，转头对小唐说，你到山下牵马。张山峰伸手将芳抱到了马上，回头问俊善，兜里有钱吗？俊善打了个愣，摸出五百元钱递给张山峰。小宋也递来二百元钱。张山峰抖着钱，连连叹气。芳说，我卡里有钱。张山峰翻身上了马，伸出双臂，搂住了芳，纵马跑出了马班。芳挪动了一下身子，呻吟着。张山峰赶紧拢住缰绳，让老好人慢下来，稳稳地走。芳扭过头，满脸的焦虑，满脸的沮丧。芳说，师傅，我真不是故意要输的。张山峰说，故意又怎么样？让他输光了才好！

芳说，师傅，我真想跑赢的，赢了，龙哥就能给欠你们的钱了。

芳说，有了钱，你就能还上债了，嫂子就能回家和你过日子了。

张山峰怔住了，芳不提这个话茬儿，张山峰都快忘了。芳又说，如果赢了，龙哥就能给我治病。芳还听说，治这种病得花很多钱，还得做透析，将来，还得换肾。张山峰突然就慌了，有这么严重吗？芳说，我们家穷，治不起的。张山峰努力控制着自己的慌乱，他不停地安慰着芳，别怕，不管什么病，咱慢慢治，总能治好的。芳说，师傅，你是好人，可你也是穷人，你想救我，却救不了我。张山峰憋得难受，有口气被堵住了，恨不得扒开胸膛，把这股浊气放出来。芳斜着眼睛，看远处的水潭，悠悠地说，如果我没病，如果嫂子和你离婚了，我宁愿找你这样的男人过一辈子。芳说，我真是这么想的，和你在一起踏实。虽然苦一些，虽然穷一些，这都不可怕，你指定是我的，你这辈子指定都能听我的。我们可以在城里，也可以到农村去，到大树河去。师傅，你指定能听我的，我让你去，你指定能去。我们在河边盖一座房子，养鸡养鸭，种菜种粮。我们指定能长命百岁。

　　张山峰狠狠地喘着，一声比一声粗闷，他的胸膛被堵得死死的，都要炸开了。芳看出了他的恼火，也明白是什么让他恼火。芳握住了他的手，芳的手软得像团面，从手上摸到脸上，仿佛清风拂过，仿佛溪水漫过。芳说，我的病很难治，要花很多钱的。因此，我就没有想法了，我就祈祷，祈祷嫂子能回心转意，和你一起过日子。因此，我就努力努力赢，让龙哥赚钱。让他还你们的钱，让他给我治病。师傅，老天爷为什么不保佑我呀？我弄砸了，让龙哥赔惨了，龙哥这回栽了，我也就完了。张山峰突然吼出了一嗓子，憋着的那股恶气一下子就蹿了出来，狗屁龙哥！芳说，以前，他不是这样的；以前，他对我挺好的，只是现在变了。也不怪他，他摊上官司了，脾气就变坏了。这回赌马的钱都是借的，他输不起的，你得理解他。

拐过小石桥，芳能坐直了。张山峰感觉到她微微挣了一下，就松开了手，也挺起了胸膛。芳说，等病治好了，我就回去了，回到大树河。我们那儿没有污染，也不能得怪病。我们那儿有丹顶鹤，那可是长寿的鸟。张山峰朝远处看去，那边，出现了芦苇荡，出现了丹顶鹤，出现了各种鸟。温暖的季节里，万千的鸟飞来飞去，万千的蜻蜓飞来飞去，万千的蝴蝶飞来飞去。天空，绿地，溪水，都变得五颜六色，和芳一样蓬勃起来。

<h2 style="text-align:center">十一</h2>

芳的病很重，花了一万多块钱，也没有起色，龙哥就不再掏钱了。龙哥说他已经破产了。芳哭了，哭得那么伤心。芳说，爸妈生下我的时候，好好的，一点儿毛病都没有。芳说，到你这儿打工，也是好好的，和你在一起了，才得了这个病。芳说得够明白了，她不信龙哥会那么绝情，治病的钱，龙哥还是掏得起的。龙哥恼羞成怒，当着驯马师的面抽了芳两鞭子，还让她快滚，有多远滚多远。芳就哭，使劲儿地哭。龙哥威胁说，你要敢耍赖，我就把你的照片放到网上去，寄到大树河去，让你父母羞死，让他们跳河去。芳就如同被点了穴道，突然就不哭了，只是发呆。小唐担心她承受不住，就紧紧地握着她的手，紧紧地拥着她。芳打了个激灵，魂灵回到了身上，仿佛有人帮她解了穴道。她推开小唐，朝大门口走，走得跟跟跄跄的。小唐追上去，拽住了芳。小唐说，你还没换衣服

呢。张山峰吼着，你就消停点儿吧。芳说了一句，我不能再傻等了。张山峰就说，早就不该傻等了，早就该鱼死网破了。

芳说，不是那个意思。

芳说，他不值得我等。

芳做出了一个让张山峰错愕的选择，她放弃了治疗，决定回家，从哪儿来的，回哪儿去。她是笑着说的，笑得很凄凉，说得很凄凉。笑里总有那么一点点诡异，仿佛胸有成竹了，仿佛看破红尘了。张山峰心里难受，搞不清该留还是默许她回去。如果留下她，就得承担责任和义务，他有这个条件吗？如果不留，眼看着花朵一样的姑娘就此枯萎了，于心何忍？真是造孽。龙哥造孽？是也不是。他张山峰不也是见死不救吗？芳要回大树河了，要回有丹顶鹤的地方了。可惜呀，再也不是来时的那个她了。她带着被污染的魂灵回去了，带着被污染的身体回去了，能怨谁呢？

芳得回去了，即便不是得了重病，也得回去了。像她这个岁数的女孩，在大树河，都该当妈妈了。想说给张山峰听，又不想说了。张山峰和芳一样，他的嘴也被堵上了。两人静默无声。马蹄嗒嗒，却仿佛踩在各自的心上。芳说，师傅，抱抱我吧。张山峰的脸就热了，继而浑身都热了，他张开双臂，环抱了芳。芳贴在张山峰的怀里，仿佛要把自己印在他的胸膛上。张山峰有股子冲动，真想搂她一辈子。

他有种预感，只要搂紧了，芳就能留下来。

芳走远了，小宋他们一字排开，高声喊着，芳！芳转过头，朝他们招手，朝张山峰招手，师傅，多保重啊！小宋、小唐、小秦，你们也多保重啊！张山峰摆着手说，保重！保重！小宋他们摆着手说，保重！保重！张山峰分明看见芳的身后起了一团黑云，张牙舞爪地，蹑手蹑脚地。他就出了一身冷汗，想喊一声，小心哪！想喊一声，回来吧！

张山峰没有喊，他喊不出声来。

芳拐过了小石桥，没入茫茫的山林中。

张山峰握紧了拳头，他咽不下这口恶气。他想了好几个招，打算狠狠地报复龙哥，每招的细节都想好了，任何一招都能让龙哥付出巨大的代价。张山峰隐忍着，他像狙击手一样潜伏在暗地里，他要等着最佳时机。这个时机稍纵即逝，张山峰的突然不动声色让龙哥怀疑了，比赛前，龙哥吩咐把张山峰撵开。张山峰就忍不住了，一旦离开马场，所有的计划就废了。他和护场的人推搡厮打起来。龙哥远远地跑过来，拔刀要砍他。张山峰慌忙跑开了。龙哥挥刀高喊，再靠近我的马，我就砍死你！

张山峰失去了先机，他策划的最后一招就是废掉老好人，掰断老好人的一条腿，让老好人变成一匹必输无疑的瘸马。只是狠不下心来，下不去手，张山峰想尽可能不用这招，结果，一念之差，他失去了所有的机会。张山峰隔着马场围墙，看不见，摸不着，胸口又一次阻塞了，憋得难受，比上一次难受十倍。他围着马场转，转着转着，就上了山，这儿曾经是他和老好人歇晌的地方。

坐在石头上，马场里的一切都尽在眼中。一声发令枪响，六匹马闪电般冲了出去。小宋一马当先，第一个弯道跑得异常完美，一圈下来，稳稳地处在第二的位置。老好人的步伐十足的轻灵，照这个趋势，很快就会超过领头马的，大把大把的钱就要装进龙哥腰包的。张山峰那个恨哪，那个急呀，恨不能晴天里打个霹雳，打折老好人的四条腿才好。不能让枭龙赚钱！他是个卑鄙的小人，他是个心狠手辣的恶人，有了钱，只能让他更加嚣张。他管过别人吗？他管过芳吗？这个狗杂碎！张山峰乱转着，突然就有了办法，他掏出手机，播出了苏格兰《马歌》，他把音量调到最大。

老好人耳尖，老好人听见了，顿了一下，又顿了一下，连续几次降速后，老好人偏离了跑道，一直跑到栅栏边，顶着栅栏，竖着耳朵听。场内一片混乱，小宋拼命扯着缰绳，试图让老好人恢复比赛。几个人朝场地疯跑，都想弄清楚发生了什么事。俊善跑了一半，停住了，他转身朝张山峰的方向看，他看见了张山峰。俊善顿足捶胸。意想不到的场面出现了，老好人跳舞了，左三步，右三步，前三步，后三步，摇头摆尾，挺胸提臀，像风度翩翩的绅士。

在音乐的召唤下，老好人的舞步轻盈而欢快。

张山峰傻了，在这之前，他还从来没有鸟瞰过一匹跳舞的马。那样的身体流线的美，那样的身体曲线的美，就像眼前飘动着一串串音符。马头高耸，马尾飘逸，展起来，就成了一条威风凛凛的赤龙。张山峰看到了全世界最优美的舞蹈，舞而蹈之，蹈而舞之，亦醒亦梦。龙哥拽过皮鞭，劈头盖脸抽过去，怒吼着，去死吧，去死吧。小宋捂着脸，疼得大喊大叫。老好人根本就没把鞭子放在眼里，除了张山峰的鞭子，别人的，都是挠痒痒，都是毛毛雨。老好人坚持着跳舞，按照音乐的节拍，按照自己的理解去跳，浑然不顾雨点般的皮鞭。龙哥跑到马厩旁，抓起绊马棍跑回来，龙哥疯狂地抽打着老好人。老好人招架不住了，老好人的舞步乱了，老好人要完蛋了。老好人哀声嘶鸣。张山峰突然就醒了，他扬着手喊，别打它呀！别打它呀！老好人在雨点般的棍打下，坚持跳着，舞步有些跟跄，身形有些慌乱。张山峰关掉了音乐，老好人停下了，声声嘶鸣。张山峰吹了声口哨，哨声急促，仿佛一道弧线，抛向了马场。老好人抬起前蹄，虚刨了几下，扬着脑袋，咴咴长鸣几声，转过头，一阵风似的跑出了马场。

再后来的事就简单多了，我们有许多证据可以证明张山峰无罪。只不过，对方也有许多证据证明他有罪。最终，张山峰被判有罪，而且是重罪。这个判决完全超出了我们的预料。

张山峰累了，老好人也累了，张山峰牵着马，来到了水潭边。老好人对这儿不熟悉，一人一马，费了不少力气，才穿过了乱石滩。张山峰脱掉衣服，兜水给老好人擦洗。老好人伤痕累累，每擦一下，都疼得一惊一乍的。张山峰也跟着一惊一乍的。擦洗过了，张山峰又累又乏，躺在石头上晒着阳光，一会儿就睡着了。醒来时，发觉自己被绑成了粽子样，几个人齐声吆喝着，把他吊在树上。龙哥从乱石滩那边过来，人没到，一股杀气扑面而来。他举着枪，死死地瞄着张山峰。每走近一步，凶光就深刺一寸。龙哥用枪顶着张山峰的脸，龙哥问，知道我是谁吗？张山峰点着头，你是龙哥！龙哥用枪戳着他的额头，恨不能把枪管戳进他的脑子里。张山峰哀求着，咱们远日无冤，近日无仇，你就饶了我吧。龙哥抬手放了一枪，砰的一声响，惊天动地，一片飞鸟惊得飞上了天，黑压压的，满天如同扬起了纸屑。龙哥咬着牙，咬得嘎巴嘎巴响。

龙哥说，我跟你仇深似海！

龙哥说，因为你，我输得干干净净！马呢？会跳舞的马呢？

龙哥说，我要让你们到阴间去跳舞！

张山峰有了某种快感，死了也值的快感，他替自己快乐，更替芳快乐。他的快感是突然附身的，没有任何征兆的，按理说，他应该有疼感的，应该悲哀的。龙哥遭报应了，他赔光了！活该！活该！活该！龙哥被张山峰脸上浮现出来的喜悦震怒了，他不允许张山峰的快感继续发酵，他要折磨他，让张山峰活不起，也死不成。龙哥让人挖坑，就在小潭旁边挖，挖一个大坑。龙哥让人把张山峰扔进坑里，填土埋上，只露着脑袋。

张山峰憋得透不过气，想笑，笑不出声，想哭，哭不出声。手机响了，有人捡起来，递给龙哥。龙哥念着：姐夫，你还是男人吗？你把我姐救命的钱偷去了，你还有理了？龙哥盯着手机，怪怪地看了张山峰一眼，随手把手机扔进了水潭里。

龙哥说，去死吧，你个王八蛋！

一辆警车鸣叫着开上山，龙哥拎着枪，带着人就跑了。跑了不远，龙哥又跑了回来，他拔出刀子，在张山峰的脸上划了几下，这才恨恨地走了。

这就算到头了吗？

张山峰感觉不到疼，只是觉得冷，从头冷到脚，连心都冷透了。悲剧的开头在哪儿呢？张山峰的脑子就飞快地转，从什么时候开始的呢？他的脑子飞快地转，就像剥丝抽茧，他要找到线头。他就想起了老婆，从让她挠了个满脸花开始的吧？想起了老丈人，从非要让外孙子当孙子开始的吧？他想了很多，从哪儿开始的呢？线头在哪呢？张山峰想起了芳，真是奇怪，怎么和她有了感情呢？按理说，这是不可能的。芳的世界丰富多彩，不知要高出他张山峰多少层境界。张山峰只是个土包子，只是个浑身散发着臊腥味的驯马师。怎么会和美女有交集呢？自作多情了吧？不管怎么说，张山峰就是想起了她，想着想着，就揪心了，为她的病揪心。

假如芳没走，假如芳想他了，假如芳回来找他。

假如正走到小石桥上，芳一定会朝水潭这边看的。

一定会发现他的，一定会救他的。

命是天生的，命是神圣的，命是不可以改变的。这话是张山峰反复要说的，尤其是绝望的时候，他就会情不自禁地说这样的话，说了，就像打了一剂吗啡，就会止疼，就会让自己镇静。张山峰要死了，死在了他老丈人的前头，争来抢去的，儿子迟早是人家的。张山峰终于明白，这就是命，看不见的，摸不着的，总和他拧着的，总和他闹别扭的命。

假如一开始就把儿子抱过去，给老丈人当孙子，一切肯定会是另外一个样子。他会和老婆和和美美，和老丈人互相敬爱，哪会有杀身之祸？他完全可以大大方方地从家里拿钱买马，可以心安理得地养马。赔了也不急，老丈人有钱，拿出百八十万不算什么。遇到危机之时，他就有资格喊，老婆救命啊，就有资格喊，小姨子救命啊！

小姨子，你别恼，你得听我解释，想当初吧……

善，你愁什么？不就是赔了几个钱吗？……

芳啊，你还好吧？大树河还好吧？你的腰怎么样了？……

问我？我还行，一切都挺好的……

我这个人吧，胸无大志，对付着活吧……

老爸呀，老爸快来！老爸快来救我！

老爸来了，老爸团团转，老爸在想办法，想着如何才能把他救出去。老爸呀，快点儿吧，我都要憋死了。奇怪，老爸没动手，老爸咬住了绳头，使劲地拽，牙齿都要扯倒了。老爸满嘴是血，老爸就是不松嘴，拽着，拽着，土就松了，一股新鲜的空气钻进肺里，张山峰得救了。老爸呀，使劲！再使劲！老爸呀，再接再厉！张山峰就像一棵萝卜，被连根拔了起来。他躺在水潭边，他就是棵萝卜，是沐浴着阳光的大萝卜。他的大半个身子被死神抚摸过，还残存着发霉的味道。老爸吻着他，老爸的嘴温暖有力，老爸的牙齿温暖有力。张山峰想哭，想搂着老爸哭，想狠狠地哭上一回。他有些年头没哭过了，他真想痛快地哭一场。

老爸掉下了眼泪，老爸心疼儿子，老爸哭着咬断了捆绑张山峰的绳子。

张山峰摆脱了束缚，站了起来，一眼就看见了老好人。他揉着眼睛，确实是老好人，无论相信与否，身边就只有一个老好人。也就是说，老爸不是老爸，老爸是老好人，或者说，老好人不是老好人，老好人是老爸！

"老爸呀！"张山峰突然泪如雨下。

太阳下山了，林子里传来一声清脆的枪响。老好人仰起脖子，咴！咴！朝打枪的方向嘶鸣。张山峰仿佛挨了一枪，霎时就魂飞魄散了。龙哥喊，分头堵住，别让他们跑了。龙哥喊，我要活剥了他们的皮，点他们的天灯……张山峰慌忙捂住了老好人的嘴，张山峰拽着缰绳，蹑手蹑脚地，偷偷摸摸地朝着草木深处走去。一人一马，不敢出一点儿动静，一人一马，生怕让龙哥发现。命悬一线，躲过去，命就是存在着的。躲不过去，命就是一缕缥缥缈缈的青烟。老好人通人性，跟着张山峰，静默无声地走。这得感谢它学会了跳舞，它用舞蹈的步伐，夸张地迈腿，夸张地落蹄，居然一点儿声音都没有发出。整个世界销声匿迹了，整个世界揉成一团，化成了单一维度，化成了时间，化成了嘀嗒嘀嗒的声音。除此之外，世界是昏庸的，是无道的。

张山峰终于见到了一轮月亮，格外圆，像一块上满了弦的钟表。感谢神灵，世界销声匿迹了；感谢神灵，世界面无表情。张山峰想起了曾经有个老秦头儿，有月亮的时候就唱，没有月亮的时候也唱：

> 海岛冰轮初转腾，
> 见玉兔，
> 玉兔又早东升。
> 那冰轮离海岛，
> 乾坤分外明。

谢天谢地，月亮一片清澈，冷冷的，悠悠的，不是冰轮是什么？张山峰笑了，感觉得到自己的笑容，感觉得到自己的愉悦。他浑身舒坦，浑身轻松，一下子就找到了前所未有的玄妙感觉，仿佛打通了一条通往新世界的道路。他是冷的，也是热的，是危险的，也是安全的。他进入一个单一的维度中去了，在这个纯粹的世界里，居然也有月亮，也有森林，有小溪，还有蛙鸣。

十二

下雪了，雪覆盖了山川大地，老好人就断了口粮，这让张山峰不得不重新环顾这个奇妙的世界。在这之前，他从来没有想到会遇到这样的难题；在这之前，满山遍野的熟草蔓子可吃，运气足够好的时候，还能找到苜蓿。走进一片林子，也许没有苜蓿；走出一片林子，也许还是没有苜蓿。当你忘了苜蓿的时候，苜蓿就存在了，而且，突然出现一片。这得表扬老好人，这家伙总能找到美食，哪怕走遍万水千山，都毫不迟疑、毫不畏缩。老好人享受这种生活，欢喜得摇头摆尾。多么好哇，多么美的大自然哪！他们成了隐者，成了单一维度里最幸福的思想家。每天只需思考美食，思考美食和人类的关系，思考美食和马类的关系。张山峰的生命中从来没有过如此的轻松和惬意，他摆脱了束缚，不再把自己当成一个人，当什么都成，就是不能当人。从此，不再挨老婆的挠，不再受老丈人的气，不再为儿子变成人家的孙子而担心。也不去想赚钱或者赔钱。当然了，更不必担心枭龙的追杀。他自由自在，他自在自由，他自自在在。他是马国里的王，还是一片又一片山林中的王。他的领土完美无缺。无论走到哪儿，都有鲜花为他绽放，都有熟草蔓子为他歌唱，他就是熟草蔓子，即便不是，也是和熟草蔓子在这个维度里的亲密伙伴。他整日游荡，他乐此不疲。他想干什么就干什么，不想干什么就不干什么。他享受这种生活，甚至在找到了一片苜蓿之后，会自然而然地哼一段苏格兰《马歌》。哼歌的时候，老好人会跟着音调跳起欢快的舞蹈，老好人跳得绝对夸张，像猴子一样轻狂。老好人的动作是连贯的，一环套一环的，也就是说，不用骑手控制，老好人也能跳出优美的舞蹈。

张山峰从不缺少吃的，饿了，老好人就会驮着他，四处找吃的。山里头修行的人都愿意帮他，运气好的时候，还能吃到蜂蜜。

清醒的时候，张山峰总是很生气，他耻于乞讨。清醒的时候相对还是少的，太多的时候是不清醒的，或者是假装不清醒。饿了，他就信马由缰。有时候会摸到石矿，就去找打更人，都是晚上去，这儿的人都好，都能给一口吃的。一般情况下，都是回到林子里去吃，这样，就可以少和人打交道。见到人，张山峰就会想到狰狞的龙哥，想到贪婪的老丈人，想到闹个没完没了的老婆。张山峰宁愿当一个隐者，当一棵熟草蔓子，在山林里隐居，隐居一辈子，感受着全新世界里的温度。他不相信万能的神灵会把他最后的这点儿愿望剥夺了。他认准了，只要大自然里还有苜蓿，还有熟草蔓子，他的梦想就可以延续下去。不是张山峰偏激，其实不是的，是事实教育了他。准确地说，是该死的多维度世界里的三个背包客，突然改变了他的预期。

这个推理绝对符合逻辑，我敢打赌，赌什么都成。我坚信，张山峰毁灭性的遭遇和这三个背包客的闯入有着极大的因果关系。

三个背包客在林子里抽烟，他们像傻子一样东张西望，他们对这个陌生的世界非常仇视，他们的眼中燃烧着火苗。张山峰担心火苗会烧着了林子，担心毁坏了他的乐土，张山峰就勇敢地现身干预。人家问他，你是护林员吗？张山峰说，我是所有精灵鬼怪的国王。结果，就挨了背包客一顿狂打。背包客还要抢他的马。如果不是老好人跑得快，后果不堪设想。有了这个教训，他就更加坚定信心，朝着更加纯洁的单一维度的深处进发了，从此，他宁愿吃野果，也不愿意见人了。山里有的是榛子，有的是核桃，有的是黑木耳。唯一不足的是，野果吃多了伤头，常常让他眩晕。他以为体内缺了盐酱，因此，老好人舔过的石头，他都要再舔一遍。他知道，石头上有着丰富的维生素和盐酱，足可以让他从容地活着。

下雪的时候，老好人总是焦躁不安。张山峰有些愧疚，怎么没想到四季更替呢？他后悔，秋天的时候为什么不备下草料呢？他怨恨大自然，为什么不提个醒呢？这是对他隐者生涯的藐视，甚至是蔑视。老好人焦躁了一段时间，习惯了，安静了。老好人接受了这个事实，比张山峰还要彻底，还要坚决地拥抱这个世界。它叼着张山峰的袖子，劝他安静，劝他忍耐。它带着张山峰走到背风的坡上，拨开雪末，是的，是用蹄子拨开的，轻轻的，像一个稳重的女人。雪里面露出一撮苜蓿，尖尖的，瘦瘦的，老好人咴咴嘶鸣，高兴得左摇右摆，它又跳起了欢快的舞蹈。跳过了，就朝张山峰的怀里拱。张山峰笑了，不需要发愁了，单一维度的世界里没有什么能让他发愁的。一人一马，拨出了一片翠绿的苜蓿地，虽然有些萎靡，绝对是可以食用的美味，绝对是救命的美味。张山峰忍不住薅了一撮，慢慢嚼，干涩微苦，再嚼，很苦很苦。苦过了，有了一丝甜的回味。甜替代了苦，再嚼就满嘴都是甜了。

甜的味道就充满在张山峰的心坎里了，就是这样的。

你说甜就甜，你说苦就苦。

头一场雪之后，雪就连绵不断了，积雪越来越厚，吃草就成了问题。张山峰难过，却无能为力。老好人为了找到草料，每时每刻都在雪地上寻觅，有时都能掏出个雪洞来，整个身子都陷进去了。张山峰看不到了，就喊，就哭，就号叫。找到了，找到了，老好人在雪洞下吃得香甜哪，他就笑，狠狠地笑。后来，有了经验，每当失去了老好人，张山峰都要先稳住心神，站在高岗上瞭望，哪儿冒出雪末，闪着七彩的光芒，老好人就在哪儿。

老好人发现了一个草垛子，不是梦，是真实的。月亮下面，草垛子有两米多高，像一座房子。老好人再也不动半步，老好人张开嘴，贪婪地吃草。张山峰在草垛子下面掏了一个洞，钻了进去，他美美地躺着，身下是暖和的干草，身上是暖和的干草。假如此时死了，谁会知道呢？死就死吧，尸体腐烂了，还肥了土地呢。张山峰忍不住笑了，死亡不是问题，人死了，灵魂就能飞到月亮上，去体会另外一种生活的。因此，人是不会死的，死也是生，不可怕的。谁跟他说过，月亮的背面就住着有道德的灵魂。那儿也是一个世界，也是单一维度的世界。张山峰笑了，大声地笑了，好多草钻进了他的嘴巴里，他慌忙闭上了嘴。他闭着嘴笑，哼哼唧唧的。老好人停止了咀嚼，突然，咴咴嘶鸣，仿佛也在笑。

　　醒了，眼前，漆黑一团。老好人咀嚼的声音异常响亮。张山峰慢慢退了出去，有些晕，伸手抓住了缰绳，扶着老好人的脖子。好一会儿，不晕了。张山峰走到树下小便，一丝风都没有，尿得很远，很高。月色朦胧，像是一张脸，一张女人的脸。仔细看，是老婆的脸。老婆是南方人，圆脸，小巧玲珑，轻声细语，吵架也是轻声细语。只不过，老婆会挠人，长长的指甲突然挠过来，防不胜防。张山峰想老婆了，想儿子了，老婆怎么样了？儿子呢？改姓了吗？一道光线，若有若无，断断续续，朝着月亮那边冲去，仿佛是一道灵魂。张山峰陡然打了个激灵，仿佛看见了老婆的灵魂。张山峰提了提裤子，裤子烂掉了，散碎了。他环顾夜空，想着那道光线，载着灵魂的光线，和老婆有什么关系呢？老好人的咀嚼声异常响亮，仿佛是钟表的嘀嗒声，仿佛修行的人敲着木鱼。张山峰抚摸着老好人的脖子，老好人哪老好人，你知道发生什么了吗？

是凶还是吉？

老好人咀嚼着干草，一言不发。

等他再次睁开眼睛时，见到了刺眼的阳光。老好人舔着他的手，他一骨碌爬起来，猛地就想，这是哪儿？身下还有一片干草，老好人阵阵嘶鸣，兴奋地跳起了舞。跳了一会儿，抢着吃草。草垛子呢？两米多高的草垛子竟然没了？大风刮走了吗？老好人吃光了吗？这得吃多少个日子呀？难道自己睡了很长很长时间吗？张山峰腿一软，跪了下来，那个被遗忘的饥饿飞奔而来，捶打着他的肌肤。张山峰疼得满地打滚，老好人伸过脑袋，把他拱到一边，吃他身下的干草。张山峰拨开马头，猛地抓起一把干草，使劲嚼着，吞咽下去。不知咽下了多少干草，胃口好受了一些。恍惚间，抓住了一团温暖的东西，放进嘴里，软的，又苦又涩。吐出来看，是马粪。想想，马粪并不难吃，比干草好嚼，好下咽。再尝，有一点儿咸味，有一点儿鲜味。

太好了，满地都是马粪，足够吃的，一直能吃到春暖花开。

最后一束干草吃光了，老好人要走了。张山峰不愿意离开。他贪婪地拾着马粪，堆在身边。只要胃痉挛，就吞下一枚，仿佛灵丹妙药，胃马上就不疼。老好人不高兴，执意要走，叼着他的袖子，差一点儿把他的袖子扯掉了。张山峰只好妥协，答应和老好人一起走。张山峰双腿无力，站不起来。老好人趴在地上，让他爬上去，驮着他走。张山峰困了就睡，醒了，就吞一枚马粪。他的口袋里装满了马粪。老好人运气真好，居然找到了一个胡萝卜。张山峰正睡着呢，老好人卧下去，把他晃下来。张山峰醒了，就看见了一个硕大的胡萝卜。老好人伸过嘴来，拱他的嘴。张山峰张嘴吃了，甜得直流口水。

　　后来，他们遇到了一个人，紧接着，就经常遇到人。有了食物，就有了甜酸苦辣。口袋里的马粪，扔还是不扔？换个说法，口袋里是装马粪还是装食品呢？他无法抉择。他们漫无边际地游荡，老好人替代了他，成了国王。他彻底放弃了权力，任凭老好人发落。老好人去哪儿，他就去哪儿。他对人还是很警惕的，担心老好人禁不起诱惑，迷失了方向，担心老好人带着他又回到多维度的世界中去。他想劝告老好人，要它注意，不要选错了方向。

　　张山峰时而浑身发冷，时而浑身发热，迷迷糊糊的。他不害怕，有老好人在，就死不了。他不怕饥饿，饿了有马粪，渴了有马尿。他不担心死亡，也不担心死后灵魂找不到去往月亮上的路。他什么都不担心，他把一切都交给了老好人。他趴在老好人的背上，只拼了全力和寒冷抗争。寒冷抽他的筋，剥他的皮，把他的灵魂从躯壳里驱逐出来，任他光溜溜的，在冰天雪地中东游西荡。他盼着能遇到一堆火，哪怕是一片火海，也会毫不犹豫地跳进去。哪怕烧死了，也心甘情愿。他害怕寒冷，害怕月亮，谁唱过的，海岛冰轮。冰轮是月亮，冰的世界里太冷了。他要太阳，他需要阳光。他看见了老婆的脸，圆圆的、温暖的脸。老婆的脸是有表情的，是有温度的，老婆的脸不像月亮。

　　张山峰张开了嘴巴，拍了拍马腿，等着喝一口热乎乎的马尿。老好人破天荒没有撒尿。老好人闪了一下，露出了星光灿烂的夜空，露出了银盘样的月亮。

　　老爸说，回家吧，还是家里暖和。

　　张山峰浑身就涌起了一股暖流，老爸像个哲学家，叼着烟斗；

老爸像个哲学家，仰望着星空。张山峰琢磨着老爸的话，他看到了可怜巴巴的老妈，看到了可怜巴巴的老婆，看到了可怜巴巴的儿子。张山峰顿觉心里头暖烘烘的，顿觉充满了力量。

张山峰翻身坐了起来，老爸！老爸呢？只有老好人，静静地看着他。是你吗？是你让我回去吗？是你让我回到那个纷繁杂乱的世界中去吗？老好人拱着他的怀，轻轻地蹭着他的脸颊。张山峰脑中打了个闪念，突然就吼了起来，回家！咱们回家！老好人昂起头，咳咳嘶鸣，老好人又扭了扭屁股，踏着节拍，舞步还是那么轻盈。张山峰来了精神，整了整马鞍，煞紧了肚带，肚带松松垮垮的。老好人瘦得不成样子，露出一条条的肋骨，肚带煞到最后一个扣眼，还是松。张山峰叹了口气，是该回家了。

一丝风也没有，深邃的宇宙在旋转，在膨胀，在伸向深邃无边的远方。无论如何旋转，无论如何膨胀，只要定下心来看，那轮月亮啊，镶在黑天绒上面的月亮啊，还是一动不动，像个灯笼，照着夜路。山里头，一匹马和一个人慢慢走着，喘息声、马蹄声、咳嗽声，清楚地传出去，传得很远很远，一直能传到夜空深处。

从黑夜走到白天，从白天又走到另一个白天。雪融化了，山坡向阳的地方，拨开衰草，下面生出了嫩草，针尖一样细小。暖风来了，绿草铺开，满山遍野，像突然打开的绿毡子，绿毡子上绣满了花朵。一人一马，一个姿势，一个步伐，越过了一道山梁，又是一道山梁。路越来越宽，一人一马可以并排走了，昂着头，迎着和煦的春风。

这天，绕过了一道水潭，走过了一片乱石滩，老好人的腿闪了，突然就瘸了。它趔趄了一下，跪在了石堆里，惊醒了张山峰。

张山峰打着响舌，嘎！嘎！语气严厉，老好人挣扎着站了起来，踉跄着走了一段。张山峰勒住了缰绳，猛然发觉，这片土地是那样的熟悉。又朝前看，看见了葱郁的林间冒出来的一条小道，看见了小石桥。他的心怦怦直跳，顿觉眼花缭乱。他打着响舌，催促着老好人快走。老好人拖着伤腿，一顿一顿，每朝前面蹭出一步，都疼得浑身哆嗦。张山峰伸手拽下一条树枝，撸掉树叶，朝着老好人的耳根抽了一鞭子。手法还是那么老辣。老好人痛苦地嘶鸣着，甩着脑袋拼命地朝前拱。爬上了小石桥，老好人累得气喘吁吁，不停喷着响鼻。那条伤腿，拖着，那条没伤的后腿，扛不住了，开始打晃了，几次就要摔倒。

张山峰醒了，彻底醒了，马班怎么样了？俊善怎么样了？小宋小唐小秦他们怎么样了？他心急如焚，又抽了一鞭子，这一鞭子，抽在了骨髓上，老好人疼得乱扭着，阵阵哀号。张山峰恼了，又抽了一鞭子，这一鞭子抽在了心坎上。老好人挣扎着，奋力甩着脑袋，朝山上走去。咳！咳！一声比一声哀怨。咳！咳！一声比一声凄惨。咳！咳！老好人垂着脑袋，龇着牙，咳！咳！

走了一道弯，又是一道弯，再抽一鞭子时，老好人轰然倒了下去。张山峰顾不得那么多，爬起来，紧走几步，依稀看见了熟悉的大门，依稀看到了门前站着的一匹匹熟悉的马，依稀看见熟悉的一张张脸。马在嘶鸣，人在乱喊。眼瞅着，一群人跑过来，眼瞅着，一群马跑过来。张山峰站住了，激灵灵打了个冷战，扭过头，就看到了一片黑云，妖怪样的，遮过来，扑过来。黑云冲来，要吞噬了老好人，老好人躺在那儿，朝他望着。张山峰紧跑几步，跪下去，趴在老好人的身上，搂着老好人的脖子，摸着老好人的脸。老好人的眼角藏着一颗泪珠，晶莹剔透，如潭如泉。

　　跑过去的那个人，停住了脚步，死死地盯着老好人。他笑了，满脸的狰狞，是枭龙。枭龙走过来，一把揪住了老好人的耳朵，你们还没死呀！张山峰心里头一颤，就爬了起来，龙哥，你挺好的呗？枭龙看都不看他一眼，举起了匕首，咬着牙说，你们害得我倾家荡产，我要活剥了它！张山峰乱摇着手，龙哥，千万别，我给你跪下了。张山峰当真跪下了，砰砰地磕头，磕得头晕眼花。枭龙狞笑着，会跳舞的马，去死吧！

　　锋利的匕首扎进了老好人的心脏。

　　老好人嘶鸣着，抽搐着。

　　龙哥拔出匕首，朝山下跑去。

　　张山峰傻了，眼前全都是匕首，朝他的心口窝扎来，耳边全都是狞笑声，朝他的耳鼓撞来。不对，眼前不是匕首，不对，耳边不是狞笑，是老好人，是它的最后一声嘶鸣，是告别的嘶鸣。是哭声，是笑声，是又哭又笑的声。张山峰跪爬着，搂着老好人放声大哭。他捶着胸口，痛骂自己是个杀人犯，为什么要回来呢？回来有什么好的，回来就得死人，就得死马。老好人最后一次蹭了蹭张山峰的脸，转眼就死了。张山峰的心炸开了，炸得血肉横飞，胸膛中闷雷般地响着。他站了起来，他盯住了正朝山下跑着的枭龙，张山峰的眼里冒出了火，他紧追了几步，两腿打晃，他摔倒了。倒下的瞬间，看见了追风仙子和几匹三河马，正痴痴地看着他。张山峰挣扎着，打起了响舌：

　　"嘎！嘎！嘎！枭龙杀了老好人，你们说怎么办？"

　　"嘎！嘎！嘎！枭龙杀了我老爸，你们说怎么办？"

"嘎！嘎！嘎！你们说该怎么办？怎么办？"

"嘎！嘎！嘎！嘎！"

"嘎！嘎！嘎！嘎！"

追风仙子像鼓足了风的帆，突然，冲天嘶鸣，前蹄跃起，朝空中刨去。几匹三河马，悲恸欲绝，仰头嘶鸣。

嘎！嘎！嘎！嘎！

几匹马，龙卷风般地冲了下去，朝着枭龙冲过去。

嘎！嘎！嘎！嘎！嘎！

几匹马像乌云一样裹住了枭龙，枭龙狂叫，救命啊，老张，饶了我吧。

嘎！嘎！嘎！嘎！嘎！嘎！

玉 龙 湖

曾 剑

一

这是我第一次看见一个故去的人的面容。

以前，我不敢正视一个没有生命特征的人。几次朋友亲属的葬礼，我把慰问金带到，并不亲身前往。关系太近，不得不去的，我也只在殡仪馆外面等候，不往里去。原谅我的不敬，自小吓破了胆。我十二岁那年见过鬼，在我们那个乡村，他在黄昏昏黄的光线里向我走来。他没有头，我也看不见他的腿，他像在水面的竹筏上移动。我吓得转身就跑，撞在我父亲的怀里。我在父亲的怀里回过身，我们面前空茫一片。

父亲安慰我说，什么也没有，是你的幻觉。而村里一位九旬老人说，我看见的那个人，应该是我的曾祖父。他说，我曾祖父是清末的秀才，因为起事，被砍去了脑袋，身首异处，脑袋用辫子悬挂在村口一株千年古枫上。

我自此一个人不敢去村口，不敢看那株古枫。古枫还在，三人合抱，树干空如洞穴。我总怀疑，我的曾祖父就歇息在那个洞穴里。

我自此害怕黄昏甚于黑夜。害怕任何一个故去的人。但现在，我不得不面对她，她是我的岳母，我没有理由不参加她的告别式。爱人知道我胆小，劝我说，你看妈最后一眼吧，她对你那么好，不会吓你的。

我走进殡仪馆，看了岳母一眼。我只是用余光，不敢正视，不想看得那么真切。我只是象征性地扫一眼，是做给别人看的。但岳母的面容将我的目光拘留。她面色红润，神态安详，比她病中饱受折磨的样子好看。她像是静静地睡着了。

岳母心眼好，活着时帮了不少人，故去时，真的如我爱人说的，没吓唬我。她离去前一天，应该是有预感，她想我的女儿。我们在省城，与她们不在同一城市。可孩子在上课，还得两天才放假。我说，那就与孩子视频吧。岳母犹豫了一下，放弃了。她说，她病态的样子怕吓着孩子。她选择了语音。那时，她语言还很连贯，表达也清晰，哪知第二天清晨，她就在睡梦中离去。

告别式后仅一小时，岳母化作一丝青烟，驾鹤西去。除了那只深红色的骨灰盒，我们再也看不到她。

人故去了，不只是故去那么简单，活着的人，也不仅仅是悲伤，还有很多遗留的事情，比如房子，比如钱财。

二

岳母的墓地在"福地山庄"，那里青山绿水，但价格昂贵，人托人打了七折，还五万多，再加上骨灰盒，火化，还有请的殡葬师的费用，多达六万，都是我拿的。当然，是垫付，爱人说，等岳母的丧葬费下来，她就去领出来还我。

爱人有两个哥，照说，这个钱不应该由我来出，我只是个外姓人（媳妇儿的口头禅），但大舅哥说他近两年生意不好，没有余钱。二舅哥呢，是典型的啃老族。二十多年来，只有老人给他钱的，他给老人钱，那要等到太阳从西边出来。

岳父手中其实有两万多块，加之岳母走后，在她床头的铁盒子里发现的八千多，岳父手中有小三万。岳父说那钱不能动，是他的"过河钱"。他把钱给了二舅哥，让二舅哥替他存起来。

二舅哥拿着钱出去了。存在哪个银行，以谁之名，二舅哥回来后，我想问问他，到底没张开嘴。我让爱人问，二舅哥说，在我那儿，我替爸攒着呢。

一个啃老族能攒下钱？把钱放在他手中，与把肉放在狼嘴边有何区别。我小声对爱人说，你问问哪，存在哪个银行，以谁之名。爱人说，算了，别问了。现在他照顾老爸，把他惹生气了，走了，谁照顾？请保姆？与其让保姆把钱骗去，还不如让二哥用。

岳父岳母在那个年代自由恋爱，他们感情深。岳母是在医院走的，我们瞒了岳父一周多，但他似乎感觉到了，一再追问，我们才告诉他。岳父有脑血栓后遗症，大舅哥怕他受不了这个打击，出意外，在岳母离世的当天把他送了医院。岳父住院期间，我们一边张罗岳母的事，一边把这不好的消息向他慢慢渗透，说岳母的病已经很严重了，让他想开些。他说，我想得开，你妈吃中药三年，透析八年，太遭罪了。你们一直照顾她，她也算有福人。

岳父还说，生老病死，自然规律，谁也违抗不了。岳父这么说，我们以为他真的想得开，有心理准备，当大舅哥把岳母已去且已安葬的消息告诉他时，他到底还是悲伤了。他双手颤抖，眼泪在眼里打转。他声音沙哑，哽咽道：到底还是没挺过来……

岳父一哽咽，我们的眼泪都忍不住往外涌。岳父说，行了，都别哭了，你们做得很好，尽孝了。谢谢孩子们！岳父怕我们哭，强忍着没让眼泪流下来。

还好，岳父并无大碍，只是血压骤高，护士给他打了降压针，他状态慢慢平息，睡一觉后，除了略显孤独，似乎并无太多悲伤。

他要求出院。

岳父住院，是我和爱人带他去的。我们交了四千块钱。我去办出院手续的时候，财务结算处的人说，已经算过了，一个四十多岁的男人结算的。他说的应该是我的二舅哥。我说出我岳父的名字，我说，应该找回一些钱吧。那人说，应该会找，欠钱是办不了出院手续的。我问找回多少，她说，结算单上有，我让她在电脑上查，她说，她没这个义务。她还说，这需要保密，除非我拿老人的身份证来。

我赶往岳父家。

岳父家在玉龙新城，是动迁房。动迁房位置原不在这里，大舅哥想让岳父住得近，好照顾，找了人，花了钱，置换到这里，与他们前后楼。

一进小区大门，面前是一片水域，叫玉龙湖。许多年前，这里是一个露天矿，底下煤炭枯竭后，变成煤城最大的垃圾堆。煤城因煤而兴，也因煤而衰。现在，城市萧条得都快赶不上一个县级市的繁华，房地产便成为最后的救命稻草。几乎是一夜之间，偏僻荒芜的土地上，座座高楼拔地而起。

开发商把不远处的矸子山种上树，变成真正的青山。煤城缺水，开发商打起水的招牌，抽地下水灌满大坑，成一人工湖；煤城曾因发掘出猪首龙身的玉器，被专家称为"玉龙"。玉龙曾经是煤城的名片，但没给煤城带来经济效益，煤城老百姓不认玉龙，但开发商认，他把这片水域叫玉龙湖，小区名曰玉龙新城。

二舅哥在客厅里，电脑和手机同时玩，双目在手机屏与电脑屏之间忙碌。他的心可真大，也硬，脸上看不出悲伤。我问二舅哥，老爸出院，应该找回一些钱吧？二舅哥说，嗯。我问，找回多少？他说，没多少。我问，钱呢？他说，都给老爸了。我进屋问岳父，他说他不清楚。他说，可能都在他那个档案袋里。

岳父那个牛皮纸档案袋就在他的床头柜里。我拉开抽屉，找到档案袋，找到岳父这次住院的结算单，结算栏显示，找回一千八百元，只见数字，不见现金。我心里不舒服，老人住院，二舅哥一分未掏，他没理由拿这个钱。

我怂恿爱人把这钱要回来。爱人说，二哥，住院是牛壮掏的钱，找回的钱，应该给他。牛壮是我的名字。

二舅哥说，你们找爸要吧，从爸的钱里扣。爱人说，爸的钱不在你那儿存着吗？他手中没钱。二舅哥说，对呀，等爸的钱取出来，再让爸还给牛壮。

这么说来，这钱他是想自己拿着用。按说，舅哥用妹妹妹夫这点儿钱，也说得过去，可他不用在正地方。他网上认识的那个女人，最近住到了煤城。他们混在一起，隔一两天，他会消失半天，说是去洗澡，或者见一个同学，其实是去见那个女人。我这么想，气就上来了。我说，二哥，把剩下的钱给我，我手中现在没钱用。二舅哥从他口袋里掏出一沓钱来，扔在饭桌上，我没有数，直接装进口袋。

我以为这事就过去了。晚上，大舅哥来了，他让岳父进到里屋，把我们召集在客厅，说是开个会。大舅哥一上来就批评我，说，老妈尸骨未寒，老爸刚出院，我就要老人住院的钱，太让人心寒。他说我工资不低，这么做，不孝，有失水准。我一听，心里窝火。老人住院，我和爱人掏的钱，医院找回的钱，自然还给我们，二舅哥拿走算怎么回事？老人住院，他不但不出钱，还想赚点儿？大舅哥说，别说得那么难听，他只是给老爸存起来。

我心里想，是的，替老人存，最后却揣进他自己兜里。岳父脑血栓，吃省城血栓病院的抗栓中成药，我承包了，一个月四百八。国庆节，我们一家三口回煤城，见岳父岳母的冰箱太旧，给他们换了一台新的，三千多。岳父说他眼睛不好，不能看电视，想看鱼。我带他买水族箱，一千八。照说这钱也不多，且是花在岳父大人身上。还是那个疙瘩解不开：我替岳父花钱，他把钱省下来给他儿子，他儿子把钱花在女人身上，我心里不舒服。我是直性子，我把我的想法说出来。二舅哥说，你给钱给老人花，那是你行善积德，消祛你自己的孽障，早晚有佛报（二舅哥最近信佛，喜欢用孽障、佛报等词），至于老人的钱怎么支配，你无权干涉。

二舅哥说得理直气壮。我不想与他理论，走出岳父的家门。

夜里的玉龙湖畔，灯光五颜六色，给人一种不真实的感觉，像是在梦幻里。我围着玉龙湖散步，一圈近三公里，我一时半会走不完。我并没有刻意要走一圈。我只是散漫地行走。散步，是最能勾起人回忆的，人往前走，仿佛是逆着时光的隧道行过去，往事就近了。

三

多年以前，我对二舅哥的印象是模糊的，我几乎不知道爱人有这么一个哥。在我结婚前，他开车给我们送一套家庭影院。这礼应该说送得重，在那个年代，少说也得四五千。

当时二舅哥穿着西装，既年轻也帅气，像四大天王中的黎明。二舅嫂长得丑，但气质好，穿着貂皮大衣，高靿皮靴。在我眼里，他们是有钱人，婚礼上，给我和爱人长了脸。

婚后第二天，二舅哥二舅嫂来看我们。我们没有婚房，与岳父岳母住一起。我们围坐，吃饭。吃得好好的，不知二舅哥说句什么话，我们都没听太清，二舅嫂听清了，她举起手机，摔在地上，摔得稀碎。我和爱人那时都没有手机。后来听说那个手机一万多。二舅嫂当着岳父岳母亲的面，骂了句：我有钱，摔了再买，王八犊子！

他们争吵着离去。我婚后美好的心情，就这么被他们搅和了。

两位老人黯然神伤。岳母长叹一口气，说，现在的年轻人，管不了。当时看这个马凤仙就不是过日子的人，不同意他们搞对象，你二哥不同意，不回家，上人家住上了。后来怀孕了，没办法，就给他们操办了婚事。现在三天一吵，两天一吵。你二哥呀，不听老人言，自个受着吧。

岳父说，行了，不说他们，咱们吃咱们的，喝咱们的，咱们的日子还得过。

那以后，我们大半年没见到二舅哥二舅嫂。

之后的一天晚上，大舅哥来了，给我们拿来一套钥匙。他说，这里不能住了，你们搬家。这是我给老人准备的房子，明天就搬。

老人当然高兴，但这么急，他们难免生疑。大舅哥说，你们年龄也大了，住到城中心去，离我的商店近一些，我也好照顾你们。

这房子不能住，最尴尬的是我和我爱人。大舅哥说，你们一起搬去，人多热闹，老人也需要你们照顾。

我们搬到市中心大舅哥的房子里。

大舅哥动用他的货车，我找了我手下的几个同事，像一个搬家公司，搬得还算利索。有些小东西，岳母说，等下次吧，却没了下次。我们后来才知道，二舅哥犯事了，两年前，他偷偷把岳父的房子抵押出去了，现在到期，无力偿还，房子被封。岳母留在那间屋里的小物件，一件也没拿出来。

我们住进的，是大舅哥做生意为自己准备的库房。

没了旧房，住进市中心，老人表面欣喜，但内心的悲凉伴着黑夜而至，在他们的脸上显露出来。

二舅哥的商店也让人封了，债主不但要了他的商店，还要他的一条腿。二舅哥带着老婆孩子，连夜跑到广州，最后在广州混不下去，去了山东威海。但对外，我们的口径是，二舅哥在广州做生意，他们发展得很好。我们一家人的谎言，很快被爱人的小姨田七娴揭穿。那天，田七娴穿着银灰色貂皮，像一只狐狸。她气势汹汹而来，不入座，在屋子里朝着她的亲姐指手画脚，说二舅哥欠他一万块钱，不还，逃了，屁都不放一个。她骂二舅哥是王八犊子。她指着她的亲姐夫说子债父还。岳母答应攒钱还她。她说了句，那好，我等着。她再次用高跟鞋踏出一片铿锵之声，愤怒而去，留下我岳父岳母唉声叹气。我们这才知道，二舅哥不但欠公家的钱，还欠私人的钱。

　　这天晚上，岳父接到电话，是赤城他的堂弟来的，他说二舅哥借了他两万块钱，他没再说别的。其实也无须更多的话，这就是要钱。岳父的这个堂兄，年少闯荡江湖，多年没与岳父联系，我们这才知道，二舅哥不但欠他小姨的钱，还欠着别的亲戚的钱。

　　这是叔伯叔叔，不是亲姨，关系远一些。关系越远，这钱越不能放。岳母开始张罗钱，还向我大舅哥下命令，让他最少出一万。

　　三天后，岳母凑齐了两万。正好赶上周末，岳母对我说，你帮我们送一趟吧，亲自交到人家手中。

　　我去了赤城，按岳父提供的地址，找到了岳父的堂弟，我叫他叔叔。他拿了钱，还算热情地招待了我。

　　这边钱刚还完，还没歇口气，田七娴又来了，她这次来势更凶猛，横眉竖眼。她问我岳母，钱准备好了没有？岳母说，没有，刚还了一笔，让牛壮送到赤城去的。田七娴当即炸开，说有钱还别人，不还我。

这次，她似乎是有备而来。她没穿貂，穿一件很旧的棉袄。她往地上一躺，说这钱不给，她不活了。她抓起茶几上的一只玻璃杯，摔在地上。大舅哥家的客厅是瓷砖，玻璃杯干不过它，摔得粉碎。我数月后清理卫生时，还在冰箱底下发现透明的玻璃碎片。

岳父冲她喊，你干啥？你姐有冠心病你不知道？田七娴指着岳父的鼻子，涂着红色指甲油的长指甲像沾着鲜血的剑刃，直逼岳父的鼻尖。

我岳父老实，或者说是有涵养，他回了自个的卧室，没再搭理这个妇人。这个妇人拿起我家的笤帚，将那些玻璃碎片扫向墙角，她歪倒在她扫过的地方。她说，你有心脏病，哪个没有？

她在地上捶胸蹦腿，像抽羊角风。

事实上，我的岳父并未撒谎，田七娴在我家作的时候，岳母冠心病发作，喘息急促，脸色苍白，是岳父用几粒速效救心丸救了岳母的命。岳母平稳下来后，对岳父说，把钱还给她，砸锅卖铁，也要把钱还给她！

那个晚上，很少说别人坏话的岳母在饭桌上说起她的亲妹妹。她在煤城做化妆品生意，创业之初，是我大舅哥帮他找关系，替她省了一万多；她的男人有外遇，不想要她，岳母几次去她家，动之以情，晓之以理，说服她的那个大个子男人回归家庭。

从小就自私，狼性。岳母说。

三个月，岳母攒够了一万块，给田七娴送去。田七娴说，两年啦，借了两年。田七娴硬是从岳父岳母手中，额外要去四千块利息。

我劝岳母，这样的亲戚没有也罢。没有亲情，冷血，不必要与她来往。可她们是亲姐妹，打断骨头连着筋，仅仅过了半年，她依然上我家，每次来，吃过饭再走，走时从不空手。一只烧鸡，几根新灌的肉肠，三五斤鸡蛋。我说，同在一座城，她又不是买不着。岳母说，你二哥当年不是借她的钱了吗？欠着人情。我说，摔也摔了，闹也闹了，钱还了，利息要了，还欠她什么人情。她有人情吗？爱人说，行了，你一个外姓人，少说两句。

　　我便闭了嘴。

四

　　二舅哥以前是有工作的，他和二舅嫂都在市液压件厂上班。那个液压件厂是省企，虽然效益不是很好，但工资能保障，这对生活在煤城的人来说，是一件幸事。

　　二舅哥初中毕业后，弃学在家，被邻居一个叫马泰山的人相中，有意收为婿。二舅哥当时才十七岁，长得很帅。马泰山的女儿长着一张紧绷绷的小脸，一对小眼看人时不断睒动，像一只狐狸，一笑，眼睛就没了，脸随即由狐变鼠。论颜值，她配不上二舅哥，但她有个好爹。她的爹马泰山是液压件厂供销科科长，他以把二舅哥安排入厂当工人为诱饵，二舅哥杨二吉当时是无业游民。

　　我岳母不同意。我二舅嫂的样子让她惊悚，说二舅嫂不是善良之辈，说这样有附带条件的婚姻长不了。我岳父从不当家。岳母说不同意，他自然也就不同意，但二舅哥同意，二舅哥的同意，不是真同意，是假同意。他原本想等他进厂后，再不理那个长着一张狐狸脸的女孩。

二舅哥哪有狐狸狡猾？马泰山给了他三个月的试用期，在这三个月，他所守的机床是一只一端粗一端细的轴承，按极高的频率在一个凹槽里伸缩。为了防止轴承磨坏，里面添加了润滑油。二舅哥每天看着这机床进行活塞运动，就像看一男一女在那里做着下流的事。而师傅也没个正行，拿小鲜肉开心，讲一些黄色小段子。这期间的某个晚上，二舅嫂不失时机，把二舅哥约到她家，将他拿下。

三个月后，二舅哥成为液压件厂一名正式职工，他想冷落二舅嫂，二舅嫂找到我岳父岳母，说她怀孕了，要与二舅哥结婚。二舅哥不同意，岳母这次却答应得痛快，并且给他们张罗婚事。岳母的意思是，开始可以不同意，现在既然住在一起了，就得对人家负责。

二舅哥不够结婚年龄，马泰山能量大，找人把他年龄往大了改。

二舅嫂比二舅哥大三岁，过了法定结婚年龄，不用改。

二舅哥本来就不喜欢这个女人，更让他愤怒的是，丑就丑吧，她与二舅哥同房之前，竟然还不是处女。这一切，二舅哥当时并没跟家里任何人说，只在二十年后，那个女人不要他，跟他闹离婚，他才老账新提，说出他的窝囊，和他女人的肮脏。

二舅哥和二舅嫂仅仅在那个液压件厂工作了三年，二舅哥的岳父大人马泰山因为经济、作风问题被贬，早退在家，没被开除公职已是万幸。二舅哥二舅嫂失去靠山，加之父亲大人身败名裂，他们在工厂干得憋屈，见大舅哥音响商店生意风生水起，便双双停薪留职，把大舅哥的分店盘下来，做起音响生意。

小两口穿戴阔绰，出手大方，全家人以为他们的生意做起来了，哪知最后被人讨债，被人追杀。

二舅哥那次带着妻女逃离煤城后，开始了对家人长达二十年的折磨，时间都是在每年春节前后。他们抽身而去，追债的人找不到他们，就找我的岳父岳母，找大舅哥。大舅哥保护着他的父亲母亲，不告诉他们父母的住址，为此他还挨过一记重拳，两个响亮的耳光。有一次，来要钱的人过于猖狂，他开口让大舅哥给他十万块钱，说是二舅哥欠的。大舅嫂站出来说，谁欠你的找谁要去！那人就冲着大舅嫂而去，淫邪的目光和龌龊的手直奔大舅嫂胸部，大舅哥挺身而出，换来的代价是被他们抓住头发，狠揍了三下，最后还被他们抱起来，扔在地板上。他们扬长而去，说不给钱，明天还来。

大舅嫂盯着大舅哥，大舅哥鼻孔里的血像一条红色的蚯蚓顺着他的脖子往他衣领里钻。大舅嫂流着泪说，我再也不想见到杨二吉和马凤仙，死也不见！

那个夜晚，大舅哥忍着剧痛，开车去另一个城市，接来他的朋友。第二天下午，在商店打人的那几个如期而至，手里拿着刀。他们推门而入时，大舅哥的那个朋友从里屋的库房走出来，从腰间拔出手枪，枪口朝着走在最前面的那个持刀者。他说，都他妈的老实点儿，我拿枪的还怕你拿刀的？把刀扔下！无论我大哥的兄弟欠你们多少钱，从今天起，一分不欠。要钱还是要命，我乔三尊重你的选择！

那四个人扔下刀，瘫软在地。被枪顶着的那个，居然朝着自称乔三的那人跪下。据说，他们怕的不是乔三手中的枪，而是乔三的威名让他们像秋风中的树叶瑟瑟发抖。

乔三还算讲究。大舅哥给他封了四万块钱，他只拿了两万。那几个要账的，果然再没来过。商店自此趋于平静。

那天，爱人碰巧去商店找大舅哥，目睹了这件事，她当时吓得差点儿晕死过去。她瞒了一段时间后，到底忍不住，在枕旁当作秘密告诉了我。

五

二舅哥一走就是三年，没敢回煤城。侥幸的是，银行贷款的那个负责人，出了事，判了刑，被抓进了监狱。二舅哥从他那借的钱成了死账，没人再追讨，但抵押出去的房子，也拿不回来。

一个晴朗的日子，岳母逛街，到大舅哥的商店小坐，大舅嫂没与她打招呼，脸色冷如钢铁。岳母回家，对我们说起此事。她说，吃人嘴短，拿人手软，人还得有自己的房子。岳母是个要强的人，他们两人把当月的工资都取出来，向她的老同事借点儿，向大舅哥偷偷索要点儿，凑了两万块钱，在郊区购了一处住所，三间，虽是平房，倒也接地气。

我处对象时，是一名公务员。公务员在我们这个贫穷的城市很吃香，不少公务员像我一样，是从农村考上来的，光杆一根，一穷二白。有被女方相中的，给女儿女婿买婚房，岳母是知道这一点的。我们结婚前，岳母对我说，我们家条件一般，给你买不起房子，但我保证，有我们老两口住的，就有你住的。我们就这样一直跟着他们。他们搬到哪儿，我们跟到哪儿。

这年买的这处新居所，有院子，有水井，有葡萄架，很漂亮，我很喜欢，仿佛这是世外桃源。

那个平房我和爱人没掏钱，但岳父岳母把他们的钱都用进去了，那三个月的生活费，就都是我们出。

没人要账了，并且有了自己的住所。二舅哥在公用电话里听说这个消息，没有言语。岳母说，你二哥学好了，不吱声了，也不管我们要钱了，知道踏实干了。

我说未必。爱人说，你咋这么说，你不能瞧不起人，人是会变的。我说，但愿！

大年三十，二舅哥像空降兵一样，突然而至。

久别重逢，岳母放声哭，岳父无声落泪，爱人眼圈红肿。我没有哭，我有气。我不叫他二哥。爱人把我叫到里屋，说我不会来事。我说，他把这个家害成这个样，还有脸回来。爱人说，他看自己的爸妈，与你没关系。我说，与我没关系，我干吗要叫他二哥。爱人说，不叫拉倒，别拉个驴脸。

我懒得理他们。我有单位，有单位就等于兔子多了一个窝，有地方躲。我说，单位有个材料没写完，我去加班。

爱人知道我不愿在家待着，但为了维护和谐局面，帮腔说我单位的确有急活。我其实没到单位去，单位值班同事又不傻，大过年的，跑到单位来，明摆着家庭不和。我步行很远，到月亮河畔溜达。那其实不是什么河，就是一条臭水沟，略加改造，夏日雨水多的时候，有一丈宽的水域。现在只有冰，这不影响我无数次去月亮河畔溜达，这里是煤城少有的几处干净路面之一，走在干净的大理石路面，总比走在裂纹密布煤尘飞扬的水泥路面舒坦。

但这个夜晚，刀子一样的风让我只坚持了两小时。绽放的烟花提醒我，外面的世界像梦幻一样，不真实，我分明闻到了饺子的香味。

爱人曾经跟我说，二舅哥心眼好，他若是挣到了钱，会给老人的。爱人这个想法，在我看来是天方夜谭。我从二舅哥脸上看不到善良、孝道，只有贪婪、享受、冷漠，甚至狡诈。他突然而至，一定是有所图，且已想好说辞。

果然，我回到家，就见二舅哥夸夸其谈，是说要给老人拿钱，要把抵押出去的房子赎回来，要给老人在煤城最好的小区换新房。一家人正兴奋地听他口若悬河，他突然像一个说书人一样，将话题一转，让我们从高空坠入深谷，一点儿缓冲都不给。他说，我现在只需要五万块钱，威海有一家韩国化妆品商行，要外兑。老板是我王哥，他的孩子要去新加坡读高中，高中之后本硕博连读，他们一家人要到那里做事，陪读。二舅哥说，不是我的哥儿们，换了别人，最低得十万块。

一家人连春晚都不看，听二舅哥眉飞色舞谈论他的未来。

岳母问他这几年都在外干啥，他说，打工呢，打工到底不是滋味，他还是要当老板。我不想听他们谈话，这个时候，再多的怨火，我也要努力将它熄灭。我提醒自己：你不姓杨，你姓牛，你是外人！

大年初一晚上，二舅哥坐出租车直奔省城。他最终拿到了三万，外加我们两口子赞助他的路费。他说他急着回去，剩下的两万，让岳父岳母给他张罗。

以后的日子，他要么不打电话，一打电话，就是要那两万块。岳母说，还没凑齐。他说，没凑齐，三千两千也行。老人当即表示，要过紧日子，老两口，一个人的工资不动，另一人的做生活费。到年底，终于把两万块钱分期分批打入他所说的他王哥的账号。他说，他欠着债，怕银行对他有监视，不敢用自己的银行卡。每次电话，他都换不同号码的公用电话。那段时间，我家好像有一个地下工作者，成天活在紧张、压抑的气氛里。

我怀疑二舅哥的话，他说那个王哥急着到新加坡去，怎么还没去？爱人说，也许王哥就在新加坡。我说，就在新加坡？那怎么可能往他卡上打钱？爱人说，全球联网嘛。你这人，就这点不好，多疑。要相信二哥。

我不再吱声。我只是个外姓人。

随后十几年，二舅哥每到年底就回家，年初拿钱就走，走前一大堆理由。第一次是要买个面包车给各饭店送菜，几个月后，说送菜太辛苦，凌晨三点就到菜市场，晚十一点有人要菜还得送，不是人干的活，这样下去，身体坏掉了，挣点儿钱还不够看病的。他把面包车贱卖了，钱也没还回来。第二次说要盘下一个足疗馆，几个月后，说足疗馆不是好人待的地方，什么人都有，那种环境里，他老婆都得学坏。我自然不信，就他老婆那容颜，想学坏都难。可他就这么说，每次都有借口，每次都让老人对他充满希望。我心里是清楚的，这就是他的一种生活方式，他就是一个啃老族，只不过不在老人跟前，在遥远的异地。他们什么都不干，用亲人凑的钱过日子。即便后来岳父脑血栓，岳母尿毒症，他依然如此，这是他的一种"打法"。

在老人眼里，二舅哥老实、肯干，错，都是儿媳妇的错。

六

整个城市都在拆，整个城市都在建，整个城市都在动迁，可就是动不到我们这套平房。我望穿秋水，盼得眼里烧起了火，无济于事。东边的拆了，东面的邻居都进城了，住上新楼了。北边的也都拆了，北边是农业户，补偿更多。他们一夜之间，在城里有了房，有了车。房有两套三套，车有宝马奔驰。

我笑岳母没有眼光，买了块风水不好的地。岳母淡定地说，放心，早晚得动。她虽这么说，却是很沉重地叹了口气。

正当我们对动迁失去信心时，动迁消息来了，但与身后的农业户不同，我们没有太多的补偿，多出的面积，按市场价支付。

新楼盘的地址在城南，城南偏，大舅哥找人，花钱，交了差价，换到玉龙新城，就是岳父现在的居所。两居室，七十二平方米。除了改造后的小区美景，遥远的温泉被引进。温泉入户，二十四小时有热水。搬家时，我和爱人再次跟了过来。我们有些不好意思，岳父给了我们一个很好的台阶下，岳父说，我们年龄一天天大了，也需要照顾。我们老人怕寂寞，有你们在一起热闹。

我们上楼第一年，二舅哥没有回煤城，家里过了一个清静的春节。哪知正月十五这天，他回来了。他每次出现，都让人猝不及防，且一定是个特别的日子。他说，春节忙，没回来，但想老人想得太厉害，受不了，这不，十五赶回来与老人团圆。

我小声嘀咕：这不是想老人，想老人的钱哩。这是在外混不下去，又回来整钱。爱人说，看他穿戴，应该是挣着钱了。你呀，总是老眼光看人。我说，别吱声，听吧。我们就听二舅哥说话。他说威海最大的蔬菜批发市场有十多个咸菜摊位，他说他要四万块钱投资，就能把那个市场上所有的咸菜摊垄断，年底少说能挣二十万。

　　这显然是个谎言。

　　四万块钱，能搞定十个咸菜摊位？再说了，你垄断了，别的摊主喝西北风？二舅哥知道我怀疑他，说，四万块钱是不够的，这只是定金。我呢，也不能让那些咸菜摊主失业，我承包下来，再转包给他们。

　　他接着给自己圆谎，所有的话，都是为前一句添油加醋，涂脂抹粉，力争让我们相信他。不可否认，他的口才很好，那意思，只要有这四万块钱投资，天上不但可以掉馅儿饼，简直就直接落钱。但岳母这次似乎下了决心不给他钱。岳母说，我与你爸，手中也就一万块钱，你爸明年六六大寿，二月初六，这才几天。这钱是要留着庆寿的。

　　二舅哥说，先把饭店订了，别人来吃饭，都得随礼，这礼金做饭钱、酒水钱，还用不了。

　　二舅哥脑子反应快，只可惜用错了地方，目标只盯着家人。

　　岳母从她床下抽出一只装过月饼的铁盒子，从里面拿出一沓钱，递给二舅哥。二舅哥拿了钱，说，妈，你再去给我大哥说说，让他给我拿点儿。岳母说，你大哥这两年生意不好，不能再向他张口。二舅哥说，瘦死的骆驼比马大，他和嫂子一人一辆车，他开奥

230

迪A6呢。岳母说,车是他做生意用的,再说了,就算他有钱,那也是人家的,你得靠自个。

你得靠你自个!这话岳母说过无数次,每次,二舅哥的回答像按下了录音机的播放键,内容一样,语气一样,声调都是一样:我知道,我这不在努力吗?

这次,大舅哥只给他拿了三千。

二舅哥想到了我。他不敢同我借,绕了一大圈,让我岳母同我爱人说。

此前他也花过我们钱,三千两千,说是借,从来没有还过。我知道要不回来,也没提过还的事。这次数额巨大,我坚决不给。我的幼稚、不成熟害了我。我只说没有就完事,我偏要表明我的态度,我说有,但不借,因为他是在祸害钱,把我们的血汗钱不当回事。岳母在一旁抹眼泪,她的情绪感染着他的女儿,爱人的眼泪很快涌出来。岳母说,你二哥可怜,在外要饭呢。

我说,这么舒坦地要饭,我也想去。

岳母开口是三万。我没有动摇,岳父的一句话,撬开了我的嘴。岳父说,先借他,也许他这次能成,成了就把钱还你,不成,我替他还。我说,你们的钱都给他了,拿什么还?岳父说,我与你妈攒工资。我说,没等攒够,他又来要,你们又都给他,拿什么还我?岳父说,我拿我二十个月的丧葬费还。

话说到这个份上,我再不借,恐怕就得妻离子散。

第二天中午,一家人吃团圆饭,除了我,他们都乐呵呵的。饭后,二舅哥穿着皮外套,头发油光锃亮,背着个皮包,包里有个LV的钱夹,夹着三万块钱的银行卡,走出家门。

我望着那个背影，极其惆怅。我是工薪阶层，三万块钱，除了吃喝，我得攒几年。几年省吃俭用，才有了这么个肉包子。这肉包子扔出去了，有去无回，我心里清楚。

我怀疑二舅哥在威海并未干事，只是拿亲人们的钱在那里过日子。每年几万块，也够他们吃喝了。我的猜测，遭到岳母他们的反驳，甚至是谴责。他们说我不相信人，最亲的人都怀疑。

他一直在努力，只是天运不好，岳父说。

没摊上好媳妇儿，岳母说。

在他们眼中，他儿子没错，错的是别人，是老天。

几天后，二舅哥的岳父马泰山证实了我的猜测。他来到我家，像宣布一项重大决议。他说，不能再给他们钱了，咱们在这儿省吃俭用，他们该吃吃，该喝喝，租三室一厅的房子，两卫。半个月前，我去了。我本想在那儿住上一段时间，帮帮他们。我住不下去了，那不是消费，简直是浪费。他们请我吃饭，他那个王哥陪同。亲家呀，你儿子居然要了只烤全羊，一千多，加上酒水，配菜，一餐饭两千多，一个晚上，差不多吃掉我一个月的工资。他们也舍得！

岳母袒护她的儿子，说，那不是看你去了吗？

我说，他的那个王哥，不是去了新加坡吗？

还不兴回来看看？爱人说。

我不再多言，只安静地当一个听众。我是外姓人。

从二舅哥的岳父大人马泰山的表述中，我们知道，原来她的女儿马凤仙，这么多年也是向老人要钱，方式方法同二舅哥一样，要干这个干那个，最后这个不挣钱那个太辛苦。这么多年，她从老人手中拿走二十多万。老人爱面子，这个女婿又是他钦定的，他一直瞒着我们。我们这边怕二舅哥的泰山大人瞧不起他，也瞒着他们，现在才知道，两边的老人都遭了罪。

二舅哥的老丈人马泰山，觉得被女儿女婿耍了骗了。骗钱骗物，也许不是最主要的，最主要的是，二舅哥背叛了他，具体地说，是背叛了他女儿。二舅哥竟然在外面偷偷养女人，而且是高消费地养，养到青岛了，由网友发展成情人。

他的钱根本没花在我和孩子身上，二舅嫂在电话里向岳父岳母告状。岳父岳母嘴里骂二舅哥不是东西，放下电话就说儿媳妇不行。说儿子有外遇，是因为在儿媳妇那儿得不到温暖。留不住男人，是女人没本事。这是岳母的话。说这话时，她颇为骄傲地看了岳父一眼，似乎在向我们证明，岳父这么一个虽老但风度气质依旧的男人，一直守在她身边，是她的本事。

二舅哥的电话很快就追了过来。他说，莫听凤仙瞎说，是她先在外面乱搞。她还跟王哥好。

岳父说了句，就她那样，王哥还跟她，你那个王哥是不是眼神不好？岳父不是幽默，他说话有时不过脑子，张嘴就来，但只要岳母瞪他一眼，他立刻沉默，像点了他的死穴。

我几乎要气炸了。二舅哥一次次向老人伸手，原来是在拿我们凑的钱养女人。我们省吃俭用，他却花天酒地。不上班，比我们拼死拼活的上班族还潇洒。我随之对岳父岳母有意见。二舅哥从他们那儿拿钱，从来是给，我们一时急用，从岳母大人手里拿一百块钱，都是借。

七

我不主张岳父过六六大寿。人还是消停一些好。人一张扬，就会有事，这里得，那里就会失。大舅哥和爱人坚持要给岳父过，我一个外姓人，不便多说。退休好几年了，同事之间已不来往，只是很近的亲戚和朋友，那也有四五桌。岳父那天高兴，喝了不少红酒，在二舅哥的岳父马泰山劝说下，还喝了半杯白酒。喝完酒已是天近黄昏。我们前呼后拥，岳父红光满面，脸像西天的云霞一般灿烂。回到家，他坐在客厅沙发上，不肯去卧房休息。他平时言语不多，那天，他夸夸其谈，回味着酒席，几乎把到场的人都点评一遍。这时候，电话响了，是二舅哥打来的，他说，天寒地冻路滑，他进咸菜，骑着电瓶车，摔了，骨折了，住院了，急需钱花。

岳父六六大寿收的礼金，就这样在他老人家手中还没焐热，就被我爱人通过ATM机，打到二舅哥的卡上了。

岳父脸上的表情凝固了，绯红的颜色陡地褪去，平时黑红的脸，突然那么苍白。我们说，洗洗，去休息吧。岳父没有洗手脸，也没洗脚，就去睡了。第二天清晨，他起床去卫生间，突然扑通一声倒在床前。我们听到一声轰响，以为是他被绊倒了，他却坐在地上起不来，去扶他，他怎么也站不稳。急忙把他送到医院。生命无大碍，只是自此，他的一条腿离不开地，只能在地上拖行，画圈。岳父脑部血栓。

我后来一直搞不清，岳父得脑血栓应该归罪于谁，是什么诱发了他的病。是二舅哥的岳父马泰山怂恿他喝下去的半杯白酒，还是为二舅哥的伤急火攻心，还是二舅哥要去了他的礼金引他生气？我不敢探询，生怕引起他新的烦恼，加重病情。我能做的，只是默默地伺候。

还算幸运。岳父除了行走时，一条腿需要在地上画圈，他的手没事，嘴巴也没有歪，这使他不但能正常说话吃饭，还能自个上厕所，万幸。

大舅哥以老大的身份，给二舅哥去了个电话，告诉他，老爸病了，你不能再向家里要钱，他脑血栓，要长期吃药。

二舅哥说，知道。

大舅哥说，你得靠你自己了。

二舅哥说，知道！

祸不单行，秋天，岳母检查出尿毒症。二舅哥果然没向家里要钱，家里还算平安无事。这年的年夜饭，大舅哥大舅嫂，还有他们的女儿都来了。这个年，对于我们来说，过得很轻松，不像以前那么压抑。

饭吃完了，吃水果，喝茶。谈兴正浓，门外传来敲门声，接着听见二舅哥喊了一声妈，我们都吓了一跳，以为是过年想亲人，出现了幻觉。再听，二舅嫂的声音也传来，接着是他们的女儿喊爷爷。

爱人打开门，二舅哥一家三口，像三面彩色的墙堵在门口。二舅哥一身橄榄绿，二舅嫂浑身是白，白色羽绒服，脸上像刷了涂料似的白。大侄女一身红装。

爱人急着去厨房给他们煮饺子。两个嫂子有过节儿，无法同在一个屋檐下，大嫂起身走，大舅哥和大侄女跟着也就走了。

饺子端上来，并不吃，只说话，不是唠家常，是告状。二舅嫂重复着电话里说过的话。二舅嫂说二舅哥从不去商店帮她。不去帮也就算了，让他在家做饭，她和孩子守店。结果他饭菜做的，水裆尿裤，锅碗瓢盆埋了巴汰，也不好好洗一洗，就知道玩电脑，跟网上的野女人瞎扯。

二舅哥回嘴，你好？你还跟王哥玩失踪呢。二舅嫂说，放屁！她抓起一个饺子，像抓起来颗石头，重重地砸向二舅哥的那张脸。饱满的饺子碎了，成一张面片敷在二舅哥的脸上。二舅哥说，妈，这日子没法过了。

她们的女儿居然没哭，表情淡定。要么是这样的打斗，在她眼里习以为常，要么她心太硬，她连劝都没劝说父母一句。她只顾自己玩手机，仿佛这是两个与她毫无关联的人。

二舅嫂说，我正不想跟你过呢。离婚，明天就去离！

爱人说，明天大年初一，怎么离？没人办公。

那也得离，初七一上班，我们就去办手续。不挣钱，不干活，让女人养着，你是个老爷儿们不？

事实证明，他不是。此刻，他是老爷儿们的最好佐证，就是扇这个泼妇两耳光，但他没有，他低头不语，蜷缩地坐着，像一副灌满气的皮囊。

大过年的，他们在我家吵架，我真想让他们滚，可是，我有这个权力吗？我，一个外姓人，这房子又不是我的，这不是我真正意义上的家，我只能逃避。每逢这个家庭出现尴尬局面，我唯一的办法就是逃避。我拉开门，一只脚还没迈出去，就听身后一声脆响，是肉拍打肉的声音。一股畅快直通胸腔，我在心里叹一声：有种，终于出手了。待我回头看，眼前的情景让我大跌眼镜，原来出手的不是二舅哥，是二舅嫂。挨打的不是二舅嫂，是二舅哥，整个都反了。

我回望一眼二舅哥，目光鄙夷。我看不见我自己的表情，但我心里清楚，那一刻，的确是将内心的鄙视通过双眼传递了出去。

岳母面色凝重。她进了自己的屋，一会儿，她走出来。她拿着一沓钱，递给二舅哥，说，这是一万块钱，这钱你拿着，拿着干点儿啥，别老让人看不上。二舅哥伸手来接，二舅嫂一把抢去了。

岳母又说了句，为了孩子，莫谈离婚，穷过富过，和和气气……岳母的话还没说完，他们就踏出了家门。

岳母是坚强的，她没有落泪，没有叹息。岳父看了一眼岳母，想说什么，没有说。这是他在岳母面前常有的表情，他对岳母心存惧怕。

他们走了，我没有出去送，我不愿与他们同行。我感到压抑，透不过气。我走向阳台，打开窗，寒冷的空气袭来，我像是被吸进一个无边的黑洞。黑暗很快就被爆竹驱走，烟花闪烁的夜是朦胧的、五彩的。烟花点燃了夜，似乎也点燃了我的灵感。我悄然大悟：他们这是在演苦肉计。

我很想把这个发现告诉老人们。我回到客厅，他们都沉浸在春晚的节目里。尽管春晚质量越来越差，一年不如一年，可他们还是要看的。不看春晚，除夕夜干什么去？难道坐在那里生闷气？

大年初一，行人稀少，满世界空荡荡的。二舅哥一家三口，没打个招呼，就这么从煤城悄然消失了。

八

清明节，我们像是看见了鬼魂一样，看见灰头土脸的二舅哥推门而入。这太令我们感到意外了，往年，他只在年根才回家，这才两个多月。莫非他拿走的一万块钱，两个月就花完了？

二舅哥知道我们疑惑，不等我们问，他先开口。他说，他在外不顺，总也挣不到钱，趁着清明回来祭祖，求祖先保佑。他说，他学好了，开始信佛。他包里有一只红色喇叭状的匣子，他说那是太阳能音箱，遇见太阳，能唱佛音。他包里再无他物。

二舅哥竟然不走了，他说他与他的那个老婆，一天也过不下去。他说他这么多年，祸害了老人不少钱，造孽，现在，是他尽孝道求佛报的时候，他要尽心尽力孝敬老人。

二舅哥落座没多久，大舅哥就来了。大舅哥从来以老大的身份出现，他一来，总像是开家庭会议。果不其然，那语气是命令式的，他说，杨二吉不去威海，要在家照顾老人，难得他有这份孝心。杨二吉没有工作，没有收入，我们兄妹不能亏待他。老人每月出一千二百块钱，算是他照顾老人的护理费，我，杨三幸，每人出一千二。

我心里陡地一沉，这还不如拿点儿钱让他走，他这是回来啃老了。他不但啃老，还啃得光明磊落，啃得理直气壮；他不但啃老，还啃兄妹。我说，我没意见，但我有话要说，我们照顾老人的时候，谁给我护理费？我们从老人手里拿一百块钱，也是要还的……爱人打断我，说，大哥不是说了吗？二哥没工作没收入。

见我气未消，爱人说，要不，你伺候老人？

这是激我，没有实际意义。我要上班。而且，我入省城工作的调令来了，很快要走。老婆，孩子，都得跟过去。我可不想过牛郎织女的生活。

我透不过气。我走到阳台上。窗户是开着的，风中带着凉意，我冷静下来。二舅哥这个时候回来，似乎也是上天对两个老人的恩赐。要不，我带着爱人走了，谁来照顾老人呢？

岳母悄然落泪。我知道，不是因为二舅哥的回归，是我和爱人还有孩子即将离去。她对她的女儿特别依恋。那年她查出尿毒症，每周三次透析，需要人陪。大舅哥跟我们商量，让爱人辞去企业的工作，专心照顾老人。他说，就当他妹子在他那儿上班，每月给她开工资。工资开了不到半年，大舅嫂说，商店效益不好，不给她开了，只答应给她交医保、养老保险。交了八个月，大舅嫂让她们商店会计给杨三幸打电话，说商店生意一天不如一天，杨三幸的医保和养老得她自个交。我和爱人当时很来气，但老人还得管，已经辞职在家，成为无业的家庭妇女，老人透析不去陪，说不过去。

岳母特别害怕她的女儿离开。即便在家里休息，她的女儿也不能离开时间太长。女儿不在身边，她会慌乱、恐惧，没有主心骨。她会喊，会找。有一次，我到省城学习，允许带家属。爱人随同，岳母每晚一个电话，有时视频，有时语音。

时光就这么往前走，匆匆真如白驹过隙，我们很快搬到省城。我进驻新单位，孩子入新学校，爱人一时找不到合适的工作，不再上班，照顾我和孩子。于煤城，我们突然成了外乡人，每次回去，得先在网上订旅馆。旅馆尽量订在离岳父岳母家近处，白天在岳父家待着，晚上回旅馆，倒也很热闹，依然觉得煤城岳父岳母的家才是我们的家。岳母故去后，这种家的感觉突然就没了。爱人也有这种感觉，她说，妈在，才是家。妈不在，太难受，太不习惯了。女儿也说，她不喜欢在姥爷家，二舅一天冷着个脸，不理我们，只低头玩电脑。

二舅没有给我传递正能量，女儿说。

我避开二舅哥，让岳父说说他的二儿子：这么大的人，怎么天天捧着个电脑？还电脑手机同时玩。岳父说，天天如此，说过几次，不听。

管不了，管了吗？岳父又说，行了，只要他一日三餐，把我伺候好就得了，他乐意咋的咋的。我说，那也叫伺候，他除了叫外卖，给你做过几次饭？爱人打断我，说，行了，你就别瞎操心了，你不伺候，有什么权力说人家。我说，我是付了护理费的呀，怎么没权力？爱人说，说他管用吗？他又不是孩子。

爱人压低声音劝我，算了吧，由着他，将就着往前走吧。说重了，他撂挑子，不干了，走了，谁伺候？请保姆？保姆更不放心。

我不再言语。

九

一个双休日，爱人说，老爸想我们了，给她打电话。她说她也想老爸了。老妈走后，老爸一个人挺孤单的。我说，怎么是一个人，不是有二哥吗？爱人说，二哥成天玩电脑，也不与他交流。我说，你终于醒悟了，说了真话。

爱人没接我的话茬儿，她说，咱们回去看看老爸吧。我同意了。有二舅哥在，我本不想进那个家，可想到岳父的处境，我说，回去吧。

一路上，我情绪并不高，总觉得像是有什么事。回到家，果然不愉快。岳父向我们借钱，说是二舅哥想买车，开顺风快车，挣点儿外快。

我说，他手中不是有几万块钱吗，买个便宜的，或者二手的。二舅哥说，二手车质量无保证，新车吧，少了八万的，不给办顺风车手续。我说，那行，买吧，自己挣钱，买宝马我都乐意。

我坚决拒绝他，他坚持借，我突然愤怒了，我说，你借我们的钱还没还呢。别说没有钱，有钱也不借。二舅哥比我更愤怒，他说，我不欠你的钱。你们两口子，后来还有孩子，一家三口赖在我家。吃饭不掏饭钱，住房不掏房租，算一算，得多少钱？

他这话不但戳痛了我，也直奔我爱人的心脏而去。爱人气得不喊他哥，直呼其名：杨二吉，你说啥呢？我们怎么赖在你家？我们没伺候老人吗？再说了，要说赖，也是赖在老妈家，怎么就赖在你家了？

二舅哥不理他的妹妹，矛头依然指向我，就差用手指着我的鼻子。他说，你当时从农村来，一个穷光蛋，是我家收留你，现在你出息了，瞧不起人了。告诉你，我不欠你的钱！

我只当他生气说气话。欠不欠钱，不是他说了算。

我不想同他理论。我虽然来自农村，可我是一个大学本科，一个市政府公务员，怎么就是穷光蛋了。我想问他：什么叫收留？你妹妹嫁我亏了吗？但那样，势必伤到我的爱人，这是吵架之大忌。

晚上，大舅哥来了，说是开会，有些事要谈。我说，我一个外姓人，就不参加吧。大舅哥说，要参加，涉及你的事不少。

这个会，使得二舅哥所言"不欠你的"变成现实。原来他说的不是气话，他是经过深层思考，并且与大舅哥是通过气的。大舅哥平时话少，那天却娓娓而谈。他首先说我这些年，为这个大家庭做了贡献，对老爸老妈也孝顺，之后说，这个家也对得起我。我们刚结婚时，在老人那儿吃，在老人那儿住，没交房钱，没给伙食费。这些年，少说也不止三万块钱。现在，就当你们把这钱交给了老人，老人把钱给了杨二吉。也就是说，从今天开始，杨二吉不欠你两口子的钱。

我以为我听到这话会跳起来，但没有，那天的我特别平静。我说，行。那一刻，我回想二舅哥拿着我三万块钱离去的情形，其时，我望着那个远去的背影，就像望着远处飘走的一片黑色的云，根本没打算那钱能要回来，我之所以偶尔提起那三万块，是想让他有压力，让他觉得欠我们的。

我说，好吧，这钱我不要。大舅哥说，不是不要，是不欠。他这么较真，引起我心中不快。我说，这么说的话，那我有话要说。

爱人阻止我，她用眼神告诫我，老杨家的事，我最好啥也别说。

第二天上午，我们说好的带孩子上卧凤山玩，走出屋，发现车没了。爱人说，坐公交车去吧，车二哥开走了。

他开到哪里去了？我问。爱人没应我。我昨夜听二舅哥说，他在网上认识的那个青岛女人来了，在宾馆住了几天，今天要走，到省城坐飞机。现在回想他的话，我警觉起来：他莫不是开我们的车，送他那个野女人去机场？我本来就不喜欢他，懒、虚荣，总叫没钱，总向老人伸手，竟然还养小女人，有能力养也行，别拿我的车装门面。我说，一定是二哥开车送他的那个野女人了。爱人说，别说得那么难听，什么野女人，那是他的小媳妇儿。我说，恶心，他有什么资格养小媳妇儿？穷光蛋一个。再说，他没离婚，这算什么事？爱人说，行了，你就别管了。我说，好，他的事我管不着，我的车我总可以管吧。

我抄起电话打过去，那边接了。我说，二哥，你赶紧把车开回来，我要用。我话还没说完，那边电话挂了。

我生闷气，爱人说，算了，已经开出去了，一时回不来，我们玩自己的。我不理，女儿发话了。女儿说，爸，咱们去爬山。我们坐公交车，坐公交车人多，好玩。

山上紫丁香开得正艳，一片片紫色云朵吐着一团团的芳香。我们陶醉在这青山绿水间，忘却一时的不快。玩兴正浓，爱人的电话响了。电话里，二舅哥训斥他的妹妹：牛壮什么意思，我小媳妇儿来了，一点儿面子都不给，当着我小媳妇儿的面，直让我把车开回来，弄得我一点儿面子都没有。

山顶有风，爱人将手机开了外放，她想听得更清楚。她听清楚了，我也听得清楚。我简直气得要炸开，我说，要面子，买个大奔，买个宝马，没人管，开别人的车算什么本事。

爱人说，行了，就借你这点儿光。我说，借这点儿光，干点儿正事还行，用我的车拉老人上医院，我说过吗？拉一个不三不四的女人，不以为耻，反以为荣。

爱人想反驳我几句，被孩子拦住了，孩子说，爸，妈，你们别吵了，放松心情，尽情玩耍。

孩子发话了，我们便不再吱声。

晚上回到岳父家，按爱人的叮嘱，我没有同二舅哥说车的事。二舅哥冷着脸。几乎是在我们进屋的同时，他出屋。他说他要出去洗澡。他没同任何人打招呼，只是敞口而言，自言自语式的。他洗澡从不拿洗漱用具。他洗桑拿，什么都是一次性的。

我觉得二舅哥浑身是毛病，可我这身份，不便指责，我就想从岳父着手。我说，老爸，你也不教育二哥。他自己过成那样，还养小媳妇儿。你的那点儿钱，都让他那个叫小莉的女人骗去了。

岳父说，玩去吧，他没个女人，也挺可怜的。我说，他有媳妇儿啊。岳父说，他那个媳妇儿，早就同他分居了。我说，分居并没有离婚哪，与这个女人混，这算什么事。岳父说，那也是他的本事。我只觉一股怒火骤然上蹿，岳父并没感觉到我的不满情绪，他用一种息事宁人的语气劝我：哪个男人不吃点儿野食？那是他的本事。岳父再次说那是二舅哥的本事，我难以理解。我说，这么说来，你也吃过野食？岳父脸色微红，似乎被酒精刺激。他急忙否认：没有，我没有！我说，如果我像他那样，在外面去瞎扯，你是不是觉得你女婿挺有本事？岳父尴尬一笑，说，你跟他不一样，你们小两口感情好。我说，如果呢？岳父的脸由红变紫。

十

真正让我与二舅哥决裂的，是三个丑橘。

晚饭后，我们准备回宾馆。此前，大舅哥拿来一箱丑橘。岳父糖尿病，吃一瓣橘子都会使他血糖飙升。二舅哥从不吃水果。走前，我说，给孩子拿一个丑橘。

我说是拿一个，寻思三个人，没法吃，就又拿了两个，反正有一箱呢。我拿到第三个时，二舅哥说，那丑橘，老爸爱吃，给老爸留着。

我什么也没说，把手中的丑橘放回水果箱，把已装进方便袋里的两个丑橘也拿出来。我没往箱子里放，就把丑橘放在饭桌上，二舅哥就在饭桌边玩手机。他一直盯着手机屏的双眼余光，其实一直扫射着我们。

我什么也没说。那两个被我放回去的硕大的皱着皮的丑橘，已替我说明了一切。

二舅哥说，咋还多心了呢？

我没理会他。从那一刻起，我决定不再与这个人交往。三个丑橘，比三万块钱更令我心寒。这三个丑橘，他不是指向我，而是指向孩子，这是我的底线。他可以排斥我，但不能冷落孩子，他触犯了我的底线。

回宾馆的路上，爱人一直默默落泪。她说，老妈在与不在，就是不一样。不就三个丑橘吗？二哥何至于这样。他这是在当这个家，他这是往外赶我们。

同我一样，三万块钱，她没在意，她早就告诉过我，二舅哥也没钱，算了，而三只丑橘，她却伤心成这样。这或许不只是丑橘的问题，她还是想老妈了。当然，也是橘子的问题，老妈在时，哪次我们离开，不是大包小裹往我们手里塞。

妈在，家就在，妈走了，这家就散了一半。爱人说。

爱人一直在我面前护着她二哥，现在，她终于护不下去了。她伤透了心。

我说，咱们回家吧，老爸也见着了，我们每天住旅馆，消费也大，而且没有家的感觉。爱人说，行，走吧。待着也是没啥意思。我们原本想再待两天，于是决定第二天就走。

我们告别时，二舅哥冷着一张脸，他待独了，习惯一个人。我们离去，他一句送别的话都没有，依然低着头，左手手机，右手电脑键盘。难得他这份天真，像一个十六七岁的小青年。

岳父拄着拐杖在门口送我们。爱人说，爸，你要照顾好自己……说话间，眼泪就流了出来，声音也变了调，接着是抽泣。受她感染，孩子落泪。老岳父说，去吧。声音也像被水洗过，湿淋淋的。

你们走了，我跟谁过呢？他像是问我们，更像是自言自语，我心里突然一阵酸楚。看来，他对现在与二舅哥生活在一起是不满意的。

车一路前行，我们的话题不断。我说，二哥一脸烦躁，他不是一个安分的人。他没这份孝心。他一定心怀鬼胎。他莫不是惦记老爸那套房子。

爱人没吱声，看来她也这么想过。

十一

同我的猜测一样，岳父在玉龙新城的那套房子给了二舅哥。岳父说是岳母离世前的意思，说我们都有房，只有二舅哥没房。为了逝去的岳母在地下安息，为了活着的岳父活得开心，这个结果我们只能接受，但话还是要说两句的。我说，二哥不是没房，老爸的上一套，不是让他拿去抵押贷款了吗？他自己祸害掉了。我说，老爸这套房给他我没意见，但得老爸离开以后，现在不能过户。他别再把房子卖了。

爱人说，你也别把他想得那么坏，有大哥呢，产权不是他的，他不敢。你一个外姓人，少管他们的事。嫁出去的人，泼出去的水，我都不管。

爱人又说，二哥现在信佛，不像以前。

二舅哥信佛，他清明从威海回来就说过，我以为他只是说说，近两个月，他付诸行动了。他每个周末都去寺庙，每去一次，花费一百五十块，一百块功德钱，二十块钱买香火，来去车费三十。

我始终不相信他是信佛人，但这话我没说出来。

五一前，岳父住到了大舅哥家，二舅哥说他们的卫生间漏水，都漏到楼下人家了，楼下来找过好几回，他要重新装修卫生间。一个脑血栓后遗症患者，一个腿脚不方便的老人，满大街去找公厕，肯定是不行的。二舅哥就把岳父送到大舅哥家，说是临时住几天。

岳父住到大舅哥处，就再也没有回到自己的家。二舅哥把他的房子卖了，他根本没办过户，直接用岳父的身份证和户口本。新的主人，拿着房证，理直气壮地住进了岳父的房子。岳父蒙在鼓里，天天盼着回自己的家。知道他的房子被卖后，他给我们打电话，说，你二哥走了，同他小媳妇儿走了，到蓬莱岛浪去了。他的语气里，第一次对二舅哥有了不满。

一切都在我的预料之中。

出了这么大的事，我们自然要回去看一眼，安抚一下老人。孩子课程紧，周六有课，回不去。孩子不回去，我俩就得留一个人在家。爱人说，你去吧，你做的饭，孩子不爱吃。我一出门，孩子就瘦了。马上中考，营养可不能少。

　　爱人的理由充足。现在，孩子是大事，其他的都是小事，家家如此。

　　我给岳父的礼物是水果和营养品，还有品牌烧鸡。这其实是给大舅哥大舅嫂看的，岳父多种疾病在身，吃不得肉，也吃不得含糖多的水果；岳父给我的见面礼，是一道难题。那时，大舅哥大舅嫂和他们的女儿都到商店去了，是岳父拄着拐杖给我开的门。岳父见我的第一句话是：你把我带走吧，我要跟你们过。他说，在这儿，我一天也待不下去。你嫂子那张脸像铁铸的，从早到晚，见不到笑。我说你要她笑干什么？有你吃的喝的，有电视看，有床睡，有自个的房间，你满足吧。

　　他满脸失落，像一个小孩那样，几乎哭了。他说，你妈临走前说了，说她要走了，让我跟着你们过，谁也不行。二儿子指不上，大儿子行，大儿媳容不下。

　　这句话暗含对我和爱人的褒扬，但我并不买账，反而很生气，明知你二儿子是个浑蛋，在你面前挖了一个又一个的坑，你偏要往下跳。我们的话不听，到头来，还是要靠我们。

　　大舅哥的房子也在玉龙新城。当时他换新房，就是为了照顾老人，离老人近。

　　我特地去敲了敲岳父以前房屋的门。我好奇，想看看到底是怎样的一家人住在我那么熟悉的房子里。我听见屋里的动静。我感到有人影在门镜那边闪动，但并未给我开门。我走了，新的主人，与我没有任何关系，何必去打搅。

十二

岳父张罗洗澡。他说，晚上大舅嫂在家，不方便，白天洗。我说，那就洗吧。

岳父十五年脑血栓。他脑血栓后，拄着拐杖，所有的澡堂拒绝他进入，怕摔了担责任。他把周围几个澡堂都骂了一遍，就不再去了。他只在家洗。我们住在一起时，也给他洗过澡，也给他搓过背。但每次，他都不愿在我面前脱去短裤，任它与水一起淋湿。等我给他搓完背出来，他才换上干净短裤，走出卫生间。

这次，他进到卫生间，就把自己剥了个精光，似乎要把他的整个身体，乃至内心所有，全呈现给我。事实果真如此。他一边享受我给他搓澡，一边讲着他的过去。

他说到他的婚外情，他说，那是他人生最痛快最有激情的时刻。

尴尬了，身为岳父，他居然同我说这个。我归罪于他脑血栓后遗症，小脑萎缩。

我说着二舅哥的不是。他说，你二哥并不是我们亲生的。因为是养子，身份特殊，打不得，骂不得，所以就宠坏了。

养子？我无比惊诧。我说，爸，您老就别编故事为自己解脱了，惯坏了就是惯坏了，没人责备你。他自个的路，自个走。岳父说，我说的是真话。你没看，你二哥不像你大哥，也不像三幸，他比你大哥和三幸都好看。

岳父说的是事实，二舅哥长得像黎明，而大舅哥和我的爱人，与哪个明星的模样都不沾边。我说，你从未同我们说过呀。岳父说，没说过，你大哥都不知道。他同你大哥相差不到两岁，他到我们家时，你大哥才三岁，没有记忆。

　　他说着二舅哥的母亲，那个叫琴的女人，也说着二舅哥的父亲，一个姓刘的小号手。他说，你刘叔和琴姨都是市歌舞团的，还有你妈，我们在一个团。岳父说，你琴姨先前是追过我的，但我觉得她养不住，就没跟她结婚，而是娶了你妈。后来你刘叔娶了你琴姨。不过，做媳妇儿是一回事，偷情又是一回事。

　　岳父跟那个叫琴的女人，有过一个激情燃烧的夜晚。那个夜晚，他们下乡演出，远行到一片草原上。那里有个牧场。他们与牧场的工人载歌载舞。夜里，牧场工人们骑马，到遥远的蒙古包里歇息，把农场房子让给演出人员。

　　那个夜晚，我二十八岁的岳父被三杯马奶酒弄得浑身燥热，难以入眠。他起炕，披衣，走进夜色。他想让草原的风吹凉他的身体，让他狂热的内心平静下来。

　　那时候，他与我的岳母已经结婚，并且有了我的大舅哥。

　　草原的夜风，还没来得及冷却岳父燥热的身体，一个女人走出她们的宿舍。这个女人就是琴。

　　我是他的女婿，特殊身份，岳父对那个夜晚的细节没有过多述说，只告诉我，他就那么把琴睡了。岳父说他把琴睡了时，他说得轻描淡写，在我，却如雷贯耳。

　　岳父说，那个夜晚，更让他震惊的，是一只狼。当他不能自已，在一个草垛旁，与那个叫琴的女人疯狂过后，发现有一只狼正静着双眼，静静地凝望着他们。岳父压制着内心的恐惧，扶起那个叫琴的女人，平心静气地慢慢往回走。

事后，岳父无数次回想那个激情燃烧的夜晚，他后怕，但似乎并无悔意。他说，他竟然忘记草原是有狼的，只是他弄不明白，那只狼为何没攻击他们。

那个叫琴的女人，自那次后，多次还想与我岳父重温旧梦，无奈我岳母眼光如锥，岳父近不了身，也怕出事，最后干脆有意避开她。琴很快就找个人嫁了，就是姓刘的那个小号手。

小号手长得白净、帅气，用现在的话说，是小鲜肉，但无岳父的沉稳。他是岳父的好兄弟。岳父为此还很内疚，如果早知琴要嫁他，岳父说，他那个晚上，一定会控制自己。

琴和小号手婚后不久，岳父他们再次下乡演出，这次去的是山地，一个叫卧凤沟的乡镇。那时没有车，有车山路也走不了，都是马车。马车中间是木头箱子，装着演员的演出服装、道具、乐器。两边坐人。

山路颠簸，让人昏昏欲睡。岳父在马车上睡着了，掉了下来。因是下坡，后面的马车疾驰而来。岳父刚从睡梦中惊醒，不知咋回事，抬起头茫然四顾。与岳父同坐一马车的小号手霍地跳下车去，奔向岳父。在那命悬一线的瞬间，小号手拽起岳父，并尽全身之力，将岳父往旁边的坡地一推，他自己却没逃过马车的碾轧。几千斤重的马车从他身上驶过，一个帅气的新郎官，瞬间变成了另一个人。他口吐鲜血，送到医院，医生说他的脾已破裂，肝胆肾都遭到了损伤。他卧床三天后，离开了人世。

那次演出自然是取消了。歌舞团很长一段时间，笼罩在死人的阴影里，下乡演出打不起精神，慢慢地就不再下乡。

一个人死去，并不只是死去那么简单，会遗留很多问题。小号手留下了一颗种子，在琴的肚子里。

有人劝琴打掉这个孩子。孩子父亲没了，将来谁养？琴年轻又漂亮，还得嫁人吧。带个孩子，不好嫁。

琴在一个大姐的陪同下，走在歌舞团的大院里，步子缓慢而沉重。她们向医院走去，岳父听说，冲出宿舍。他朝着她们的背影喊：等一下。

众目睽睽之下，我的岳父走向琴。他对琴说，孩子留下。小号子（岳父对小号手的爱称）是为我死的，他的儿子我替他养。

琴在她与小号手婚后七个月产下一儿，琴给他起名小吉。琴生下小吉没多久，离开煤城歌舞团，同上海一名商人走了，几年后去了美国。岳父没有食言，把小吉接到了家。为了不动摇他抚养小吉的决心，他瞒着岳母，到医院把自己的输精管给扎断了。

岳父说到这儿时，转过身，面朝我。他感叹说，人活在世上，总会与某些人，或某个人纠缠不清，剪不断，理还乱。

岳母对岳父向来严厉，岳父对岳母言听计从。我们曾打抱不平，说岳父太老实。岳母说，他老实，他欺负过我。他欺负我的时候，你们都不知道。

现在想来，岳母说的岳父欺负她，莫不就是指他的那次出轨？

我问岳父，你养情人的孩子，岳母就轻易同意？岳父说，你妈心眼好，小号手又是为救我死的。再说，我同琴好过，她只是猜测，并没实据。

我不知道岳父为何跟我说这些，他想表达什么。他是想说，因为别人家的孩子，他不便严加管教，打不得，骂不得，就惯成今天这样？他是在为自己开脱吗？

岳父闭了眼，任我给他擦拭身上的水滴。他像是在沉默，也像是在追忆过去。

我也在追忆，我突然从二舅哥的脸上发现岳父的影子，他莫不就是岳父亲生？这个想法，让我在闷热的卫生间里感到浑身发冷。我把我的想法说出来，岳父说，怎么可能，莫瞎猜测。他说完，微直起身，望着镜子里自己的脸。镜子沾满水珠，那张脸成无数碎片，看不清表情。

我说，要不，你和二哥做个DNA。岳父说，他都走了。我说，他枕头上留有头发。岳父想了一下，说，算了，不做了。有些事，搞得太清楚未必好。再说，这么多年，不是亲生的，也是亲生的了。

一个多钟头，洗个澡的时间，二舅哥就从岳父的儿子变成养子，甚至可能是私生子。岳父脑血栓后，小脑萎缩，我怀疑他说的是胡话。可他的讲述，却那么清晰，那么有条理，不像是随性杜撰。

难道他说的都是真的？这么大的秘密，他竟然埋得这么久，藏得如此之深。多少年来，我们可是在一个饭桌吃饭。

人心何止隔肚皮！

十三

大舅哥家房子大，房间也多，能住下我，但我不习惯大舅嫂那张冷脸，自己住旅馆去了。我离开前，上岳父房间向他告别，岳父让我把门关上。他放低声音说，我还是想跟你们过。

我愣了一下，装作没听懂。岳父接着说，你们俩心细。这次你们要不是搬到省里，你妈也不会走，至少能挺到过完年。你妈夜里发烧，就把窗口打开了，睡着了，那么冷的天，开了一夜的窗。我也睡得死。你二哥在他屋里玩电脑，一夜没过来看看。第二天你妈病重了，他外出办事，拖了两天才送医院。你妈不是死在毒症上，是死于肺炎，一口气没上来，憋死的。

我愤怒了。岳父见我生气，把话往回收。他说，其实也不能全怪你二哥，病人抵抗力弱，没挺过。岳父说，你妈走前同我说过，说谁也不行，就三幸和牛壮不错，我死后，你就跟他们过吧。牛壮，你让我去吗？

他的语气已有哀求的成分。我没有立刻回答他。但是，他对他的那个说不上是亲儿子还是养子的态度让我心里不快，只是碍于他泰山大人的身份，我一个外姓人，敢怒不敢言。更主要的是，他脱离不了杨二吉的纠缠。我若把岳父带到省城的家，不是引狼入室吗？

但内心里，我还是能接受他，毕竟我们刚结婚时，没有房子，两位老人容纳了我们，但我不能答应得太爽快，轻易得到的东西，他会认为是应该的。我得端着点儿态度，让他知道他自身难保，别再没完没了去顾他那个不争气的杨二吉。我说，爸，这个事我说了不算，你得跟三幸说。岳父说，三幸说了，她没意见，只要你同意。

我说，我大哥不同意，他说你有两个儿子，让女婿养，让人笑话。这话大舅哥并未说过，是我内心所想，现在竟然脱口而出。岳父说，我不是让你们养，我只是去串门，去住，每年住几个月。

看来，他是早就打算好了的。

岳母去后，他孤苦伶仃，也挺可怜的。我气不过的，还是我的二舅哥。我脑子转不过弯的，还是他对二舅哥的态度。

岳父望着我，眼神里分明是乞求。我的心软了。岳父七十八岁，浑身是病，还能活几年，就算拖累，也不会长久。我心里同意了，但我嘴上不答应，我想憋他几天，让他长点儿记性，不要再惦记那个说不清是他的养子还是私生子的杨二吉。

我说，我作为机关后备人才，被选送到省委党校学习，很快开学，时间半年，三幸要上班，要照顾孩子上学，一时怕没太多的时间照顾你。这其实是我的借口，去党校学习，是我的白日梦，根本没这回事。人，有时要假想一些美事，来让自己强大，渡过精神上的难关。

岳父眼睛一亮，说，啊，是好事，去吧。他喝了一口水，好像是突然想起什么，放下茶杯，说，爸告诉你，在外学习，男男女女的，要小心，莫瞎搞，控制一点儿自己。我说，没事，那是党校，讲党性。岳父说，我当时要不与你琴姨有那档子事，也就不会管你二哥，没人管，你琴姨没招，不就把他带走了吗？我把他留在身边，窝在煤城，操了这老多的心，说是帮他、疼他、爱他，到头来，是害了他。你看他现在，没文化、没技能，眼高手低，一个大男人，自个都养活不了自个。唉，爸有过呀。

我说，爸，你别这么说。

我突然有点儿可怜他，觉得自己不该编造去党校学习的谎言来骗他。我正要揭穿我自己，岳父发话了，他说，等你党校学习完事，你就回来接我。你在你书房里放一张单人床，你二哥去看我总得有个地方住吧。一听这话，我原本软下去的心又硬起来。我说，行。不过我老加班，半夜回凌晨起，有时还成宿加班写材料，噼里啪啦打电脑，只怕你老睡不好。

岳父的脸冷下来，也不是生气，就是没有表情。他说，回去后，你们忙你们的，我没事，我能照顾自己，不给子女添麻烦。我没接他的话，拎着电脑包准备去宾馆。岳父说，你先别去宾馆，你带我下去走一走，我要看看玉龙湖，我还没看过夜色中的玉龙湖。

玉龙湖夜色美，四周灯光变换着颜色，按一定频率打在水面。我和岳父走到湖边时，正值蓝光闪耀，水面微波荡漾，玉龙湖像夜色笼罩下的一片海。我搀扶着岳父，很缓慢地散步。岳父也觉得玉龙湖像一片海，他说，美其名曰玉龙湖，哪里有龙。我说，不都这样吗？城南的阳光海岸，你能看到海？他没接我的话，依然说他的龙。他说，我要跳进这湖里，会像一条龙吧，我正好属龙哩。我说，你这么胖，应该更像一只海豚。岳父一百九十多斤，胖得像是没有脖子，肚腹和大腿连接处被赘肉填满，没有弧线，没有过渡。

我说岳父像海豚，他不但没有生气，还很天真地笑了。他说，像海豚好哇，海豚活得多快乐。他停下脚步，拄着拐杖，望着湖面。此时灯光变换成绿色，水波不兴，湖面像一片被风吹动的草原。

岳父轻声哼起那首《草原夜色美丽》。我见岳父耍过很多乐器，马头琴、二胡、长号、小号、钢琴，却从未听他唱歌。没想到岳父的男中音竟然很好听。

岳父停止歌唱。玉龙湖畔又变换了灯光，水面不再像草原。霓虹灯闪烁，倒映在水中。水波微微荡漾，水面美轮美奂。岳父说得对，有些事，搞得太清楚，未必是好事，比如这片湖。如果一味地去想象她的前身是露天矿，是垃圾场，是污水区，那日子就没法往下过了。

　　我仰望四周高楼，其实整个新区，都如这玉龙湖，这是煤城的贵族小区，一家家看上去光鲜，但那或许只是表面的光鲜，光鲜的背后，掩埋着多少不为人知的故事？就像我岳父一家，都够写一本书了。

　　我带岳父回到大舅哥的家，大舅哥他们还未回，今天他们有应酬，让我先陪岳父。我帮岳父脱去外套，让他躺下，我自顾离去。我不想碰见他们，我不愿看见大舅嫂的那张冷脸，尽管无数事实证明，她心眼并不坏，但我还是不愿面对这位在玉龙新城小有名气的"冷美人"。

　　回宾馆洗完澡，躺下，电话响起，是大舅哥打来的，他说岳父不见了。我说，怎么可能，我亲手伺候他睡下的呀。我飞速穿衣，冲出宾馆。

　　我们在玉龙湖里看到了岳父，他面朝水底，脊背露着，像一只若隐若现的海豚。

　　大舅哥在那里一边忙乎，一边说，爸呀，知道你跟我妈感情深，可也不用这么急着去找她呀。他像是同逝去的老人说，但我心里清楚，他其实是说给邻居和亲戚们听的，他害怕老人自杀，给他扣上不孝的帽子。

　　大舅嫂说，我恨死杨二吉了，他把老人害了，老人却死在我家，好像我们虐待老人似的。

灯光暗，我看不清她脸上的表情，但那张冷脸，分明已呈现在眼前。

岳父其实是个非常好的人。脾气好，人善良，大气，舍得让人吃。如果没有我二舅哥在中间这么做，他会待我更好，不亚于亲生，也不会走上这条绝路。

我这么想时，悲哀便袭击了我。我两腿发软，几乎要坐在地上。

如果我没有拒绝他跟我们过的要求，他会自溺于玉龙湖吗？我这么想，悲哀迅速膨胀，掺杂着恐惧。巨大的恐惧和自责裹挟着我，皮鞭一样抽打着我，我难受得哭起来。我听见大舅哥的邻居说，看这姑爷子多孝顺，哭得多伤心，比亲儿子还亲。

爱人驱车在路上。她把孩子留在她的同学家。我问爱人，二哥回来吗？她说，他知道了，但没说回不回，电话就断了，再打，无法接通，可能是没电了。

我认为他是关机了。如果他因为愧疚，不敢面对，那他还算有一点儿人性。如果他纯粹是躲避，怕我们责怪他，怕我们向他要房钱，那他就太不是人了。

他是怎么想的，我不知道，知道了，我也不能评说，毕竟，我是个外姓人。

岳父一定不是想让自己看上去像海豚，才跳进湖里的。绿色的灯光打在水面，这片湖像海，更像一片碧绿的草原。岳父是不是把这里当成了他的草原？如果是，那么，他踏上这片"草原"，是去追随我的岳母，还是去找那个叫琴的女人。

这只能是猜测了。猜测，终归是虚幻的，不确定的。真切的是，岳父走了，我们再也见不到他。

北方五月的夜晚，其实还很冷。岳父走的那一刻，在湖水里一定很遭罪吧。我这么想，新的一轮眼泪涌出，滑过我的面颊，带着冰凉。

发表于《芙蓉》（双月刊）2018年第6期

《小说选刊》2018年第12期

入选2018中国中篇小说排行榜（百花洲文艺出版社）

乌鸦啁啾

张鲁镭

> 枯藤老树昏鸦，小桥流水人家，古道西风瘦马，夕阳西下，断肠人在天涯。
>
> ——[元] 马致远

景春一眼就看见饭桌上冒着袅袅热气的大馒头了，他迫切地奔过去，正烫呢！管他的，景春用嘴嘘了两下吭哧一口，这一口下去，坏了，老头儿当时雨打梨花鼻涕一把眼泪一把。明月还以为他噎着了，赶紧把大酱汤递过去。景春不理，仍旧卖力地吧唧着大馒头。此刻，谁都别想阻止他吃馒头。这暄乎乎的大馒头哇！景春眼仁儿里冒出一个院子，院子里坐着奶奶母亲还有一条温顺的老狗。

景春一面嚼馒头一面用袖口揩眼泪。明月便在心里感叹，可怜的老头儿一顿白馒头就激动成这样，天知道他先前的日子是怎么过的。她一面怜惜着一面还冒出个小小得意，看看自己这手艺，这品相这卖相，硬把老头儿给吃哭了。喝一点儿汤吧。明月说。景春从缅怀中回到现实的饭桌上。他用眼角瞥瞥明月，这女人三十多岁的光景，干巴瘦，他都联想到秋日里晾晒的萝卜干了。他的老家山东招远，选媳妇儿都是先看面活，蒸馒头烙饼啦，擀面条啦。景春不选媳妇儿，他招保姆。

明月是朝阳硬塞给他的，朝阳告诉他，这女人哪干净勤快好心肠，这女人哪干活多吃饭少没废话，这女人哪……景春可从没动过这念头。他在大阪生活快一辈子了，之前一直在船上打鱼。他打的鱼加起来能装几火车，直打到两条腿也像火车那样曲里拐弯的。腿脚不好也没什么大不了。他这辈子吃苦耐劳从不花冤大头钱，保姆这种奢侈和他沾不上边。退休后一个人在家里买个菜做个饭倒也能应付。还不是朝阳撺掇的。当时朝阳还在大荣超市里干活，他常去那里买东西，都是中国人，慢慢就熟了。朝阳说，春叔应该找个脚力才是。什么脚力？当然是女人了！景春就笑。一见面朝阳就开导他，您那些钱要发毛了吧？省着留给下辈子不成？有儿有女仔细点儿倒能理解，您这孤家寡人的……一天不知是烦了还是开窍了，景春就说好哇，等你帮我张罗一个。朝阳逗他，是张罗媳妇儿还是张罗保姆？当然是保姆，媳妇儿那东西太麻烦。后来朝阳真还把人领来了。就是明月。

明月第一个亮相漂亮，让老头儿吃出了眼泪。她可是个有心人，漂洋过海来挣钱，凭的就是一双手，她很清楚自己这双手没什么技术含量，无非洗洗衣服做做饭，那就把衣服洗得亮堂堂，把饭做得香喷喷，把庸常的家务活干出一朵花来。来之前听说是个山东老头儿，就特意在面食上下功夫。哦，明月提醒自己，不能总老头儿老头儿的，要称呼他春叔才是，春叔您还有什么吩咐？

春叔要求，冰箱里不存货，一日三餐现吃现买，至于洗衣做饭打扫卫生这些个活计随见随干。明月觉得春叔之前没有过这方面的经验，但无论如何她都会尽心尽力，不让人挑出毛病来。她可是坐飞机来挣钱的，日本大阪，谁能想到呢？说来就来了。

春叔住的这个地方叫大阪府吹田市南正雀街，东面正对着淀川公园，北面临着一条河，河两岸生着好多向日葵，太阳明媚的时候把一条河映得金光闪闪，猛然看过去像河里边漂散着一串串金币。河上架着一个小拱形桥，人们总能看到一个瘦女人左手一根葱右手一个梨地穿梭在小桥上。桥那面有大荣超市，明月是他们的铁杆主顾，这个家一菜一叶一针一线都从那里获得，超市旁边还有咖啡店料理店美发店以及零零碎碎的小店。明月还是喜欢桥这边，忙里偷闲她会在桥上小站片刻，河里不光有金币还有鱼，一条条游戏着把金币撞得叮当响。有人往下扔面包，鱼争抢着张开嘴巴，鱼越聚越多，小鱼跳到了大鱼身上，大鱼哪是好惹的？一个打挺把小鱼甩出去，这时候要是有块面包的话，明月看看手里那根葱，她要赶回去做葱油饼了。

春叔饮食清淡每天必喝大酱汤，他不喜欢肉，偶尔吃点儿青鱼。买鱼不去超市，他从前的工友开了个小鱼屋，鱼都是当天下船，特别新鲜。大一点儿的买一条小的两条。他指挥明月把青鱼开膛破肚拿掉内脏，水龙头下冲洗干净，拿盐腌了晾晒个大半天再放到油锅里煎，待锅里的热油吱啦啦响，香味便出来了。青鱼算不上什么好鱼，在他们老家也就直接拿酱焖了，哪能这么白瞎工夫，这边人过日子讲究个精细。饭桌上春叔也会客气客气，你也尝尝。明月笑笑，筷子从来不碰一下。晚饭后春叔要在院子里喝茶，这个独立小二楼外带一个规规矩矩的院子，院子里有花有草还有两个胖胖的大红桶，红桶很醒目很威严，像门卫，更像守财奴，里面盛着雾蒙蒙的不再透明的自来水。这个家有专门的用水程序，淘米洗菜浇花，洗衣拖地冲马桶。侍候春叔在院子里喝茶，又把一个大香水梨削皮切瓣，在盘子里摆成一朵太阳花。她已经入乡随俗开始精细了。把春叔安顿好开始给垃圾分类，这边扔垃圾很是严谨，单说一个酱油瓶，扔时就要分三类，塑料瓶一类，铝制瓶盖一类，瓶上的包装撕下来再一类。这一天下来虽说不是太累，可琐琐碎碎也让人忙个不停。

　　晚上明月愿意出来转转，她要去玉米地看看。住所南面居然有一块玉米地，她用眼睛估算没有三亩也有两亩半，庄稼地被侍弄得青青翠翠见垄见方，一看就知道主家是个勤快人。明月喜欢在玉米地这多站一会儿，抒发一下自己的离愁别绪。可不就是离愁别绪吗？陌生的地方陌生的人，哇啦哇啦的日本话连一句都听不懂，唯有这块玉米地和她最亲，还有向日葵和鱼，这些都是她的发小，她五岁在玉米地里除草七岁在海边网鱼，有它们在心里踏实了好多。她不喜欢城里，因为她不喜欢密集的高楼和呼啸的汽车，这里居然是这副模样，一水儿安安静静的小楼，路又窄车又少，却精致朴素，到处是风景，都有村庄的味道了。现在他们那个村子，庄稼越来越少，加工厂越来越多，填了海盖上高楼，有钱人没钱人都忙得密不透风，都没白天没黑夜，都心里慌慌的。明月喜欢桥这边充满乡情的风景，等下她还要去桥那边一趟，朝阳在那边。

　　明月朝阳，听起来倒像姐妹！可即便从祖爷爷那儿开始扒拉，两个人也没有丝毫的血缘关系。那又怎样？完全不影响人家姐妹情长，看看，这都情长到大阪了。朝阳回去整个村子都沸腾了，孩子手里的糖果妇女脚上的丝袜老人壶里的乌龙茶，村头巷尾一派大阪城的味道，日本鬼子虽然可恶，但日本的东西并不让人讨厌，还蛮好呢。单说那丝袜穿了好几天都没跳线，村里人的概念，大阪应该是个遥远的地方，可因为朝阳它似乎又没那么远，朝阳出去没多久她家就开起了杂货铺，大到家电小到鞋袜日用品，旧的有什么关系，关键它是从外国来的，质量还那么好！

朝阳成了一轮红日，高高挂在她家院子里，每天都有络绎不绝的向阳花围绕，朝阳你白了，更漂亮了。大酱汤是用大酱做吗？什么时候教我们做乌冬面……明月没去当向阳花。她悄悄叹息，一瞬间还想到了凤凰和土鸡。听说朝阳只是探亲，过一阵就回大阪。到底是发小，人家上门来看她了。去大阪吧；一切我来办……

明月从没出过远门，最远到省城买东西。她不缺乏胆量，可毕竟是出国，内急了连上厕所都成问题。弟弟的眼泪淌成河沟，我这条腿……或许……姐能让我重新站起来。朝阳返回大阪就帮她联系了投资公司，钱一到位马上动身，倒也没费什么周折。

朝阳的雇主是当地一对老夫妻。两人在街心长椅上坐下。明月发现朝阳身上沾着白毛，你再看看，还有黑毛和黄毛！原来那户人家养着三条狗。朝阳每天一大块时间在为它们操劳，洗澡吹风遛弯，那条小母狗还要换衣服梳小辫。老太太买了一堆头绳和裙子。她讲，女孩子就要打扮得漂漂亮亮。今天本来给狗姑娘扎上红头绳穿上蓝裙子，老太太看见说不好看不好看，非要换成黄裙子。狗姑娘今天闹人，上蹿下跳不让换，另外两只也跟着起哄，三个狗东西一会儿床底下一会儿桌子上，噼里扑通花盆都翻了，老太太眉开眼笑地过来帮忙，咕咚，狗没抓到先来个屁股蹲儿，我的祖奶奶！午饭后两个老的睡下，她带着狗出来遛弯，该死，黑狗今天闹肚子，给它清理了一道狗屎。明月问，你遛狗还带着铲子？何止铲子，这边遛狗必带四件宝，卫生纸、水、铲子和塑料袋。光把狗粪铲起来哪行？还得把地面冲干净。明月感叹，垃圾分类遛狗带工具，难怪街上这么干净！朝阳问她，和春叔相处得怎么样？还好，不过那老头儿过日子实在清汤寡水。老头儿在船上干了一辈子应该不缺钱，天生一个抠门儿，要不是我撺掇，他能舍得雇人？明月就拉起朝阳的手。回去时朝阳让她在门口等下，出来时手里多了个袋子，晚上烤的肉饼，剩的都在这。你那老头儿吃得寡淡，我这老头儿没肉不吃饭。这合适吗？拿着，哪能让咱妹妹亏了嘴！明月上前抱紧朝阳，挂在手腕上的袋子哗啦哗啦响。

春叔的生活还算规律，他每天吃过早饭在院子里喝喝茶看看报，午觉后出去买竞马票，赶在吃晚饭前回来。某个晚上还会去居酒屋坐坐。逢周末拿根长胶皮管冲院子，边边角角石桌石凳以及每一块地砖。他对这项劳动很有热情，一高兴还会拎着水管走出门去，恨不能把整条街都刷一遍。这倒不怕费水了。春叔话不多，对明月也没过分挑剔，即便这样她也不敢懈怠，力争在朴素的饭食上创造出小小的亮点，暗暗的大馒头辣辣的打卤面香香的葱油饼……平淡日子里忽然就添了盼头，春叔拿眼睛瞄着墙上的挂钟，又该吃饭了，饭桌上他眼仁放光下巴粘着一条葱。还吃？明月小声提醒，已经第七张葱油饼了，小心肠胃。怎么能怪春叔呢？谁让她烙的葱油饼这么香了！白面粉里打了鸡蛋和切得极细的香葱，放在热油里炸成金黄，傍晚的时候坐在院子里吃，惹得路边的小猫直往墙上跳。

　　房间打扫过，衣架上还没有晾干的衣服正随着小风飘，想想还干点儿什么。可不能这么傻愣愣坐着，要动起来，动起来！明月的自律来源于从前的雇主，那个瘫老头儿，身子瘫了脑袋没瘫，一夜一夜缠她讲故事，你不讲他敲暖气管子。白天倒乖，开着电视打呼噜，呼噜这玩意儿传染，明月实在太困了，眼皮用棍儿都支不住。老太太见了不高兴，哪有保姆大白天瞌睡的？眼里应该有活的。明月放眼趔摸，老头儿衬衫扣子掉了，她拿上针线靠着窗台，缝缝绕绕看西边天色，心里琢磨着晚上给老头儿讲个《鬼吹灯》吓吓他。

　　门后挂着一件破了洞的毛衣，春叔经常披着在院子里喝茶，明月将其拆洗让它变成一个毛线团儿，她坐在院子里，腋下夹着长针，就那么一下一下把线团结成了带花纹的毛背心。春叔穿上当即决定出去转一圈，外套扣子也不系。明月又得意了，看来自己的毛活和面活同样出色！春叔当然喜欢，虽然比先前的毛衣少了两个袖子，可它软软的暖暖的前尘往事一般。最关键是人家跑马赢钱了！买马生涯中，头一次赢这么多，得了外财谁不高兴？敢情这个瘦猴还旺财。他一瘸一拐买回好几条青鱼，还给明月买双鞋。他们老家有个讲究，得了外财要散出去一些才安稳。一双打对折帆布休闲鞋，好比在烧饼上摘下一粒芝麻，意思到了就行，况且鞋的颜色还那么亮艳，明月坚信这是对她勤奋工作的肯定，穿新鞋啰！那娇娇嫩嫩的粉绿，让她走起路来像小风拉着手那么轻快。

　　朝阳一面熨床单一面打哈欠，这个时候有人午觉有人劳作。怎么你连床单也熨？朝阳压低嗓子，这算什么，窗帘枕巾被套，就差裤衩背心了。她抱怨老太太干净得要命，恨不能把房子都放进消毒水里泡。有几只乌鸦哇哇地落到树上，从屋里望过去像是开在树上的一朵朵硕大的黑花，朝阳跑出去轰赶，明月跟在后面帮忙。朝阳说这边的乌鸦比麻雀都多，上次两个垃圾袋就被它们洗劫了，弄得满院子都是。你可得把垃圾放好了，这帮黑老鸹眼尖鼻子灵。明月说春叔已经叮嘱过她。新鞋？春叔给买的。话一出口便觉得不妥。怎奈水已经泼到地上。春叔？朝阳停下手里的活，我的天，就那只铁公鸡！你们不会是？明月急了，怎么可能？他是看我脚上的鞋太烂，再说一双鞋也没几个钱。你不知道那老头儿有多抠门儿，买根葱都比来比去的。还是我们明月有魅力，铁公鸡都开始下蛋了。朝阳姐就会拿人开心！时间过得真快，转眼就春天了，家那边花也该开了。

明月现学现卖，床单被套沙发罩，但凡能熨的她都用熨斗走一遍，那些蔫软的纺织品，被这么熨熨烫烫格外有了精气神儿。春叔穿上熨烫过的衬衫，人都挺拔了。相处久了，两人也会聊几句，明月说她和朝阳打小住一个村子，俩人一起上学，一起赶海。春叔问村里人现在还常常赶海吗？现在海滩都被包出去，多数包给外乡人搞养殖，只有偏远的海滩可以赶，不过现在海里穷，也赶不到太多东西。春叔问起打鱼的事。明月说现在捕鱼证难办，买一条船也不少钱，出海捕鱼也要有些背景，再说也有风险。春叔想起当年在海上一待就是几个月，下了船依然是航海的感觉，连马路上的行人都是漂浮的，他分辨不清东西南北，凭着感觉往前漂，他总会漂到种着橘子树的那扇门前，一股焦煳的香气从门缝里钻出来……好香！春叔睁开眼睛，天光暗下来，明月正在厨房里准备晚饭。

晚饭后春叔给明月发工资，提前了两天。日元面值大，一张就一万，多么激动人心的钞票。出来的全部意义和目的，旧衣将变成新衣，旧房将变成新房……她拿着电话小有激动，发工资了，姐我发工资了！想吃什么我请客。朝阳说这会儿樱花正怒放，休息日我们去造币局看樱花！好哇！好哇！

　　来大阪这么久明月第一次出远门，其实也不算远，关键还乘了地铁。因为昨夜下了场小雨，街上的房屋树木都像冲过淋浴，天蓝得快要掉下颜色来，空气里有一股清甜的薄荷糖的味道。明月想等春叔再用胶皮管冲大街时她一定帮忙。

　　流连在造币局的樱花大道上，明月有种恍惚的眩晕，怎么一下子就掉进花海了？这可是画片上的风景，难道自己钻进画片里了？这樱花乍看极像桃花，不过要比桃花有气势，一簇簇一嘟噜一串串，不经意就给大道搭出了个天然花棚。听说樱花原产于中国喜马拉雅山脉，几经周折才来到日本。明月把脸贴在花瓣上，一棵树换过土壤都能活得这么美丽！一股隐约的憧憬浪花般在心头荡漾。忽然一只乌鸦从脸庞划过，带着习习的凉风，随之扔下一串哭丧般的号叫，哇哇哇……明月跑过去拉住朝阳的手，它们叫得真吓人！朝阳说你仔细听，它们在喊，苦哇苦哇！明月往天上看，乌鸦已经钻进云朵，它们把一连声的苦叫留在半空。

　　看过樱花逛公园，直到夕阳西下姐妹俩才挽着手进了料理店，明月说姐来点菜我结账，朝阳就点了烤鸡皮烤牛肉红烧肉生鱼片还有炒豆芽。明月心里说这怎么吃得了？等菜上来才知道盘子就巴掌大，红烧肉仅三块。啤酒倒满，明月端起杯子，我再加一道菜——快乐！好久没这么开心了，掏心掏肺说一句谢谢你朝阳姐。

谁让我们是好姐妹呢！两个杯子叮当撞在一起。姐是村里第一个跑到国外挣钱的，村里人都叫你女丈夫。也是没办法，有本事有关系的都在家里包海发财，没本事的只能跑出来卖力气。小时候姐就是挖蚬子能手，退潮时背一个袋子，不一会儿就装得满满当当，那些男人都不行。朝阳干了一杯啤酒，妹子，挖蚬子也要窍门，用盐，看见蚬子洞就用小勺子往里面撒一点儿，蚬子就被呛出来了，然后一铲子下去……这么管用？当然。你这家伙，那时候怎么不告诉我？哈哈，秘方不外传……那你今天得多喝几杯。好哇！再来两个扎啤。你们家房子也盖了，下一步打算？房子哪能当饭吃？听说鱼干儿加工厂有前景。得再攒几年钱。你呢？要先找家大医院给弟弟治腿，他可是个好瓦匠，要不是盖楼被砸坏，我哪会这么辛苦！这几年也难为你了……盘子一个个摞起来，扎啤杯一个个排起队，两个女人已经面若桃花悄悄耳语了，朝阳扒着明月耳朵，知道春叔都去哪里消遣吗？居酒屋吧，他偶尔会去。还有风俗店，就是那种地方。朝阳暧昧地眨眨眼。就他那腿脚？这和腿脚有什么关系。这边好多老头儿都好这口。他有没有对你？绝对没有！不如就留下来安个家，我看春叔对你蛮好的。朝阳又叫了两个扎啤，明月担心她喝多，姐，咱出来一天也该回去了。心疼钱了？怎么会？那就再来个扎啤，难得开心，朝阳脸蛋红扑扑眼睛酒汪汪，她摇晃着酒杯说，一会儿姐带你捡钱去……

外面黑成一团，明月被拉着左转右拐，到底去哪儿呀？到了，这就到了。朝阳从包里摸出手电筒，啪，顺着光柱明月看见墙角那儿有个床垫子。妹子就是有运气，你不是总说床睡着不舒服吗？这都给准备好了。快拿上，客气什么？明月四下看看倒是没人，可她还是有点儿手软。朝阳笑了，看把你吓的，这可不是偷。拿走人家还要感谢咱。前面就是大阪大学，这一带是留学生公寓，总有学生夜里把不要的东西偷偷扔掉，你看那边……都拿上……这帮败家子……今天运气好，两人以担山之势吭哧吭哧抬着床垫子，月朗星稀下如同凯旋的铿锵玫瑰，还有地毯和电饭锅呢，外加一件漂亮外衣！外衣是在垃圾箱捡的，朝阳说日本的垃圾管理越来越规范，一般不敢乱扔东西，只有这里还能捞点儿油水。明白了，朝阳她家的杂货铺，原来如此！

明月躺在床上感叹，今天这床和平时可不一样，肚子里塞着货呢。其实学生公寓离春叔这里很近，穿过玉米地走二十几分钟就到了，之前她也听说过大阪大学，没想到竟在眼皮底下，最没想到的是还可以滋生财富。对于生财之道每个人都会小心谨慎，恨不能用盔甲包裹起来，就算亲人朋友也不想走光。在财富面前谁又能免俗？今晚的酒后泄密朝阳那边已经在喝后悔药了吧。小时候朝阳拖个大麻袋在路口等她，见面会把袋子里的蚬子分给她两大捧。挖蚬子这活没人能和朝阳比，大老爷儿们都不行，她总愿意单打独斗，不喜欢扎堆儿。有了朝阳的帮忙明月的袋子也鼓起来，在家门口明月会摘个牛角瓜给她，村里人爱做牛角瓜菜包，牛角瓜切碎用盐把水分攥出来，和上蚬子肉和蚬子汤，鲜香鲜香的，小孩子一口气都能吃掉五六个。朝阳用她的蚬子既换了友情又换了瓜，明月当然喜欢这样救苦救难的友情，蚬子少了不够吃，她妈就要把她臭骂一顿，没准还扇几下。况且她家院墙上爬了好些瓜。这世上的友谊，有哪个不是蚬子换瓜？朝阳帮助她来大阪，她的医疗卡能借给朝阳看病，最重要还能帮她往家汇钱。说到底也离不开蚬子换瓜。

等到朝阳也发了工资，两人相约一起去邮局汇钱。朝阳拿出的钞票可比明月厚多了。黑下来居然能挣这么多钱！朝阳回来不久合同便到期了，她离开大荣超市直接黑下来当保姆。朝阳笑，你只见贼吃肉，没见贼挨打，三条狗一个瘫老头儿外加个挑剔老太太，她把钱举到明月鼻子下面，闻闻有没有一股狗屎味？明月只闻到了钞票的味道。明月今天穿了件浅蓝色外衣，领口袖口均镶着蕾丝花边，花边上还缝着一粒粒小亮片，腰身也收得恰到好处，把瘦弱的明月都装饰出曲线了。就是那天捡的。朝阳说看看这运气，都像给你定做的。还帮她把头发修一修，明月没什么发型，就是把所有的头发拢一起在后面扎个马尾，可惜她发质不好，毛毛糙糙的，那马尾就像挂在后脑勺一把硬邦邦的扫帚。朝阳帮她剪下几缕刘海儿，又把硬扫帚剪成可爱的小刷子。看看这下跟衣服步调一致了。大阪这地方剪发贵，以后你这颗脑袋我负责。

　　明月发现朝阳爱逛超市，大大小小有店便进。她喜欢看化妆品，喜欢在免费试吃区域里逗留。明月觉得没意思，干脆在门口等她。超市旁边有不少人在吃小丸子，明月也凑过去，穿着体面兜里还有点儿碎钱，当然就愿意看看热闹。朝阳从超市里赶出来，快，里面有免费比萨饼。一个腮帮子上鼓着球的男人看见她们，赶忙把嘴里的球往下吞，可他吞咽得并不顺利，眼珠都翻出白色了，噎够呛，他居然打着哏哏的饱嗝要求请客。原来是和朝阳相熟的中国人，明月欢喜，那敢情好！天下中国人是一家。朝阳推说有事，拉上明月匆匆离开。明月嘀咕，那小丸子什么味道？从来没吃过呢。没什么特别的，叫章鱼烧，其实就是国内的章鱼小丸子。还有那个免费比萨饼。快走吧，带你吃关东煮去。刚刚那男人对你蛮热情！

看见你激动得直翻白眼。他热情他的，我可没那份工夫。咱出来的目的就俩字——挣钱，没用的不去沾边。

关东煮好大一个碗，里面装着穿了竹签的萝卜、豆腐、海带以及各种小丸子，明月呼噜呼噜很快造掉一碗，朝阳又帮她叫一份。明月问什么时候再去寻宝。寻宝？就是大阪大学那里。朝阳嘴里正含着一块豆腐，她把豆腐来来回回用牙齿磨了好几圈才咽下去。明月说姐那里不方便，以后她床下面就是储藏库。还一面把丸子送到朝阳嘴边说，之前她身上套着根绳子，现在姐姐帮她解套呢！朝阳叹气，刚来那阵路边随时都能捡到好东西，现在不行了，还好有这些留学生。吃完，朝阳又去超市里转悠，明月送给她一大瓶洗发水。

当天晚上明月上吐下泻，天一亮赶紧给朝阳打电话，朝阳怨她关东煮吃太多，整整三碗，不把肠胃吃坏才怪！朝阳陪着她去医院，又是检查又是拿药，折腾了大半天。回来又给熬了小米粥，小米粥散发的热气扑到脸上，明月得趁热喝掉，她要尽快恢复体力，夜里还要去寻宝呢。

明月太喜欢寻宝了，夜深人静，戴上球帽和手套，玉米地往南就是她的寻宝之路，明月没心思再对着庄稼地抒情，她要加快脚步，其间途经正雀小学，小学校门口没啥，再往前走一段，学生公寓就不一样了。刮风下雨明月当头遇见西瓜捡西瓜，碰到芝麻捡芝麻，多么美好的夜晚，有理想有诱惑有惊喜，有天夜里还寻到一辆自行车！明月激动得要呐喊，大阪，我都爱上你了。那晚她做了个梦，朝阳被遣送回国，她哭喊着抱住她。有个东西紧紧卡住喉咙，怎么都喊不出声！醒来发现是床的问题，其实明月的床算不上床，春叔找来几块木板上下一搭，就变成她梦的港湾了。现在却是储藏库，日积月累成一个大肚汉，肚皮就要爆炸了。那天朝阳还在路边捡了个凳子，这个有什么用？明月不想拿。现在这凳子已经把床倾斜成滑梯了。她把梦学给朝阳听，朝阳不以为然，好多人都在这边稳稳当当黑着，被遣送回去的都是让人举报的，我可没那么多仇家。明月说还是找空闲把东西寄回去，她脖子都快窝断了。朝阳说这次的几件家电归你，卖了好价钱记得请客。东西是用船运回去的，运费不是太贵。那晚明月睡得真舒服，她又做了个梦。家里的杂货铺已经开张，她老妈正在灯下一张一张捻钱！

　　大阪每年都有一台盛大的烟火晚会，八月三号淀川河边。春叔几天前就开始张罗，还特意准备了一张凉席，明月把朝阳也一起约上。本来家附近就是地铁站，春叔偏偏要绕个大弯乘JR路，原来是JR路车票便宜。淀川河边已经聚集了好多人，过节一样，情侣们拉着手，姑娘们穿着漂亮的和服，脚踏木屐团扇轻扑，好位置已经被占上，他们在街边铺上凉席，对面有好多小吃还有捞金鱼的。夜幕降临音乐响起，天空立刻变成了五光十色的花园，花瓣如雨，像无数颗拖着尾巴的流星，依依不舍地从空中划过，一瞬间的美丽，一瞬间的光彩，仿佛寄托着无限希望。春叔开心想喝点儿啤酒。朝阳把钱接过来递给明月，明月仰脖正看得出神，只好把眼睛从天空中收回来去买啤酒。那边飘来烤鱿鱼的香味，朝阳自作主张从春叔怀里摸出几张票子递给明月，三个鱿鱼。吃过鱿鱼朝阳要喝水，春叔掏钱给明月。明月想起她和老太太推瘫老头儿去公园那次，老太太也是这么一趟一趟使唤她。她借口去卫生间在小卖店旁边坐下，还买了个苹果糖。天上一个接一个璀璨的烟花，让人心里边缥缥缈缈的。明月含着苹果糖，人已经缥缈到九霄。

回去路过那片玉米地，玉米已经长成粗粗的棒子。明月坐在那里胸口发闷，这会儿的天空没有烟火只有星星，时间过得真快，转眼玉米都熟了。回来的车上明月就开始胸闷，朝阳让她扶好春叔，不能在靠门的地方坐。怎么像个管家婆？下了车经过玉米地时她说要在这里小坐片刻。晚风吹起阵阵芳草的清香，明月一口口吸进肺腑，心胸慢慢舒展开来，玉米长得真好，她看四周没人选了两个壮实的掰下来。春叔喝过新鲜的玉米糊说要带她和朝阳去参观净水厂，明月说这几天身体不大舒服。

　　冬天了，风吹在脸上凛凛的。明月去桥那边找了几家超市也没买到粗粒盐。她去找朝阳打听。要粗粒盐干什么？天冷了，想腌点儿咸鸭蛋。乘阪急车去南京街，中国城那边应该有，我和你去。朝阳背上双肩包，她总是这副行军越野的装备，明月笑话她成天背着炸药包。中国城和家里的镇中心差不多，包子饺子连葱油饼都有，明月总算在一家小店买到了粗粒盐。

　　明月把粗粒盐加大料和洋葱放在铁锅里翻炒，然后用毛巾包起来，春叔腿疼病犯了。两个膝盖肿得跟馒头似的。明月打小生活在渔村，村里叔叔大爷们打了一辈子鱼，有几个不害腿疼病的？当然就有些土办法。她缝了两份盐包，这一份在腿上热敷时，另一份就在铁锅里微火热着，虽然不能解决根本问题，却也缓解不少。她还打电话从家里寻了中药方子。当然，她没有腌咸鸭蛋。春叔越发觉得这个女人的好，从前那些个冬天，腿疼起来他都想跳河。这个明月太值了，都可以用价廉物美来形容。当时要不是看在价格的面子上，朝阳嘴皮子说漏也没用。朝阳心思多，一会儿撺掇他找保姆，一会儿要帮他介绍生意，那种生意不用本钱，就是和一个中国女人履行个手续，说白了就是假结婚。春叔不干。让一个女人在他面前晃来晃去，而且没有实质性内容，多折磨人！别说他不缺钱，就是缺钱也不干，别扭。他逗朝阳，要是你还成。朝阳冲他吐舌头。明月瘦瘦的像个秧子，他不知该如何支配这个女人。他一个人的生活料理起来很简单，无非洗洗涮涮做点儿饭。有保姆了，他觉得有必要让日子复杂起来，河水起涟漪，不然要保姆干什么？他不让冰箱里存留食物，不许熟食过夜。明月来来往往奔波于超市，他心里又舒服又平衡。他把这份平衡小心包裹起来，却留下一条小缝。他要让明月懂得，钱不是白白能拿到的。但也不会太张扬，他这个年纪的人做事总要把握一个度。他喜欢大门的开启和关闭，咯吱咯吱，一副过日子的模样，咯吱咯吱，东方红太阳升。他都打算天暖和些去学学太极拳了。明月会烙饼会擀面条，会把破毛衣变成崭新的毛背心，还从河边弄回好几袋子葵花子，他有好多年没吃葵花子了，日本这边的葵花子都是喂给松鼠之类的小动物吃，人基本不吃，其实那是个多好的磨牙香料。明月还能剥出仁烙饼，她总是晚上去弄葵花子，顺道还能捎两棒玉米。最主要能给一双老寒腿止痛。你看她就是闲不住，丢下勺子捡扫帚，至少手里也捏根针。人虽瘦些，胸前的馒头倒也饱满。想什么呢？人家可不是老色鬼，不过，男人看女人总要在细节上有考量。又懂得规矩，从来都去外面打长途，他一个老乡找个国内保姆，那女人成天抱着电话，那个酸那个嗲发春似的。

　　冬天就是麻烦，连朝阳都给冻感冒了，明月赶过去时，她正用毛巾捂着嘴打喷嚏，老太太让她赶紧上医院以防病菌传染。明月倒觉得不是很严重，她把自己的医疗卡给朝阳，那边锅里还熬着药呢。

房间里弥漫着葱油饼的味道，盐和洋葱炒在一起可不就是这个味道！春叔说闻闻味就解馋，他躺在床上，明月让他把两条腿支起来舒服些。明月发现膝盖上的两个馒头经过一段时间的内服外敷，已经通情达理似的低调了，用手摸摸也不像先前那样肿胀，这可是她的医疗成果。她低头研究，一缕青丝落在膝盖上都没发觉，明月太得意了，太佩服自己了，她哪里是什么保姆，简直是一个保健大夫。她像收获劳动果实那样把两个膝盖揽在怀里。没有铺垫，没有预谋，是一触即发又是暗香涌动，我的天哪！春叔一个鲤鱼打挺压过去！呵呵，这能怪春叔吗？此情此景，别说瘸子，瘫子也蹦起来了。故事发生在一瞬间，自自然然，水到渠成。关键是来得太突然，但突发事件也不都是坏事。哪来的浓烟？坏了，锅煳了。春叔去开窗，腿脚居然听使唤了，看看这事闹的。在屋里憋太久，现在他要去外面呼吸下新鲜空气。明月仍旧赖在床上，是大床啊！大床又宽又平，下面还没那么多破烂拱她腰杆。春叔那样的腿脚居然会……明月笑笑，笑得很有内容，这会儿的心像被挂上秤砣，她把被子揽在怀里，就像把新生活揽在怀里。她想起造币局那只划过脸庞的乌鸦，朝阳说它在叫苦，其实这边人管它叫报喜鸟呢。明月翻身拿起电话，按几下又挂上。她哼着小曲来到厨房，小米没了，冰箱里有几块猪骨头赶紧煮上，光溜溜的猪骨头在清水里显得很单薄，还好又翻到一个萝卜几根葱，统统切了扔进去。

春叔竟买了一件女士睡袍回来，情意绵绵的淡粉色。他催明月赶紧换上，明月举起湿漉漉的手，正给朝阳煮汤呢！她感冒了，怕耽误熬药，都没陪她去医院，等会儿汤好了就给她送过去。换上，换上，春叔急。睡袍很长，一直长到脚踝，上半部分扑啦啦的蕾丝，像渔网那样大眼儿里套着小窟窿，包在里面的明月娇巧又可人。谁这个时候按门铃，讨厌！朝阳来还医疗卡了，她可真会选时候。睡袍上亮晶晶的扣子一颗一颗钉到朝阳心上。回去的路上两个人沉默着，路灯把她们的影子拉得很长。明月拍拍脑门儿，给你煮的骨头汤没拿。朝阳说，其实小米粥更暖心……

眼下明月成了忙人，她手里多出两个小本本，一本是《日语自学速成》，另一本是《图说按摩保健大全》。这算啥！最有气魄的是她在院子里搭了个窝棚。支上木板条搭上防雨布，用铁丝一固定，四四方方一个窝棚，虽然简陋却透着一股主人翁的气势……现在一日三餐都由她安排，在迎合春叔口味基础上，一定不能太咸太甜，葱油饼一次最多四张，不能光吃鱼，肉也要吃的。不能光要梨，苹果也来点儿。傍晚去超市买打折食品放冰箱，哪有时间成天跑超市？有好多事等着她。

庄稼有了足够的雨水和肥料就会长势茂盛，人也一个道理，有了好饭好菜，有了情感的温存，明月整个人都茂盛了，那眉眼儿那白里透红的脸蛋儿那饱满的胸脯，到处盎然着春回大地的生机，不要计较她略施了粉黛，也不要说春叔送了她一个多层化妆盒，即便那个化妆盒五颜六色，里面的眼影口红腮红粉饼比调色盘都丰富，说到底现在就是她生命章节里的一档滋润期。不用怀疑，明月的头发最能说明问题了，头发没搽脂抹粉吧，那长势如同野草一样，才剪了几天，又茂盛出一大截，跟催了肥似的。想到催肥这个词，明月笑了。这边剪发太贵，一剪子下去好几斤牛肉没了。她这颗脑袋还是让朝阳来处理。

院子里闹哄哄地开了锅，老太太率领三条狗在围攻朝阳，那狗姑娘脖子上缠着厚厚的绷带。朝阳出去遛狗，狗姑娘被铁栅栏剐了一条口子，流了不少血，在兽医院缝了好几针。老太太和三条狗一起凶巴巴对准朝阳，狗姑娘一颠一颠闹得最欢，像要扑过去讨说法，就怪你，就怪你，看都把我伤什么样了？这是一条一尺多长的蝴蝶犬，黄色的身躯，头上长着一丛极有装饰性的黑毛，样子十分滑稽。现在这狗东西仗着人势，闹得披头散发像个泼妇，脑袋上的毛把眼睛都遮住了。挺身而出的时刻到了，明月先是冲着狗，骂它们一群狼心狗肺，不想想平时谁照顾你们来着？一把屎一把尿的，我们那边孩子都没这待遇……骂着骂着她忽然意识到跟狗这么计较不对头，狗听不懂。明月把脸扭向老太太，你还真把狗当孙子了，可你也不能不把我们当人！明月真的很激动，想到从前使唤她那个多事的老太太，都咬牙切齿了。老太太叽里呱啦地摇晃着身体。朝阳站在狗窝那儿犯了错的孩子一样低着头。明月又意识到她的一番激昂叫骂也是毫无意义，老太太一样听不懂。这可怎么好？明月急得蹦高，忽然她看见窗台上有个青色花盆……

　　回来的路上明月还在亢奋，花盆虽大却不重，伸手一划拉，啪嚓碎了一地。老太太和三条狗当时就没声了，关键时刻还要仰仗肢体语言。其实这是个意外，当时她只想有个举动震慑一下老太太和狗。院子里有个铁皮桶的，今天怎么没看见？那样动静又大还不易碎，管他呢！碎了就碎了，到底给朝阳出口气。

　　到家里学给春叔听，春叔赶紧把她拉到窝棚里，你在这里藏好，说不定老太太这会儿正带着三条狗过来了，老太太我打得过，那三条狗惹不起，你不要动。春叔朝明月一眨眼，把一块布蒙到她头上。春叔在窝棚外面捏着鼻子，明月在哪里？要她赔我花盆！明月在里面说，花盆的没有，洗脸盆的有一个。春叔进去，这里不行，得换个更安全地方。他把明月拉到门后，脱掉外衣蒙到她身上。用手敲打着门框，明月是不是藏在这，我看见有一只脚。明月咯咯笑，老太太你眼花了，那就是一只鞋。春叔手一挥，这个地方也不行，跟我来。他把明月按到床上，枕头被子一起压上去，明月一脚踢开。你想憋死我呀！两个人笑得鼻涕眼泪，他们沉浸在小朋友的游戏里，别有趣味。现在可是明月从未有过的好时光，花盆碎在地上她先一愣，随之就在心里开了一朵花，今天的她自信勇敢不惯老太太毛病！今天她给强壮的朝阳出头。原来和别人打一架能获得这么大的快乐。生活里真的需要适当猛烈一下，春叔现在就要猛烈一下，他觉得自己这会儿的力气都能抵得上一头牛。偏偏这个时候电话闹人，春叔拿起话筒叫明月，不用问也知道是谁，她心里一阵隐隐的慌乱。

朝阳说那花盆是老太太婆婆留下的，她要赔。她说是秦始皇留下的你也信？信不信的，把人家东西打坏了总要有个说法。居然这样的口气？倒和老太太站一边了？我是看不得老太太欺负你。这个也不能怪她，毕竟是我没看好狗。明月心里紧张。没准自己要吃官司了。在人家地盘上这可怎么好？老太太说花盆钱从我工资里扣掉。明月轻松下来，骂那个老太太一脸狗相。不行就换一家，还能在一棵树上吊死？算了，这事不提了。还有就是，离你不远也有一家中国人开的美发店，人家是正牌理发师，手艺比我这个女仆要好得多，你现在都是女主人了不差那几个钱。怎么还女仆和女主人了？这事明月一时反应不过来。

朝阳说她是女主人，女主人要领工资吗？以前春叔会拿着票子在她面前数一遍，然后让她在一个本子上签字。现在，沿用从前的方式显然不妥，不给工资更不妥，到日子春叔就把钱装进信封塞抽屉，明月看见自然拿走，彼此都避免尴尬。无所谓了，现在有鱼有肉院子里有窝棚，明月朝窝棚望过去，那是她在异国他乡竖起的一根柱子，虽没根基却是满满的希望。

　　现在窝棚变成一个雪球，越滚越大，就快丰富成一个杂货铺了，电视机、电熨斗、电水壶、吹风筒、炒勺、衣服被褥……再滚些日子就可以寄回家了。发财这事最好自己动手，当然还要靠一点点运气。明月这阵子顺风，睡上大床吃上鱼肉，看看这一不小心又撞上个生意。那天她在留学生公寓碰到一个男学生，问她能不能帮忙打扫卫生，他马上要回国，走之前要把房间打扫干净，报酬就是屋里不要的东西。学生们不要的东西可真多，品种也相当丰富，连米和速食面都有。和在大街上寻宝完全两个级别，学生公寓来来往往的留学生很多，这种生意时常会有，她留下联系电话在家里等着就行。春叔态度中立，只要把他照顾好了无所谓。明月更体贴了，她把葵花子煮熟放在太阳下晾晒，春叔喝茶时就在一边给他剥着吃。有时攥着葵花子在他嘴边逗，春叔张嘴就把手缩回去，又忽地一小把塞他嘴里。这么大年纪还能让女人宝贝着，春叔真开心，开心的他主动帮忙验货，这可是经验教训，之前寄回去那些，老妈在电话里嚷，那就是一堆破烂儿，烂到家了。白盼望了这些日子，朝阳她们家倒红火！大人孩子蜂拥着进。一大箱子崭新的牙膏洗头膏！哪有牙膏洗头膏？寄东西时朝阳倒是从家里拎来一个纸盒箱说是杂物。老妈讲寄回去的东西都是朝阳男人提货，他肯定给过了一遍筛子。明月安慰老妈，不是朝阳自己又怎么能来大阪？

朝阳来电话，说婆婆想用寄回去的矮凳垫箱子，找了半天才想起那矮凳连同家电一起给了她家。找上门老妈却不愿意给。明月想可能老妈还为那些破烂家电的事生气。她答应过后给家里打电话。明月说，上次那些家电卖废品都没人要，倒是可惜了运费。朝阳说她哪里知道是些破烂货，东西捡回来直接放到你那，还特意嘱咐家里把值钱那几件给你们。明月一想也是，倒错怪了人家。就打电话回去，不过一个凳子，就给他们吧。老妈那边明显激动，什么凳子，那是个古物，清朝的物件，值钱呢！老妈当时把那些旧货摆在院子里待售，不少人过来看，凳子也放在院子里，有个老头儿倒是摆弄过，谁也没当回事，老妈生气都想给当柴火烧了，爹说好歹是外国运来的。后来就有人上门出一万块，老妈多个心眼儿，怕卖赔了，没敢卖。村子里瞒不住事，朝阳婆婆过来要。哪能给她？现在凳子给包上塑料布藏起来。老爹老妈夜里轮班看守怕人偷。居然还有这事？当时朝阳非让她把那个破凳子拿上，一个黑乎乎的矮凳。倒不是她多慧眼，这人见啥捡啥。明月让老妈去县城找三舅，他是中学历史老师，这方面应该懂些。不过不要把东西带去，最好来家里看。老妈让她放心，说老天开眼，瓦片要翻身了。

明月给朝阳打电话，我的姐姐，那凳子居然是个古物。全村人都知道了，你婆婆还要拿着垫箱子？朝阳讲正要和你说这件事，想想她也觉得不对，垫箱子找个砖头就行，怎么就非要凳子。再三追问婆婆才说了实话。家里男人惹祸，骑摩托把一个老头儿撞了，现在老头儿住在医院里等赔偿，婆婆听说矮凳的事，没办法才去讨要的。想想当时你还抱怨不肯拿。是这样，她男人那边已经联系好买家，给一万二，这个外财我不能独吞，算咱两家的，钱一人一半，等你和家里打个招呼。明月觉得这也合乎情理，毕竟是朝阳坚持留下，回来路上她都想偷偷给扔了。还有上次花盆的事，心里一直觉得亏欠，不知道老太太扣她多少钱，也不敢问。那就姐七千老妈五千，算我支援姐夫一把。明月豪气地说。老妈当然不同意，说你三舅正联系博物馆的人，这事不能急，说不定值多少钱呢。明月问朝阳家里出事了？可不，她男人把一个老头儿撞了，家离那么近还骑个摩托！

春叔带明月去箱根温泉，她又被好运撞了个跟头，差点儿就爬不起来了。这接二连三的，瓦片真要翻身了，不是翻身，是上天了！"花篮的花儿香，听我来唱一唱，唱一呀唱，来到了大阪城，大阪城好地方，好地呀方……" 她马上就要在大阪生根发芽，然后慢慢长出年轮长成一棵树。春叔许诺当他永远的脚力，回去就登记。明月还是第一次泡温泉，身上一下变得润润滑滑，这之前她是多么粗糙枯萎，一个地地道道的老妈子。让温泉这么一泡，鲤鱼跳龙门了。从渔村到大阪她乘上火箭。出门时明月把那本《图说按摩保健大全》塞进包里，还仔细研究了承扶穴、天柱穴、命门穴以及委中穴……这么按哪按春叔就很舒服，像通了电流一样血液奔腾。这么按哪按春叔就说，明月呀，当我长期脚力吧。夜里明月来回相看自己的十根手指头，怎么觉得像鱼钩。

明月一进门就看见桌子上的电话在跳，那架势再没人理都能跳到房顶上。朝阳分贝很高，你们家怎么回事？婆婆去拿凳子，你家大门关得严，门口还把守一条狗。关于凳子，明月并没太在意，这几天她的心思在更重要的事情上。区区一个凳子算什么。她心里边的蓝图那是一群凳子都没法比，她已经在考虑古旧家具回收了。朝阳急了，当初是我执意要留下，依你早给撤了。你们到底想怎么样？不就一个凳子，哪至于这么大火气？明月轻飘飘一句，四两拨千斤了。我那边急着用钱，你却人间蒸发，度蜜月去了？对！去箱根温泉玩了几天，已经商量好，过几天就办手续。那边一下安静了，明月忽然想起那天花盆落地的情景。朝阳，你在吗？在吗？她不是存心，完全是朝阳的态度使然，和喜悦心情相伴的应该是曼妙乐曲，岂是愤愤的大呼小叫？

老妈在电话那边哭诉，凳子烧了，生生给烧了。明月心里一沉，老妈讲这几天连雨怕弟弟着凉就烧炕，吃过饭才想起炕洞里藏着凳子，已经晚了，你多血压高都犯了。那边传来老爹一阵急促的咳嗽。你和爹不是轮班看守吗？可不，谁知道就那会儿大脑短路了。也是老天不让咱家发财，也罢，破财免灾，免灾了。

电话又在那儿跳了，明月赶紧躲出去，她真庆幸到现在还没买手机。凳子说烧就烧了，连她都不信朝阳会信？她琢磨给弟弟打个电话说服老妈。想想没这个必要，她太了解老妈了，东西到她手里就等于到了终点。早前媒人送过来几块衣服料子，忽然就少了两块，老妈连鸡窝狗洞都翻了，末了也说了句破财免灾。左右这个窟窿得自己补上，过几天就发工资了，这么想着心里倒轻松下来，闲着没事去大街上转转。路边有个章鱼烧摊子，明月凑过去。有人朝她嗨了一声，一男的腮帮子上鼓着个球，明月用手点自己，那男的把嘴里的球咽下去，白眼珠都噎出来了。想起来了，那次他还要请客，原来你这么爱吃这口！两人居然是老乡，老乡去买了份章鱼烧给她，你现在？在照顾一个老人。我和朋友办了一个投资公司，专门为咱中国人服务，你叫明月，对，你的手续就我办的。再有亲戚朋友来日本直接找我。老乡递上一张名片，我们公司对同胞开展的业务都写在上面，不白忙，有介绍费。这样讲吧，有人要来日本，你和他要……剩余部分都归你……你工资多少……一份介绍费就够你小半年的……老乡把介绍费描述得像一根充满诱惑的金条，有山有水风景好生秀丽。明月无心待见金条，但她搞明白一件事，那就是朝阳从她身上狠捞了一票。当时朝阳要带她来大阪。那个有情有义的儿时姐妹，要把她从贫苦中拉出来。为了出国费用，明月东挪西借，她在权子那留了两个晚上，对方才从柜子里翻出两千块钱，权子把钞票攥烫手了还在迟疑，怕肉包子打狗，怕有去无回，他吭吭哧哧说，等回来了把房子修修成亲……权子，这个邋里邋遢的男人，还不到四十岁就秃掉半个脑袋，如果不来大阪的话说不定就和他一个屋檐下过活了，不和他又能和谁呢？谁愿意来接手那样的一个破烂不堪的家——一个瘫弟弟，一个熊孩子，一对摇摇欲坠的爹娘。权子愿意，因为他的日子更是一团糟。那天躺在权子那张黑乎乎的炕上她都想到屎窝和尿窝了。下定决心，走出去没准还能撞上个狗窝！明月还是在尿窝里给了那男人一个许诺，好人，等我回来……

当时朝阳一急都想把男人摩托车卖了。那怎么行？明月肯定不同意。朝阳就从集市上找来牲口贩子，两头黄牛说什么都不肯走，明月看见牛哭了。她过去摸摸它们的头，我要去大阪，没有办法……明月脸上已经走了颜色，她问，介绍费就是六亲不认吗？老乡沉默片刻这样解释，钱这东西嘛，就像小河里的水，东家流一流西家淌一淌，不会在哪一家永远停下，那还不发大水了。也就是说我兜里的钱明天会是你的，你兜里的明天会是他的，这样滚来滚去才叫市场经济！

朝阳再看到明月时，她正坐在院子里喝茶，身上穿着那件粉睡袍，扣子在太阳下闪着刺眼的银光，这打扮又家居又媚惑，俨然一个女主人。朝阳怀里抱着狗姑娘，自从上次受伤，这狗姑娘就有了婴孩的待遇。狗姑娘瞪着两只圆眼，它对这个新环境很好奇，看看去，纵身一跳钻进窝棚，这还了得，朝阳赶紧追过去，窝棚里满满登登，她把狗姑娘从一个炒勺里拽出来。这些东西是？都是春叔找朋友收罗的……我也懒得去管……朝阳心里狗咬似的，一口一口咬得生疼。明月本事，把个铁公鸡给俘获了！哪是铁公鸡？简直是一只大肥鸭。运气好的话没几年直接继承遗产了。类似的念头谁没动过？多么便捷的途径，造化与机会！明月半毛钱没花，摇身一变坐地户。春叔在她身上揩过油吃过香，到头来还不是竹篮打水的结果，她现在这一身狗毛一手狗屎的……还有家里那个浑蛋，他干活的加工厂离家没多远，可偏偏要买个摩托，那点儿歪心思瞒得过谁？加工厂里老娘儿们多，摩托突突一响，老娘儿们嗷嗷疯喊，腿脚快的老娘儿们还能跳到后座上捎个脚，他很享受这个捎脚。这次撞人后座上就捎个小老娘儿们。也不知道他和那个小老娘儿们是否清白。想到这些朝阳就很悲伤，她用手捂住胸口，努力控制着不让对方窥见内心的悲凉。

　　明月摊开两只手，没办法，凳子烧了，已经烧成灰了。朝阳赶紧从悲伤中振作起来，她可不是弱不禁风的女人，她身体健壮意志坚强也不是好惹的！之前已经说好，烧不烧没关系，我只要我那份，你过几天就发工资了。真是姐妹俩，想到一起了。朝阳姐别急，我新近认识个老乡，就是那个，你认识的，搞投资公司那个，我刚刚联系个亲戚，能赚不少介绍费……

明月到码头寄货，好大一堆，这下老妈该乐了。她又去商店买了玫瑰精油，还在街边吃了关东煮。现在这些她都能用简单的日语应付。还去医院做了咨询，弟弟的腿并不是一点儿希望没有。其实只要你心里边不畏惧，一切都没那么难！小苗也能长成大树，毛毛虫都能变成蝴蝶呢！街上熙来攘往，天空流云舒卷，正有一群乌鸦飞过，明月虽然不是热恋中的女人，但也心情极佳，她抬头看看，怎么觉得它们美丽得像天鹅！小学生们穿着制服拉着手从学校出来，每一张小脸都那么可爱，这正雀小学从家里走过来最多十分钟，本想进学校里转转，看看表该做晚饭了。在家门口，她好像看见一个相熟的背影。

春叔靠在沙发上喝茶，明月用五根手指头拢了拢他脑袋上稀疏的白发，老头儿没反应。可能嫌她出去久了，真是个老小孩儿。晚饭她特意做了葱油饼，里面还撒上厚厚的葵花子仁，春叔草草吃一点儿，哪里不对头了？没关系，她有撒手锏呢！今天还买了玫瑰精油，加上她高超的按摩技术，一切都会搞定！晚上她早早换好睡袍拿上玫瑰精油，春叔说，按什么按，明月没戏了。

景春这一辈子，苦辣酸甜别的说不上，艳福好歹有一点儿。他曾和一个寡妇相好，那女人大个子宽肩膀大胯骨大屁股大脚板，结结实实的，估计一镐把子都打不倒她，胸脯更是丰满得像两口小肥猪。他每次出海归来一双脚都被她揽在怀里，那一刻所有的风雪寒凉、所有的孤苦劳顿都让那火炭一样的胸脯赶跑。寡妇会煎青鱼，她把青鱼开膛破肚拿掉内脏冲洗干净，拿盐腌了，晾晒个大半天放到油锅里煎，弄得满屋子都腥刺刺香喷喷。寡妇会打毛线，一个线球弯来绕去就变成大毛衣，他穿上毛衣就不怕风寒，就能打到更多鱼。寡妇儿子不爱吃鱼爱吃肉。寡妇儿子还往他鞋里放老鼠，往他粥里加咸盐。这个臭小子，他去买肉，一下子买了十几斤，那小子吃得肚皮直放光，当然，人家吃过肉就不在他鞋里放老鼠了，放铁钉。他把臭小子带回家，让他见识了床底下的木盒子，许诺用里面的钱给他娶个漂亮媳妇儿。其实他舍不得，暂且拉拢一下。他想尽快和寡妇有个自己的孩子。常言说，天棚鱼缸橘子树，先生肥狗胖丫头，他喜欢胖丫头，讨厌那个瘦猴儿子。瘦猴模样一点儿都不像寡妇，应该随他爹。但人不可貌相，一镐头都打不倒的寡妇她病倒了，而且很重。刚强的寡妇拖着病痛的身体伙同瘦猴把他床底下的木盒子连锅端。弥留之际寡妇托人带话，都是为了孩子，下辈子做牛做马也要报答他。他想自己打鱼也不种地要牛马有什么用，倒是可以杀了吃肉。

昨天他的生活里还闪耀着甜蜜的星光，明月年轻体贴，还让他天天享受着保健按摩的幸福生活。本以为这光芒会一直照耀到他生命的终点。现在不可能了，他坚决不接受拖儿带女的人！别说成亲，就算保姆都不行！她们都是门缝里钻进来的邪风。春叔无所谓，这么多年自己一锅一碗的也过来了，有鱼万事足，无妻一身轻，不是还有风俗店可以快活嘛！

明月爬起来去推卧室门，给锁死了。老头儿还真有脾气。院子里凉风习习，她套上给春叔织的毛背心。春叔说他坚决不接受有孩子的女人，谁不是爹生妈养？难道他是从石头缝里蹦出来的？这算什么逻辑？没有铁牛她能来大阪出苦力？春叔没得商量。还说过几天要去乡下，让她尽早打算。嗓！

铁牛爸给台风刮走，东家想草草打发了她。一哭二闹三上吊有什么用，东家可是见过世面的。明月不哭不闹，她换上布底鞋在集市上买了几块碎肉，东家门前那只母狼似的黑狗看在碎肉的面子上没为难她，她凭借小巧的身子翻上墙头，一首首好听的歌在墙头上盘旋。《南泥湾》《我爱北京天安门》《社会主义好》《沂蒙山小调》《十送红军》……快来看哪！妇女抱着孩子老太太扶着老头儿姑娘拉着小伙子，村里好久没这么热闹了。明月谁都不看只管唱，东家从外面回来朝着黑狗的屁股上去一脚。下雨打伞刮风戴帽，艳阳高照她顶着一块湿毛巾，直唱得树叶纷纷落下大黑狗泪眼汪汪，路上她会捡到西瓜霜润喉片和清凉的蜂蜜水，她知道树后面躲着个人。后来连大黑狗都不需要再贿赂了，它每天在半路等她，然后尾随着看她翻上墙头。她腿脚越来越利索，最初翻墙头还需要一个过程，后来脚尖用力两手一撑，嗖，上去了。这可怎么好？东家把警察都喊来了，警察能把她怎么样？人家死了男人，人家没哭没闹，人家也没危害社会，人家只是唱唱，唱唱。血从嘴角溢出来，东家把一沓钱递给她！她跑到树下，起身时地上泛起一片红。有人扶住她，在她身后尾随着一群游游荡荡的男人和女人，明月觉得他们都很过分，都不稳定，好像都那么烦躁，都那么委屈，她被权子扶进一座老屋，那房子老得打个喷嚏都晃，权子的瞎眼老娘给她打了鸡蛋汤，她整整睡了一天一夜。那孤苦的母子就守在床边。权子成亲盖新房时，一个帮工让电过死，新房是不能盖了，赔偿还不够呢！新媳妇去给别人当新媳妇了，没人愿意一进门就还债！权子老娘开导她，权子人好命不好，你命也不好，你们两个不好凑一起，或许就好了。破罐子再摔还能坏到天上去？那个时候的明月，哪怕是根火柴棍儿都会当成柱子靠。权子没钱可有力气，背弟弟上卫生院送铁牛上学运猪饲料……在箱根温泉她一度想到那个人，不过只在脑皮上轻飘一划，没有任何重量。两条烂被子合在一起也是大窟窿小洞，负数加负数等于一个更大的窟窿。

早餐桌上比年夜饭都丰盛，葱油饼、油煎饺、青鱼、烧排骨……春叔吃过饭出门去，回来时发现家里被洗得清灵灵水淋淋。胶皮手套花围裙把明月武装成一个顽强的战士，拖把扫帚是武器，扫帚就要给扫烂了，地板就要给擦出窟窿。春叔头都大了。这个家没法待了，他晃一圈赶紧出去。明月就把抹布挂到树上，刚才发现冰箱空了，得赶紧去趟超市。她买了一大堆吃喝准备打持久战！顺便去公园找春叔，明月要和他好好聊聊，前段日子他们过得多好，以后还会更好。她已经给邻居发了旧物回收广告，保证家里不会沾他一分钱。没有。老头儿去哪儿了？明月坐下来，她看见锅里一只肥嘟嘟的鸭子正扇着翅膀飞远。看看这还睡着了！回去时春叔隔着门说她的东西在朝阳那儿。自己马上要去乡下了。

明月坐在街边，对面就是朝阳的住处。她想起小时候两个人拖着袋子走在小路上的情景，蚬子换瓜她能理解也能接受。只是朝阳宰她那刀实在不轻，眼睁睁看着弟弟连买药的钱都没了。病人没药吃会出事的，连这她都不顾忌。现在看她有了着落又背后捅刀，是她叮嘱对春叔就说是单身没小孩。明月清楚对春叔这块红烧肉有人早流口水了，上次看烟火回来在车上，两个人坐在一起挤得亲亲香香，看得她都反胃。一个背着大双肩包的女孩从眼前经过，和朝阳那个包一模一样。明月忽然意识到老妈说的那箱子牙膏洗头膏是怎么回事了。朝阳的双肩包即便上厕所都不肯让别人拿。那大大小小超市里的流连，原来双肩包里窝藏着赃物，这个朝阳！明月又惊讶又兴奋!

春叔在院子里喝茶。已经很晚了,他心里边纷纷扰扰的睡不下。天有些凉,他穿上毛背心,这毛背心织得很巧,厚厚的,上面隐含着菱形图案,不张扬却有立体感,多么心灵手巧的小女人!他拿起一个铁盒,里面盛着满满的葵花子仁,春叔伸出舌头,把一粒粒葵花子沾在舌尖上。

一阵急促的敲门声,春叔三拐两拐冲到门口,还被凳子绊了一下,险些摔跟头,怎么是朝阳?还穿着睡衣!来查黑户了……多亏我没睡实……只能跑到这里……朝阳躺在小床上把牙咬得咯咯响,她来日本也是花了大价钱的,那介绍费完全是劳动所得,谁知道她风里雨里跑了多少趟,花的时间做零工也挣不少钱。老太太那边一时也回不去了,难道就这么被遣送回国?枕头下面塞着个粉色睡袍,朝阳拉出来奋力撕扯,手在半空中打个滑直接套身上,套上去的过程实在艰辛,衣服太瘦,她把头伸进去一点儿一点儿往下拉,嘎巴,后背裂出一条口,她坚决不让自己气馁,可能就好这口呢!她小心翼翼收腹提臀努力着把肉都包进去,就不能买大一号的?吸气,再吸气,成败就在此刻,当腋下开一条口旁侧也开了一条口时,总算套上了,勒得她两眼金星浑身肉球,她提着睡袍喘着粗气推开那扇门……

朝阳起得很早,她当然会烙饼!现成的原材料,切成丝的香葱还有剥好的葵花子。门前大桥下游过一群鸭,大肥鸭呀,大肥鸭!有人进来,明月拿着葱油饼出现的一刹那,春叔眯缝个眼儿嘴里正叼着一块饼,一群乌鸦正从这里经过。它们在天上扯着脖子喊,苦哇!苦哇!

闻　烟

辛　酉

　　我把制作冰晶糕所需要的材料放到灶台上之后，就识趣地退出灶房。在父亲工作的时候，那里是我的禁区。父亲一边咳嗽一边慢慢走进灶房，砰的一声，灶房那扇老旧的铁门被父亲重重地关上，随后传来他在里面拉上插销的声音。我和父亲就这样被隔绝在两个世界，十几年了，这样的场景每天要上演一次。我早已习以为常，心里多多少少还是有几分怅然。

　　我是同顺祥未来的继承人，又不是一个时刻准备偷师的小学徒，为什么就不能亲眼看一次冰晶糕完整的制作流程呢？

　　这是多年来我心里一直都有的疑问，父亲从没给过我满意的答复。不过，换个角度来思考这个问题我又释然了。我是父亲唯一的儿子，他早晚会把该传的都传给我的，我又何必着急呢？

　　在临溪镇这条最繁华的商业街，同顺祥已经存在了一百六十多年。店门正梁上的那块匾额早已斑驳得看不出本来的颜色，但用行书写就的三个繁体字"同顺祥"依然散发着特有的魅力。临溪镇有很多卖冰晶糕的店铺，同顺祥的名气最大，历史最悠久。准确地说，其他冰晶糕店都是同顺祥的仿版。父亲柳庭深是同顺祥的第七代传人，由于总爱咳嗽，人送外号柳咳嗽。我叫柳见三，是同顺祥的第八代传人。

我四岁丧母，父亲对我格外疼爱。在我心目中，他一直扮演着慈父的角色。从小到大，对于我的要求，父亲几乎有求必应。唯独在关上灶房那扇铁门的时候，他才会变得不近人情。我曾经有过几次耍脾气赖在灶房不肯走，每次父亲都像变了个人似的，虎着脸把我使劲推到门外。印象中，我们为数不多的几次争执，也都是因为这件事，我不知道其中的原因。他口口声声说冰晶糕的制作方法已经全部授予我，可为什么还要这样呢？秘方再神秘也是对外人说的，无论从哪个角度上讲，他似乎都没有理由这样对我。

算了，别去计较了。小说里、电视剧里的那些名师传人哪个不是历经九九八十一难外加岁月的充分磨炼。我常常这样安慰自己。

打记事起，我就知道自己是同顺祥的第八代传人。十五岁时，没熬到初中毕业，我就主动退学到店里帮忙。对此父亲只是淡淡地说了句："我不勉强你。"可能他也知道，无论我读多少书，最后的归宿还是同顺祥这一亩三分地吧。

我不是一个天资聪颖的人，却并不缺乏勤奋。跟父亲学手艺的日子是快乐的，尤其是刚开始的时候，至少从表面上看，父亲对我是倾囊相授的。用了不到一年，我就能独立制作出冰晶糕。两年后，除了味道有欠缺外，从外形上看，我做的冰晶糕和父亲做的没有什么两样。我自以为只要再往前迈一步就能达到父亲的水平，万万没想到的是，一晃十几年过去了，我这一步始终没能迈出去。

同顺祥冰晶糕说白了也是一种年糕，但它又不仅仅是年糕。冰晶糕的名字里有冰字，是因为冰晶糕吃起来是凉的，在过去相当长的一段时间里，它其实还扮演着冷饮的角色。晶字则因为冰晶糕通体晶莹剔透，犹如美玉。一块同顺祥冰晶糕，四厘米见方大小，正面印有"不见三"三个红字，从外观上看几乎透明，从背面反看"不见三"三个字同样纹理清晰可见，手感光滑如镜，口感冰爽怡神，略甜微黏却不粘牙。这些都是其他仿版冰晶糕所不具备的。

不管在原料还是在制作工艺上，同顺祥冰晶糕都有很多独到之处。据父亲的口口相传，同顺祥冰晶糕所用的米是黑龙江方正县产的黏米，先要经过人工磨粉，再加入一定量的白开水、白砂糖等十三种辅料，搅拌成黏稠状后揉成面坯，然后放在案板上不停地用两个手掌拍打。拍是一个功夫活儿也是一个技巧活儿，专业术语叫拍面。拍面在冰晶糕的整个制作过程中非常关键，只有面拍得好，将来做出来的冰晶糕才能透明且没有气泡。这还不是最重要的，从表面上看拍面的拍和朝鲜族打糕的打意思差不多，实际上两者相去甚远。从时间上说，打糕是蒸熟了再打，而拍面的时间是在面坯下锅之前。从主要目的上说，打糕是为了黏才打，拍面则是为了下一步充分吸油。

面坯拍好之后，要倒入一定比例烧熟的花生油。和米一样，在花生油的选择上也是有一定讲究的，必须是山东掖县（山东省莱州市旧称）的花生，而且油一定得我们自己手工压榨，磨粉和榨油是制作冰晶糕的两项基本功，学习这两项内容占据了我学艺生涯最初的半年。

接下来就到检验拍面水准的时候了，花生油倒入后不需要任何人工搅拌，只要拍面的质量过关，面和花生油会在五分钟之内完全不露痕迹地合二为一。之后用专门的模具灌模，糕形出来后要上装印字，接下来就可以下锅蒸糕了。蒸糕用的火得是炭火，木炭必须是山东德州出产的果木炭，之前的烧花生油也一样，必须用果木炭火烧。

同顺祥冰晶糕有一个最让人称道的地方，即入口之后会慢慢呈现两种味道，一番冰爽甘甜之后，经过稍微咀嚼就会自动散发出另外一种独特的醇香，令人唇齿留香、回味无穷。而我做的只有前一种味道，开始的时候我以为是自己功力尚浅，时间久了自然会有所改进，等了十几年却迟迟没见那种醇香味出来。我搞不懂问题到底出在了哪里，多次向父亲询问原因，他总是这样敷衍我："两根一模一样的木炭，燃尽的时间却不相同。同样的道理，经过我们两个人的手制作出来的冰晶糕，怎么可能完全一样呢？"这样的回答，又怎能让我信服呢？

小时候，头顶着同顺祥未来继承人的光环，我是临溪镇最幸福的人。长大后，尤其是到店里帮忙之后，我渐渐失去了小时候的那种幸福感。同顺祥冰晶糕上的"不见三"所代表的含义是：同顺祥一天只卖两锅冰晶糕，还特别规定每人最多只能买一斤。所以每天早上不到七点，同顺祥门前就排起长长的队伍，八点半一开门，两锅冰晶糕会在十分钟内售罄，同顺祥全天的营业时间其实还不到十分钟。

限量销售的方式并不鲜见，很多知名老字号也有类似的营销手段。与之相对应的，必定是高昂的价格，可是同顺祥的价格却有些低。一斤才卖二十元钱，我们可以算一下，一锅十斤，两锅二十斤，一天总共进账四百元，刨去各种成本，一天净赚二百元，一个月下来才不过六千元的收入。店内只有我和父亲两个人，平均下来一个人的工资才三千元，在当下这个时代，这样的工资水平绝对算不上高。

在外人眼里，同顺祥一直是富有的代名词。实际上我后来才知道，同顺祥是纸面繁荣，经济实力只不过比镇上的一般人家略好一些罢了。这一点是我无法接受的，凭我们的实力不该如此，完全可以赚更多的钱。我一直都认为同顺祥仿版众多的一个主要原因是我们的产品数量过少经营时间过短，给了对方充分的生存空间。我曾经多次建议父亲，要么涨价，要么增加销售数量延长营业时间，或者与时俱进多开发一些新品种。父亲总是说："给别人也留口饭吃吧，再说了我还想多活几年呢。"

父亲每天在店里的时间很有限，他大部分时间都在打牌下棋中度过。这种优哉游哉的生活方式我并不认同，我始终觉得，享受生活应该在充分的财富积累之后。在迷恋上打牌下棋之前，曾经很长一段时间，父亲有一项特殊的嗜好：烧果木炭。他成天拿着秒表计算各种果木炭的燃烧时间，很难想象父亲从中能得到什么快感。即便如此，父亲也过得并不快乐。他常常眉头紧锁，一副心事重重的样子。可能鳏居的男人都如此吧，我一向这么认为。

作为助手，我的主要工作是采购原材料、磨粉、榨花生油。由于产量过少，和父亲一样，每天我也有大把的空闲时间。和父亲不一样的是，我没有浪费生命，把时间全用在对冰晶糕制作方法的研究上。既然父亲不告诉我，我就自己找答案。起先，我怀疑父亲在原料上有所保留，后来利用出去采购的机会，我偷偷拿着父亲做的冰晶糕到省城济南做检验，结果发现里面所含的成分、比例和父亲告诉我的完全一样。据此，我推断，父亲一定是在制作工艺上留了一手，很可能隐瞒了一道最关键的工序。

父亲平时很少喝酒，只有在母亲的忌日那天才会喝上两口。在我二十四岁那年的母亲忌日，父亲喝多了，他的话也随之多了起来，他问我："如果没有同顺祥，你自己能不能在这个社会上立足？"

我笑了笑，趁机说道："拥有同顺祥就一定能在社会上立足吗？您留了一手，不管我怎么做都做不出正宗的冰晶糕。"

父亲定定地望着我，他的眼神里透着些许无奈，似有话要说，嘴巴张了张又被他强咽了回去，他拿起一盅白酒，仰头倒进口中。旋即，父亲脸上的表情开始复杂起来，并且再一次欲言又止。那是迄今为止，我认为自己最接近真相的时刻，可惜父亲最后什么也没说。

"小悦那边还……喀喀喀……没动静吗？"

在禁锢了自己一个多小时后，父亲从灶房出来急切地问了我一句。他的整张脸都被汗水濡湿，他着急知道在医院待产的我妻子小悦有没有生产。

"早着呢，离预产期还有好几天呢。"我回答。

父亲不着急传给我手艺，却对我的婚事十分着急。自打我过了二十岁，父亲就张罗着给我安排相亲，几乎每个月都有一场。七年时间，一共相了七十八场，这充分证明了"同顺祥"这块招牌的吸引力，即便是从相貌到学历我都平凡至极，她们也都没有否定我。

当然，这些女孩并不了解同顺祥的真实情况。我拒绝了前七十七个女孩，其中有好几个女孩是父亲非常看好的，不过在我不停地摇头下，他只能无奈道："好吧，我不勉强你。"

第七十八个相亲对象是小悦，我一见倾心，她实在是太漂亮了，漂亮的女孩子谁不喜欢呢？父亲却偏偏不喜欢小悦，好在没经过太多的拉锯战，他就妥协了。他还是像我小时候那样，凡事尽量顺着我的意思。只要不涉及冰晶糕的制作秘方，他都是一个好父亲。

婚后两个月，小悦怀孕了，父亲一贯布满阴霾的脸上终于经常能看到阳光了，甚至连咳嗽的时候脸上也是挂着笑容的。他像供着神仙一样供着他自己并不喜欢的小悦，对小悦肚子里的宝宝他这个爷爷比我这个爸爸还要上心，总是怕小悦磕了碰了出意外，离预产期还有十天就早早地把小悦撵到县医院待产。

"赶紧把冰晶糕送地窖里吧。"

说完后父亲就转身走了。

刚刚蒸熟的冰晶糕是金黄色的，还冒着热气，我双手端着，一股股热浪直往脸上扑。经过十二小时的冷却之后，它们将神奇地变成水晶一样的颜色。

一个星期后，小悦生下了一个女孩，父亲给取名闻烟。闻烟出生的当天，父亲就将一则停业通知贴在同顺祥的大门上。同样的事情，二十八年前也曾发生过一次。那次停业是为了庆祝我的百日，父亲包下了镇上最好最大的饭店风月楼，宴请全镇的父老乡亲，这是同顺祥的传统。在得知闻烟性别的那一刻，我原以为父亲不会再用这样的规格来操办闻烟的百日。因为生女孩对我们柳家来说，在某种意义上是一种失败。从父亲的爷爷那一辈开始一直到我，历四代而单传。我们柳家迫切需要多几个男丁来延续香火。不幸的是，我和妻子小悦的头一胎就生了女儿。父亲却给了闻烟和我一样的待遇。

就这样，带着一点点遗憾的心情，我迎来了女儿闻烟的百日宴。风月楼的四层楼被闻烟的喜桌摆得满满当当的，一楼大厅设三十桌流水席宴请镇上的乡亲，二楼设五桌宴请柳氏宗亲，三楼设五桌宴请娘家客人，四楼设五桌宴请街坊四邻。父亲事先特别关照过，来吃喜宴的客人一律不许带红包。

喜宴的气氛祥和而又热烈，父亲坐在主桌上抱着小闻烟满面红光意气风发地接受各方的祝贺，嘴里的牙齿几乎全程暴露在外，脸上的皱纹因为过多的笑容又向皮肤里深入了一厘米。那种从骨子里散发出来的亲情始终洋溢在父亲的举手投足之间，平时很少喝酒的他竟然也破天荒地频频举杯，很久没有看到父亲这么高兴了，平日里他是一个阴郁的人。

如果闻烟是一个男孩，父亲会不会把整个风月楼都买下来呢？

看到父亲对闻烟的那种发自内心的疼爱，我忍不住这样想。

百日宴从上午十点一直办到晚上七点才结束，散席后父亲特意把几个年长的见字辈柳氏宗亲请到家里开会。我对这些柳氏宗亲素无好感，前面提到过，在临溪镇有无数个卖冰晶糕的店铺，这些店铺的主人绝大多数都姓柳。他们有一个共同的祖先，在很多年前曾参与过同顺祥继承人的竞争。多年来，这些失败者的后代，因为我家人丁不旺，无时无刻不在觊觎同顺祥冰晶糕的制作秘方。其实有时候老天爷是很公平的，他们的祖先没能继承同顺祥，却一代接着一代繁衍得枝繁叶茂。

尽管我们同属柳氏后人，但从继承人的角度上讲却是旗帜鲜明的两派，我一直在暗地里叫对方夺权派。在闻烟的百日宴上夺权派们喜悦的心情不亚于父亲，这些年来，他们一直在关注我下一代的性别问题。

夺权派家族年龄最大辈分最高的人叫柳见中，自打我记事起，他就已经是一个头发、胡子花白的老头儿。我不知道他具体的年龄，只知道他有四个儿子，小儿子和父亲同岁，想来他该有八十多岁吧。从年龄上说柳见中绝对能做我的爷爷，可从辈分上讲我们俩同辈，我管他叫哥。柳见中是夺权派的头领，仗着自己年龄大，总找各种机会向父亲发难，父亲一直忍让。

父亲作为同顺祥的继承人，同时也是整个柳氏家族的族长，掌管着柳氏宗谱。柳氏家族平时很少开会，只有夺权派里又有男丁出生需要登记入宗谱的时候，才会一起聚到我家来举行一个入谱的仪式。夺权派喜欢用这样的方式来刺激父亲的神经，父亲还得奉上一笔不菲的新人见面礼金。我不知道这次父亲把他们几个请到家里开会要干什么。按照惯例，父亲坐在正厅中间的那把太师椅上。柳见中和另一个老人分居两侧。我是见字辈年龄最小的，抱着闻烟坐在两侧最末一排的椅子上。小悦依次给大家倒过茶之后就从我怀里接过闻烟退进卧室。

"今天召集大家来，是有一件事要通知大家，我要让闻烟入宗谱。"

一阵干咳后，父亲呷了一口茶，直接开宗明义。

"庭深叔，这个不妥吧，哪有女娃入宗谱的道理？"

柳见中声如洪钟，当即提出质疑，其他人马上随声附和。

"闻烟是一个特例。"

父亲不紧不慢地说，酒精还没完全从身体内退去，他的两个脸颊微微泛着红润。

"就因为闻烟是你族长的孙女？"

"不是。"

"那是为什么？"

柳见中步步紧逼。

父亲又是一阵干咳，等调整好气息后，用不容置疑的口吻说："我是在通知大家，不是在征求大家的意见。"

一向不愿多事的父亲这次却坚决得出奇，他的这句话犹如平地起惊雷，激起了夺权派的强烈反应，大家争来吵去最后不欢而散。说实话，我没想到父亲会有让闻烟入宗谱的想法，这的确不符合柳家祖制。父亲并不是霸道不讲理的人，只能说他对闻烟的疼爱远远超出我的想象。

柳闻烟这三个字最终还是出现在了柳氏宗谱柳见三的名字下面。有些奇怪的是，柳字是父亲手写上去的，柳旁边的闻烟二字，是先写在一块小纸上，后粘上去的，那块纸看起来比宗谱上的纸还旧，和周围存在非常明显的色差。我没有去问父亲这是为什么，猜想可能父亲不会写闻烟这两个字的繁体字，从别的什么地方撕下来粘上去的。或者他故意用这种方式来区别闻烟是一个女孩。

晚上临睡时，我到父亲房里来为他敲背，这是保持了很多年的习惯。父亲有咳嗽的毛病，给他敲敲背夜里能睡得安稳一些。父亲坐在床边，我跪在他身后，两个手掌微微并拢呈空心状，然后轻轻地在父亲的后背拍着。父亲那为数不多黑白混杂的头发一览无余地呈现在我眼前。他的前额和头顶早就秃了，只靠两个鬓角和后脑勺的几缕头发勉强支撑着门面。小时候我给父亲敲背时总是会用上十成的力量，随着父亲年纪渐长，我手上力量越来越弱，父亲已经五十多岁了，咳嗽的频率越来越高，看起来真的老了。

"闻烟睡了吗?"

自从闻烟出生后，父亲见到我的第一句话总和闻烟有关。

在得到我肯定的答复后，父亲久久没再言语，直到我敲背快要结束时才重新开口。

"三儿，从明天起，同顺祥就交给你了，我就在家帮着小悦带闻烟吧。"

我感到难以置信，正在敲背的手悬在半空中。

这算是第八代继承人正式上位吗? 好像还少了点儿什么。没错，是那道神秘的工序。

"以我现在做的冰晶糕拿出去卖，那是在辱没先人。"我漫不经心地说了一句。

"你已经做得很好了。"父亲说。

"还差一种醇香味。"我说。

接下来是父亲的一阵干咳，我赶紧恢复敲背。不过我觉得他是在用咳嗽搪塞我，他习惯这样。果不其然，不再咳嗽了之后，父亲一直沉默没接我的话茬。我不觉有些生气，脑海里又闪过柳见中每次到家里来都会先问的那句话: "我见三兄弟的手艺练怎么样了? 庭深叔可是二十岁就独当一面的，见三兄弟今年有二十好几了吧?"

每次听到这句话，我都会出离愤怒，这是我的错吗? 父亲不该让我受到这样的屈辱。

"爸。"我忍不住提高了嗓音。

父亲却直接打断了我。

"三儿，别说了，照我说的做吧。你可以按照你的想法来经营同顺祥，我不会干涉。"

最后这句话是父亲对我的补偿吗？夜里躺在床上，我思索着这个问题。或者，父亲在等待一个更合适的时机把那道工序告诉我，也许会在他临终时。如果真是这样的话，我希望那一刻永远不要到来。没办法，我只能这样安慰自己。

我得到了同顺祥却并不开心，小悦倒是高兴得不得了。对父亲的经营方式小悦一直颇有微词，在很多理念上她和我是一致的。正式接管同顺祥后，在小悦的强烈支持下，我按照自己的意志在经营上做了很多改变。

首先，打破了过去只卖两锅的传统，变成了全天不限量，与之对应的营业时间也从过去的不到十分钟，变成早八点半到晚八点半。

其次，涨价，每斤从二十元涨到三十五元。

第三，彻底改变过去品种单一的局限，又研发了多个新口味品种。

最后，打破了过去不允许请伙计的惯例，因为我一个人实在是忙不过来，请了三个伙计在店里帮忙。

用了不长的时间，这些改变就换来了巨大的经济效益，让我赚得盆满钵满。另一个重大收获是夺权派的店铺纷纷关门倒闭。他们愤怒地不断嘲笑我做的冰晶糕上不该印"不见三"，而应该印"丢一味"。我承认确实少了那种醇香味，可这又怎么样呢？虽然我做的冰晶糕不是正宗的，但也是最接近正宗的。在同等条件下，和我相比，他们的产品根本不堪一击。

柳见中们不干了，多次以我违背传统为借口到父亲那里告状。父亲不为所动，他兑现了自己的承诺，没对我做一点儿干涉。每天早晨一起床，他就坐在正厅的太师椅上，让小悦把闻烟推到他跟前，现在闻烟就是他的全部，他不再打牌下棋，天天含饴弄孙，尽享天伦。我们俩各行其道，倒也相安无事。

作为同顺祥的老板，我整天忙碌着，一味地追求各种数量上的叠加，不再有时间去研究那道神秘的工序。我认为自己是成功的，并且享受着这份成功带来的喜悦，暂时忘却了之前的苦恼。直到有一天晚上临近闭店时，店里来了两位外地游客。

那两位外地游客是一对姐妹，她们的爷爷出生在临溪镇，少小离家后再未吃过同顺祥冰晶糕。这次让出来旅游的孙女们一定要来临溪镇，买几斤同顺祥冰晶糕回去给他老人家吃。由于火车晚点，两姐妹到临溪镇时已经接近晚上六点。她们以为不会买到冰晶糕了，因为爷爷特别嘱咐过她们，一定要赶在下午三点前到达同顺祥，下午三点同顺祥就关门了，同顺祥冰晶糕上"不见三"三个字说的就是这个意思。

这是我第一次听说"不见三"还有另外一种含义，晚上关店后专门向父亲求证。

父亲顿了一下，之后缓缓说道："她们说得没错，很久以前同顺祥是营业到下午三点的。"

"那'不见三'的真正含义到底是哪一个？"

父亲轻叹一声："这个我也说不好，或者各种含义都有一些吧。"

父亲含糊其辞的回答无法让我满意，我忽然意识到，除了那道工序外，同顺祥还有很多事是我不知道的。

俗话说得好，物极必反。在我成为同顺祥老板的第三年，一家名为"伙计帮"的冰晶糕店在同顺祥对面开业，老板是我原先的一个伙计，他从我这里成功偷师，做出的冰晶糕几乎和我做的完全一样。

"伙计帮"的开业带走一大批客流，同顺祥受到严重冲击，我终于尝到了改变传统所带来的苦果。福无双至，祸不单行，就在这时，闻烟在一次发烧后查出患有再生障碍性贫血。与此同时，我从柳见中嘴里听到了"不见三"的又一种含义，他说："除了你父亲外，还没有哪个同顺祥的继承人见过自己的第三代，这是因为同顺祥的继承人是不能看到第三代的，否则两方必须有一方死亡，这是一个魔咒。"

见我不信，他又补充道："你父亲曾经亲口对我说过，在正式继承同顺祥后不久，他发现了一个可怕的秘密，这个秘密就藏在柳氏宗谱里。虽然他没明说秘密到底是什么，但我们都知道是那个'不见三'的魔咒。"

仔细想想，柳见中说得好像很有道理，我没见过我的爷爷，父亲也没见过他的爷爷。尽管如此，我还是不相信真有那个魔咒，又一次向父亲求证。

父亲先是缄口不言，后来在我一再逼问下才说了一句："柳氏宗谱里确实有一个秘密。"之后就什么也不肯说了。

从此以后，小悦强行剥夺了父亲看闻烟的权利。父亲的生活一下子又暗淡下来，他甚至比以前更郁郁寡欢了。

在高昂的医疗费面前，我和小悦这几年积累的财富显得那么微不足道。几乎一夜之间，我之前建立起来的成功感就烟消云散。为了让闻烟得到最好的治疗，小悦带她去了北京的大医院，我留在临溪镇赚钱供她们娘儿俩在北京的一切花销。闻烟的病治疗得还算顺利，仅仅过了半年就找到了合适的配型，并且配型成功。骨髓移植所需的手术费和后续的一些费用加起来一共五十万，这成了摆在我面前的一道难题。柳见中不失时机地提出负责闻烟的医疗费，但要用同顺祥冰晶糕的秘方做交换，被父亲当场拒绝。

父亲拿出了四十万，我后来知道其中有二十万是父亲借的高利贷。父亲选择了重新出山，他没有改变我的经营模式，工作量比过去增加了Ｎ倍，他像陀螺一样连轴转，常常要忙到下半夜。他依然固执地在工作时拒我于灶房外。整整两年，父亲的背驼了，他也更加苍老了。同顺祥对面的"伙计帮"毫无悬念地关门变成了火锅店。闻烟的病治好了，父亲却病倒了，他得了肺癌，仅仅过了三个月就离开了人世，父亲是带着微笑走的，他眼睛里最后的内容是闻烟健康活泼的身影。柳见中说的那个魔咒似乎得到了应验。

父亲至死都没告诉我那道神秘的工序到底是什么，不过，比起失去父亲，那道工序对我来说已经不重要了。

父亲的离去让我消沉了很长时间，在整理父亲的遗物时，我偶然发现了一张很旧的纸，上面是用繁体字写的冰晶糕制作方法，原来是老祖宗留下来的冰晶糕制作秘方。每一道制作工序都是两个字，依次是：……打粉、拍面、××、浸油、静置、灌模……

我注意到，拍面和浸油之间的位置是一个空洞，像是被人故意撕掉了。这很可能就是我先前一直寻找的那道工序，也很有可能是父亲故意撕掉的，他为什么要做得这么彻底呢？我很是不解。

这几年，为了给闻烟治病，小悦的精神压力很大，身体大不如前。即使是闻烟病愈后，在没采取任何措施的情况下，她的肚子也一直没再有动静。这成了夺权派新的攻击点，柳见中对我说："你没有男丁为后，没资格做族长，也没资格继续保存柳氏宗谱。"我早已厌倦了这种无休止的扯皮，决定把柳氏宗谱交给夺权派。

那天晚上，我拿出柳氏宗谱打算最后再看一次。一百六十多年来，我们这一支柳氏每一代存在于世的痕迹只有区区一行字：

第一代，柳净焕，字进先，己未年岩殁，卒年三十八岁。

第二代，柳章武，字炎兴，辛巳年岩殁，卒年四十二岁。

第三代，柳永和，字大通，癸卯年岩殁，卒年四十三岁。

第四代，柳隆昌，字景平，乙丑年岩殁，卒年四十三岁。

第五代，柳东根，字元太，庚寅年岩殁，卒年四十六岁。

第六代，柳至德，字乾明，戊午年肺癌故，卒年五十一岁。

第七代，柳庭深，壬辰年肺癌故，卒年五十八岁。

我在网上查了一下，岩殁是死于癌症的意思。癌症好像是我们家庭的遗传病，同顺祥继承人全是短寿，也许未来我也会这样。由于闻烟二字是写在一张小纸上后粘上去的，所以"柳闻烟"的名字在宗谱里显得格外醒目，吸引我的目光久久停留在上面。看着看着，我忽然觉得这张小纸的轮廓有些似曾相识。我赶紧找出祖先留下来的那张冰晶糕制作秘方，把空洞的位置对准闻烟二字平铺在宗谱上。结果发现两者竟然完全吻合，丝毫不差。原来那道神秘的工序就叫闻烟，我仿佛领悟到了什么，但还有很多细节无法厘清。我所有的脑细胞一下子活跃了起来，在制作第二天的冰晶糕的过程中，全都在思考这个意外发现，以至于烧花生油的时候走神了，直到油烧开后很久冒出了刺鼻的烟味才赶紧撤锅。

就在这时，我大脑里有一道电光闪过，我意识到自己已经知道闻烟这道工序到底是什么了。

我把油锅重新放到火上，随着加热时间增加，花生油不断冒出各种不同的烟味。以往我做冰晶糕时，只是把油烧开了即可，从未达到过这一步。我猜测，一定是油烧热到某种程度冒出某种烟味时，才真正达到火候让冰晶糕产生醇香味。这种烟味只能靠经验闻出来，但是在闻烟过程中会吸进大量有害气体给身体造成极大伤害。父亲和爷爷都死于肺癌，前五代同顺祥继承人也很有可能是死于肺癌。后来我通过反复实验，印证了自己的猜测。我找到了那种烟味，也找到了那种醇香味。

我终于读懂了父亲，终于明白了他为什么给自己的孙女起名闻烟，为什么坚持让闻烟入宗谱，终于明白了藏在柳氏宗谱里的秘密根本不是那个所谓的魔咒，而是闻烟可以致癌，也终于明白了他为什么给我取名见三，明白了他独特的生活方式是用减少工作来延长寿命。又有谁不想多代同堂呢？这是一个普通人最正常的要求。但是父亲还有一个身份是传承者，他既希望自己的子孙后代能是健康的，又不得不考虑祖宗留下来的手艺该如何安全地、对子孙后代不造成伤害地传承下去，在子孙有难时，甚至不惜牺牲自己的生命。他尝试过用计算木炭燃烧时间来掌握烧油的火候，可无奈于每一根木炭都是不同的，他失败了。

有时候生活就是一道双选题，要么是A，要么是B，没有什么可以折中的第三个选择。父亲是痛苦的，在传承与放弃的两难境地之间，他最终选择了放弃，他把闻烟从秘方里撕下来封存到宗谱里，自始至终都没有告诉我这道工序。也许父亲也曾有很多次想要告诉我真相，只不过他更清楚，贪婪会让自己的儿子无法理解这份良苦的用心。恍惚间，我仿佛又回到了二十四岁那年的母亲忌日，看到了父亲那张复杂的几近苦楚的脸。

　　我找回了同顺祥冰晶糕的那种醇香，但我会选择忘记它。在以后的日子里，我依然会按照自己以前的方法来制作冰晶糕，同顺祥冰晶糕将永远失去那种醇香味，却多了另外一种味道，那是一种叫作"父亲"的味道。

作家出版社2016年10月出版

桃 花 吐

孙焱莉

夜 深

我想生个儿子，真刀真枪的，血流成河，疼死也生！

嗬，说得怪吓人的！生就生呗，哪来那些恶叨叨的话，再说生闺女不一样吗？

不，男孩好，想着心里就得劲儿！

有啥好？一年看不着个影儿，有你不得劲儿的时候，倒真不如我闺女。

怎么又扯到你自个儿身上啦，我说我想生个儿子。

好好好，你生儿子！我睡觉。累死啦！

灯啪地关上，墨水晕开的黑瞬间灌满了屋子。隔了一会儿，黑暗的水里冒出一串幽幽的声音，绵长而拖沓，像在问，又像在叹息，妈，你说呀我还能生出儿子吗？都五年了……

外面没有月亮，没有星星，要下雨了，也没有一丝风。

艳　阳

公鸡最后一声啼鸣哑下去后，她醒了，呆看了一会儿棚顶，想起什么似的，一骨碌从炕上爬起来，撩开花窗帘的角，阳光如一把箭，从拉开的帘子后面猛射过来，在她窄小消瘦的肩头来回地晃，然后滑下去。此时，她已放下帘子，但肩头的那块儿温热留下了，痒痒的，她下意识地用手抹了一下。昨晚阴天，她担心下雨，嘿嘿，是个大晴天，她心里欢呼一声。

奶奶在厨房里做饭。旁边的老姑还在睡觉。她穿了个无袖背心，领口奇大，松松垮垮的。一只饱满的乳房从领口里露出大半，乳头半遮半掩，像在跟谁捉迷藏，她看呆了。对着那只白嫩的似乎浸满汁水的圆乳房，她脑袋里又现出那个场景，那是个朦胧而温暖的瞬间，她的脸，她的身体，紧贴在妈妈热乎乎的肉上，从来没有那么近，她甚至可以看清肉上纤细的汗毛。三岁开始，妈妈就在两千里以外了，连影子都难见到。她那么清楚地记得妈妈乳汁的甜，汩汩地涌到喉咙处，最美妙的是她的手还抚摸着另一只乳房，饱满而柔软，在阳光中，乳房周围是一层金色的光圈。她像漂在一条河流中，来回荡漾。多年来这个画面是她秘而不宣的梦。

一按，会不会流奶水呢？她这样想着，蹑手蹑脚爬过去，手就不由自主地去摸那饱满的乳房，真好，真软和。她想再去摸那若隐若现的乳头，老姑一动，她吓得呼地蹦到地上，还光着脚。还好，老姑只是翻了个身。她吐了下舌头，忙去找鞋。

九点多，校门外驶进一辆特别漂亮高大的客车，一群蓝背心叔叔、粉背心阿姨从车上依次下来，他们虽然并不年轻，但每个人都很洁净，白，透亮，仿佛发着光。他们都是大城市里的人，听说是从北京来的。妈妈也在城里住，但妈妈一直黑，脸总像洗不净，没有光泽。

一杆大旗不知从哪里变出来，上面写着：关爱留守儿童，让梦起飞。她知道留守儿童的意思，就是父母不在家，去外面打工的人的孩子，像自己这样。第一次听到老师说这个词时，她不懂，感觉很文雅，不土气。老师后来就拿她打了个比方，要求大家多关心她。她原来喜滋滋的表情一下子卡在那儿，突然变得特别难受，忍不住低头哭了。

一堆各色的书包、红背心、雨伞被卸下来，校长喊老师去领各自班级的东西。这样的背心她有三个了，她不喜欢穿，她怕有人在背后说：看，她的爸爸妈妈不在家。她宁可穿自己的旧短袖。

这次参加活动的是一、二年的四个班级。每个班级都排练了舞蹈或合唱。他们二年一班是合唱，加上她的一个独舞。合唱她很自如，轮到她的舞蹈，便开始紧张，腿有点儿软，这时她看到了奶奶。奶奶从容地走上台，其实也不算舞台，就是操场上的一片空地。奶奶把腋下夹的软泡沫垫子麻利地铺在地上，稍退到一边，但依然在台上。

奶奶脱掉了早上来时穿的花长袖，里面是黑的紧身短袖，那衣服是妈妈穿剩下不要的，那个短袖的袖子和下衣襟是两圈彩色，她不知从哪找来一条紧身的黑裤子，头发盘在脑后，还套了一个紫色的头花，奶奶装束得真像在舞台表演的人。二班的女老师看奶奶的样子捂嘴笑了一下，被她看见。她来不及想别的，飞快地走到垫子上，单膝跪下举手亮相，侧身，回旋，一个兰花手，凤头点地。这是老师新教的一段舞蹈，有很多下腰动作，还有翻跟头，老师说熟练之前必须有人辅助，不能受伤，基本功要一点点练。现在，她的眼前只有奶奶，没有别人，她的紧张消失了，像平时在家一样，伸腿，在奶奶的臂弯里下腰，在她那双干枯老手的帮助下，翻跟头，一个，两个，动作连贯，轻柔，像蜻蜓点水，像蜜蜂采蜜。掌声响起来，有一瞬，她感觉自己是出众的，而不是平时醒目的那个。

这帮北京来的人同别的城市来的人不一样，别的人来，送完东西，或者看完他们的演出，就走了。而这些人要与同学们做游戏，他们说叫：互动。

一个圆脸儿比爸爸年纪还大的人，蹲下身捏起她的手，并用拇指在她手心里揉了一下，以示友好，他说，小朋友，咱们三个人一组。一起努力哟！加油——她感觉到那个男人的手是那么柔软，多肉，他轻轻地摸了一下她的脸蛋，就像风拂面，比起妈妈粗粝起刺儿的手，这个男人的手更像女人的。有信心没？有信心没？那人一直笑着问她，她只好羞涩地回答，有信心。

整个游戏笑声不断，但多是那些北京来的人在笑，她和被选的同学多是一副紧张的表情，被裹挟着，或者被操控着，晕晕乎乎的，东奔西跑。他们有人甚至都不知道玩了什么，蒙头蒙脑。一拨同学做完，下一拨同学又上来，他们生怕落下哪个孩子。

太阳光很足，老师在后面打起了伞，城里来的那伙人中也有几个不参与的，悄然躲到了树荫下。她热得难受，从自己的座位上站起来，抬头看了一下太阳，一阵眩晕，她再低头看自己的小影子变成一点点，几乎要躲进脚底下了。奶奶则在不远处的树荫下蹲着，她侧脸和旁边的人唠嗑，脑后的头花在树影子里一闪一闪，很好看。

一上午看节目，演节目，做游戏，校园里到处是热闹的人，可她却盼着快点儿结束。

刚吃完午饭，她的眼睛就有点儿睁不开，嘴里还嚼着黄瓜就躺下来，朦胧中听到奶奶在外面的水泥台阶上刷洗着什么，沙沙沙沙……姑姑的声音传进来：晾干的桃核帮你装袋子里了。

不再住一宿了？

不啦，回去我得抓紧生儿子，这是……

迷糊中，她又听到奶奶很响地笑了两声：没羞臊！生孩子还要……声音越来越远，直至消失。

桃　树

满坡的野京桃树绿得流油，天混沌，还葫芦样地闷。她在捏桃核，鸽蛋大的桃子已见黄儿，拇指和食指稍一用力，叭——像谁一咂嘴儿，唇就张开了，红褐色的果核露出头来，两手再用力一掰，一挤，椭圆的桃核就现出全身来，皱皱的，湿漉漉，新鲜，带着红色的血丝，带着一股子甜丝丝的气息。她想起儿子刚出生时就像这般皱巴巴的样子。她一扬手，桃核就蹦到藤筐里。有一恍惚间，她感觉儿子从藤筐里跳出来，两岁的样子，光着小屁股，露着小雀雀，泥里，土里，炕上，地下滚，瞅着他肉乎乎顽劣的样子，要哭没哭，撇着嘴，张着两只小臂，委屈地朝着她叫：妈，抱抱！奶声奶气的，这心尖儿真像裹了棉花，涂了蜜。儿子转眼三十多了，头发也见白，背也竟开始驼了，每日在城里辛苦讨生活，瞅着心疼，着急，却使不上啥力气。唉！这日子也太不禁过了，三下两下就到这个光景。

她又想起了那晚女儿说要生儿子的那个狠劲儿来，女人哪，想孩子心里刀剜着不说疼，生孩子不要命。孩子是啥，是自个儿其他的模样，另外的自个儿，切出去的一块心尖尖儿。

桃核已经大半藤筐了，晚几天，骑摩托的肖四就会来收走，两块钱一斤。城里人用它穿串儿拿着玩，做枕头，做车垫子，做些个工艺品。今年桃核下来，能给孙女交上下半年学舞蹈的费用了。虽然镇子里的老师只收了她一半的学费，但是对她来说，也很吃力了。这妮子从小就对舞蹈着魔似的喜欢，年纪不大，心却野，没上学时就说宁可不吃饭也要学舞蹈，长大要去电视里跳舞。就依她吧，自己紧巴点儿，不能紧着孩子。

这坡上的几十棵桃树，年年归她采，因为她家离这最近，拐个弯，下个坡就到家门口，这些树像她的孩子，她春天看，秋天看，一年四季看不够，还有那些草地上的蘑菇，刮风掉下来的枯树枝，树根下的小蒜，都是宝。几只松鼠、刺猬来了，有几只鸟又飞到这儿做窝，风吹草动的，她啥都知道，这儿几乎成了她的桃园了。村里的姑娘、媳妇、老姐妹都不来这儿。她们去南坡，去东坡，去山后，去更远的地方。桃花吐这个地方最不缺的是桃树，遍地都是，人家都有大车小车，又有人手，知道她儿子常年在外面。老伴又故去得早。她呢连个自行车都不会蹬，只靠两脚走，两个胳膊抬，就都跟约好了似的，绕开这里，不跟她争这一片。她对这事一半感激，另一半是心酸。

今年，她注意到有一棵树没有结桃子。从春天开始，别的树都忙着开花，它就秃着，她以为这树死了，就折了一根枝条看，里面绿绿的，满是水分。后来等别的树放叶时，它也跟着绿了。她舒了口气，原来还活着。也许是去年果儿结多了，今年要歇一季。那时她想，这人要能像它一样该多好，累了，就歇一季。

就是这棵树，当她累得脖子僵硬，蹲得两腿发麻时，便溜达到它跟前。在枝叶的夹隙间，她看到了好多小包包，绿色的，中间稍显白，嫩嫩的，往外拱，整个好像憋着股劲儿。就在她想凑近了看到底是什么时，远处传来喊声。她闪开树影，站在宽敞的坡上，远远地，她看孙女跑来，边跑边唤：奶奶！奶奶！

她应着：这呢！咋的啦？慢点儿，我的小心肝哟！

孙女跑近了，气喘吁吁地说：家里来个人，说是我老姑的邻居，那人说我老姑父出车祸了！

大　雨

天阴着脸，皱着眉头，她跟在一行人后面，人群走得稀稀拉拉的。刚才从老姑家出来时，就有人不让她跟着，她哭了，非要跟，她对人们说：我离不开我奶奶！别让我离开我奶奶。人们一听孩子这样说话，一阵唏嘘。有人就说：跟就跟着吧，二小，你看着。于是一个十七八岁的男孩子也被叫上。

他俩被允许走在最后。一群人逶迤地从田间小路往山坡上走，进了林子，不远，在一个土包前停下来。她继续往前走，试图靠近些，却被制止了，她站在远处，像个局外人。

此时，到处是老绿，唯有那土包是新鲜的红土，她怀着惊惊的怕与新奇观望着。

她不知道接下来会发生什么，她就站在那等。

她看到人们各自把手里的烧纸放在土包前，开始摆碗、筷子、酒盅，把那些带来的饭菜和酒摆在土包跟前，在地上画着大圈，像他们小孩子做游戏时，在地上画来画去，念念有词，她能听到人们说话，却听不清他们都在讲什么。耳畔只有老姑的哭声，那哭声一下子把她叼住，那尖厉、嘶哑、使尽全身力气的哭声，根本不像老姑的声音。老姑的哭，她是听过的，去年春节时她和爸爸俩人在饭桌吃着吃着，就吵了起来，老姑嘤嘤嗡嗡地哭，还有春天时和奶奶说起婆家的一些事，也呜呜呀呀地哭，边哭边数落。

可这哭声却不同，是那么凛冽，像一把刀割开草皮，割开挡住的树根，割开一个土坑，在她脚下，那刀毫不停顿，割开了她的衣服、皮肉，割在她的心上，让她的心好疼。她站在那泪如泉涌，小小的脸上全是泪水。

在泪眼婆娑中，她看见老姑挣脱奶奶，趴下，双手张着，全力抱着那个新鲜的土包，似乎胳膊短搂不过来，搂了又搂，那么急切，像抱着一个湿漉漉的人，那人那么滑，眼看就要滑走了。

一堆火燃起来，在青绿的山里很好看，她虽然离得远，却也似乎感觉到了一丝暖。

往回走时，她本来是队伍的头，可她把路让开，让那些一身烟尘的人先走。她又落在后面，没人催她快走，只有那个叫二小的男孩子不声不响地跟在她身边。她回头看，那个土包旧了些，似乎是

316

被烟熏的，或者是天更阴的缘故。

远处传来轰隆隆的雷声。

当雨下起来时，一行人要穿过一条河。过了这条河，就要进村子里。

前面的人开始急走。闺女此时已停止了哭，也许她太累了，她知道悲伤也会累，老头儿没那年，她四十三岁，她也是这般撕心裂肺地哭，她就哭累过。把泪水哭完了，心里就净了，空荡荡的，似乎所有的凉风都能吹进来，甚至有身体因眼泪流去而变轻，要飞起来的感觉。那时她认为什么也没有发生，一切都是假的，那些仪式，那些装模作样的人都很可笑，说不定这时男人正在园子里锄地，直到她在园子边上看到锄头斜躺在那，才意识到他真的再也不会拿起它时，新的悲伤与绝望才会突然而至，聚拢来，又一次将她打倒。她挽着女儿走，闺女虽虚弱却不老迈，所以两个人更像挽着胳膊走。河里的水涨了，有的地方已经漫过桥面，前面的人开始都踩着石头，踮着脚，艰难地走过河，她松开了闺女的手，让她走在前面，她紧跟着。手一直扯着她的衣角，不想离开半分钟。

她看到前面的人踩着一件旧的棕色夹克，那夹克堆在一块薄一点儿的石头上，前面的人踩过，再踏过两块石头，一蹦，就到了没水的地方。

闺女突然停下来，本来一直走得很稳，突然一脚踩在水里，弯下腰，扯那衣服，骤然嘶哑地哭叫：别踩！别踩！她忙说：你拿它干吗？起来！闺女哭着喊：这是他的衣服，别踩。你们干吗踩他的后背，干吗要踩他的胳膊？别踩，我不许你们踩。她忍着好久的眼泪一下涌了出来。她知道不要和悲伤的人一起哭，那样只能增加悲伤的分量。就像刚才在坟前，女儿哭时，她搂着女儿的头，搂着她的悲伤，心里涌动的却是自己陈旧的绝望，但是她不敢哭。那件被垫在石头上的夹克真的是女婿的。他曾多次穿着串门来。夹克旧了，很少见，但今年春天他还穿着它来帮着种玉米。三天圆坟时，亲属们把女婿的衣服都装到两个蛇皮袋子里，扔在河沟边，并没有烧掉，这一件不知怎么就顺水漂到这里来了。

闺女使劲拉着那件衣服，但是衣服被压在石头下，有一只袖子还耷拉在涵洞下面，被什么东西死死地挂住，她拽了好半天也没拽下来。直到扑通一声掉到水里，那衣服才真正地扯下来，被她抱在怀里，河不深，她从水里爬起来，抱着衣服绝望地站着，哭着，她断断续续地说：谁也别踩，谁也不许踩。我不让他们踩着你！

她感觉女婿死时都没到最坏，而此时，闺女站在河里抱着一件旧皮夹克哭，才是最坏的时候，她是当妈的，她不能让事情再坏下去了。

浓　雾

早上，她起来时，看见老姑穿戴整齐，头朝里躺着，闭着眼，感觉像一宿没脱衣服。

奶奶放上小炕桌，她摆上碗筷，爬上炕准备吃饭。她叫：老姑，吃饭啦。奶奶也边擦手边嚷着：吃饭！吃饭！

奶奶做了手擀面，卧了两个鸡蛋，特别诱人的是奶奶还炸了她最爱吃的肉酱，那肉酱盛在一个白瓷盘里，暗红色的肉末间埋着碧绿的青椒丝和葱花，呼呼地冒着香味。她最爱吃的是奶奶的手擀面，最受不了的还有肉酱的香味。她咽着口水，等着老姑起来吃饭。她饿了，最近，她总是好饿，特别是晚上，明明刚吃完饭不久，可又感觉饿，想吃东西。有时想得不行，饿得不行，就跟奶奶念叨着饿。还不到睡觉的时候，奶奶此时已在炕上打盹儿，就迷迷糊糊地起来，或扶着腰，或揉着膝盖，或捶着胳膊、腿，低声叨咕：真疼！生锈喽！不服不行啊！她就在奶奶唠叨中听到她骨头嘎吱嘎吱的声响，想象着一些铁锈掉下来，就有点儿心疼，后悔。

老姑还不起来，奶奶已经叫了两遍。

她特别饿，除了真饿，还有被肉酱勾起来的馋。她还着急，今天有舞蹈课。

奶奶终于感觉事情不对，就爬上炕，扒拉着老姑。说：丫，咋的啦！

老姑突然长出了口气，睁开眼睛说：妈，我疼，我哪里都疼！奶奶就忙着摸老姑的头，自言自语：感冒了不成？

老姑又说：妈，我没事，就是这里疼，心疼！老姑使劲捶着胸口，她想老姑的乳房一定被捶疼了。老姑接着又说：妈，我太痛苦了，受不了，我要结束这痛苦！奶奶突然拍了老姑肩头一下：说啥呢，傻孩子！老姑继续说：妈，我过不去了！老姑这次没号哭，却不停地流泪，枕头湿了一大块，她不知道，就那么一会儿，老姑是怎么流出那么多眼泪的。奶奶搂着老姑的头说：傻孩子，可不敢这么想，一切都会好起来的！她想起有一次，她哭了，妈妈也这样搂过她。

老挂钟当当当地敲起来，她看了一眼，说：奶奶，我吃完饭自己去舞蹈班，不用你送了。奶奶嗯了一声，继续劝老姑。

她自己盛了碗面吃。她感觉自己没有那么饿，面条也没有想象的那么好吃。

第一次一个人去镇里，她有点儿慌慌的惊喜。其实好多次她都想自己去，不用奶奶送了，奶奶的腿不好，走得慢，她还要走走停停地等着她。还有，她觉得自己长大了，应该独立，不想走到哪里身后都跟着一个老太太。

走在去镇子的路上，她心情很舒展。有雾弥漫在不远处，她想快点儿奔进雾里，但是雾总在前方。就这样走走跑跑，似乎不一会儿就到了镇子里。原来自己走的感觉是这样的，真好。

镇子里阳光明媚，没有雾。在跳舞时，她想，自己要快点儿跳，快点儿长，离开这儿，去爸爸妈妈待的城里，只有去城里跳舞才能有机会上电视。

桃花吐在一个山洼里，经常有雾，特别是春天，满山遍野都是桃花时，那些雾缭绕在树与花之间，弥漫在地面草丛里，真有一种画不出、写不尽的美。

她回家时，越过一个山冈，就遇到了桃花吐的大雾。雾浓得很，稠得很，扯一把，手上一缕湿，一缕白，可被扯开的那处依然和原来一样颜色。她走走停停，一把把摸着那雾，撕扯着那雾，她希望看得更远点儿，结果怎么扯，她都只能看到自己胳膊那么远的距离，她伸出去的指尖甚至都被雾吞得影影绰绰。她感觉到了湿，还有温暖。在雾里她只有自己和脚下的路。她开始玩一种自己刚想出的游戏，她要摸到他们，它们！不管是谁。开始的时候，一只小黑狗出现在脚前，她蹲下身要摸它的瞬间，小狗跑掉了，后来小狗又摇着小尾巴返回来，这大雾让彼此都变了模样，不敢相认。她摸摸它，知道到了山坳处，到白发老丁头儿家门口了，离家还有一半的路程。果然，老丁头儿从她身边走过，她手臂伸开，指尖刮了一下他的前衣襟。老丁头看了她一眼。说：好大雾，慢点儿走！再后来她遇到一只猫。还有一个女人领着一个孩子。她轻轻捏了一下小孩的脸蛋，女人看她笑了笑。她感觉最有意思的是他们身上都似乎长了层白毛。和平时看到的样子一点儿也不同。她感觉这特别有意思，下一个会遇到谁呢？要是妈妈爸爸一下子出现在这多好！要是老姑父也出现在这雾里，那就更好了，她就把老姑父领到老姑面前说：不用哭了，我把他给你找回来了。

她在雾里走哇走，遇到了树，遇到一块石头，她摸摸它们，都是湿漉漉的。雾里的一切看起来、摸起来都是软的，也不是平时看起来的样，似乎像每夜她做过那些梦，无所不能，上一刻在家，下一刻窝在妈妈的怀里，坐在爸爸膝盖上。

她不知疲倦地在雾里探索，甚至有一会儿，她忘记了赶路，蹲在地上看一队蚂蚁搬家。雾里没有声音。没有远方，没有学校，没有住的老房子，没有村头看见她就追的坏鹅。

腿开始疼，像坠了石头，她就奇怪了，每次走到家，她的脚都不会疼。再看路，和原来的路不一样。又翻过一个山梁，雾稀了，她走出了雾，却找不到家了，看看四周，一片陌生，她迷路了。

她并不特别害怕，她觉得自己是在某个路口拐错了，她又往回走，走进那片雾里，去找那条岔路。

这次，她仔细地看，看着路，看着旁边的树和石头。

又走了好久，远处传来熟悉的唤她的声音，小得像从水里传出来一样，她一阵惊喜，回应着：唉，奶奶，我在这儿！但这儿是哪里，她并不知道。

奶奶的声音由小到大，好半天，枯瘦的奶奶从浓雾里冲出来，一脸焦虑，她是湿的，像淋了一场雨。

奶奶蹲下，一把抱住她，捶着她的后背，说：小丫崽子！你跑哪去了？吓死我了，找半天，这要是把你丢了，咋向你妈交代呀！

她给奶奶擦擦脸上的水，说：我丢不了！就是玩得忘记看路了。

奶奶继续嘟囔着：可吓死我了，早上要不是你老姑说那话吓我，咋忙也得送你，以后再不许自己走了。

她忙说：奶奶，今天有雾，要不我早到家了，下周我还要自己去。

不行！

就行！

花　开

闺女已经三宿没怎么睡觉了。自头七烧完，她没哭，只是发呆。有时，一整天眼睛就盯在一处看，一点儿声响都没有。她唠叨着：睡一会儿吧！身体会熬坏的！女儿依旧不言不语，没有什么反应。

闺女不睡，她也不放心睡，就坐着，靠着墙打盹儿。困意来袭时，她总是一下子就糊涂过去。再吓得猛地睁开眼睛，看看女儿还在不在眼前。

白天，她熬不住了，就让小孙女看着闺女，抓紧时间补一觉。孙女尽职尽责，醒来后偷偷跟她说老姑做了哪些事，说了什么话，她感觉这孩子今年特别懂事。

早上，她正屋里屋外地忙着时，东院的老白太太来她家，告诉她前坡桃子落了满地。有的都烂了，咋不去捡呢？是不是今年不捡了？她知道老白太太问这话的意思，忙说：捡，咋不捡，这不才倒出空儿来吗，后晌儿就去。

她就开始着起急来。本来桃核才捡了一半，姑爷就出事了，这些天心思一直在闺女身上，捡桃核的事都忘了。她就商量闺女跟她去坡上，闺女开始不说话，问急了说不去。又费了半天口水，她总算吐口儿：好，那我待一会儿就回来！她忙叫上孙女，三人拿着藤筐、蛇皮袋子往坡上去。

桃子遍地，不用费力去树上摘，不用使劲儿摇晃树。

闺女坐在石板上继续发着呆。发呆也好，只要不哭不闹就行，她忙拎起藤筐找到最多的那棵树下，飞快地捡起来。孙女也知道时间紧迫，小手紧着忙，孩子灵巧，比她捡得还快。捡满一筐桃，她就赶紧往家倒腾，带皮的很沉，往常她是扒完再运回家的，但现在是非常时期，只能这样。桃子进了家，她的心就放下来，再慢慢剥，看着闺女，看着孙女，喂鸡打狗，什么都不耽误，也挺好。她总能找到让自己心理平衡的想法。

半天的时间，女儿没张罗回家，大概忘记了这事。她独自沉在某个地方，这个地方一定有好玩的事情，女儿嘴角有时会向上翘着，笑一下。

终于把那些树下的桃子捡得所剩无几了，她长长舒了口气。

晚饭过后，天才擦黑，闺女说：妈，我好困。她忙说：太好了，困就脱衣服舒服地睡。女儿真的睡着了。她也跟着倒头便睡，这觉真香。一夜几乎没翻身，还是那个姿势醒来。小孙女已经起来，正写作业。女儿还在睡，她蹑手蹑脚下地做饭。女儿早饭还没醒，她没忍心叫，她对孙女说：人哪，饭三顿两顿不吃没事，觉可不能不睡，不睡觉脑子会坏掉的。

直到晚饭，闺女还没醒，她有点儿急，就推了推她，说：丫，起来吃饭，闺女翻了个身，说：不吃，让我再睡会儿！她也没办法。就等她睡醒吧。

早上天还不亮，糊里糊涂中听闺女问：妈，几点了？她答，五点多点儿吧。闺女就坐起来，穿衣服，找鞋子。她也彻底清醒了，她看女儿精神状态很好，说话也比前些天有劲儿，两天的觉没白睡，就问：你起这么早干吗？闺女一本正经地说：回家呗，不能总在你这待着。我要回去生孩子，总在这儿，我跟谁生孩子去呀？她叫：丫，你睡糊涂了吧！她去拉她的手，她一缩，指尖在她手心里泥鳅一样滑走了。等她穿上衣服，趿拉上鞋，去外面追时，闺女已经骑上自行车一溜烟没影儿了。她忙去村里求人骑摩托车追。七点多后，骑摩托车的人回来说，一路上也没遇到人，家里也没有。她不信，就跟那个人说，我眼瞅着她朝那个方向去了，咋能没有呢？于是，她不顾说什么，飞快地往闺女家奔。

那天早上，她是忙乱的，甚至穿了一双不一样的鞋子，花白长发一半梳在脑后，一半挡住脸。焦虑堆成一堆，在她额头与眉眼间伏着，这不是她平时的样子。她平时无论多忙也要把自己弄得很齐整。即使老头儿刚过世那会儿，她也不会马马虎虎地出现在别人面前的。

闺女家的门紧锁着。屋里，外面一个人影儿也没有。她就去女婿的坟地找，一场大雨过后，坟矮了，旧了，像一座坟了。在她看来，新埋的坟里总像有个人往出拱，老头儿没时，有一次她就偷偷到他坟前，把土扒出来很多，她感觉扒得十个指头尖都火辣辣的了，坟都挖出一个洞，后来，促使她当时停下来的是什么，她忘记了，但总会有什么念头让她顿悟。这种事情总有一个解不开的疙瘩，使劲地勒住她，勒疼她，她才能醒过来，再挣扎出来。

她这一趟走下来，感觉特别累，捡桃核那天都没有今天累。往回走时，她走走停停，有那么一刻，她甚至想趴在路边，趴在田野里算了，再不往前走了。

路过她的那片坡。她感觉有点儿异样。使劲眨眨眼，看是不是自己瞅错了，对，那棵，就是没结桃子的树，竟然把一枝花伸到她面前，拦住去路。仲夏的桃林里，它显得那么独特，那花在叶子的掩映下，若隐若现，像捂着层面纱。她凑近看，有些花已经完全开了，伸着长长的蕊，粉嫩、薄薄的花瓣被风吹得微微颤动，还有的含着苞，才努起嘴，吐出半抹风情。那俏皮的样子，真是好看。轻风从花枝间吹过，她突然听到闺女那天夜里说过的话：我真想生个儿子呀，真刀真枪的，血流成河，疼死也生！一惊，然后就看见树的那边还有个人影儿，是闺女！是她！她在树的最深处，接近树的主干，她抱着一个粗壮的枝丫，正对着那树说话。她似乎有点儿生气，数落那些桃花，声音都和平常不一样：你看你们哪，该开的时候你们不开，现在，你们开有什么用？还能结果吗？结了还能成熟？你们早想什么去啦！早干吗去啦……

她一下子把嘴捂住，怕自己出声，泪水就顺着那指缝往下流，一会儿她的手掌就变得湿而厚起来。

好半天，她平复了一下情绪，走到闺女跟前，叫了声：丫！早上去哪了，找你大半天？不争气的眼泪又涌出来。闺女看到她，松开了树，走过来，说：妈，让你着急了，我这两天就是恶心，不想吃饭，我去镇里买酸橘子了，你别哭，我没事！闺女轻轻地给她擦泪。

她的心咯噔跳了一下。

闺女又想起什么似的把衣服前大襟撩起，拎成个洼兜儿，去树上摘下第一朵桃花，放在里面。她专门挑那些半吐未吐的桃花，她摘得仔细，一枚枚地，用手捏着花柄，尽量不去碰那花骨朵儿。一会儿，她衣襟里的桃花已经有一大捧。她问：摘它干吗？闺女说：大侄女说她三天没上厕所了，拉不出来。摘点儿回去给她熬水喝。她惊讶地说：这话是她昨晚跟我说的，你不是一直在睡觉吗？闺女说：我是做梦时听到的。

闺女在前，她在后，娘儿俩往家走。

一枚桃花从闺女衣襟的缝隙里漏了出来，旋转着，落在了地上，那也是朵要开没开的花，吐出一两根细蕊。

铁西三剑客小辑·火星

双雪涛

魏铭磊坐在汽车的副驾驶，早早勒上安全带，一路无话。临到高红住的宾馆楼下，他突然对司机说，你停一下，我想回去。司机载上他的前十分钟，一直在与他讲话，单田芳去世了，你知道吧？现在再听单田芳的评书，感觉有点儿怪怪的，你有这个感觉没？中美贸易战不能再打了，你看新世界的大超市，好大个超市，关掉了，你说是这个道理吧？魏铭磊也不看手机，也不回答，也没睡着，也不东张西望，只是呆坐着，透过风挡玻璃往前看，天空黑漆漆的，路上没几辆车，刚落过一点儿小雨，玻璃上还有雨刷的印子，像信封上的胶条一样糊在他眼前。司机说得无趣，渐渐怀疑他耳朵有病，不说了。你要回去？司机问。魏铭磊说，是，原路返回。司机说，那麻烦你再打个车吧。魏铭磊说，我付你钱，你不要担心。司机说，我知道的，看你的样子也不是耍人的，是我到家了，你看这条路，我开进去，就是我的家了，拜托你再打个车，我要收工喽。魏铭磊看了看手表，凌晨一点四十五，确实不早了，他结了车费下车，把自己黑色的双肩包背上，目送出租车开进了一条小巷子里，躲过一些杂物，直到尾灯看不见了。

高红住的宾馆有几十层，一楼的大堂外面站了好几个西装革履的年轻人，嘴边都挂着耳麦，不过耳麦并不影响他们近距离交谈。几个人好像一个人的不同时期一样，站成一排说着话，时不时把在门口停得太久的车赶走。虽然已过了午夜，还是有不少人走进走出，车子来来往往，停了走，走了停，有人从车窗押出脖子争吵，看人逼近马上摇上车窗走掉，有壮硕的外国人从车上走下来，后面跟着玩具一样的孩子，也有人腋下夹着笔记本电脑，下车时还在用蓝牙耳机说着话，靠着直觉走进宾馆大堂。魏铭磊是个小学体育老师，他的主项是足球，后来踵骨断了就不再踢了，不过在学校里他还是教踢足球，主要是带孩子玩，给他们吹哨，解决他们的纠纷。他特别注重运动前的准备活动，这跟他自己的经历有关，如果不是重伤，他本可以成为一个优秀的守门员。魏铭磊个子不高，但是门内技术出色，善于捕捉下三路的皮球，他性格并不张扬，不知为何很快便能赢得后防线队友的信任，大家都愿意听他组织防守，万般无奈时会把球回传给他处理。他有个外号叫"保险箱"，这是教练给他起的，当时看上去确实蛮有前途的。

他掏出手机看了看，高红还没有给他回微信，高红上午告诉他，她的活动地点距离此宾馆不远，也就五分钟车程，但是回来时要走地下车库，请他先到门口，她快到时会微信他。这个细长高耸的家伙就在小巷旁边，挨着两条街的转角，对面是一个明亮的商场，虽然已经打烊，一楼的奢侈品店还是奢侈地亮着灯，好像因为贵重而失眠了。魏铭磊做球员时曾经去过不少城市，二十岁之后就少了，上海他来过，踢过一场平淡的比赛，他还记得那次比赛，在一次争顶中他的拳头击开了对方前锋的眉骨，那是他对那场比赛唯一的记忆，一个和他年纪相仿的少年因为流血而愤愤不平地退出了和他的对决。高红是他的初中同学，那是一个特别的初中，以纪律弛废著称，换句话说就是比较开放，而开放是因为封闭造成的，因为这个学校在城郊的山麓建了一个分校，初二之后就要到分校去封闭，一周可以回家换一批衣服。少男少女们被锁闭在山脚下，再多的老师和教鞭也是无用的，在图书馆的书架间，在操场的死角处，在宿舍的蚊帐里，许多人了解了自己的和他人的身体。同班同学之间，不同班级之间，上下年级之间大量的通信，信件有时比身体更让人激动，这些没有邮票和邮编的信在手和手之间，在抽屉和抽屉之间，在抛掷和降落之间传递，造就了许多短暂的情缘，而一旦离开了这个山脚，好像所有已有的情感都失灵了，如同堤坝拆毁，河水转平。可是这些记忆在魏铭磊的心中如同宠物一样豢养着，一刻也没有放松过，如果一幅伟大的壁画无时无刻不在脱落的话，那这些在魏铭磊心中的记忆不但没有脱落，而且还不停地复原，不停地生长，不停地蔓延。初三上学期他去了足校，离开了这所学校，他出众的足球才华使他孤独地走开了，他本可以拥有更多记忆的，命运却像一个人贩子一样把他拐走了。使他略感宽慰的是，这座分校几年之后也被取缔了，变成了温泉浴场。原来的校舍和图书馆被抹平重建成一个个小房子，操场变成了一个游泳池，只有原来的锅炉房还保留着。

　　魏铭磊在心里掂量了一下，是站在距离大门十米的地方等，还是走进酒店的大堂坐下，犹豫之间他已经站在原地等了二十分钟，于是也不想动了。上海的九月还很温暖，醉酒的人也不多，偶有行人，也都是非常理智地走在路上，小心地瞄着机动车的走势。他一直把手机拿在手里，像盘核桃一样盘着，不停地翻个儿。他结过一次婚，后来平静地分开了，没有孩子，问题出在女方的一次出国公干上，这种事情其实也不用过多地解释争辩，两人当初相爱是因为有默契，到了这个时候，默契依然存在，魏铭磊要回了自己的房子，女方认领了一辆小汽车，他们两个认识十二年，恋爱五年，结婚两年，达成一致到办理手续只用了三天，之后他发现他再也看不到对方的朋友圈了，而他的朋友圈还向对方敞开着，他等了几天，终于也将其关闭了。夜里几次醒来，他觉得自己可能会死，不是伤心而死，而是着火地震或者心肌梗死，或者头顶的吊灯年久失修掉下来把他砸死了，那倒没什么，只是他要孤独死去了，死在双人床上，没人救他或者替他呼救。他在想是不是这十几年的时间他错过了什么，他忽然发现对方已然成长成熟，而且性格在与世俗的交手中悄悄增加着厚度和神秘，他却还是过去那个人，最大的快乐还是买一双新出的球鞋，虽然自己已经跑不快了。他的学生突然练会了左脚，夜里他做梦也会梦见这件事，想把对方叫起来说一说，自己为了这个付出了多少心思。他喜爱的球队打进了欧冠决赛，他因此焦虑，害怕主帅排出的阵容不符合他的心意，落入对方的陷阱。住在自己要回的房子里，有时候他会怅然失神，他也许还年少或者已经老了，总之他不应该是现在这个人，他的此刻既像过去也像未来，是不是他正常得有点儿古怪了，以为在公转其实一直自转不休？或者远远没有在世界之中，远离所有人希求趋近的方向，但是他是怎么做到的呢？他一时觉得绝望，过了一会儿又感到自豪，那就这样吧，我谁的也不欠，他对自己说，虽然我不是算账的，但是如果某个地方有个账本的话，我谁的也不欠，他终于理清了自己的思路，必须承认自己，自己，自，己，是他仅有的东西。

　　大概夜里两点一刻，高红来了微信，说是往回走了，问他在哪里。他回说已经到了宾馆附近，只是有点儿堵车。高红说，这个点还堵车？他说，有施工，面前一条长沟，马上就过来了。高红说，我会从车库回到自己的房间，你在大堂等一下，会有一个穿帽衫的年轻人把你带过来，你穿什么衣服？他说，我穿蓝色的阿迪达斯运动外套，身高一米七五左右。高红回给他一个大拇指。魏铭磊把手机放进外套兜里，向酒店大堂走去，双肩包紧紧贴着他的后背，好像在推着他往前走。大堂的中央有一个水池，里面游着五彩的鲤鱼，他刚刚站定，穿帽衫的年轻人就走到他近前，是魏老师吗？他说，然后引着魏铭磊走上电梯，电梯向上飞驰，魏铭磊有些耳鸣，年轻人看着非常干练，电梯中一直把手机放在耳朵上听语音信息，然后贴上嘴唇说，我跟你说了，不可以，说得太多了，人家一看就知道是你们给写的，那有什么用呢？这不懂？走到房门前，年轻人按了门铃，这时他回头对魏铭磊说，您从哪儿来？魏铭磊还没回答，房门开了，一个大眼睛的年轻女孩开了门，对帽衫说，褪黑素买了吗？帽衫说，谁让我买褪黑素了？女孩说，别废话了，赶紧去吧，谁让你买的不还都一样？帽衫说，傻子。然后转身走了。女孩说，您是魏老师吧？魏铭磊说，我是。女孩说，不好意思，身份证给我看一下。魏铭磊掏出钱包，把身份证抽出来递给女孩，女孩扫了一眼，把身份证放进自己宽阔的裤兜里说，请进吧，娅姐等你半天了，今晚她下台时扭了脚，要不然都想自己下楼接你了。是个套间，温度很高，女孩只穿了一件 T 恤，两条细胳膊光秃秃地反着光，T 恤上面印着一竖排字：艺术是无止境的纵欲。旁边画着一个裤腰带被人抽走的男人。

高红在初中期间给魏铭磊写过大概三百封书信，涉及当时生活的方方面面，两人平时并不特别熟悉，有些人在一段时间内可以熟得像混合果汁一样，他们俩还是苹果和橙子，并没有混淆界限。两人没有绰号，没有昵称，信的起首都是高红你好，魏铭磊你好，然后说自己想说的东西，询问对方一些事情。具体是什么时候开始通信的，如果以魏铭磊回忆为准的话，是因为一次送信人的失误，与魏铭磊同班，有一个男孩叫作戴明磊，字形迥异，发音却像，而且两人都在班级的足球队，于是魏铭磊代替戴明磊接了信，自己并没有发觉，也回了信。之后两人就忘记了戴明磊，兀自通信了。但是如果以高红的记忆为准的话，她是写信给魏铭磊的，她根本不认识戴明磊，也没有跟他通信的兴趣，她是在一次班级之间的足球比赛里看到了魏铭磊的表现，觉得他颇有大将风度，可靠，和其他急于表现的毛躁的男孩子不同，才决定给他写信的，只是一时笔误，写成了戴明磊。事实只有一个，解释分成两个，这是两人开始通信时探讨的第一个问题，一个根本上的错误或者细节上的错误成了这个联系的第一个扣子，这在两个人的心中都是挺好玩的事情。高红的演艺事业始于舞台剧，之后改了名字，叫作高静娅，进入影视行当，她的事业发展中充满了自觉，也充满了偶然，其中边边角角、枝枝丫丫不可尽言。目前她已经像一个家长一样可以养活一群人，三十六岁，最好的年纪，也是最危险的年纪，但是确实没人知道，包括她的经纪人、助理、化妆师、家人，她为什么突然想起了初中时候写过的那些信，她没给别人写过，之前没写过，之后也没写过，只在那几年里产生了几百封信，她为什么早不想起，晚不想起，突然在一个毫不特殊的早晨想了起来，然后指示她的助手找到这个人，问这些信还在不在。当魏铭磊说，还在，而且没有丢失一封的时候，她的助手感觉到天塌了下来，也不得不佩服娅姐细密的心思，在很多人恐惧未来的时候，她想起了危险的昨天。高红再次显示高人一筹的风度，她亲自加了魏铭磊的微信，给他定了头等舱的机票，让他把信带到上海来。还是都拿来吧，她在微信中含蓄地说，少一封似乎就不对了，它们是完整的，不能丢下任何一个。

细胳膊女孩问他喝什么，他说喝水，女孩给他倒了一杯温水，这时高红从卧室走了出来，魏铭磊站了起来。高红和初中时相比，明显长了个子，头发也多了，此时她化了淡妆，穿了一件白色长袖衬衫，底下是一条黑色的八分裤，露出洁白的半截小腿，藕荷色的拖鞋穿在脚上，显得和衣裤非常搭配。只是一只脚踝上裹着绷带，绷带层层叠叠，显得相当协调，好像一个装饰。高红伸出手来说，魏铭磊你好。魏铭磊轻轻地把她的手团在掌心说，你好高红。高红说，你没怎么变，怎么样，来得还顺利吗？魏铭磊说，顺利，能不能先把身份证还给我？高红说，什么身份证？魏铭磊说，刚才那个女孩不小心把我的身份证装在她的兜里了。高红说，凌子？没人答应，女孩不知什么时候走掉了。魏铭磊说，走得好快。高红说，她一会儿就回来了，她们一天的事情都特别多，经常犯错，你别见怪。你还是变了一点儿。你说话流利了。魏铭磊说，我以前说话不这样？高红说，不这样，小时候你说话断断续续的，不是结巴，是不流畅，可能是我记错了，我们没怎么说过话。信带来了吗？魏铭磊说，带来了，一共三百一十二封，应该没有遗漏。魏铭磊说话时也在观察自己，我说话流利了吗？刚才我还很紧张，感觉有尿，现在情绪倒是平稳了些，原因何在？高静娅已不是初中时那个人了，这可能是他放松的重要原因之一。她走出来时，魏铭磊仔细观察着她，一时觉得自己进错了房间，她是高红吗？长得大不一样了，开始时他觉得只是个子高了，发型复杂了，现在看来似乎眼睛的形状也变了，嘴唇也厚了点儿，下巴也小了，这都可以理解，毕竟吃了这口饭，多少要在脸面上投资，奇怪的是脖子似乎也长了，肩膀也窄了，双腿怎么如此之顺直？他记得初中时她上身长，腿短，坐着显高，站起来显矬，什么样的手术可以把脖子拉长呢？他一时怀疑明星都有替身，就像一些危险的动作需要替身一样。那就坏了。我让她感到危险吗？他在路上其实一直没有思考这个问题，从上楼到进门后的种种，他忽然意识到自己是个危险人物，对的，他是属于过去的权威，是针对现在的刺客，是她无保护措施时代的证人。要不要给你点儿吃的？她说。他没有回答，盯着她的眼睛看。这儿我也不熟，我们就看看附近哪个评价比较好，她说。说着她拿起手机，他看着她低垂的睫毛，突然意识到自己的污秽和担心之无谓，她是高红，她不是因为当了演员之后，才拉长了脖子，而是她的脖子长了之后，才当了演员的。

魏铭磊说，我一点儿不饿，信都在这里，你看看，没什么问题的话我就走了。高红说，你还有事？魏铭磊说，没有。高红说，你是专程为我而来的吧，不像你在微信说的正好顺便。魏铭磊说，嗯。高红说，那就别着急了，我们把这些信看一看。高红把魏铭磊从背包拿出的信在茶几上摊开。你看这些信封上还有我爸任教的大学的名字，他现在已经中风了，不会说话了。魏铭磊说，什么时候的事？高红说，别假装客套了，他当时还去学校看过你。魏铭磊说，看过我？高红说，他偷看过你给我写的信，想看看你是个什么样的人。魏铭磊说，看过之后怎么说？高红说，什么也没说。但是他今年卧床之前突然说起了你，就在中风前两天，我也不知道为什么。他一边洗碗一边说，那个小魏在干吗？就是那个每封信的结尾都写"此致敬礼"的小魏。恕我直言，我这才想起了你，你不会生气吧？魏铭磊说，完全没有，只是觉得心里难过。高红说，完全用不着，你没见过他，你的难过是人道主义的，毫无意义。我一般睡前喝酒，你喝一点儿吗？你要假装拒绝需要我再劝一次吗？魏铭磊说，不用，我也喝一点儿。我的难过不是这样的，因为他是你的父亲，所以不是这样的。高红没有听见他后面的话，她站起身来从冰箱里拿出一支香槟，这支有点儿甜，你没问题吧？魏铭磊说，没问题，我没喝过。高红说，没有酒杯，我就不叫人了，我们拿茶杯吧。魏铭磊是个酒量很大的人，但是并不爱喝酒，他自己觉得可能还是自己早年运动员的经历，使自己的身体内部代谢速度比较快，这也有些问题，就是酒精并不能令他感到放松和兴奋，他也不能借助这个东西变成另一个人。相反，他总是越喝越清醒，一些过去不会思考的问题，喝了很多酒之后倒会琢磨，所以他的特点是越喝酒话越少，越沉郁，越像是一个心事重重的人。在他结婚那天，他喝了大量的啤酒和红酒，做了不知道几个游戏，把丈母娘家的几个小伙子全都喝得烂醉如泥，回到房间时他突然感觉到虚空，太太因为疲惫很快睡着了，他久久不能入睡，不知为什么，他忽然觉得自己是个虚伪的人，这是个虚伪的世界，为什么这么想，他也不知道，等他睡着了，他就把这件事放下了，第二天醒来，酒劲过去，他就彻底把这件事情忘记了。高红拿起倒满香槟的茶杯和他碰了一下说，谢谢你能来。魏铭磊说，客气了。高红一口喝掉了半杯，魏铭磊也喝了大概同样的量。高红说，实话说，我有酒瘾，每天不喝睡不着的，其实喝了也睡不着，那就不如喝一点儿，你说呢？魏铭磊说，你做这个职业，确实压力大一些，我每天躺下就睡着，其实也没什么意思，老是睡着。高红说，你现在还踢球吗？魏铭磊说，很少了，我的脚里面有钉子，我现在教小孩子踢球。高红说，你喜欢孩子吗？魏铭磊说，喜欢，你如果认识他们，也会喜欢他们。高红说，不一定，我这点儿爱呀，都给自己了。说着她把剩下的半杯喝下，又给自己倒满了。我记得你当时跟我说过一句话，在信里，你说我们不能只爱自己，只相信对方，我们应该去爱更多的人。魏铭磊说，我说过吗？高红说，你说过，就在这堆信里，我们把这些信读一读吧，你随便抽一封。魏铭磊说，算了吧，我得走了，我明天早上的飞机。

高红抽出一封信，她才发现信封口被红蜡封死了。高红说，我们当时是这么弄的吗？魏铭磊说，不是，这是我后来弄的。高红说，什么意思？魏铭磊说，没有办法，如果不封上，会有东西跑出来。高红笑说，你啥时候变成这样了？魏铭磊说，我看一下这是哪一封。嗯，这里头有一只鸟。高红说，飞出来还能飞回去吗？魏铭磊说，看情况。高红把红蜡抠掉，一只八哥从里面飞了出来，黑色的八哥，小巧如手掌，一下就落到客厅的镜子前面，高红叫了一声，站了起来，手里的信封掉在地上。魏铭磊弯腰把信封捡起来说，这个还是不要弄丢了。八哥站在镜子前面踱步，看着镜子里的自己，突然它说，金子底下有什么？镜子里的八哥回答道，你问谁呢？肥婆。镜外的八哥又说了一遍，金子底下有什么？镜子里的八哥说，有你妹呀，肥婆。你妹好像是个新词。镜里的八哥说完，得意地笑了笑。高红害怕了，说，你怎么变出来的？魏铭磊笑说，我说了，原来里面就有，不是我变的。高红说，你是谁？魏铭磊说，我是魏铭磊呀。高红说，我要叫了，我不认识你，你怎么进来的？凌子？凌子？没人答应。魏铭磊掏出自己的身份证说，给你看我的身份证，我是你要找的那个人。高红说，你的身份证不是让凌子拿走了吗？魏铭磊说，我刚才拿回来了，你不用害怕，只要回答它的问题，它就会回到信封里了。八哥说，是呀，肥婆，金子底下有什么？高红说，我不知道。魏铭磊说，这是一句土耳其谚语，你应该去过土耳其吧，我看过你在土耳其做的节目。一只八哥而已，你怕鸟？高红贴着墙站着，伤腿蜷了起来，她说，金子底下有银子。八哥说，胡扯，全是你的呀？高红看着八哥，忽然说，我认识它，啊，我养过它，它拉稀拉死了。魏铭磊说，你的原话是我的鸟死了，我怀疑是我妈因为我过于喜爱它，而把它毒死了。我趁人不注意把它埋在了我们教学楼门前的花盆里，这样我每天都能经过它。高红说，我知道了，金子底下有蝎子。八哥在镜子前面转了一圈，说，睡觉！镜子里的八哥却没有动，然后它一跳一跳，跳进了信封里。

魏铭磊站起来说，抱歉吓了你一跳，这些信就是这个样子，而非我想玩什么花招，这么多年我也被它们折磨得不轻。现在它们是你的了。高红坐下捂着脸说，不行，你得把它们带走。魏铭磊说，我照顾它们二十年，今天我如此辛苦把它们背来，是不能拿回去的。高红说，我求你了。魏铭磊说，如你刚才所说，我们认识吗？高红说，那我烧了它们。魏铭磊没有说话，只见桌上的信封震动起来，三五一行地立起来，在茶几上走圈，如同游行一般，几个略有破损的信封，稀稀拉拉跟在后面，几十秒钟之后，又都叠压着躺了下来。高红说，你想去卧室休息一会儿吗？明天早晨直接从这儿走吧。魏铭磊说，我有自己的房间。你还记得你写的最后一封信吗？或者说，为什么我们之后不再写信了？高红说，我确实忘记了，但是那一天总会到来是不是？她一直没有停止喝酒，眼角因为酒精而耷拉下来，一层油脂也从面皮的后面渗了出来。她边喝着边用粉红色的舌头舔着嘴唇，不知从何处而来的笑容在她的脸上涌动着，她快要抑制不住自己的欲念了，两条腿搭在一起，好像故意锁闭着某处，身子从椅子上探出来，不时地用手抹去细长脖子上的汗珠。我还没睡过魔术师，高红说，这种人是不是在什么地方都能使出戏法？魏铭磊说，我们看看最后一封信吧，既然你还不困。高红说，我当然不困，睡觉是多么大的浪费呀。我精力充沛，愿意醒多久就醒多久。刚才恐惧使她瑟瑟发抖，发现自己无计可施之后，她又对令她恐惧之人产生了某种依恋，魏铭磊能感受到这一点，这也许已经成了她的习惯，他为自己感到羞耻，同时也觉得不虚此行。

魏铭磊从信堆的最底下抽出一封信，这封信的一角略有破损，不过用白纸补上了。他从桌上的烟灰缸里拿起火柴，仔细地把红蜡烤软，然后轻轻打开了这封信。一根绳子游出来，大概一米多长，在茶几上爬行，这是一根普通的麻绳，唯一特殊之处是它是崭新的，如果再过些时候，它就跟其他麻绳一模一样了。高红指着麻绳笑说，绳子。绳子说，怎么这么热？高红说，因为这是南方啊。绳子说，我洗把脸。说着它钻进高红的茶杯，把一头浸湿了，然后爬到冰箱旁边，撬开了冰箱门，兀自吹着冷气。高红说，它还挺可爱的。绳子说，你说什么？高红说，我说，你还挺性感的。绳子突然绷直了一下说，现在呢？高红说，你变态。魏铭磊说，你忘了不少东西呀。高红说，你闭嘴，你他妈的给我把嘴闭上。绳子说，现在好了，大家都把话说开了，嗯？高红说，我还没说完，我撒泡尿都能淹死你，你信不信？魏铭磊点点头，也许是表示相信，也许是表明无计可施。绳子说，为什么要到南方来呢？太热了，我挨不住了。高红说，你就是一只臭虫，什么也不是，你靠吸我的血，是不是？你一事无成，这个世界的好处你知道几样？你以为你是这世界的一分子，傻子，你以为你有自己平静的生活，自给自足，其实你就是住在下水道里的老鼠！魏铭磊没有说话，高红的嘴唇飞快地动着，好像有人在用筷子搅她的舌头。绳子说，对不起呀，我实在挨不住了。说完，它迅速顺着高红的腿爬上来，缠上了她的脖子，高红还想说什么，一个字也没有说出来，她拼命想把手指伸进脖子和绳子之间，绳子冰凉，没有给她任何缝隙。死之前她的眼睛突然瞪得老大，伤腿伸出来，绷带都要绷开了，似乎伤骨在这一瞬间愈合了，随后她好像突然认出了自己将要去的世界，眼睑缓缓落了下来，把一切都挡住了。绳子拖着她的尸体钻进了信封，她忘记了吗？她和我一样，只是一封信而已呀，进去之前绳子说。

　　魏铭磊没有回答，高红让他闭嘴的。他从包里拿出透明胶条，把信口封住，然后把所有信装回背包，戴上准备好的鸭舌帽，从房间走了出去。天微亮了，清洁工人已经站在路中央，用抹布抹着防护栏。背包似乎沉了一点儿，但是他不确定是不是心理上的。无论是过去还是现在，我都尽了力，他对自己说，这并没有效果，还是老样子，自己，自，己。和所有人一样，他厌弃自己的工作，同时也需要它填充自己的生命。他抬手打了一辆出租车，这个司机非常安静，一句话也不跟他说，老是这样，他心想，要是跟来时的司机换一下就好了。他把背包放在大腿上，双眼看着前方，天空一点点明亮起来，好像信封挨近了火焰。他在心里默念着那封信，这是他无事可干时的通常消遣。

魏铭磊你好：

你已离开这里一年，我们的通信也中断了，不过此时我还是给你写信。关于过去我们讨论的事情我已经有了决定，这是我们的秘密，你如问我原因，我说不出原因，你虽然失去了我，但是在某种意义上，我进入了宇宙的大循环之中，也许我就附着在你将来遇到的事物之上，或者说，如果你将来登上了火星，也许会看到我的鞋子。（如果以发展的眼光看，你在有生之年是有可能登上火星的。）刚才我就把绳子挂好了，试验时不小心扭了脚，不过没关系，一只脚也可以蹬开椅子。除此之外不会有遗书，所以你小子要高看自己一眼哪。再见了魏铭磊，祝你一切都好，像今天一样，在你与你的本性之间没有任何障碍。

此致

敬礼（唯一一次模仿你）

高红

铁西三剑客小辑·于洪

班 宇

1999年，我从部队复员，在家等分配，大半年过去，一点儿动静都没有，我心里有点儿着急，去安置办问过几次，都说目前就业环境不好，这一批没单位接收，只能耐心等待，要相信政府，祖国是没有忘记你们的。我听着也信服，但回到家里，想来想去，又实在是待不住，岁数不小了，还在街上晃荡，吃穿靠父母，没个班儿上，说不过去。我去拜访几位关系较好的战友，情况也都基本一致，走个后门在企业上班，不是开车，就是当保安，虽然在岗，但没有编制，挺受束缚，跟在部队不一样，待遇也差，只能勉强维持生活。我们私下喝酒时，经常会抱怨，怎么说也是抗洪一代，抢险子弟兵，万众一心，众志成城，经历过大灾难，一声令下，那就真豁得出命，半句废话没有，一路辉煌，全是胜仗，怎么回来之后，反而越活越回糖了呢，想不明白。

我有时候做梦，还总能梦到当时的场景，半夜里，站在桥上，江水涌动，高处防洪堤数米，天空被雨浸洗，星星全被覆盖，我们相互搀着走，由下至上，沿江而行，暴雨不停，根本睁不开眼睛，至水深处，黄泥漫过来，几近胸口，简直要窒息。洪水是有温度的，内部暖热，这点没想到过，但也危险，如漩涡一般，拉着我们往下掉。我们疲惫，但不敢放松，只能相互低声提醒，千万别倒下去，那就再也站不起来了。刚开始时，前面还有人唱歌，喊着口号，但很快便隐没在雷声里，四处缄默。唯有江中瀑布高耸，时刻准备扑袭，吞没梁木。我经常在这样的恐惧里醒来，关节胀痛，耳畔鸣响，即使睁开眼睛也仍有异象。堤岸之外，野火盘旋，要缓上一段时间，才能确认自己躺在床上。窗外天光四射，眼前的瀑布逐渐退却。

将入冬时，我妈去九路市场买了几斤线，准备给我织件毛衣。当兵这几年，从前的衣服都不太合身，都这个季节了，我还穿着单衣，风一打就透，冻得直哆嗦，我妈看着心疼。我其实无所谓，在部队时，啥没经历过，南方的冬天更难受，没有暖气，湿冷，阴风阵阵，往骨头缝儿里钻，相比之下，北方算不错了，户户有暖气，穿件派克服就能过冬。我妈从市场回来后，递给我一张皱巴巴的字条，上面写了一串数字。我问她，这是谁的电话？我妈说，碰见个熟人，说是你战友，记忆力挺好，说是当年送站时见过我，一眼就认出来了，让你联系他。我说，叫啥？我妈说，郝鹏飞。我说，三眼儿啊，他干啥呢，问没？我妈说，在九路市场楼下看自行车呢，叼个烟卷儿，腰里别个包儿，爱说话，也没收我钱，站那唠了半天。我说，那人不识搭理。我妈说，我看挺有礼貌，一直管我叫姨，普及半天政策，你们这一批，马上就能安置了，相互留个电话，有啥消息随时联系。我看了看字条，说，这电话七位数，没法打。我妈说，去年电话刚升八位，可能他刚回来，还不习惯，七位号码前面是2345的，首位前加个2，前面是6789的，在首位前加8，你咋不关心时事呢，这都不知道，新闻里天天报。

这些我都清楚，天天也不上班，从早到晚，半导体里的报纸摘要能听好几遍。我主要是不爱联系三眼儿，对这个人印象不太好，虽然都是沈阳的兵，但他做的很多事情我都看不惯。刚入伍时，我俩关系本来不错，一个地方上来的，比较亲近，能聊到一起，有个照应，后来发现他品行不好，屡教不改，还因为这个被处分过，我就有点儿瞧不起他。但也奇怪，三眼儿手欠，却从来不拿沈阳人的东西，只欺负那些别的地方来的，对我们还很大方，经常买烟，四处散，所以也说不好他到底咋想的。

12月初，我妈从单位下岗，车间工具库总共六个人，就留俩名额，各有难处，让谁走都不好，上面说了，要民主，让工人自己决定，不记名投票，谁的票多，谁就走人。这些年来，大家抬头不见低头见，别管平时关系咋样，投谁肯定都不对，规矩一辈子，在这个事上落下话柄，那不值当，所以只能投给自己，到头来，一人一票，还是没办法抉择。开会时，我妈自告奋勇，第一个发言，说自己岁数大了，行动跟不上，先走一步，不给大家拖后腿。另外，女的也有点儿优势，在社会上的话，比同样岁数的男的好找活儿，五十岁就能退休领劳保，还剩这几年，好熬，怎么都能对付过去，在哪儿都一样。话还没讲完，整个班组哭成一片，道理是这么个道理，但也都过意不去。临别聚餐时，我也去了，凑个热闹，大家都喝了不少酒。同事问她，你儿子的工作落实没？她说，等政策呢，说是过了年就安置，能进事业单位。同事说，那可好，你这老有所依了。我妈说，那还说啥，你们放心，我等着享福呢。

我知道，我妈的话是宽慰同事，减轻心理负担，但我听了不是滋味。她这一下岗，工龄买断，给的都是死钱儿，有数的，我还没工作，生计也犯愁，也去过几次劳务市场，人山人海，多大岁数的都有，各怀技术，斗志昂扬。但我一到那地方就泄气，张不开嘴，话一句都讲不出，转了半圈就又回来了。返程的车上，内心沮丧，反复在想，当兵这几年，没学到啥本事不说，就剩下这么一点儿精气神，怕是也要耗尽了。

那年的最后一天，我印象很深，下了点儿雪，但不大。街上气氛热烈，到处宣传千禧年，仿佛跨过这个世纪，就能真的有所不同，我虽不太信，但也受到一些感染。下午，我正在家里看电视，忽然接了个电话，战友喊我去喝酒，顺便问我还能联系上谁，一起聚聚，都一批的兵，同甘共苦过，回来也别生分了。我说，大半年也没上班，都断了联系。战友说，一个也没有吗？我忽然想起三眼儿，就说，有三眼儿的电话，但一直没打过。战友说，那也叫上，晚上都过来，热闹热闹。我说，好。

我给三眼儿打电话，七位数的号码，我在前面加了个2，一个女的接的。我问，三眼儿在家不？那边说，谁，你打错了吧？我反应过来，这个外号是我们在部队时给取的，回忆几秒，才又问，这是不是郝鹏飞家？我是他以前的战友。那边说，是，但他没在家，上班呢。我说，还在九路市场看车吗？对方说，换地方了，铁西商业大厦，那边车多。我说，那行，我过去找他。

我骑着车到兴顺街，远远望见三眼儿坐在绿棚里，棚顶上覆盖一层薄雪。他缩在里面，耷拉个脑袋，脖子上套着手闷子，缓慢吐着白气，分不清是睡是醒。旁边有自行车过来，他立马站起身来，三步两步，奔上前去，撕个纸票儿，管人要钱，块八毛的，还挺仔细，毛票儿也数好几遍，不怕费事。我盯了半天，乐出声来，三眼儿回头一看，发现是我，惊呼一声，你咋来了呢。我说，来找你喝酒，晚上战友聚会。三眼儿说，回来这么长时间，一次没见到，老想你了，有一次看见你妈了。我说，知道，我也没联系谁，一直没有班儿上，不好意思。三眼儿说，都一样，咱这一批，点子不行。我说，可不咋的。三眼儿说，我还是有收获的。我说，我也有，不后悔，就是社会变化太快，有点儿跟不上节奏。你几点下班？晚上喝酒好好唠。三眼儿说，现在就走，妈的，今天不收费了，千禧年大酬宾，随便停去吧。

我们一行七八个人，喝到后半夜，大呼小叫，啤酒瓶子满地，还唱军歌，海风你轻轻地吹海浪你轻轻地摇。醉酒之后，我们好像都回到海的怀抱里，头枕着波涛，起伏荡漾。三眼儿酒量不错，开始话少，有点儿拘谨，几瓶下肚后，也很健谈，眼睛里放着光。这些人里，都各有各的道，就我还没工作，他们也都替我发愁。你一言我一语，也没有实质性的建议，喝到后来，三眼儿悄悄给我出主意，先是宽慰我，说最近联络上一个以前部队里的领导，颇有能力，回头见见面，让他带一带。然后又说，其实靠别人不如靠自己，他家离于洪广场近，那边刚开发出来，住户渐多，夏天时有不少烧烤摊位，还有打扑克的，乌泱一片。冬天冷，人少一些，但也有，穿着棉袄烤炉子喝大酒，一整半宿，就这么大瘾。我说，烧烤我不会呀，没干过，扑克更不会打。三眼儿说，不让你烤，我琢磨着，咱俩出个烟摊儿。喝酒打扑克的，对烟的消耗量大，一晚上得个几盒，没数儿，咱俩去卖烟，肯定能行，到时换着来，一替一天，晚上过去，啥也不耽误，还不累，捡钱似的。我说，也没卖过烟哪，去哪儿上货都不知道。三眼儿说，我有路子，保真，还便宜，你出人就行，以后也不耽误你白天上班，就是冬天在室外，冷。我说，那不是问题，闲着也是闲着，遭点儿罪不怕。

　　本来都是酒后的话，我也没太当真，但没过几天，三眼儿给我打来电话，问我准备得如何。我说，还没开始。他那边挺着急，说得抓紧哪，以前雷厉风行那股劲儿呢，使出来呀，等啥呢？我挂了电话，想想也是，好不容易做点儿事情，总得打起精神。于是三眼儿那边联系进货渠道，我在这边做准备，也就是调查价格，骑着自行车，遇见烟摊就停下来，问问春城一盒多少钱，古瓷呢，力士呢，再买下其中一盒，坐在路边，抽上两根，跟老板聊几句。问问各个品种的销售情况，拐到僻静处，将刚听来的消息记在本上，做贼似的。三五天后，行情了解得差不多，便通知三眼儿进货的品种与数量。我说，这边的市场，我心里基本有数，现在兜儿里都渴，贵的烟抽不起，咱们少进，一条"555"估计能卖一阵子，中档次的烟就两款卖得好，一个希尔顿，一个特美思，外国名儿，大家爱买，利也高些，主要还是便宜，走得快。甲秀、五朵金花、石林，这些都行。三眼儿说，以前也没太注意，这些烟名儿都挺好听呢。

　　进货的钱，我俩各掏一半，我留个心眼，每个品种的进价都让他写下来，散盒多少钱，成条又是多少，全列清楚。三眼儿不太在乎这些，大大咧咧，但我这上货的钱是管我妈要的，不敢马虎。刚

346

卖烟时，生意很差，我用我妈单位以前发的皮箱装烟，拆开一半，朝着街面挨个放好，像摆下一盘棋。然后往电线杆子上一杵，半天也没人来问，谁也不知道你是干啥的。后来逐渐上了点儿道，于洪广场，说大不大，说小也不小，站在同一个地方，别人很难留意，必须来回走动，还得张嘴推销。无论是喝酒的，还是打牌的，看谁捏紧烟盒不放，立马走上前去，问问来一盒啥不，应有尽有，保真。别人摆手拒绝，或者不搭理，也别太在意，做买卖就是这样，得能拉下脸来。这些道理都是三眼儿给我讲的，我挺佩服，他社会经验比我丰富。但过了一段时间，我发现他卖得还不如我，但我也还坚持对半分钱，毕竟是他张罗的买卖。每个月赚的算不上多，但也有点儿作用，这就知足。我妈也高兴，等开春了，我再托托关系，白天找个班儿上，日子兴许能慢慢好起来。

因为三眼儿平时比我忙，所以我们的规矩是，我头天晚上卖完之后，回家整理一遍，第二天起床，上午去把皮箱送到他家里，他晚上去卖，隔天下午，我再取回，晚上继续。一来二去，我成了他家的常客。三眼儿家住轻工街附近，工人村的平房，夹在车辆厂和热力网宿舍中间，歪歪扭扭，整个区域也就剩这么一趟，里出外进，一直没拆，不知什么原因。门口常年发河，冬天全是冰，不太好走。他家的条件也一般，他妈，他姐，还有他，三口人住一起，干啥都不太方便。三眼儿他妈常年卧病在床，病挺重，好几样，具体没记住，综合征吧，反正是糊涂的时候多，不咋认识人儿，没法对话，脾气大，炕吃炕拉，屋里味道不好闻。他姐郝洁，大个儿，腰杆倍儿直，长得精神，有眉有眼儿，梳个五号头，像打排球的，不怎么打扮也好看。当时刚从大连回来，也没上班，在家照顾他妈，她自己的身体也虚弱，刚动完什么手术，走道发飘，但伺候他妈是尽心尽力，对我也好。每次过去时，总张罗着让我在家吃饭，我有几次刚起床就去了，实在饿得不行，她说给我下碗面条，我也没拒绝。葱花炝锅，屋里屋外，都是一股煳香，我连吃两碗，也不见外。饭后，有时候我陪她看会儿电视，信号不好，得来回摆弄天线，屏幕上还都是雪花点儿，没有人形，声音也听不真切，吱吱啦啦，就看个大概意思。我说，等三眼儿赚钱了，让他也给安个有线电视，能看好几十个台，天天放香港电影。郝洁说，指着他呢，一天到晚不着调儿。我说，那我给你安，多大个事。郝洁笑着说，那你得说话算话。我俩还没聊两分钟，他妈便又在屋里开骂，全是脏话，一嘟噜一串儿，啥难听说啥。郝洁挺难为情，躲去厨房收拾碗筷，水声响成一片，只留我在屋里看电视，没好节目，我也想走，但总没机会告别。再一合计，回去我也没什么别的事，所以有时在他家一待就是大半天。

一来二去，我发现郝洁不爱看电视，只有我去了，那台电视机才打开，专门为我服务，规格挺高。我看电视时，郝洁总捧着本书，但家里一共也没几本，来回读，书页卷边儿，也不撒手。书的种类挺杂，外国名著多，名字记不住，硬壳，不好翻，还有《鲁迅文集》之类。我问她里面讲的是啥，她也不告诉我，说那样就没意思了，得自己慢慢读。我有时也拿起一本，应个景儿，但没看几分钟便开始犯困，看字儿费劲，没养成好习惯。

时间一长，我就有点儿跟郝洁在一起过日子的错觉。去送烟的路上，捎带手买个菜，家里东西坏了，三眼儿懒，也都是我帮忙收拾。烧火的劈柴都是我劈的，包括他妈在内，我也不嫌，拉完帮着收拾，觉得这一家也是过得不易，能帮忙就尽可能帮一下。郝洁虽然不说，但心里挺感激，我能看出来。

三眼儿他妈的病挺磨人，之前好几次都下病危通知了，但都挺过来了。元宵节还没到，有天晚上，他妈又犯病了，三眼儿没在家，郝洁给我打的电话，我连忙赶过去，进屋一看，正捯气儿呢，只有出的，没有进的。喘气儿声跟风箱似的，胸部凹进去一大块儿，肋骨突出来，人看着马上就要不行了。我说，这得赶紧打车走。郝洁攥着她妈的手，一个劲儿哭，说啥也听不进去。我跑到道边，在冰上还滑了一跤，蹭一身雪，四处都在放鞭，震耳欲聋，不知道在庆祝个啥。路上的车很少，我拦了半天，才打到一辆拉达，人命关天，好说歹说，让司机等我，我连忙跑回来，从屋里把他妈背到出租车上，累得满身大汗。他妈也不配合，人一犯病，爱往下出溜，我就老觉得使不上劲儿。到医院后，一顿抢救，各种仪器全上，郝洁一直忙前忙后，感觉随时都会晕倒，道儿都走不直。凌晨时，状况稳定一些，我去厕所洗了把脸，抽了根烟，回到病房，怎么想怎么不对，回来问郝洁，妈的，三眼儿哪去了？郝洁说，指着他呢，联系不上。我说，那不能啊，他天天下班不就去卖烟吗？郝洁说，不知道，最近烟也不咋卖，成宿不回家，没敢跟你说。

我陪郝洁在医院待了一宿。直到第二天早上，三眼儿才赶过来，还是听邻居说的，灰头土脸，头发立着，衣服邋遢，跑进病房，腰包里的零钱叮当乱响。郝洁瞪着他，也不说话，没好脸色。我问他昨晚上哪儿去了，他也没理，蹲在他妈床前，一副要哭还哭不出来的熊样。郝洁说他，少整景儿，这时候来劲儿了。三眼儿也没吱声。我挺来气，你自己的妈，你不照顾，买卖也不做，一天到晚，到底想干啥呢？但这些话，在这个场合我又不好讲。

在医院折腾一宿，我和郝洁都挺累，浑身无力，没精神头儿，危险期已过，便留下三眼儿照顾，我们回家洗漱整理一下，晚点儿再来。出门之后，我跟郝洁说，人困马乏，咱俩在外面吃点儿饭，郝洁点点头。但到处都找不到营业的饭店，春节还没结束，饭店都没开门。找了半天，郝洁说花那冤枉钱呢，家里吃吧，别的没有，冻的饺子还剩不少。我说那也行，就跟着她回家。进屋之后，拉亮管儿灯，我俩都有点儿发愣，没有了骂声，还挺不适应。郝洁坐在沙发上，没话儿，一直抹眼泪。我也不会劝，递过去一本书，她也不看，顺手放在身侧，接着哭。我说，要不我去下点儿饺子，你先歇着，晚上还得去医院，早吃完早眯一会儿。我刚起身，郝洁一把将我抱住，贴在我的后背上，低头亲我的脖子。我也有点儿控制不住，加上之前对她也有好感，便转过头去，踮脚亲她，气喘吁吁，双手拽她衣服。她个子高，但身上比我想象的还要软，并且滚烫，像一种热带植物，不断生长，盘绕着我，具体感觉说不上来，反正就是不想分开，只想缠在一起。我想在沙发上，她摇摇头，拉紧我的手，将我带向里屋。那里几乎没有光，举架低，棚顶歪斜，我们躺在那张病床上，被单很潮，后背不断有凉意袭来。她扭过身体，继续亲吻我，我也抱紧她，胡乱抚摸，我闻到许多种味道，腐朽或者新鲜，沉重以及轻盈，上升下降，交织在一起，一时不知所措。郝洁引领着我进入她的身体，我望着墙壁与天花板，它们似乎正在掉落，纷纷扬扬，如同幻景，外面的灯光射进来一些，电压不稳，屋内忽明忽暗，我觉得自己正一点点被展开。

3月23号，三眼儿他妈出的殡，我印象特别深。春分刚过，本来都恢复出院了，在家里喂着饭，忽然就不行了，嘴不动弹，大米粥顺嘴往下淌。郝洁没太在意，寻思缓一会儿就能好，结果躺下就没再起来。我过去时，人已经走了，关节都不太好摆弄，装老衣服穿得很费劲。郝洁哭得上不来气，我也不好受，想起刚出院的时候，他妈有那么一阵儿，脑子清楚，嘴里蹦出来几个词儿，我听了个大概，意思是说，想在医院走，不想有那么一天，死在家里，不好，招人厌。就这么一个愿望，最后也没实现。人有时候就是这样。

　　三眼儿家亲戚少，前边一台殡仪馆的车，跟着一辆面包，基本就都坐下了。遗体告别时，直系亲属站在一侧，等候慰问，剩下的总共不到十人，排成一列，上前三鞠躬，围着转一圈，又跟家属握手，不到半分钟，仪式结束。哀乐的前奏还没播完呢，大家互相大眼瞪着小眼，不知咋办才好。三眼儿给我递眼神儿，我没太领会，后来又摆摆手，我才明白过来，是让我再走一遍，别冷场，于是伴着哀乐，我又上前去，再次鞠躬，跟三眼儿握手，然后是郝洁，这次我的手刚伸过去，便被她紧紧拽住，死活不撒开，没办法，我只好跟她并肩站到一起，十指相扣，看着遗体往里面推。快进小门时，三眼儿忽然一个俯冲，拽住灵柩不放，往地下一坐，开始干号，眼睛发红，饿狼似的，两个工作人员都拉不回来。三眼儿毕竟当过兵，身体素质过硬，不好控制，后来我上了手，硬生生拖走他。我说，三眼儿啊，人到时候了，该走就得走，不见得是坏事，咱也拦不住，活人还得接着过日子呀！

活人的日子怎么过，也成问题。有妈在，别管生没生病，那也是个家，妈一没，家也就散了，这道理不认不行。他妈走之后，郝洁跟三眼儿的关系也不好，总不对付，鸡毛蒜皮的小事也老吵架，我劝也没用，三眼儿总觉得我向着他姐。久而久之，跟我也有点儿隔阂，后来这些事情我也不怎么参与了。

开春之后，我家亲戚给我在汽配城找了个活儿，先从打包开始干起，我觉得也能接受。下班之后，我一般都去陪郝洁，晚上吃完饭，她看书，我听半导体，怕打扰她，就打到最小声，把耳朵贴在上面，有时听着听着就睡着了。半夜醒来，发现郝洁在我身边，我就把她搂过来，她闭着眼睛钻进我怀中，头发挠着我的下巴，温热，舒服极了，像一只猫。

郝洁跟我说，以前她弟去当兵，母亲生病，亲爹指望不上，就剩下她自己，亲友借遍，也没钱给妈看病，但不治的话，说不过去，于心不忍，病情不能耽误，便跟一个朋友去了大连，待过一段时间，虽是不得已，但也不是借口，这事总搁在心里，迈不过去。我说，不要紧。郝洁说，你要是在乎，不想跟我在一起，我也能理解。我说，这是啥话，我是那种人吗，以后这事少提，过去的就算了，咱们往后看。郝洁抱紧我，不再说话。我嘴上虽然这么说，但心里不是滋味，不是别的原因，主要是我不愿意去想她以前吃苦受罪，不好受。

那阵子，烟基本上只有三眼儿自己在卖，也是有一搭没一搭，进的货不见下，怎么带去的，又怎么带回来，还有几天，他没带烟，自己一个人出的，后半夜才回来。我问他，你成天到底瞎忙活啥呢？他也不说，皱着眉头，烟不停手，一抽大半盒，我也陪他抽几根，喝两瓶啤酒。有一次快到天亮时，他忽然跟我说一句，以后对我姐好点儿，她命不好。我说，这你放心，用不着你讲。三眼儿说，准备出趟门，老在沈阳待着，没有出路。我说，去哪儿呢？他说，南方吧，看看江海，挺想念的。我说，无亲无故，去那边干啥，不如留在本地，咱们一起再做点儿事情，慢慢来，机会不是没有。他说，我再想想，我再想想。

　　4月底，沈阳破了个大案，轰动全城，新闻滚动播出，群众拍手称快，电视台当时还拍了个纪录片，全程记录审讯过程，每天一集，看着很受触动，人性的险恶与残暴一览无余，比电视剧都有看头。这个案子，官方称之为四一〇大案，持械抢劫杀人，手段残忍，情节恶劣，抢过信用社，也劫过运钞车，手上十几条人命。主犯共四人，两对兄弟，主事的哥儿俩姓李，哥哥李德文，线路大修段的，脑子好，行事缜密，性格不驯服，对纪律之类天生反感，案子基本都是他谋划的；弟弟李德武，好像以前当过兵，身手不错，也敢下手。最后败露时，李德文因买枪未遂在广州服刑，没有参与，其余三人筹划不周全，抢劫一位九路市场业主时留下犯案痕迹，这才一举告破，牵扯出之前的连环案件。最后这位遇害者是批发白糖的，做过多年生意，有些家底儿。当时报道说是入室行凶，一家三口，全部灭口，孩子还不到十岁。这条新闻我琢磨了几天，心里犯嘀咕，犯案地点是在黄海花园，也就是于洪广场旁边的商品房，高档小区，刚盖好不久，死去的男业主，我是怎么看怎么眼熟。后来有一天，我突然想起来，这人以前常在扑克摊上打牌，有几次我见到过，膀大腰圆，梗着脖子，看起来有点儿派头，但讲话也怪，之所以有这么个印象，是因为他有次喝得比较醉，走过来问我，有没有裸体打火机？我说，打火机有，五毛钱一个。他说，要裸体的，有画面儿的那种。我说，那没有。然后他转身离去，嘴里嘟囔不停。我心说，点个火，怎么这么多要求，裸不裸体能咋的？别看卖烟这事不起眼，也啥人都能碰见。我回来讲给郝洁听，她先说，做买卖的没好人，都不正经，又叹了口气，说，但这家也太惨了，孩子还那么小，都该毙。我说，是，那肯定没跑儿。

三眼儿走的时候，也没个动静，我问郝洁，她也不清楚，没打招呼，人就消失了，衣服也没带几件。我当时想法挺怪，他这一走，只剩我跟郝洁在家，反而轻松点儿，但也说不准，三眼儿办事没个谱儿，兴许过几天就回来了。屋内还堆着两箱烟，很占地方，我跟郝洁说，晚上和周末我再去广场卖点儿，以后也不干这个了，累；实在卖不掉的，亲戚朋友分一分，慢慢消化。

到了礼拜天，我骑车过去一看，广场的扑克和烧烤全部暂停营业，还有人在巡逻，维持秩序，不让摆摊，卖烟更不允许，到处管得都挺严，说要创建文明城市。我就把自行车立在公交车站旁边，皮箱欠个缝儿，生意不好，半天卖不掉几盒。我正在犯愁时，听见附近居民在聊天，其中一个说，以前在广场修自行车的，现在调到铁西分局去了，把大门，还给个编制，这次立了大功。那人看着粗糙，其实挺仔细，眼观六路，之前就发现有人鬼鬼祟祟，行踪诡异，不喝酒也不打扑克，就买盒烟，来回晃，看着像在踩点儿，根据记忆，给公安画张像，反复排查，后来才抓到的。另外一个说，那画像不对，电视报了，根本不像，驴唇不对马嘴，最后按照摩托车牌号抓到的，24696，还是969来着，艳粉街那边逮住的，钱藏在棚顶夹层里，得用炉钩子刨出来。听到这里，我心里咯噔一下，手一抖，烟灰掉一裤子。我一边扑搂着，一边回忆，前一段时间里，我好像见过这辆摩托，三眼儿半夜骑回来的，刚开始停在道边，他进屋之后，起开一瓶啤酒，喝到一半，又推回到屋里。当时郝洁在屋里喊我，说做了个噩梦，害怕，我也没顾得上问他。第二天一早，三眼儿就骑车走了，牌号我记得类似，但拿不准。

这事儿我也没跟郝洁说，我只要跟她一提三眼儿，她就不怎么接话，许是不爱管。于洪广场不让卖烟，我就去公园旁边，这边有跳舞的，也有吹乐器的，比较热闹。我在旁边支个摊，第一天效果还不错，第二天就赶上警察了，二话不说，直接把我抓去派出所，还套上个铐子，推推搡搡，我很不服气。到了地方，警察问我，有没有营业执照？我说，没有。然后又问，知道这是犯法不？我说，不知道，不懂法。这时候，旁边过来个小警察，看着还没我岁数大，告诉我说，老实交代呀。我当时就火了，我说，小兔崽子，电视剧看多了吧，我保家卫国时，你还在你妈肚子里呢。小警察薅起我头发，让我再说一遍，我举起手铐子就抡过去，直接砸他脸上，血一下子就蹿出来了，好几个人上来把我按倒在地，问我要干啥，问我知道这是哪不，知道自己是谁不。我心说，我都知道，我怎么不知道，但我的命都交出去过，轮不上你们这么对我。

我在里面拘了几天，派出所可能见我当过兵，宽大处理，不过烟全部没收了，一盒没剩。放出来那天，我妈和郝洁来接我，两人抱着我哭，问我遭罪没，我说没有，天天在里面就是坐板儿，背行为规范，正好我也想一想，这两年到底是咋回事。郝洁问我，想通没有？我说，想好一半，还剩一半，回去继续琢磨。我们仨一起回

355

我妈家吃的饭，没想到，第一次带郝洁回家，居然是这么个情景，但我妈还挺满意，私底下跟我说，这孩子心里有你，出事这几天，跑前跑后，没少折腾，眼睛一直肿着，我看了都不落忍。我说，是，对我还行。我妈又说，我问过了，妈没了，爸也找不到，没啥亲戚，自己住平房，你让她搬过来住，有个照应，咱没说道儿。我想了想，也没立即答应，说，回头我问问她吧。

我让郝洁过来住，郝洁说，没结婚，不太合适。我说，那咱就结，领个证的事，你想好就行。郝洁说，我比你大两岁呢，你想好就行。我说，我想好了，就看你。郝洁说，我早就想好了。

我俩是6月份领的证，照了几张相片，8月份摆酒席，两家亲戚都不多，总共不到十桌。婚礼气氛挺好，请了个乐队，吹拉弹唱，我的这帮战友也是能喝能闹，桌子都要掀翻了，真为我高兴。但遗憾的是，三眼儿没有出现，好多人问他去哪儿了，这当小舅子了，又降一辈，咋还不敢露面了呢？我说，去南方了，做买卖呢，实在赶不回来。事后我也问过郝洁，三眼儿跟你联系过没？郝洁说，没，一直都没。说这话的时候，我俩躺在去北京的火车的卧铺上，我妈给拿了点儿钱，说现在都时兴旅行结婚，你俩也出去转一圈，留个纪念，远的地方走不了，上首都看一看也行。

我俩在北京玩了一个礼拜，爬了长城，逛了天坛和颐和园，也看了升旗仪式，故宫没去，看不明白，文化程度不够。吃了烤鸭和炸酱面，都觉得一般，郝洁对这些都没兴趣，也不买衣服首饰，我俩在王府井逛街时，她就一个劲儿往书店里钻，一看上书就迈不动道儿，我也陪着她，楼上楼下，翻腾半天，最后只买了两本。我说，好不容易来一次，多买点儿也行。郝洁说，我也不赚钱，等以后吧，有这两本，够看。我拿着书排队算账，盯着封皮看，都是外国小说，一本叫《鹿苑》，一本叫《绿阴山强盗》。我说，强盗这本，肯定有意思。郝洁说，咋看出来的？我说，名字就好，强盗，绿林好汉，行侠仗义，评书里老讲这样的故事，童林童海川什么的，我在部队时特别爱听。郝洁就笑，也不说话。

回到宾馆后，我看电视，她靠在床头看书，看着看着就哭了。我说，咋的，外国武侠小说，还看激动了？郝洁说，不是武侠，家庭情感。我说，那不至于，胡编乱造。郝洁说，写得太好了，你想听不，我给你念，这篇叫《再见了，我的弟弟》。我说，不听，不吉利，我挺想三眼儿的。郝洁说，跟他没关系。然后又想了想，说，可能也有点儿关系，性格里某个地方有点儿像，说不上来。我说，主要讲啥的？郝洁说，倒也没啥，讲一家几口人，不太和睦，特别是弟弟，看不上别人，跟谁说话都没好态度，尤其是跟他姐，不对付，看着他身在世上，其实格格不入，比较执拗，好像谁都无法了解他的苦闷。我说，又能咋的，这样的人多了，社会不惯你毛病。郝洁说，就是说，人跟人之间，相互理解就是这么难，都在一个环境不行，有共同经验不行，再加上血缘关系，也还是不行。我说，这话对，现在的人，都自顾自的，听不到别人说啥。郝洁说，但世界是广阔的，有大海，有渡船和帆，有闪烁的光，万物是凝聚，而人在其中，我给你念念结尾。她清清嗓子，低声读道，那天早晨，大海闪着珠光，而且是黑沉沉的，我的妻子和我的姐姐在游泳，她俩没有戴帽子，我看见她们那一黄一黑的头发浸在黑沉沉的水中，我看见她们露出了水面，看见她们光裸着身子，毫不羞怯，美丽大方，我看见两个裸体的女人走出了大海。我听后说，没太明白，但也有点儿画面，像挂历上的，不穿衣服，从大海里走出来。郝洁说，对，从海里走出来。

旅行回来后，郝洁说想要上班，年纪轻轻，总在家守着，不是个事。我也同意，正好我一个战友在轻工市场兑了个床子，从广州进货卖衣裤，但他们两口子都有正式工作，只能周末在，平时没人看摊，我就让郝洁过去帮忙。刚开始时，郝洁做得一般，总算错账，还丢过东西，战友有时跟我抱怨，路过几次，每天也不卖货，就坐在那儿看书，发愣。我比较为难，只能劝，好话说尽，郝洁毕竟以前没做过类似工作，再给一点儿时间，有损失的话，我们来承担。半年过去，郝洁逐渐上手。又赶上市场全面改造，二次搭建，摊位重新规划出租，我战友算来算去，经营这么长时间，没赚到什么钱，还不少操心，就决定将生意停掉。我问郝洁，你要是想自己干，咱们就自己投资，借点儿也行。郝洁想了想，说，还是算了，对卖服装实在是兴趣不大，想休养一下身体。

那阵子，我们情绪都不太好，原因是，婚后我们一直想要个孩子，但好几个月也没动静，去医院一检查，钱没少花，最后的诊断结果是，我没什么大问题，郝洁先天性输卵管狭窄，很难怀上。我得知这个消息后，不太能接受，因为一直都比较喜欢小孩，觉得失落，提不起精神来。郝洁的心理负担也重，有时半夜醒来，自己悄悄抹眼泪。

2001年，春节前夕，警察找过我一次，我没告诉郝洁，问我的基本情况，提起三眼儿，问怎么认识的，最近接触过没有，我一一告知，最后问我，你妻子郝洁跟他联系过没？我说应该没有。我问他，三眼儿犯啥事了？警察也没说，就告诉我，如果有新情况，记得及时汇报。都是套话，走个过场。到了最后，警察又问一句，三眼儿当时什么兵种？我想了想说，普通义务兵。警察也没说啥。出门之后，我点了根烟，恍惚记起，三眼儿干过一阵子侦察兵，练过越野、泅渡和野外生存，他的身体素质不错，在新兵连表现很好，看着瘦，其实挺有劲儿，浑身腱子肉。当年他被挑走时，我还很羡慕，后来因为犯了错误，才被撤回来的。

大年初四，家里聚会。按照惯例，新媳妇的第一个春节，亲戚长辈都得给红包，我叔我婶啥的，都能折腾，好个热闹，给红包得有条件，过年能干啥，主要就是喝酒。我跟郝洁因为怀孕的事情，心里都不太痛快，我还能勉强装一装，郝洁本来就不能喝酒，两杯过后，脸拉下来，谁说话也不搭理，去厕所吐了一次，进屋剥橘子看电视。我叔逗我说，这媳妇儿脾气大，我看你也管不住哇。我笑了笑，没吱声。喝到半夜，我有点儿醉，进屋跟郝洁说，大过节的，你摆这脸色，给谁上眼药呢？郝洁也没好气儿，说，喝完没，赶紧回家。我说，问你话呢，别装没听见。郝洁说，就没听见。我也没控制住自己，再加上酒精作用，上去就抽她个嘴巴子，下手挺重。她没预料到，直接被打得坐在地上，捂着脸，大口喘气，说不上来话。我家亲戚听声音不对，连忙过来劝，维护着郝洁，然后骂我，又劝她说，小两口儿，闹着玩呢，别往心里去。不劝还好，人有时候就这样，越说越来劲儿，我就还想接着动手，从楼上追到楼下，好几个人都拽不住，在雪地里跑，摔在地上，爬起来还追，别的亲戚赶忙给她拦了辆出租车，郝洁坐上就走了。我在外面待了半天，才缓过来一点儿，上楼继续喝酒，可把我妈气坏了，过来就扇我，说我不是个东西。我也哭，他妈的，我还满肚子委屈呢，能跟谁说？年前单位几个同事聚餐，其中一个跟郝洁家住得近，知道一些情况，只要一提到我，所有人就全都笑，后来我有点儿急，问他们笑啥，也没人说。散场之后，我逮住一个，抄着啤酒瓶子，逼到墙角，他才跟我说，哥，按道理这话我不该讲，但你媳妇儿是咋回事，咱都知道，她妈生病时，去了趟大连，拿了笔钱，本来说要给个老板生儿子，结果半年多，办法用尽，也没生出来，让人退回来了。哥，我现在想想，也不算啥，都有过难处，他们笑，那确实不对，没素质，但人不就这样吗，恨人有笑人无，也不是不能理解，抬头不见低头见，算了，别跟我们一般见识。我把瓶子放下，撒开领子，掉头自己往家走，继续想这个事情，一码归一码，家里困难，出去图钱，我能理解，虽然心里不舒服，兴许也能缓过去，但这么大的事情，瞒着我，那我接受不了，拿我当啥呢，反正肯定没当人看，又回头一想，当时不是我自己让她别跟我说的吗？我也就又糊涂了。

　　郝洁走后，第二天也没回来，我妈让我出去找，我也没去，沈阳这么大，上哪儿找去？大年初十，单位上班，郝洁还是没动静，我就有点儿急，毕竟一个礼拜了，这么大个人，能上哪儿去呢？我去她家的老房子看过，当时租给一个外地户，也说没见到过，她没什么朋友，就一个弟弟，还联系不上，实在是没有头绪。外面找不到，我就在家里乱翻，看看有没有什么线索，郝洁自己的东西也不多，衣服就那么几套，都数得过来，书倒是不少，这半年攒的，我挨本翻，里面也没夹着东西，倒是有一个笔记本，都是她看书时记下来的所思所想，我翻了几页，看不太懂，也就放下了，但她在第一页上写了几句话，我读得仔细，印象很深。郝洁的字写得小，但一笔一画都清楚规矩，像印出来的，上面写着：

> 这世上没有一样东西我想占有。
> 我知道没有一个人值得我羡慕。
> 任何我曾遭受的不幸，我都已忘记。
> 想到故我今我同为一人，并不使我难为情。
> 在我身上没有痛苦。
> 直起腰来，我望见蓝色的大海和帆影。

底下一个破折号，然后是个外国人名。我合上笔记本，脑袋里反复都是这几句。我跟郝洁认识快三年了，但这一刻，我觉得我并不了解她，我又想起来，我们在北京时，她看完书在宾馆里跟我说的，人跟人之间，相互理解就这么难。

2月中旬，郝洁自己回来的，穿的还是走时候那套，看着没太大变化，就是瘦了，脸色也不好。她一进门，我心里的一块石头落了地，想给她道歉，但张不开嘴，反正就当没事发生过，买菜做饭，郝洁表现得很正常，只是不爱跟我多说话，问一句答一句。有时候我挺想问问她，这一个月都去哪儿了，但也没说出口。过了好几天，郝洁才主动跟我说话，第一句是，想去看看她妈，快一年了，有点儿想。我说，那当然行，我陪你去。

没多余的钱买墓地，骨灰就一直没下葬，寄存在殡仪馆里。我俩起了个大早，坐公交车过去。那年暖和得挺早，到处都在开化，我举手抓着栏杆，郝洁低着脑袋，也不看我，车窗一个劲儿往下淌水，外面的世界不断变幻，郝洁离我这么近，但不知道为啥，我却觉得远，觉得她随时又要离开。郝洁不在的这些日子里，我妈跟我说过一句，走野了，再回来就难了。我之前没当回事，郝洁的性格，多少我也知道一些，能走到哪里去呢，总会回来的，但现在就不这么想了，人在哪里，始终是次要的，心要是不在，那说啥也都晚了。我挺怕这个。

骨灰盒统一存放在三楼，她家的格子在倒数第二排，紧靠窗台，上数第七个，位置不错，不用登梯子就能祭拜。郝洁走过去，先把里面的各种物件，那些假冰箱假电视，全部擦拭归整一遍，来回摆弄，寻找合适位置。我靠在后墙上，半闭着眼睛，阳光射过来，想起这一年里发生的事情，总觉得不真实。东西放好后，我走过去，行了三个礼，心里多少有点儿过意不去，没敢抬头看照片。郝洁跟她妈小声说话，具体说啥不知道，光看嘴唇在动，声音听不清楚，我在旁边来回打量，别的格子里住的都是谁，看了几个，心里开始犯嘀咕，这一排靠西面，离窗户近，西照日头，常年被晒，许多纸糊的祭品都已发白，但刚才扫过一眼，我们格子里那几件却挺新，没啥变化，我刚想再看看，郝洁已经关上玻璃门，往外走了，我也连忙跟过去。

年后，我路过一家汽配城里的经营点，看见正在对外招聘销售，卖摩托车油。我寻思都说销售赚钱多，我也去问问，看看能不能干好，不行再换，也没啥损失。这家老板是女的，叫陈红，我以前就知道，在这一片儿挺有名，四十岁左右，个子不高，但衣着讲究，行动干练，妆化得挺浓，离几米远就能闻到香味。面试时，问我以前干过啥，我说，以前也在这边上班，但主要是体力活儿，销售没做过，再往前数，自己倒腾过烟草，多少也算有些相关经验。陈红又问，为啥想做销售呢？我就实话实说，家里条件一般，听说这个比别的好赚钱，虽然不太懂具体业务内容，但以前当过兵，爱琢磨事，韧劲儿有，也能吃苦，想过来试一试。陈红想了想，说，那你要学的估计很多，我这边呢，基本工资不多，主要靠提成，给你个机会，倒也不是不行，但要是三个月内不达标，那我也没办法，你看能否接受？我说，这没问题，咱干啥就守啥的规矩。

销售点挺宽敞，上下两层，将近三百平方米，但东西少，看着发空，平时里面没几个人在。一个财务大姐，1968年生人，姓吴，我管她叫吴姐，体格挺胖，爱说话，热心肠，跟着陈红好几年了，每天念叨着孩子的学习问题；还有一个管库房的，老吕，不常在；外加一个司机和我。我刚开始去的时候，陈红递给我一堆图册，好几本，两本是我们代理的产品介绍，还有一些是其余品牌的，她跟我说，所有型号和特点都得了解一遍，最好背下来，不同季节用哪款，几个月一换，这些都得知道。我点点头，开始学习材料，白天在公司看，晚上带回家继续背，之前没有了解，摩托车油还挺复杂，分SW、SF、SG、SJ等许多类别，不同型号对应不同发动机，说道儿挺多。S表示的是汽油发动机用油，接下来的字母越靠后，说明质量等级越高，W表示冬季也能使用，还有数字号牌，代表适用环境温度，要全部记住，也不容易。虽然都是润滑油，但也有高下之分，用好的润滑油，据说踩油门的声儿都不一样，不仅增强动力，还能形成油膜，减少摩擦损伤，积炭也少，总之，这里面有点儿学问。

岁数一大，记东西就费劲，我也着急，产品了解不够，很难出去推销。我把材料带回家，让郝洁晚上帮我背，来回考我，好不容易记得差不多了，跟陈红去汇报，问一般具体是怎么进行销售推广，结果她也是一知半解，让我自己看着办。中午吃饭时，我问吴姐，陈总自己的买卖，怎么能不懂呢？吴姐跟我说，她不指着这个赚钱，这是新项目，跟对方关系不错，就做个代理。我说，那她靠啥赚钱呢？吴姐说，陈红还有一个物流公司，几年前开的，很多车辆挂靠，干运输，她啥也不管，就每年代缴税费，帮着办理道路运输证啥的，旱涝保收。我说，这买卖好。吴姐说，好是好，钱砸出来的路，一般人也干不了，方方面面，都得疏导。

我没有什么客户渠道，想不出太多办法，只好去复印社打印一堆传单，骑着自行车在街上发，看见有摩托车停在道边，就塞过去一张，对方要感兴趣的话，就再简单介绍几句。当时沈阳骑摩托车的不多，过了那劲儿，有钱的都买私家车了，骑这个的，多数都是在街边拉脚儿的，三五块钱，载人一程，大部分也不是啥好车，也不太注重润滑油的质量，价格便宜能用就行。一段时间下来，收效甚微。

通常情况下，白天我在外面发传单，下午五点回到公司，跟陈红汇报工作，但她也不是每天都在。四五月份时，陈红有一天问我说，有没有驾驶执照？我说，倒是有，在部队集体考的，但没怎么上过手，不敢上道。陈红说，有就行，雇的司机辞职去开出租了，我看你销售能力也不太行，不如抓紧练练车，过几天给我开。我虽然答应下来，但心里有点儿发怵，毕竟好几年没摸过方向盘，只好去求我战友，让他带着我跑了几天。

陈红倒是不坏，但脾气不好，爱着急，第一天给她开车时，定的八点钟到楼下，结果九点才出来，上车就告诉我要去外地见客户，已经约好时间，让我快点儿开，说个大致方向，便躺在后面睡着了。我很紧张，也不太认识道儿，手心都是汗，边开边打听，费了挺大劲，颠簸一路。到地方之后，我松一口气，喊她说，陈总，咱们到了。她也没反应，还在睡，头一天估计是没少喝，我只好轻轻拍她，她醒来后问我几点。我说，将近十二点。她揉揉眼睛，劈头盖脸就是一顿骂，说跟客户约好了，十点半，说我是废物，干啥啥不行。我内心也有火，但不好发作，其实想一想，她也没说错，我退伍回来这几年，没做过一件像样的事情。我就跟她解释说，我这是第一天，挺长时间没开，以后保证按时完成任务。陈红也没理我，下车摔门，进到楼里谈事，我在外面等了好几个小时，烟抽了不少，也没见她出来，更不敢打电话。大概晚上七点，她跟着好几个人一起出来的，都西装革履。陈红跟我说要去某个饭店吃饭，我开车把她送过去，又在饭店楼下等，半夜十一点，她才出来，路都走不稳，还跟人挨个拥抱告别。我扶她上车回家，没开到一半，全吐车上了，我也不好说啥，毕竟赚的就是这份钱。到楼下停好车后，她好像清醒不少，我本来想送她上楼，她说用不着，让我直接去洗车，走之前问我一句，这工作能适应不？我说，头一天，没太进入状态，以后能做好。陈红说，那就行。我又补一句，俗话说得好，只要钱到位，玻璃干稀碎。陈红说，放心吧，亏不了你。

　　我到家之后，已经是后半夜，刚一推开门，满屋都是中药味，我妈给郝洁找了个中医，据说治疗不孕有效果，她就遵医嘱，每天在家熬药喝，这股浓烈的草药味道，跟我身上的汗臭味、呕吐物的味道混合在一起，没法形容，我闻着就直反胃，连忙脱掉衣服，去冲了个澡。回到屋里，发现郝洁还没睡着，正在台灯底下看书。这些日子里，我总觉得书像一道屏障，拦在我们两人之间，郝洁躲在后面，将自己遮蔽起来。我问她咋还不睡觉。郝洁说，睡到一半，做个梦，醒了。我说，梦见啥了？郝洁说，梦见你开车出事，撞大货上了，车盖子变形，好几个人都躺在地上，旁边全是血，当时还下着很大的雨，但那些血迹也没冲掉，不停从车里往外面流。我说，瞎担心，盼我点儿好行不？郝洁，后来货车司机出来了，我开始看不清，后来一看，竟然是我弟，他也很意外，不知所措，跑过来抱着我哭，向我道歉，跟我说，姐，我对不起你，姐，我不是故意的。我更不知道怎么办好了，也抱着他哭，哭着哭着就醒了，你说这梦到底啥意思？我说，啥意思都没有，就是你想三眼儿了，这都多长时间了，他也没个影儿。然后我又说，三眼儿能不能压根儿就没走，还在沈阳呢？她叹了口气，没再讲话。我这么问，也不是完全没有道理，我总觉得他一直没离开，躲在暗处，或者走了不久就回来了。他这种性格，看着能耐，其实不行，恋家，在部队时就这样，几天联系不上他妈就没个笑模样，虽然以前总跟郝洁拌嘴，但心里还挺惦记这个姐的，这么长时间没出现，肯定有原因。

　　开车的头一个月，陈红给我开了一千八百块钱，把我吓一跳，上班以来，头一次赚这么多。老实说，这些日子里，有几次我是真不想干了，总被陈红骂，但看看工资，我觉得还是得咬咬牙，再坚持一下。再往后，我发觉，开车不算辛苦，至少比销售轻松，陈红也不是每天都要办事，闲着的时候，我就在单位擦擦车，喝点儿茶水，跟吴姐聊几句，她去应酬时，我跟着熬半宿，逐渐习惯。7月份，我跟她出了趟长差，开车到河北，跑了几个厂家。摩托车油销量不行，她准备更换品种，改做冷冻机油之类，具体不懂，反正我就一边开车，一边听她讲，偶尔回应几句。她抱怨的那些也没啥新鲜，谁家说话不算数，谁家要多少回扣，有时候也叨咕两句自己的事情，亲戚又管她借多少钱，孩子在寄宿学校的状况之类。聊得多了，我有时候也帮着出出主意，她觉得还都挺有道理，很多事情就是这样，当局者迷，跳出来一步再看，没那么复杂。

回沈阳那天，刚开到市内，陈红跟我说，这些天比较辛苦，舟车劳顿，要请我吃顿饭。我说不用，跟我别客气，但陈红很坚持，我也不好拒绝。我俩就先把车送回去，在楼下找了个饭馆，点了几样菜，还有啤酒。大概因为之前谈的事情比较顺利，她情绪也不错，就没少喝，我陪着她，也有点儿醉。陈红那天说了不少她自己的事情，从小过得苦，没妈，爸也不怎么管，跟着她姑长大的，姑父睁眼闭眼看不上她，读了个技校，在工厂上班，也总挨欺负，不受待见。后来被介绍给她前夫，当兵的，脾气不好，转业后也没有好工作，但对她不错，虽然两人赚钱少，但也能将就，后来有了孩子，就不太够。前夫不上班，还老出去喝酒，为此吵过多次，后来忽然有一天，人就消失了，就撇下她和孩子，一步一步走到现在。

我当时虽然脑子不清醒，也觉得话里有疏漏，很多事情一两句带过，没这么简单，这个直觉我有。但又一想，她咋说，我就咋听，打工赚钱，也不是一起过日子，没有必要较这个真儿，人一醉，就容易产生同情，没法控制，到后来，稀里糊涂就跟她回了家。第二天早上起来，我想到郝洁，十分愧疚，穿上衣服就走了，甚至对陈红也有些反感，没多讲一句话。

早上回到家里，我妈和郝洁没在，我躺在床上，翻来覆去睡不着，酒劲儿还没完全消去，我很自责，觉得这个事情很糟糕，谁都对不起。郝洁虽然最近与我关系冷淡，毕竟还是有感情的。陈红那边呢，我也并不讨厌，有些时候愿意跟她分享一些看法，但出了这种事情，到底是同情居多，还是好感居多，也分不清楚。有那么一瞬间，我甚至想过，干脆提出辞职，一刀两断，出去找新工作，估计陈红也不能说啥。但目前的条件又不太允许，我妈和郝洁都在吃药，花销不少，每个月就指着我的这点儿钱过日子，没了收入，都得跟着上火，我就想，怎么也得先把这段时间维持过去。

等我再去销售点时，陈红对我的态度明显有所转变。说话声音轻，笑脸也多了一些，有时候跑个手续或者送一笔款，她要是没时间，也放心让我自己去，总之，很多事情都开始比较依赖我。开始我还不太适应，后来也逐渐接受，并进入另一个角色里。这段时间，我总跟家里说出差，单位忙，其实真出门的时候少，经常住在陈红家，有时候一个月能回去个三五天就算不错了。每次回家时，我妈挺热情，炒菜做饭，给我和郝洁制造空间，但我们的关系也没有改善，相互越发客气，经常不知道说点儿什么好。

十一期间，我妈过生日，我回到家里，买了个蛋糕，张罗着一起出去吃饭，总共就三口人，也没点几个菜，话少，饭吃得也不痛快。我妈跟我说，工作这么忙，都顾不上家里，要不然回头换个活儿，我这边还有点儿积蓄，两口子做个小买卖，给自己干怎么也比打工强。郝洁没说话，低头夹菜，我看她一眼，心里就明白了。这是她俩之前商量过的主意，郝洁平时虽然不说，但内心敏感，这么长时间我都没怎么着家，估计多少也有些预感。我当时跟我妈说的是，形势不好，先对付着干，过了今年再说。我妈也就没再多说，事实上，我当时已经抽不出身来，原因是，陈红怀孕了。

　　转过年去，陈红逐渐显怀，行动不便，业务方面的事情基本都交给我处理。我每天去跟厂家对接，与客户交涉，她在家安心养胎，岁数有点儿大，一切谨慎为好。刚怀上这个孩子时，陈红问过我，想不想要，不要的话，她就去打掉。我想了好几天，她的后半句是，孩子如果要，我就得负起责任，包括家庭问题，都需要处理，孩子生下来没爸，那说不过去。我也于心不忍，所以一度打起退堂鼓，但最后还是决定生下来，我实在是太喜欢孩子了。我的那些战友都有了下一代，每次聚会看见他们都带着，看着他们一起耍闹，心里那滋味说不上来。我总幻想着，有那么一天，也能有个自己的孩子。很多事情就是这样，无论从哪个角度，都说不过去，也知道做得不对，但摊到自己身上，就没办法克制。

　　陈红在孕晚期时，我接连数日都没回过家，不是在处理公司的事情，就是照顾陈红。到了这个阶段，瞒是瞒不住了，早晚都要讲，再加上陈红那边，无形之中也给我不少压力，所以只能选择摊牌。那天我上午回家，压力很大，郝洁没在，听我妈说，最近她找了个工作，在附近的面包房帮忙，赚得不多，但不累，就半天的活儿。等到中午，郝洁回来，提着半口袋面包，见到我还挺惊讶，问我吃不吃，刚烤出来的。我说，不吃，你先坐下，我们谈谈。郝洁有点儿愣神，但还是坐在我对面，我想了半天，不知如何开口。她看着我这样，也挺着急，跟我说，有啥话，你就直说，我能承受。我妈看情况不对，也来我们屋里，坐在郝洁旁边。我想来想去，扑通一声，给她俩跪下，原原本本把事情讲了一遍。

我妈听完后，差点儿背过气去，一直捂着心脏，郝洁赶紧给她拿硝酸甘油。我也害怕，在一旁伺候我妈，直到傍晚，她的情绪平复一些，躺在床上睡着了。郝洁跟我说，要不要出去走走？我说，好。

我们一路往西，街两旁都是树，长得茂密，枝叶在高处合拢交错，形成一个隐秘的通道，幽沉昏暗，密不见光。地面不平，有碎石与水潭，往深处去，越发空荡，居民楼被拆得只剩一半，钢筋裸露在外，悬于半空。我们走到明渠的桥上，停在这里，河水在我们下方缓缓流淌，风吹过去，水面褶痕涣散，由远及近，形成波浪，朝着我们涌来。

郝洁望着河水，问我，辽宁二字，取啥寓意，你知道不？我说，唠得挺大，这不清楚，要不还是说说咱俩的事情，你到底怎么想的，有啥要求，你提一提。郝洁没接话，继续说，据说以前辽河总发大水，岸上百姓苦不堪言，深受其害，于是将这里取名辽宁，意在祈祷辽河流域永久安宁。沈阳两个字，你肯定知道，沈水之阳，浑河的北面。各个区的名字来历也有意思，和平区以前是日租界，叫作千代田区，新中国成立后改名为和平区，期望世界和平。铁西区就是位于铁道西边，比较没意思。于洪区的历史悠久一些，也更大，几乎将市区围住，本意为御洪，身先士卒，抵御滔天洪水，守卫城区，后来字不好写，改成干钩于，但意思就完全变了，人于洪水之中。我说，这个你懂得多。郝洁说，忘记从哪里看来的，也不知道怎么就记住了，今天想起来，跟你说一说，以后这样的机会少了。我不知道该说些什么，只好沉默。郝洁说，我也总有愧疚，过去的事情，我以为真的能过去，其实不行，不是说你，我自己也迈不过去，多少年了，就困在这里，有时做梦，走在夜里，身后是水，一点一点不断逼近，只能朝前走，不敢回头，前面又是一片黑暗，什么都看不见，就想要放弃，等待洪水吞噬，但也等不来。人要是一旦不抱希望，等待死的降临，反而很漫长，不好熬，这种等待太痛苦了。后来你在我身边，拉着我的手，试着往前迈几步，我转头看着你，也看不清楚。人在咫尺，却又无比模糊，身边的一切都是影子，自我之外，空无一物，什么都没有。我说，对不起，对不起。郝洁说，所以，今天你一说，我反而轻松一些，人与人之间没那么亲密，花了不少力气，想往一起走，还是不行，我以前不理解，现在体会过了，就能明白一些，你照顾我这么长时间，我很感激，现在时候到了，水升起来，将我们冲散，没法避免。但我想，终有一天，一切会再次变得平缓，水面如镜，阳光照过来，从水中站起身来，低头看见自己，抬起头来，兴许也能看到你。倒影也好，幻景也罢，总会让我想起一些时刻，即便之后就要沉下去，我也心满意足了。我说，对不起，郝洁，对不起。

办完离婚手续，郝洁收拾东西，大多是书，装了几箱子，衣服也还是那几件，我知道她没什么积蓄，就提议给她租房子住，她也拒绝了，悄无声息地离去，房间里也没留下什么痕迹，只剩下我和我妈两个人。我也很少在家住，偶尔回去一次，我妈跟我说，有时她自己坐在客厅里，总以为郝洁还在家，向屋里喊一声，结果也没人应，她就对着空气骂，说我没良心，对不起郝洁，骂着骂着，就哭起来，说她这一走，也不知道啥时还能看见，让我有空去看看她。我顺口答应着，但一直没去找过，也不是不想去。一方面是忙，公司事情多，陈红那边马上要生了；另一方面，要是真去看了，也不知道说啥，那么多的亏欠摆在那里，清清楚楚，还不起的。

两个月之后，我的儿子出生，七斤八两，个头儿不小，哭声嘹亮，跟唱歌似的，好听极了。我取个小名儿，叫康康，希望他身体健康，除此之外，别无所求。陈红属于高龄产妇，当时是剖腹产，术后没少遭罪，疼得几宿睡不着。我一直忙前忙后，也雇了个月嫂，还是照应不过来。在此之前，因为准备在家里坐月子，她怀着孕，不太能动，所以我把陈红家里的东西全部归置过一遍。沙发、床和茶几都换了位置，婴儿床也装好，以前的被褥衣服也都清洗整理一遍。在收拾壁柜时，我在夹层里发现有一本影集，两个公文包，我先翻开影集看，有陈红自己的艺术照，还有跟她前夫生的孩子的生日照，百天的，半岁的，依照次序放好，以及三人当年的合影。大概是在劳动公园，我对他们身后的假山有印象，这是我第一次看见她前夫的照片，戴着蛤蟆镜，个子挺高，将近一米八，烫了鬈发，还挺时髦。再往后翻，还有军装照，浓眉大眼，但目光狡黠，手里端枪，颇有点儿架势。这个人我怎么看都眼熟，但想不起来在哪里见过，也就没太在意，等我再翻证件时，有三个字映入眼帘，李德武。我一下子联想到几年前的案件，李德文和李德武两兄弟。我心说，不会是同名吧，再往后翻，大致确定就是同一个人，各项指标都符合，这样一来，以前跟陈红接触时的一些事情，也就都能想通了。算算日子，李德武被毙也有一段时间了，我想起郝洁说，过去的事情，以为真的能过去，其实不行，不是说别人，自己也迈不过去。我不知道陈红现在是怎么想的，以及还准备瞒我多久，但是这次我想好了，她不说，我也绝对不问，她认为我一直不知情，也不见得是坏事，所以我把这些全部重新归置好，放回原处，过后也没跟陈红提。

我妈嘴上说不认陈红，但心里惦记孩子，想张嘴问，又不好说出口。满月过后，我把康康带回家来，老人一看见孩子，心就软了，成天抱着，也不撒手，这是个好现象，不管怎么说，我的错误不应该由孩子来承担。其余方面，她和陈红之间的关系，等等，慢慢也许会有所缓和。陈红提出，如果方便的话，可以让我妈来家里照顾孩子，这样一来有个照应，二来她每天能见到，也不至于总想念，再成了心病。我想了想，暂时没有同意，我妈的身体条件也一般，老犯毛病，过来帮忙，怕她吃不消，指不定谁照顾谁。在这一点上，我跟陈红产生一些分歧，她总觉得我妈心里对她有意见，已是这种情况，但仍不肯接受，我也没办法解释，只是劝她说，都有个消化过程，给彼此一点儿时间，等孩子再大一些，也就好办了。但也说不太通，总是个化不开的障碍。

陈红在家带孩子期间，公司业务基本由我处理，谈生意少不了吃饭喝酒，各种场合都要去。我经常夜不归宿，住在酒店或者洗浴中心，客户有需求，我也得作陪，这没办法。陈红对此心态比较矛盾，一方面这生意毕竟是她的心血，打江山不易，不能轻易舍弃，另一方面她并不愿让我出去喝酒，希望我有更多的时间陪伴她和孩子。我又何尝不是这么想的呢？但也实在是没有办法，我想等康康再大一点儿，能离手了，境况也许能好一些。

　　有一次，我请几个比较熟悉的客户喝酒，都是各自单位的领导，不好得罪。我们一行人吃过海鲜，喝掉四五瓶白酒后，又去洗浴中心，我当时已经醉得很厉害，但是吐不出来，这个很要命。年轻时喝酒，喝多了就吐，吐完也就舒服了，还能再喝，现在不行，酒精全盘在胃里，烧心，倒不出去，只能一点一滴慢慢消化，遭洋罪。几个客户进洗浴中心后，简单冲洗一番，我没有这个爱好，身体不适，就叫了个搓澡师傅，寻思舒缓一下，喝杯热水，上楼睡觉。我在案子上一躺，眼睛就睁不开了，喊个套浴，连搓带敲背，刚搓几下时，我还没反应过来，后来觉得手法重，就让他轻点儿，他也没回话。搓完正面，我起床翻身，看他好像戴个口罩，只露眉毛，就问他，澡堂子里还戴口罩，不怕闷哪。他说，不怕，习惯了。我说，浴池要求的吗，挺讲卫生。他说，嗯。我说，你话挺少，以前我来这边，边搓边给我推荐各项服务。他嘟囔一句，新来的，不了解，然后还说了句什么，我没听清，也就没继续问，后来松腿时，我睡着了，半夜澡堂里没人，只有哗哗的流水声，显得极为空阔。刚入睡时，还做了几个梦，各种场景纷飞，急速切换，先是陈红，梦见她大着肚子，羊水破了，马上要生，我开车跟她去医院，但四处都在堵车，眼看着医院的高楼，却怎么也开不到，最后我把车丢在路上，抱着陈红开始跑，闯入急诊室。当时应该是午夜，里面没有人，我使劲儿大喊数声，护士和大夫才出来，连忙将陈红接过去，送进分娩室，我在外面等得焦虑，走来走去。又过来一位女医生，安慰我说不要紧的，应该没问题，送得很及时，我刚想感谢，抬头一看，竟然是郝洁，我不知说什么是好。这时，我觉得下巴上一阵冰凉，仿佛被锐物抵住，一个声音忽然闯入梦里，问我，胡子刮不？我半醒过来，搓澡师傅正在我背后，我心里一惊，连忙摆手，然后便跑去卫生间，洗了把脸，又吐了一次，之后要了杯热水，直接去休息了。次日早上，醒来一阵口干舌燥，我回忆昨晚经历，怎么想怎么不对，套浴怎么可能给客人刮胡子，这个不该，我下楼想再去扫一眼那位搓澡师傅，结果服务员告诉我，已经换班了，正好几个客户也从楼上下来，冲澡后嚷着一起去吃早点，我就随他们离开了。

康康一周岁的时候，陈红的身体恢复得差不多了，打算出来继续工作。按照我的想法，更希望她多在家带孩子，但她坚持要上班，我也就不好说什么，便请了保姆来带康康。陈红回到公司后，有点儿失落感，很多事都是我来操作，她不知该做点儿什么好，几天下来，又回到家里，跟我抱怨说，现在公司成你的了。我说，咱俩在一起，还分这个？陈红说，今天吴姐跟我说，账不太对，出入挺大。我说，她这是挑拨呢，看不上我。陈红说，我看未必。我说，陈红，你要是觉得我在里面做过手脚，那我退出来，带孩子，正合心意，还是你来经营，我无所谓。陈红想了想，说，我也不是这意思。我有点儿不高兴，说道，那你到底什么意思呢，我这一天为了谁呢？陈红也没有回话。

但有了这次经历后，我觉得陈红跟我明显疏远，时时提防，疑神疑鬼，我俩那段时间也经常吵架，全是琐事，有时她没处发泄，就拿康康撒气，这点我不太能接受。有一说一，康康那么小，刚会走路，能听懂啥，一件事情做得不好，连踢带打，嘴上骂个不停，我对她也就有些意见。有一次吵得很凶，陈红骂康康笨，跟他姐比不了。我在一旁不爱听，就说，笨不要紧，你不爱带，我自己慢慢教，至少没人枪毙我。陈红愣了一下，然后问我，你听谁说的？我说，我不用听谁说，以为我跟你过日子容易呢。陈红说，没有我，你今天能有啥？这话我就更反感，借力不假，好歹也是努力维持家庭，这样的话一说出口，十分伤人。我说，那咱们这样，孩子归我，其余还都是你的，以后你做生意，我也不参与，各不相欠。陈红哭了半天，我听得心烦，摔门而出，在外面过了一宿。隔了两天，有个早上，陈红又跟没事人似的，给我打电话，问我在哪儿，叫我回去吃饭。我说在外地，就挂了电话。我当时状态不好，开车去了外地一个朋友那里，休养几天，也想一想事情。

几天后，我正喝酒时，陈红打了两个电话，我直接挂掉，她又不停打过来，后来是一个陌生号码，我也没接，以为还是陈红。次日早上起来，看见两条信息，第一条是陈红发的，说康康病了，还挺重，烧了好几天，看着皮实，不耽误玩，就没去医院，结果现在导致颅脑损伤，耳朵可能会聋，风险较大，目前正在住院观察，让我速回沈阳。我一下子就慌了神，连忙返沈，马不停蹄去往医院，康康在病房里，烧是退下来了，但看着跟以前有些不同，神情气色，换了个人似的。我特别生气，问陈红这个妈到底是怎么当的，陈红只是哭，也不说话。医生跟我们说，孩子刚脱离危险，不要吓到，目前情况是多少有些耽误，但损伤的具体程度还需进一步观察。我很心疼，在床边握着他的手，轻轻叫着他的名字，康康瞪大眼睛，望着我，毫无反应。

我坐了很长时间，等康康入睡后，陈红开口跟我说，这几天有人来公司封账了。我说，封吧。陈红说，咱俩都脱不了干系。我说，随便，像我在乎似的。陈红说，别以为我不知道你都干过啥。我说，爱他妈知道不知道。陈红说，这一查，很多事情也会牵扯进来，到时候，自己怎么办，你想好。我说，你放心，我这辈子，够本儿了，我儿子要有个三长两短，肯定拉上你垫背，我他妈一陪到底。

半夜睡不着，我出门坐在医院里的花坛旁边抽烟，连抽好几支，想着公司的事情，自己的事情，想着康康，头疼得不行，便躺在台阶上，闭上眼睛，风吹过来，感觉眼前群星乱坠。我听到一些喊声，有水流奔袭的声音，有抗洪时战友的口号声，也有别人喊我的声音，夹杂在一起，错落起伏，我想努力辨清其中一个，反而什么都听不见。不知过了多久，我听见打火机的声音，砂轮摩擦火石，半梦半醒之间，我觉出有人坐在我身边。那人摘去口罩，嘴角上扬，看着我笑。我对着夜空说，好久不见。他说，五年零三个月。我说，我是做梦呢吧，三眼儿啊。三眼儿说，说不好，这些年哪，过得都像一场梦。

我说，三眼儿，有两下子，能找过来。三眼儿说，没想找，也是赶巧，我办个手续。我说，给谁办？三眼儿说，郝洁，肝病，晚期，没几天了，移不起，脸色跟蜡似的，今天碰上你，咱这都是命。我说，我没照顾好你姐。三眼儿说，现在说这话有点儿晚了，但得病这个事情，怪不到你头上，还是那句，都是命。我说，这几年来，你跑哪儿去了呢？三眼儿说，哪儿都在，也哪儿都不在。我继续说，无论白天晚上，老觉得你像影子似的，跟在我身旁，我始终也没忘，你的事情，不用谁说，我也能猜到一些，这样躲下去，不是办法，人总得为自己的选择付出代价。三眼儿来回搓着大腿，跟我说，话说多了，自己都信哪，修炼得到位。我说，郝洁的事情，今天我知道了，肯定尽力去帮，你放心。三眼儿叹了口气，说，我本来有机会，不止一次，但思前想后，没下去手，毕竟你照顾过我姐，这点我不像你，有的事情我分不清，那几次回去之后，再想想，又有点儿后悔，总要做个了断。我说，三眼儿，你姐有病，我也难过，这个事情我管。三眼儿说，郝洁跟你没关系，按理说，我也一样，都不用你，她兴许也想见你一面，问点儿事情，有些话，你主动跟她说最好，人死灯灭，你得让她走的时候心里亮堂一点儿，这要求不过分，走几步上楼，不是难事，咱们得把梦做完。

我说，要是不去呢？三眼儿说，那说不过去，在这里碰见，咱们就得认，楼都不敢上，于情于理，不合适，郝洁不说，咱俩之间也得有个交代。我说，你到底想说啥，我听不懂啊。三眼儿说，以前在部队没看出来，你确实是个人物。我说，你现在的情绪，我都能理解，听我的话，我送郝洁走，说到做到，你何去何从，再好好想一想。三眼儿说，你再这样，那咱就没意思了。我说，这又从何说起呢？三眼儿说，那好，我脑子不如你，这个事我想了几年，从你退伍开始说吧，又有点儿早，要不然，从你给李德武打电话开论。五年前，陈红跟李德武离婚，孩子跟着陈红过。李德武之前在干货车运输，赚过也赔过。离婚后，买卖转交陈红，李德武好赌，输得一塌糊涂，亲戚借遍。你当时也没工作，你妈在下岗之后，又遇一场大病，便给李德武打电话，说了什么，我不清楚，大概是认认亲，问候一下领导。他问你是谁，你没说名字，只说以前在同一个连待过，是他手底下的兵。他问你在干啥，你说在卖烟，没正经工作，后来相约见面，可能就在于洪广场附近，我猜的，喝过几次酒，李德武跟着他哥刚做完一件案子，出手比较阔绰，邀你入伙，他一直走的是歪门邪道，你也犹豫过，三番五次后，还是提供了一点儿线索，就是在九路市场批发白糖的，常在你这里买火儿，于是你们定好时间，入室犯案，没错吧？算是你帮着踩的点儿吧？在广场上卖烟，这个条件得天独厚。我说，你发烧了吧，三眼儿，净说胡话。三眼儿继续讲，抢劫当天，李德武带着另外两个兄弟，估计你在外面放风，具体情况不知，也许压根儿没参与。李德武干完之后，没联系你，人间蒸发，这里面有一份钱本属于你，后来也没拿到，这些都是我推测出来的，可能不确切，但大方向应该不差。我说，接着编，我当故事听。三眼儿说，你这个人，心思比我想得深，可恨就可恨在，你跟李德武说，你叫郝鹏飞，外号三眼儿。出事之前，我就有预感，你还记得吗？当年有一次，半夜里，你骑着李德武的摩托回来，尾号494，最开始停在巷口，你进屋后，睡下几分钟，又起来，出门将摩托车推回屋里，第二天一早，就又骑走了。我将烟点着，吸了两口，递给三眼儿，跟他说，三眼儿，这些年你经历了啥，我不多问，但再这样讲下去，我也应该给你挂个号。三眼儿说，要不是你后来跟陈红在一起，我也想不到案子里有你，你给陈红开车，也藏着心眼儿。当年李德武拿到那笔钱，预感不对，去找李德文探监，这段儿电视还播过，李德文问他这次做得如何，他皱着眉头，说不太漂亮，回来之后，他提出一部分给陈红，作为抚养费。你找不到李德武，但事先他家里的情况你都摸过一遍，便盯着陈红和孩子，李德武有没有供出过郝鹏飞这个名字，我也不知道，或者他有所忌惮，没提，但我也不敢露脸，他不说，不代表别人不说，更不代表别人不知道。人是毙了，但尾巴还留着，东躲西藏。三眼儿断断续续地讲着，我一根接一根地抽烟，思路完全不在这里，我想着陈红和生病的郝洁，一些遥远的事情，有那么一瞬间，夜晚忽然变成清晨，她们好像两个裸体的女人，正从大海里面走出来。

三眼儿说，我后来也问过郝洁，出事之后，你回过于洪广场，假装卖烟，顺带看看留没留下什么线索，我以前干侦察，有这个敏感性，我跟郝洁说过我的猜测，她也不信。我忽然想到，几年前的某天下午，我回到家里，郝洁正在哭，我问她哭啥，她也不说。三眼儿继续说，你跟陈红在一起，没那么简单，我不知道你后来怎么跟她讲的，反正比较微妙，错的变成对的，对的又变成错的。我隐约记得，那天郝洁一直哭到傍晚，揉揉眼睛，挽着我的胳膊，要跟我一起去散步，走在路上，去了于洪广场，那儿比从前更热闹了。我们买了一包瓜子，用报纸卷着，坐在路边，一点儿一点儿嗑完，路灯亮起来，天气越发闷热，我浑身都湿透了。三眼儿说，我那阵子刚走时，应该有人找过你，你说了一些，也瞒了一些，那些话不见得直接指向我，但会让对方这样去想，我是不得不走，你给我下了一个套儿，我想来想去，怎么也钻不出来，只好去躲一躲，你或许不知道，郝洁刚得病的时候，我去找过一次陈红，日子难哪，想要点儿钱，她挺着肚子，在市场买菜，一脑门子汗，我跟了她几天，最后有点儿不忍，怕给孩子惊到，这点我不如你，或者说，谁也不如你。我说，三眼儿，好故事，讲得不错，陈红和李德武的事情，我都知道，不想再提，也不用你告诉，其余都是梦话，我现在看你，也还分不清是现实还是梦，无所谓，我就想着一个事情，人活在世上，要是什么声音都听不到了，到底是坏事还是好事呢？我现在觉得很多人都在对我说话，我却什么也没懂。三眼儿说，嘴里说出来的，谁都听不到谁，但心里的话，一字一句，清清楚楚，抗洪抢险那年，你还记得不？我走在你前面，低着头，渡轮开在江上，水往上涨，连续好几天，我发了高烧，一不留神，跌在里面，正好洪水涌起，将我冲走，你当时在前面，不顾阻拦，硬是往深里游，给我拽了回来。我上岸之后，听到三句话：第一句是我妈，她说，早点儿回家，饺子包好给你留着呢，我说好，我退伍回来，没继续在部队里干，在家守着我妈；第二句是你，跟我说，别乱动，信我，我带着你上岸，我说好，你把我救回来，从此往后，你无论说啥，我都跟着你干，欠了条命，这得还；第三句是我姐，跟我说，直起腰来，就能看见你想要看见的，好几年了，这个始终做不到，驼着背，夹着尾巴，四处乱串，今天许是个机会。我转过头去，望着三眼儿，他的眼神极为恳切，恍惚之间，我甚至觉得他说的一切都是事实，无比确凿。我沉默许久，没法辩驳，便从台阶上起身，准备离开，三眼儿紧追两步，来到身侧，单手握着匕首的刃，只留锋利的尖，轻轻抵住我的颈部。我说，三眼儿，到此为止吧。三眼儿说，你和郝洁，我和我姐，还有咱俩之间，就剩下这么几步道儿了，走完就散，别有负担。

　　三眼儿会不会扎进去，我并不在意。我只觉疲惫不堪，无所适从，如果能跟着他走，也是个不错的办法。我们行在石阶上，一前一后，如当年在江边，不过位置颠倒过来，或者被水浪吞没的是我，而浮起来的是他，我不能确定，也不愿再去回忆，在这样的夜晚里，一切悬而未决。我没有选择，只能直起腰来，走出瀑布，进入海中。夜幕垂落，远处楼群正如帆影，扬起一角，俯在天边的云端，缓缓移动，与我同行。

铁西三剑客小辑·仙症

郑　执

一

倒数第二次见到王战团，他正在指挥一只刺猬过马路。时间应该是 2000 年夏天，也可能是 2001 年。地点我敢咬定，就在二经街、三经街和八纬路组成的人字街的街心。刺猬通体裹着灰白色短毛，幼小的四肢被一段新铺的柏油路边缘粘住。王战团居高临下站在它面前，不踢也不赶，只用两腿封堵住柏油路段，右臂挥舞起协勤的小黄旗，左臂在半空中打出前进手势，口衔一枚钢哨，朝反方向拼命地吹。刺猬的身高瞄不见他的手势，却似在片晌读懂了那声哨语，猛地掉转它尖细的头，一口气从街心奔向街的东侧，跃上路牙，没入矮栎丛中。王战团跟拥堵的街心被它甩在烈日下。

我从出租车上下来时，哨声已被鸣笛淹没，王战团的腮帮子却仍鼓着。两个老妇人前后脚扑上前，几乎同时扯住了王战团的后脖领子，抢哨子跟旗的是女协勤，抢人那个，是我大姑。有人报了警，大姑在民警赶来前，把她的丈夫押回了家。

王战团是我大姑父。

目睹这一幕，那年我刚上初一，或者已经上初二。跟妻子Jade订婚当晚，我于席间向她一家人讲起这件事，Jade帮我同声传译成法语，坐在她对面的法国母亲Eva几次露出的讶异表情都迟于她丈夫。Jade的父亲就是中国人，跟我还是老乡，二十多岁在老家离了婚，带着两岁的Jade来到法国打工留学，不久后便结识了Eva再婚。Jade再没见过她的生母。中文是父亲逼她学的，怕她忘本。那夜的晚餐在尼斯海边一家法餐厅，微风怡人。我和Jade相识，发生在我第一次到尼斯做背包客时偶然钻进的一家酒吧里。当时她跟两个女友已经醉得没了人样儿，我见她是中国人样貌，主动上前搭讪，想不到她操起家乡口音的中文跟我攀谈时，惊觉彼此竟出生在同一座城市，甚至在同一间妇幼医院。我说，这是命，我从小信这个。Jade说，等下跟我回去，我自己住。三个月后，我们闪婚。

订婚那夜我喝醉了，Jade挽着我回到酒店。我一头栽进床之际，她突然说，你讲的我不信。我问为什么，Jade说，我不信城市里可以见到刺猬。我说，那是因为你两岁就离开老家，老家的一切对你都是陌生跟滑稽的，说起来都订婚了你还没见过我父母，我签证到期那天，跟我一起回去吧。Jade继续说，每年夏天她一家人都会去法国南部的乡下度假，刺猬在法国的乡下都没见过，中国北方的城市里凭什么有，况且还是大街上？我急了，就是有，不光有，我还吃过一只。Jade要疯了，你说什么？你吃过刺猬？你一喝醉就口吃，我听不清。你说那种浑身带刺的小动物？我说，对，我吃过，跟王战团一起，我大姑父。刺猬的肉像鸡肉。

二

我降生在一个阴盛阳衰的家族里，我爸是老儿子，上面三个姐姐。上辈人里，外姓人王战团最大，1947年生人，而我是孩子辈里最小的，比王战团整整小了四十岁。记忆里第一次能指认出王战团是大姑父，大姑父就是王战团，是我三岁，刚上幼儿园的那年。一天放学，我爸妈在各自厂里加班加点赶制一台巨型花车的零部件，一个轮胎厂，一个轴承厂。而我奶忙着在家跟邻居几个老太太推牌九，抽旱烟，更不愿倒空儿接我，于是指派了王战团来，当天他本来是去给我奶送刀鱼的。

我迎面叫了一声大姑父，他点点头。王战团高得吓人，牵我手时猫下半截腰，嗓音略低沉地说，别叫大姑父，叫大名，或者战团，我们连长都这么叫我。我说，我爸不能让，直呼长辈姓名不礼貌。王战团说，礼貌是给俗人讲的，跟我免了。他又追了一句，王战团就是王战团，我娶了你大姑，不妨碍我还是我，我不是谁的大姑父。我问，你不上班哪？我爸妈都上班呢，我妈说我奶奶打麻将也等于上班。王战团笑笑，没牵我的那只手点燃一根烟，吸着说，我当兵，放探亲假呢。我说，啊，你当什么兵？王战团说，潜艇兵，海军。你舌头怎么不利索？

一路上，王战团不停给我讲他开潜艇时遇见过的奇特深海生物，有好几种大鱼，我都没记住，只记得一个名字带鱼但不是鱼的，××大章鱼，多大呢？比潜水艇还大。王战团说，那次，水下三千八百多米，那只大章鱼展开八只腕足，牢牢吸附住他的潜水艇，艇整个立了起来，跟冰棍儿似的，舱内的一切都被掀翻了，兵一个摞一个地滚进前舱，你说可不可怕？我说，不信。王战团说，有本小说叫《海底两万里》，跟里面讲的一模一样，以前我也不信，书我回家找找，下次带给你。法国人写的，叫凡尔赛。我说，你咋不开炮呢？王战团一包烟抽光了，说，潜艇装备的是核武器，开炮，太平洋里的鱼都得死，人也活不成。我说，不信。

当天回到我奶家的平房，天已经黑了。旱烟的土臭味飘荡整屋，我饿着肚子想吐。一看钟八点多，我放学时间是四点半。我妈已经下班回来，见我跟王战团进门，上前一把将我夺过，说，大姐夫，三个多点儿，你带我儿子上北京了？王战团还笑，说，就青年大街到八纬路兜了五圈，咱俩一人吃了碗抻面。我妈说，啥毛病啊，不怕把孩子整丢？王战团说，哪能呢，手拽得可紧了。我奶正在数钱，看精神面貌没少赢，对王战团说，赶紧回家吃饭去，我不伺候。王战团背手在客厅里晃悠一圈，溜出门前回头说，妈，刚才说了，我吃了碗抻面，刀鱼别忘冻冰箱。他前脚走，后脚我妈嚷嚷我奶，妈，你派一个疯子接我儿子，想要我命？我奶说，不疯了，好人儿一个，大夫说的。

后来我才得知，我妈叫王战团疯子，就是字面意义上的，精神病。王战团是个精神病病人。他当过兵不假，海军，那都是他三十岁前的事了，病就是在部队里发的，组织只好安排他退伍，转业进了第一飞机制造厂当电焊工，在厂里又发一次病，领导不好开除，又怕瘆着同事，就放了他长假养病，一养就是十五年，工资照发，老厂长都死了也没断。发病十五年后，我大姑才第一次领王战团正经看了一次大夫，大夫说，可治可不治，不过家人得多照顾情绪，轻重这病都去不了根儿。

大年初二是家族每年固定的聚餐日，因为三十当晚三个姑姑都要跟婆家过，只有我跟爸妈陪我奶。在我的记忆中，初二饭桌上，连孩子说话都得多留意，少惹王战团，越少说话越安全。我爸订饭店，专找包房能唱歌的，因为王战团爱唱歌，攥着麦克不放，出去上厕所也揣兜里，生怕被人抢了，其实哪有人敢跟他抢。唱起歌时的王战团高兴，对大家都安全。王战团天生好嗓，主攻中低音，最拿手的是模仿杨洪基跟蒋大为。除了唱歌，他还爱喝酒，爱写诗，象棋下得尤其好。他写的诗我看过，看不懂，都跟海有关。喝酒更能耐，没有两个姑父加我爸劝，根本不下桌。每年喝到最后，我爸都会以同一句压轴儿，还叫啥主食不？饺子？一家老小摇头，唯独王战团接茬儿，饺子来一盘也可以，三鲜的。说完自己握杯底敲下桌沿儿，意思跟自己碰过了，也不劝别人。我爸假装叫服务员再拿菜单来的空当，大姑就趁机扣住王战团杯口说，就你缺眼力见儿，别喝了。一瞬间，王战团的眼神突然大变，扭脸盯着大姑，眼底会涌出暗黄色，嗓音很低地说，没到位呢，差一口。每当这一幕出现，一家老小都会老老实实地作陪，等他把最后一口酒给拥完。

反而是在大年夜，我奶跟我爸妈说起最多的就是王战团。我奶说，秀玲为啥就不能跟他离婚？法律不让？我妈说，法是法，情是情，毕竟还有俩孩子，说离就离呀。王战团第一次在部队里发病的故事，每年三十我都听一遍。他十九岁当兵，躲掉了下乡，但没躲掉运动。运动闹到中间那两年，部队里分成两派，王战团不想站队，得罪谁都不是。最后把自己憋屈病了。

三

我大姑去旅顺港接王战团的时候，挺着六个月的大肚子。王战团当兵的第四年跟我大姑经媒人介绍结婚，婚后仍旧每半年回家一次。他再次见到大姑的第一句话就问，秀玲啊，我说梦话吗？大姑不语，挽起王战团的胳膊，按着脖领子并排给指导员鞠躬。指导员说，真不赖组织。大姑说，明白，赖只赖他自个儿心眼儿小。指导员说，回家也不能放弃自我检讨，信念还是要有。大姑说，明白。指导员说，安胎第一。大姑说，谢谢领导。

两个人的大儿子，我大哥王海洋三岁时，王战团在一飞厂险些当选小组长。他的病被厂长隐瞒了。

王战团与小组长失之交臂的那天，正在焊战斗机翼，忘记戴面罩上阵，火星迸进眼睛，从梯子上翻落，醒过来时就不认人了，嘴里又开始叨咕，不应该呀，不应该呀。再看人的时候眼神就不对了，好像有谁牵着线吊他的两个眼珠子，目光不会拐弯了。我大姑去厂里接他的时候又是大着肚子，怀的是我二姐。

我问过大姑，当初为什么没早带王战团去看大夫。大姑说，看了就是真有病，不看就不一定有病，是个道理。道理都懂，其实大姑只是嘴上不愿承认，她不是没请过人给王战团看病，一个女的，铁岭人，跟她岁数差不多，外人都叫赵老师。直到多年后赵老师给我看事时，我才听说过马仙的名号，家里开堂口，身上有东西，能走阴过阳。

在我出生前的十五年里，王战团的病情时好时坏，差不多三四年反复一回。大部分时间里，他每天在家附近闲逛，用我大姑上班前按日配给的零花钱买两瓶啤酒喝，最多再够买一包鱼皮豆。中午回家热剩饭吃，晚饭再等我大姑下班。王海洋上幼儿园以前，白天都扔给我奶。王战团的父母过世早，没的指望了。我奶的言传身教导致王海洋自幼懂看牌九，长大后玩麻将也是十赌九赢。后来他早早被送去幼儿园，王海鸥又出生，白天还得我奶带着，偶尔有二姑三姑替手。我奶最不亲孩子，所以总是骂王战团，骂他的病。夏天，王战团花样能多一些，有时会窝进哪片阴凉下看书，状态好的时候，甚至能跟邻居下几盘棋。王战团也算有个绝活儿，就是一边看书一边跟人下棋。那场面我见过一次，在我奶家回迁的新楼楼下，他双手捧一本《资治通鉴》，天热把拖鞋甩了，右脚丫子搁棋盘上，用大拇脚指头推棋子儿，隔两分钟乜斜一眼棋，继续看书，书翻完，连赢七盘，气得邻居老头儿把棋盘掀了，破口大骂，全你妈臭脚丫子味。王战团不生气，穿好拖鞋，自言自语，应该吗？不应该。

　　赵老师第一次来给王战团看事儿，是我二姐满月后。日子没出正月，大姑在我奶家平房里简单张罗了一桌，都是家里人，菜是三个姑姑合伙炒的，我爸那年十六，打打下手。王战团当天特别兴奋，女儿被他捧在怀里摇了一下午，到了晚上第二顿，二姑三姑都走了，王战团说想吃饺子。我奶说，不伺候。大姑说，想吃啥馅儿。王战团说，猪肉大葱。大姑说，猪肉有，咱妈从来不囤葱。我爸说，我去跟邻居要两根。王战团抢先起身，说，我去，我去。

　　大姑站着和面时，小腿肚子一直转筋。王海洋说，妈，房顶有响儿，是野猫不？大姑放下擀面杖说，我得看看，两根葱要了半个点儿，现种都长成了。刚拉开门，我奶的一个牌搭子老太太正站在门外嚷，赶紧出来看吧，你家王战团上房揭瓦了。一家老小跑出门口，回首一瞧，自家屋顶在寒冬的月光下映出一晕翡翠色，那是整片排列有序的葱瓦，一层覆一层。王战团站在棱顶中央，两臂平展开来，左右各套着腰粗的葱捆。葱尾由绿渐黄的叶尖纷纷向地面耷拉着，似极了丰盛错落的羽毛。那是一双葱翅。王战团双腿一高一低的站姿仿若要起飞，两眼放光，冲屋檐下喊，妈，葱够不？我奶回喊，你给我下来！王战团又喊，秀玲，女儿的名字我想好了，叫海鸥，王海鸥。大姑回喊，行，海鸥就海鸥了，你给我下来！王战团造型稳如泰山。十几户门口大葱被掠光的邻居都已聚集到我奶家门口。有人附声道，海洋他爹，海鸥她爹呀，你快下来，瓦脆，别跌了。我爸这边已经开始架梯子，要上去迎他。王战团突然说，都别眨眼，我飞一个。只见他踏在前那条腿先发力，后腿跟上，脚下腾起瓦片间的积灰与碧绿的葱屑，瞬间移身至房檐边缘，胸腹一收力，人拔根跃起，在距离地面三米来高的空中，猛力扑扇几下葱翅，卷起一阵泥草味的青风，眯了平地上所有人的眼。当众人再度睁开眼时，发现王战团并非一条直线落在他们面前，而是一条弧线降在了他们身后。我爸挂在梯子上，抬头来回地找寻刚刚那道不可能存在的弧线，嘟囔，不应该呀。

这场复发太突然，没人刺激他，王战团是被章丘大葱刺激的。我奶再次跟大姑提出，将王战团送到精神病院，大姑不用想就拒绝了。我三姑说，大姐，我给你找个人，我插队时候认识的，绝对好使。大姑问，多钱？三姑说，当人面千万别提钱，犯忌。大姑说，知道了，先备两百，不够再跟妈借，你说这人哪个单位的？三姑说，没单位，周围看事。

赵老师被我三姑从铁岭接来那天，直接到的我奶家。我奶怀里抱着海鸥。我爸身为独子，掌事，得在。再就是我三个姑姑以及王战团本人，他不知道当天要迎接谁。赵老师一走进屋，一句招呼都没打，直奔王战团跟前，自己拉了把凳子脸贴脸地坐下，盯着他看了半天，还是不说话。三姑在背后对大姑悄声说，神不，不用问就知道看谁。那边王战团也不惊慌，脸又贴近一步，反而先开口，你两只眼睛不一般大。赵老师说，没病。大姑说，太好了。赵老师又说，但有东西。我奶问，谁有东西？赵老师说，他身上跟着东西。三姑问，啥东西？赵老师说，冤亲债主。二姑问，谁呀？赵老师不再答了，继续盯着王战团，你杀过人吧？我爸坐不住了，扯啥犊子呢，我大姐夫当兵的，又不是土匪。赵老师说，别人闭嘴，我问他呢，杀没杀过人？王战团说，杀过猪，鸡也杀过，出海时候天天杀鱼。赵老师说，老实点儿。王战团说，你左眼比右眼大。赵老师说，你别说了，让你身上那个出来说。王战团突然不说话了，一个字再没有。我爸不耐烦了，到底有病没病？赵老师突然收紧双拳，指关节顶住太阳穴紧揉，不对，磁场不对，脑瓜子疼。三姑说，影响赵老师发挥了。大姑问，那咋整？赵老师说，那东西今天没跟来，在你家呢。大姑说，那去我家呀？赵老师忍痛点头，又指着我爸说，男的不能在，你别跟着。王战团这时突然又开口了，说，海洋在家呢，也是男的。赵老师起身，说，小孩不算。

大姑家住得离我奶家最近，隔三条街。一男四女溜溜达达，王战团走在最前面引路。到了大姑家，王海洋正在堆积木，被二姑拉到套间的里屋，关上门。赵老师一屁股坐进外屋的沙发，王战团主动坐到身边，说，欢迎。赵老师瞄着墙的东北角，说，就在那儿呢。三姑问，哪儿呢？谁呀？赵老师说，你当然看不见，这屋就我跟他能见着。赵老师对身边的王战团说，女的，二十来岁，挺苗条的，没错吧？王战团又开始不说话了。赵老师对我大姑说，好好问问你老头儿吧，他手上有人命，现在人家赖上他不走了，你俩进屋研究，研究明白再出来跟我说，我就坐这等着，先跟债主唠唠。

　　大姑领王战团进了屋，关紧了门。二姑跟三姑在外面，大气不敢喘，站在那儿看赵老师对墙角说话，声调忽高忽低。你走不走？知道我是谁不？两条道给你选，不走，我有招儿治你，想走就说条件，我让他家尽量满足。二姑三姑冷汗一身身地出。也不知过了多久，里屋的门开了，大姑自己走了出来。赵老师问，唠明白没？大姑说，唠明白了。赵老师说，有人命吧？大姑说，不是他杀的，间接的。赵老师说，对上了吧？大姑说，都对上了。三姑对二姑说，还是厉害。赵老师说，讲吧，咋回事？大姑坐到赵老师身边，喝了口茶水，说，他跟我结婚以前处过一个对象，知识分子家庭，俩人订下婚约，他就当兵去了。1967年，女方她爸被斗死了，她妈翻墙沿着铁路逃跑，夜黑没看清火车，人给轧成两截了。赵老师说，债主还不止一个，我说脑瓜子这疼呢。大姑继续说，那女的后来投靠了农村亲戚，再跟战团就联系不上了，过了四五年，不知道托谁又找到战团，直接去军港堵的，当时我俩已经结婚了，那女的又回农村，嫁了个杀猪的，天天打她，没半年跳井自杀了。大姑又喝了一口茶水，二姑跟三姑解汗缺水，轮着递茶缸子。赵老师问，哪年的事？大姑说，他发病前半年。赵老师说，这就对了，你老头儿没撒谎？大姑说，他不会撒谎。赵老师说，一家三口凑齐了，不好办哪，主要还是那女的。大姑说，还是能办吧？赵老师说，那女的姓名，八字，有吗？大姑说，能问，他肯定记着。赵老师说，照片有吗？大姑点头，起身进屋，门敞着，王战团正坐在床边，给王海洋读书，《海底两万里》，大姑把书从他手中抽起，来回翻甩，一张二英寸黑白照跌落地上，大姑捡起照片，走出来递给赵老师看。赵老师说，就是她。三姑问，能办了吗？赵老师说，冤有头债有主，主家找对就能办。大姑嘘一口气，转头看里屋，王战团从地上捡起那本《海底两万里》，吹了吹灰，继续给王海洋读，声情并茂，两只大手翻在面前，十指蜷缩，应该是在扮演章鱼。

四

赵老师第二次到大姑家，带来两块牌位，一高一矮。矮的那块，刻的是那位女债主的名字，姓陈。高的那块，名头很长：龙首山二柳洞白家三爷。赵老师指挥大姑重新布置过整面东墙，翘头案贴墙垫高，中间放香炉，后面立牌位，左右对称。赵老师说，每日早中晚敬香，一牌一炷，必须他自己来，别人不能替。牌位立好后，赵老师做了一场法事，套间里外撒尽五斤香灰，房子的西南角钻了一个细长的洞，拇指粗，直接通到楼体外。一切共花费三百块，其中一百是我奶出的。那两块牌位我亲眼见过，香的味道也很好闻，没牌子，寺庙外的香烛堂买不着，只能赵老师定期从铁岭寄，十五一盒。那天傍晚，赵老师赶车回铁岭前，对大姑说，有咱家白三爷压她一头，你就把心揣肚里吧。记住，那个洞千万别堵了，没事多掏掏，三爷来去都打那儿过。全程王战团都很配合，垫桌子，撒香灰，钻墙眼儿，都是亲自上手。赵老师临走时，王战团紧握住她的手说，你姓赵，你家咋姓白呢？你是捡的？赵老师把手从王战团的手里抽出，对大姑说，要等全好得有耐心，七七四十九天。

我出生到王战团死的后十五年里，我只亲眼见他发过两次病，加上我不在的前十五年，前后三十年的病史中，王战团没伤过人也没伤过己，绝对算得上是精神病患者里的先进个人。尽管如此，各家大人还是不肯让自己的孩子跟王战团多接触，唯独我偶然成例外。1998年夏天，我爸妈双双下岗。我爸撺掇另一个下岗的发小儿合伙开家小饭馆，租门脸，跑装修，办营业执照，每天不着家。我妈求着在市委工作的二姑夫帮忙找活儿干，四处登门送礼，于是我整个暑假就被扔在我奶家，王战团平日没事最爱往我奶家跑，离得近。有时他就坐厅里看几个老太太推牌九，那时他被大姑逼着戒烟，忍不了烟味时就拎本书下楼，脚丫子上阵赢老头儿棋。我奶当他隐形人，老头儿视他眼中钉。我跟王战团就是在那个夏天紧密地来往着。有一天，我奶去别人家打牌，他进门就递给我本书，《海底两万里》。王战团说，你小时候，我好像答应过。我摩挲着封面纸张，薄如蝉翼。王战团说，写书的叫凡尔纳，不是凡尔赛，我嘴瓢了，凡尔赛是法国皇宫。我问，啥时候还？王战团说，不用还，送你。我说，电视天线坏了，《水浒传》重播看不成了。王战团说，能修。我说，你修一个。王战团说，我先教你下棋。我说，我会。王战团随即从屁兜里掏出一副迷你吸磁象棋，记事本大，折叠棋盘，码好棋子，摊掌说，你先走。我说，让仨子儿。王战团说，不行。我说，那不下了。王战团说，最多两个。我闷头思索到底是摘掉他一马一车，还是两个车，再抬头时，王战团正站在电视机前，掰下机顶的V字天线，嘴叼着坏的那根天线头使劲往外咬。我说，这能好？王战团说，就是被灰卡住了，捅顺溜儿就行了。他嘴里叼着天线坐回我对面，一边下棋一边咬，用好的那根天线推棋子。王战团说，去年没咋见到你？我说，我上北京了。王战团说，上北京干啥？我说，治病。王战团说，捋你那舌头？我说，不下了。王战团再次起身把天线装回电视机顶，按下开关，电视画面历经几秒钟的雪花后，恢复正常。王战团说，修好了。我说，也演完了。王战团说，你看见那根天线没有，越往上越窄，你发现没？我说，咋了？王战团说，一辈子就是顺杆儿往上爬，爬到顶那天，你就是尖儿了。我问他，你爬到哪儿了？王战团说，我卡在节骨眼儿了，全是灰。我不耐烦。王战团说，你得一直往上爬，这一家子，就咱俩最有话说，你没觉出来吗？虽然你说话费劲。

　　1998年夏天结束，我爸跟发小儿的饭馆开张，意外地红火。我妈也有了新的工作，在妇联后勤办公室做临时工看仓库，虽然没五险一金，仍比在厂里挣得多。小家日子似乎舒服起来，我更没理由把夏天里跟王战团交往过密的事告诉他们。同年秋天，我第一次亲眼见证王战团发病。时间是在中秋节后，刺激来自女儿王海鸥和她男朋友。那个男的叫李广源，是王海鸥在药房的同事，抓中药的，比她大八岁，离过婚，没孩子，但王海鸥还是大姑娘，之前从没谈过恋爱。李广源十八九岁起就混舞场，白西裤，尖头儿黑皮鞋，慢三快四，搂腰掐臀行云流水，不少大姑娘都被他跳家里去了。王海鸥生得白，高，小脸盘，大眼睛，基本都随了王战团。她天生性子闷，别说跳舞，街都不逛，下班就回家，最大的爱好是听广播。我大姑后来要找李广源拼命时怎么都想不到，他的突破口竟然是王战团。起先李广源约过好几次王海鸥跳舞，王海鸥最后拒绝得都腻了，直说，我爸是精神病，都说这病遗传。李广源说，能治。王海鸥问，你说我？李广源说，我说你爸，我给你爸抓几服药，吃半年就好，以前我太奶跟你爸得的一样毛病，那叫癔症，吃了我几服药，多少年都没犯。王海鸥说，我爸在家烧香，拜大仙，仙家不让吃药。李广源说，那是迷信，咱都是受过教育的，药归我管，不用你掏钱。

王海鸥真把李广源开的药偷偷给王战团喝。李广源在药房先熬好，凉凉装袋，王海鸥再拿回家，温好了倒暖壶里，骗我大姑说是保健茶，哄王战团喝了半年。半年里，王海鸥跟李广源好了，李广源真的为她戒了舞，改打太极拳。一天，王海鸥隔着柜台对李广源说，我怀孕了。李广源说，等着，我给你抓服药，补气安胎的，无副作用。王海鸥说，跟我回家见父母吧。李广源说，好，下班我先回家一趟，裤线得熨一下，你爸喝药有反应吗？王海鸥说，一直没犯。李广源说，那就好。

李广源一进家门，我大姑就认出他来，一见俩人手拉手，二话没有，转头进厨房握着菜刀出来，吓得李广源拉起王海鸥掉头跑了。大姑气得瘫在沙发上喘粗气，菜刀还握着。王战团仍在上香，跟白三爷汇报日常，嘴里念着，我的思想问题已经深刻反省过，现在觉悟很高，随时可以登船。大姑说，你跟这拜指导员呢？可闭嘴吧。当晚王海洋也在家，他当了公交车司机，谈过一个三年的女朋友，分手后一直耍单，住家里。王海洋问，妈，那男的谁呀？大姑

396

说，一个老流氓，你妹废了。王海洋说，他家住哪儿，我撞死他。大姑说，你也闭嘴吧，你妹都搭进去了，你不能再搭进去，明天我去药房找他唠唠。

第二天一大早，大姑鼓着气出了家门，包里装着菜刀，可不到中午人就回来了，气也瘪了。王战团问，你咋了？大姑说，是你女儿咋了，怀人家孩子了，晚了。王战团问，怀谁的孩子了？大姑说，昨晚来家里那男的，海鸥药房的同事，叫李广源。王战团说，我去看看。大姑说，老实待着吧你，腿都烂了。那段时间，王战团右腿根儿莫名生出一块恶疮，抹药吃药都不管用，越来越大，严重到影响走路，多少天没下过楼了。但王战团坚持说，我去，我去。大姑没理他。

第三天傍晚，快下班时，药店迎来了一瘸一拧的王战团。王海鸥不在，李广源主动打招呼，叔来了。王战团说，叫我大名，我叫王战团，海鸥呢？李广源说，请假了，在我家躺着呢，不敢回家。王战团说，我喝的茶你给的？李广源说，是，感觉咋样？王战团说，挺苦。李广源说，良药苦口。王战团说，你怕我不？李广源说，为啥要怕？王战团说，他们都怕我。李广源说，我不怕。王战团说，海鸥真怀孕了？李广源说，快四个月了。王战团说，你觉得应该吗？李广源说，应该先见家长，是我不对。王战团说，将来能对海鸥好吗？李广源说，能。王战团说，答应好的事做不到，是会出人命的，这方面我犯过错误。李广源说，我不会。王战团说，打算啥时候结婚？李广源说，父母得同意，我爹妈不管。王战团说，下礼拜一起吃个饭。李广源说，我安排。王战团转身要走，瘸腿才被李广源看见。李广源说，叔，你腿咋的了？王战团说，大腿根儿生疮，咋治不好，我怀疑还是思想有问题。李广源说，我看过一个方子，刺猬皮肉，专治恶疮，赶明儿我给你弄。

回家一路上，王战团瘸得很得意。来到家楼下，又赢了邻居三盘棋才上楼。大姑问，你上哪儿去了？王战团说，去找李广源唠唠。大姑说，你还真去啦？唠啥了？王战团说，唠明白了。大姑说，咋唠的？王战团说，下个月办婚礼。大姑猛地起身，再次手握菜刀从厨房出来，王战团，我他妈杀了你！

那场聚餐，李广源没订饭店，安排在了青年公园，他喜欢洋把式，领大家野餐。大姑用了一个礼拜终于想通，王海鸥肚里的孩子是底牌，底牌亮给人家了，还玩个屁，对家随便和。但她坚决不出席那场野餐，于是叫我爸妈代她出席，主要是替她看着王战团。我跟着去了，王海洋也在。王海鸥是跟李广源一起来的，两个人已经正式住在一起。青年公园里，李广源选了山前一块光秃的坡顶，铺开一张两米见方的蓝格子布，摆上鸡架、鸡爪、猪蹄、肘花、洗好的黄瓜跟小水萝卜，蒜泥跟鸡蛋酱分装在两个小塑料袋里，还有四个他自己炒的菜，都盛在一般大的不锈钢饭盒里，铺排得有条不紊，一看就是立整人。李广源先给我起了瓶汽水，说，喝汽水。我爸说，广源是个周到人。李广源说，听说今天老舅家带孩子来，汽水得备，海鸥也不能喝酒。李广源又问我妈，婶儿喝酒还是汽水？我妈说，汽水就行，我自己来。李广源给王战团、我爸、王海洋，还有自己起了四瓶雪花，领头碰杯说，谢谢你们成全我跟海鸥，从今往后咱就是一家人了，我先干为敬。李广源果真干了一瓶，自己又起一瓶，说，今天起我就改口了，爸，你坐下。王战团从始至终一直站着，因为腿根儿的恶疮又毒了，疼得没法盘腿。王战团说，

398

站得高看得远。李广源又单独敬王海洋，说，哥。王海洋说，你他妈比我还大呢。李广源说，辈分不能乱。王海洋还是不给面子，李广源又自己干了一瓶。王海鸥终于说了句话，你慢点儿。

饭吃得无声无响。只有我妈主动跟李广源交流过几句，珍珠粉冲水喝到底能不能美白。我被遗忘在一边，时间不知道过了多久，王战团忽然从背后牵起我的手，低声说，逛逛去。我起身被他领着朝不远处的后山走，中间回了一次头，好像没有人发觉我俩已经消失。我突然想起三岁那年，王战团接我放学，牵我的手他还得猫腰。如今他的腰杆笔挺，但腿又瘸了。没走几步，两人已经置身一片松林中。几只麻雀的影子从我两腿之间穿过。王战团突然叫了一声，别动。他飞速脱下夹克外套，提住两个袖口抻成兜状，屈腿挪步，我还没看懂，他已如猫般跃扑向前，半跪到地上，死死按住手中夹克，下面有一个排球大的东西在动，他两手一收兜紧，走回来，敞开一个小口在我面前，说，你看。我平生第一次见到活的刺猬。他说，你摸一下。我伸手进去，掌心撩过它的刺尖，没有想象中扎。我问王战团，带回家能养活吗？王战团说，去多捡点儿树枝子。我问，它吃树枝？王战团说，它不吃，我吃。我照办。捧着枯枝回来时，王战团竟然在生火，地上被刨出一个坑，里面已经铺过一层枯叶，一簇小火苗悠悠荡荡地升起，越燃越大。当时他已经戒了烟，我实在想不到他用什么方法生的火。王战团说，放地上，一点点加。我掸了掸胸前泥土，问，刺猬呢？王战团指了指自己脚下的一个篮球大的泥团，说：里面呢。我以为他在开玩笑，刺猬在里面？你生火干啥？王战团说，烤熟吃。我受到惊吓，蹲坐在地上，说，你为啥要吃它？王战团说，它能治我的腿，下个月你二姐婚礼，我瘸腿给她丢人。我害怕了，但我无力阻止王战团，瞪眼看着土坑里那团火越燃越旺，泥团被王战团小心地压在燃着的枯叶上，持续在四周加枯枝做柴。太阳快要落山时，那伙麻雀又飞回来，落在头顶的松树枝上，聚众围观。王战团终于停止添柴，静待火星燃尽，用一根分杈的粗枝将外层已经焦黑的泥团顶出坑外，站起身，朝下猛踩一脚，泥壳碎如蛋皮，一股奇香追随着热气升涌而出，萦绕住一团粉白色的肉球，没有刺，没有四肢，更辨不出五官，它只是一团肉。王战团又蹲下，吹了吹，等热气散尽，撕下一块，递到我嘴边。我毫无挣扎，像丢了魂儿般，张开一半嘴，任由那块肉滑进我的齿间，嚼了一下，两下，第三下时，刚刚那股奇香从我的舌根一路蔓延至喉咙、胸肺、腹肠，最终暖暖地降在脐下三寸，返回来一个激灵，从大腿根儿抖到脑顶。王战团说，你没病，尝一口就行。他于是撕下一整块，放进嘴里嚼起来，再一块，又一块，很快，那团肉球只剩骨头。月光下，分明就是一副鸡骨架。

松林外，喊我跟王战团名字的几人声音越来越近。王战团两只手在后屁股兜蹭了蹭，牵起我的手。走向松林外的步伐，两个人都迈得很急。那一刻，我的魂儿仿佛才被拽回到自己体内，我抬头望着王战团棱角清晰的下巴，明白他是发病了。但他的腿应该真的好了。

五

王战团的恶疮不药而愈，王海鸥的婚礼却没如期举行，是王海鸥自己坚持不想办的。怀孕七个月，她跟李广源领了结婚证，我大姑才第一次放李广源进自己家门。孩子出生是女孩，就是我的大外甥女。李广源给女儿取名李沐阳，寓意健康阳光。可惜新婚并没能给王战团冲喜，他的病情反而出现严重反复。沐阳出生后，王海鸥生了一场大病，奶水就此断了，我大姑干脆结束了半下岗状态，提前退休回家帮带孩子，好让王海鸥安心养病。她再没有多余的精力看着王战团了，由着王战团乱跑，香也不上了。后来邻居向我大姑举报，说王战团最近不下棋了，总往七楼房顶跑，探出一半身子向下望，下棋的人仰脖一看，楼顶有个脑袋盯着自己，瘆人极了，以为他要跳楼，一头杵死在棋盘上。大姑没招儿，再三有人劝她把王战团送进医院里住一段，起码有人看着，打针吃药。大姑反问，啥医院？你们说精神病院？做梦吧。我不要脸，海洋跟海鸥还要脸呢，他死也得死我眼皮子底下。

那么多年，大姑到底是筋疲力尽了，最终决定二请赵老师。她先给赵老师打手机，没等说话，那边先开口说，你电话一响我脑瓜子就疼，磁场有大问题，你老头儿是不是又犯病了？大姑说，你真神哪赵老师，这次犯病挺重，我怕出人命。赵老师说，我现在北京给人看事呢，过不去，就电话说吧。大姑说，这回他老琢磨跳楼。赵老师打断她说，别讲症状，讲事。大姑不懂，啥事？赵老师说，他肯定又干损事了，你心里没数吗？大姑说，哦，哦，我想想，对了，半年前，他抓了一只刺猬，烤着吃了。电话那头许久不响。大姑说，喂？信号不好？听筒突然传出一声尖吼，你等着死全家吧！大姑也急了，说，你不是修行人吗？咋这么说话！那头吼得更大声，你知道保你家这么多年的是谁吗？你知道我是谁吗？老白家都是我爹，你老头儿把我爹吃了！

大姑被骂呆了，里外转了一圈，打个电话的工夫，王战团又偷跑了。她也懒得再追了，回沙发摇外孙女睡觉。晚上，李广源来了，说海鸥想孩子了，今晚抱回去一宿。大姑说，广源，你知道白三爷是谁吗？你学中医的，我想你懂得多。李广源说，我第一次进咱家门就看见那俩牌位了，高的那个是白仙家。大姑说，白仙家到底是谁呀？李广源说，狐黄白柳灰，五大仙门，中间的白家，就是刺猬。大姑说，哦，刺猬是赵老师她爹。李广源说，谁爹？大姑摇摇头。李广源说，妈，以前我不是这个家的人，不好张口，现在我想说一句。大姑点点头。李广源说，我爸还是应该去医院。大姑说，我再想想。李广源说，牌位也撤了吧，不是正道儿。大姑说，要不也得撤了，你爸把人爹给吃了。李广源说，啥？大姑说，广源哪，我明白了，你不是坏人。

　　那一回，大姑还是下不了狠心把王战团送给外人关起来，她选择自己将他软禁，大链子锁屋里干不出来，于是选择偷偷喂王战团吃安眠药，半把药片捣成粉末兑进白开水里，早晚各喂一杯。王战团乖乖喝了，成天成宿地睡，一天最多就醒俩小时，醒了脑仁也僵着，最多指挥自己撒两泡尿，吃一顿饭，然后继续栽回床上。如此一年多，王战团都没有再乱跑了，大年初二的家庭聚会也不出席。我奶都忍不住问大姑，王战团好久没来看我打麻将了，没出啥事吧？大姑说，老实了，挺好的。两岁的李沐阳已经会叫人了，爸爸，妈妈，姥姥，嘴可溜了，就是姥爷俩字练得少。每周日，李广源跟王海鸥带孩子回娘家一趟，李沐阳偶尔会突然冒出一句，姥爷呢？大姑说，姥爷累了，睡觉呢。李沐阳说，姥爷永远在睡觉。李广源说，妈，爸总这么睡不是个事啊，要不我给抓服药？大姑想了想，说，广源，有没有能让人睡觉的中药，副作用还小的？李广源说，都这样儿了，还睡？

安眠药的秘密，大姑本没打算告诉任何人，却在无意间被我得知。自从上回王战团牵着我消失在松林中，我爸妈明令禁止我再跟他来往，否则腿打折。然而我受到一股熟悉的力量驱使，在某个周六，独自来找王战团。

门虚掩着，我轻轻推开，王战团平躺在床上，没盖被，身子笔直且长，一双大脚与床根平齐。我走近了，一半身子贴着床边坐下。王战团的眼皮频繁地微微抖着，双唇有节奏地翕合，起先声音细弱，像是在说梦话，但又听不清。我悄声说，大姑父。大姑父说，来了？我一惊，本以为他睡熟了。我恢复到正常音量，说，来找你下棋。王战团也恢复到正常音量，说，一车十子寒，死子勿急吃。我听不懂，什么？王战团又重复了一遍，死子勿急吃。我听懂了，他念的是象棋心诀。我说，大姑父，棋我永远下不过你。王战团说，顺杆儿爬，一直爬到顶，就是人尖儿了。我说，别卡住了。王战团说，死子勿急吃。之后他的唇咬死了，一道缝儿也没再漏。我才醒悟，他确实是在睡觉，说的一直都是梦话。

六

婚后已经两周，到底去哪里度蜜月这件事，Jade跟我始终没能达成共识。不办婚礼是我们共同做的决定，蜜月就更显弥足珍贵。那时她已随我回过老家，也见过了我的父母，还有我奶、我大姑，以及我二姑三姑和他们的儿孙，同堂四代人都把Jade当外国人看，可他们的样貌其实并无出入。我大姑已是全白头发，一直攥着Jade的双手不放，直接摘下自己右腕上戴了许多年的佛珠，顺势套在Jade手上，嘴里不停念着，好孩子，阿弥陀佛，阿弥陀佛。那次回来以后，Jade变得对我家里的故事异常感兴趣，佛珠也一直没摘。她终于相信我没有撒谎，相信我真的吃过刺猬。我说，不然去斯里兰卡，听说是世外桃源，而且消费不贵，毕竟咱们预算有限。Jade说，你大姑父——王战团，梦里说的那句心诀，到底是什么意思？我说，哪句？Jade说，死子勿急吃。我想了想该怎么组织语言，说，大概就是，有的子虽然还没死，但已经死了，不，是早晚会死，只要搁那不管就好了，不影响大局。Jade说，你觉得王战团是在说他自己吗？我说，他只是在说梦话。Jade说，有些人活着，但他已经死了；有些人死了，但他还活着。中学课本里的一首诗，我正在恶补呢。我说，你的中文进步神速，吓到我了。Jade吻了我一口，说，就斯里兰卡吧。那里四面环海。

2003年的秋天，我大哥王海洋死了。王海洋死于一场车祸，那本是平常的一天清晨，他驾驶一辆237路公交车，空车离开始发站，正常行驶到青年大街路口时，被一辆载满砂石的重型卡车拦腰撞翻，人被砂石埋住，当场就没了。此前王海洋已经交到新女朋友，公交车售票员，大他三岁，两人已见过父母，但男方家只有我大姑出席，因为那时王战团终于被大姑送进医院，精神科病房。关于这件事，有两套说法。我爸称，我大姑那年摔伤了腰，照顾自己都困难，只能痛下决心。但据我妈讲，我大姑后来在外面有了相好的，实在没法再把王战团留在跟前。他俩说的，我都不信。

王海洋葬礼，王战团被两个白大褂直接从医院病房送到火化间门口，告别厅的仪式都没出席，是我大姑特意安排的。一家人哭得再无泪水盈余，王海鸥跟那个女售票员已经抽搐到双双无法站立，李广源一人扶起两个，王战团才到场。大姑说，战团，我是怕你受刺激，不敢叫你来，但我想了又想，不能不让你来，你要理解，阿弥陀佛。王战团点头，面无悲喜，目不转睛地盯着停尸台上被白布从头到脚覆盖住的儿子说，我再看一眼海洋。大姑说，别看了，模样都不在了。王战团坚持说，我看看，看看。他伸手要去揭盖面的白布时，身穿白大褂的殓导师上前挡住了他的手，叫了一声，大哥。王战团说，大夫，我没事。殓导师说，魂已西去，相留心中，放手吧。我不是大夫。终于，王战团在一众亲友的注目下，缓缓收起了手。殓导师独自推着白布下的王海洋，径直走向火化间的入口，那道门很窄，差一点儿把王海洋卡住。殓导师的白大褂跟王海洋身上的白布化作一体，一声高呼从那抹纯白中传回，西方极乐九万九！通天大路莫回头！

当王海洋化作一缕灰烟遁入云里时，王战团一直站在殡仪馆外仰头追看，没有人敢上前跟他说话。我不顾爸妈阻拦，独自走上前，对王战团说，大姑父，该走了，去烧纸。王战团的表情仍旧读不出，只默默跟在我身后。我放慢脚步，等他上来，牵起他的手，并排走在最后，我的身高马上要追上他。走在前面的人群一半是我的亲人，另一半是我不认识的王海洋单位的领导同事，他们不时回头看我俩，神情都很怯懦。但我没有跟他们对望过一眼。王战团说，得捡根棍儿，越长越好。我说，等下到了地方，肯定有别人留下的。王战团说，不要别人的，就要新的。我说，好，我办。

祭悼场人满为患，非家属站在场外不再跟进。一家人排队守住一个刚刚腾出来的烧纸位，半圆形的墙洞内，上一位逝者的冥钱还没有收完，火苗将熄。我大姑第一个上前，将自家带来的烧纸投进去，炉火续燃，我大姑哀号一声，儿啊，你走好！一家人的哭声再度响起，接下来是王海鸥跟李广源，然后是二姑一家，三姑一家，跟着我爸妈。我奶按规矩不能给隔辈人发纸，怕被带走没来。他们陆续向炉中添纸，说着差不多的悼语。王战团排在最后一个，快轮到他时，我正从外面回来，手中握着一根新折下的松树枝，笔直细长。王战团沉默地从我手上接过树枝，轮到他上前，一口气把剩下两摞烧纸全部丢了进去，刚刚烧得很旺的火一下子被闷住，他再用树枝伸进去捅，上下不停挑弄，火重新旺了回来，一发不可收拾。我站在王战团的身边，看着他专注地烧纸，火舌从墙洞口蹿出，两张脸被烤得滚烫，恍惚间，我闻到一股似曾相识的香气。我听见王战团在身旁说，海洋啊，你到顶了，你成仙了。

没人敢催促王战团，一家人安静地等待他亲眼见证了最后一丝火苗熄灭。守候在外的单位同事早已不耐烦。王海洋单位出了四辆公交车，返程时，差几位坐满。大姑坐在我身边，我靠在窗边。我问，大姑父呢？大姑说，他也该回去了。我顺着大姑的目光朝窗外看，不远处停着一辆白色面包车，王战团的背影正猫腰进车。车外，李广源给两个白大褂塞钱，看不清是多少。两名白大褂最后也上了车。车门拉上前的一瞬间，我忽然很想大声地喊一声王战团，或者大姑父。但我始终没能成功发出声音。王战团的身体被紧挨他的一个白大褂遮住，他的头扭向另一边的车窗外，没有让我看到他的表情。那是我最后一次见到王战团，我大姑父。

Jade曾问起，王战团是怎么死的？我说，他死在医院病房里，就在葬礼后的第二个月，突发心梗。早上护士给他盛粥的工夫，一扭头，脑袋已经杵在了窗台上，像在打瞌睡。Jade说，法国老人都很羡慕这种死法，毫无痛苦。我说，全世界人都一样。Jade问我，结婚以前你为什么没跟我说你得过抑郁症的事？我说，怕你嫌弃。Jade说，其实你不用怕，但我很高兴你现在愿意告诉我。我说，我很抱歉。Jade说，别这么说，不是你的错，其实抑郁症也不是真的，对吗？我说，不知道。Jade问，你现在还恨你父母吗？我说，不存在恨。Jade说，我也不恨我父母，他们离婚是明智的。我的生母没必要因为生了我，就做一辈子母亲。片刻沉默。Jade突然说，不然我们不去斯里兰卡了，把钱省下来，回老家去买房交首付。我笑说，你越来越像个中国人了。Jade说，嫁鸡随鸡，嫁狗随狗。我说，上次你带我去凡尔赛宫，我盯着墙上展出的一幅油画哭了。Jade说，我记得，当时问你，你不说。我说，那幅画里有一片海，海上有一艘船，我想起了王战团。他其实从来都没当过潜艇兵，就在普通的战舰上，桅杆上打旗语的那个人。Jade问，你怎么知道的？我说，他在自己的诗里写过，后来我跟大姑也确认过。Jade问，诗里怎么写的？我说，王战团在诗里写道，船在他脚下前行，月光也被踩在脚下，他指挥着一整片太平洋。潜艇在前行时，是不可能见到月光的。

　　我想我可以确认，王战团指挥刺猬过马路那年，就是2001年，我十四岁，按年纪该念初二，却仍被卡在小学六年级。那天我本来是被爸妈逼着，去我大姑家见赵老师，求她帮我看事的。我天生患有严重的口吃，直到十岁那年，我因在学校里被同学嘲笑，越发自闭，躲在家中不肯再上学，爸妈没办法，轮流请长假，开始带我到北京寻医问药，1997年大半年里，我都在北京跟家之间奔波，在石景山的一间小诊所里，舌根被人用通电的钳子烫煳过，喝过用蛤蚧皮熬水的偏方，口腔含满碎石子读拼音表，一碗一碗地吐黑血。直到后来我已坦然接受自己一生要面临的耻辱时，我爸妈却已经折磨我成瘾，或者他们是乐于折磨自己。一年后，我回到学校，口吃丝毫没好转，反倒降了一级。我的成绩原本不错，因为厌学一落千丈，我再度被迫留级一年。当我最初的同班同学已经是初二的中学生时，我仍旧是个小学生。十四岁生日当天，我半只脚踏出我家六楼的窗台，以死相逼，才终于让我爸妈放弃对我的二度治疗。当我从窗台上下来的一刻，我决心再也不跟任何人讲话。我做了整整三个月的哑巴，任我爸妈及所有人如何诱逼，都没能再从我口中撬出一个字。我妈先是以泪洗面，哭烦之后带我去看心理医生，我当然更不可能对医生开口，他们便初步诊断我为抑郁症，但不说话根本没办法治疗。最终，还是在我三姑的引导下，我爸妈终于确信我得的是邪病，决心三请赵老师出马。赵老师要求，我父母不能在场，地点在我大姑家也是她选的，因为房子西南角那个洞还在，白三爷一样能来去自由。我妈把我送上出租车，跟司机说了两遍地址，付了车费，含泪目送我前往。车就快驶到我大姑家时，竟被王战团跟一只刺猬堵在了街心。

那一天，我大外甥女李沐阳感冒，我大姑因为着急带外孙女去医院，早上忘记给王战团喂安眠药，才有了后来那一幕。王战团在被我大姑押回家的路上一直很欢腾，我下了出租车追上去。王战团笑着跟我打招呼，来了？我不语。王战团又说，舌头还没捋直？变哑巴了？我瞪着他，咬死了牙。

三人回到大姑家。一进门，香气缭绕，白家三爷的牌位重新被立上翘头案。赵老师我还是头一回见，她身披一件土黄色道袍，手持一柄短木剑。王战团仍旧很兴奋，主动说，哎呀，老朋友！赵老师剑指王战团，你与我白家血海深仇！别让我看见你！她又剑指我大姑，还有你！王战团笑了起来，说，今天我刚救了你家一口，我们能不能扯平了？赵老师大喊，孽畜！滚！王战团被我大姑强行拽进了里屋，跟自己一起反锁在门内。赵老师又剑指我，过来！给三爷跪下！又是那股力量，推着我，按着我，走过去，跪下，头顶是龙首山二柳洞白家三爷的牌位，咬紧牙关之际，后脑被猛敲了一记，只听赵老师站在我身后高呼，说话！我仍咬牙。木剑又是一击，说话！我继续咬牙。再一击更狠，我的后脑似被火燎，三爷在上！还不认罪！我始终不松口，此时里屋门内竟然传出王战团的呼声，我听到他隔门在喊，你爬呀！爬！爬过去就是人尖儿！我抬起头，赵老师已经站到我的面前。爬呀！一直往上爬！王战团的呼声更响了，伴随着抓心的挠门声。就在赵老师手中木剑即将击向我面门的瞬间，我的舌尖似乎被自己咬破，口腔里泛起久违的血腥，开口大喊，我有罪！赵老师也喊，什么罪！说！我喊，忤逆父母！赵老师喊，再说！还有！刹那间，我泪如雨下。赵老师喊，还不认罪！你大姑都招了！我喊，我认罪！我吃过刺猬！赵老师喊，你再说一遍！我重新喊，我吃过白家仙肉！赵老师喊，孽畜！念你年幼无知，三爷济世为怀，饶你死罪！

　　木剑竖劈在我脑顶正中，灵魂仿佛被一分为二。我感觉不出丝毫疼痛。赵老师再度高喊，吐出来！剑压低了我的头，晕漾在我嘴里的一口鲜血借势而出，滴滴答答地掉落在暗红色的地板上，顷刻间遁匿不见。一袋香灰从我的头顶飞撒而下，我整个人被笼罩在尘雾中，如释重负。我再也听不见屋内王战团的呼声了。许多年后，当我站在凡尔赛皇宫里，和斯里兰卡的一片无名海滩上，两阵相似的风吹过，我清楚，从此我再不会被万事万物卡住。